引火点
組織犯罪対策部マネロン室

笹本稜平

幻冬舎文庫

引火点

組織犯罪対策部マネロン室

目次

第一章

1

「出てきましたよ、警部補――」

上岡章巡査部長が指差した先に、海外ブランドと思しい値の張りそうなスーツを着た四十歳前後の女の姿がある。樫村恭祐警部補は頷いてロビーのソファーから立ち上がった。

場所は虎ノ門にある超高層オフィスビル。オフィススペースを中心に、各種ショップやレストラン、ホテル、フォーラム、居住施設などを備える、いまをときめく新興ベンチャー企業が数多く入居することでも有名だ。

女の名は村松裕子。近年注目を集めている、仮想通貨の取引所の一つであるビットスポットのCEO（最高経営責任者）で、気鋭の女性ベンチャー企業家としてしばしばマスコミに登場する。

現在はビットコインを筆頭に、イーサリアム、リップル、ネムなど、六百種類を超える仮想通貨が存在していると言われるが、時価総額においても取引価格においても圧倒的に強いのが、そのパイオニアであるビットコインだ。

最近も日本のある取引所からネムが大量流出して話題になったが、日本で仮想通貨が一般の人々に知られるようになったのは、ビットコイン取引所の草分けで、一時は世界シェアの七〇パーセントを占めたこともあるマウントゴックスの破綻騒動だった。

ハッカーによる不正侵入によって顧客からの預かり分七十五万ビットコインと自社所有分十万ビットコインに加え、顧客からの購入用預かり金二十八億円が消失。大幅な債務超過に陥り、民事再生法の適用を申請したのがその発端だった。

しかしその後の警察の捜査で、経営者自身の関与が疑われ、CEOのマルク・カルプレスが私電磁的記録不正作出・同供用容疑で逮捕された。

カルプレスはその後、顧客からの預かり金約三億二千百万円を着服したとして業務上横領の容疑で再逮捕され、マウントゴックス社の破産管財人によれば、顧客から届け出のあった債権総額は二兆七千億円に達したとされている。

最近でもネムの流出騒動での債権総額は五百億円弱とされているから、破綻前のマウントゴックスのビジネス規模の大きさとともに、ビットコインが他の仮想通貨と比較していまも圧倒的に強いことがよくわかる。

ビットスポットはその名が示すように、ビットコインの取り扱いではかつてのマウントゴックスの規模に匹敵する大手取引所で、日本における仮想通貨ビジネスの牽引役（けんいん）としても気を吐く存在となっている。

樫村の所属は警視庁組織犯罪対策部総務課マネー・ロンダリング対策室。犯罪収益解明捜査一係から四係までで構成され、樫村と上岡は四係に所属する。

組織犯罪対策部——通称組対部は、暴力団や外国人犯罪集団などによる組織的な犯罪を横断的に取り締まることを目的に創設された部署で、暴力団取り締まりで名を馳せたかつての刑事部捜査四課や、外国人犯罪を専門に担当していた刑事部国際捜査課、生活安全部の銃器薬物対策課、集団密航や海外への不正送金の取り締まりが専門の公安部外事特捜隊、旅券やカードの偽造や地下銀行の取り締まりを行っていた生活安全部国際組織犯罪特捜隊などが統合された総勢九百名を超える大組織だ。

マネー・ロンダリング対策室——略してマネロン室は、その組対部の新設に伴って生まれた部署で、組織犯罪に関わる犯罪収益の資金洗浄——いわゆるマネーロンダリングを専門に取り締まる特命部隊として位置づけられている。

暴力団にしても外国人犯罪組織にしても、あるいは国際的なテログループにしても、地下に潜った資金の移動経路が犯罪の温床と言っていい。つまりマネーロンダリングはそうした犯罪と表裏一体の関係にあり、その流れを断つことは組織犯罪の血流を遮断することを意味する。

そうした動きはいまや国際的な潮流となっており、我が国では、主要三十数ヵ国および地域が参加するＦＡＴＦ（マネーロンダリングに関する金融活動作業部会）の勧告に基づいてＪＡＦＩＣ（犯罪収益移転防止対策室）が警察庁に置かれ、国内での不審な資金移動の情報を集約し各捜査機関に通報するほか、海外のＦＩＵ（特定金融情報室、ＪＡＦＩＣもその一つ）との情報共有も行っている。

マネー・ロンダリング対策室はその実働部隊ともいえ、国際的なネットワークを使った不正な資金移動の摘発は重要な任務だ。その意味で国家の管理の埒外で国境を越えた資金移動を可能にする仮想通貨には常々関心を抱いていた。

今回のビットスポットの捜査は、組対部五課の薬物捜査担当部署からの情報に対応したものだ。インターネット上の違法薬物販売サイトがビットコインで薬物を販売し、売り上げのビットコインをビットスポットを介して現金化している可能性が高いという。

マウントゴックスの事案に関しては、同社からの被害届を受理したのが刑事部捜査二課で、その後のカルプレスCEOの逮捕も、マネーロンダリング事案としてではなく、私電磁的記録不正作出・同供用や業務上横領の容疑によるものだったため、けっきょく樫村たちに出番はなかった。

しかし組対部五課にはマネーロンダリング関係のノウハウがなく、ビットコインに関してはそれ以上に門外漢で、やむなくマネロン室にその方面の捜査を投げてきた。

ビットスポットが違法薬物の販売自体に関与している可能性は薄い。一方でその売上金の出し入れ、つまりビットコインと現金の交換を、不審な資金移動と承知の上で当局に通報することなく行っていたとしたら、犯罪収益移転防止法違反に問われる。

まずそちらで立件して、ビットスポットの取引帳簿を精査し、そこから違法薬物販売サイトの運営者を特定する――。五課が描いているのはそういうシナリオだった。

ビットコインのような仮想通貨は極めて匿名性が高く、資金の動きから購入者や販売者を特定するのは困難だ。しかしこれはあらゆるマネーロンダリング事案に言えることだが、犯罪者にとって最もリスキーなポイントが金の出口と入口なのだ。

樫村はつかつかと歩み寄り、気さくな調子で声をかけた。

「村松さんですね。私、警視庁の樫村と申します」

「警視庁の方――。どういうご用件でしょうか」

村松は動じるふうもなく、艶然と微笑みながら問い返す。髪は軽くウェーブのかかった短めのカットで、耳元には大粒のパールのピアス。身長は一六五センチほどか。女性としては高いほうだ。目鼻立ちは整っていて、やや彫りが深く、どことなくエキゾチックな印象を与える。

「御社の業務に関して、ちょっとお伺いしたいことがありまして」

「要するに、事情聴取でしょうか」

「そういう堅苦しい話ではないんです。仮想通貨取引所という業務の実態について、いくつかご教示願えればと思いまして。お時間はとらせません。ほんの三十分でけっこうです」

「警視庁のどういう部署の方でしょうか」

村松は小首をかしげる。樫村は名刺を差し出した。

「あまりご存じない部署だと思いますが」

「つまりうちで扱っている仮想通貨が、マネーロンダリングのツールになっているとお考えなんでしょうか」

「そういうわけではないんですが、外国でそうした事例もあるようなので、参考までにいくつかお話を伺えればと思いまして」

「それなら事前にアポをとられるのが常識じゃないですか」

とくになじるというふうでもなく村松は言う。さりげない口ぶりで樫村は応じた。

「おっしゃるとおりです。じつはこちらから何度かお電話を差し上げたんですが、ＣＥＯはご不在で連絡がとれないというお話でして」

嘘ではない。三度ほど電話をかけたが、警視庁の者だと告げると、応対した秘書は杓子定規にそう答えた。折り返し連絡をもらいたいと頼んでおいたが、けっきょく梨のつぶてだった。それが村松の指示なのは想像に難くないが、当人はむろん空とぼける。

「そうなんですか。失礼しました。重要な打ち合わせの際にはスマホの電源を切っておくことにしておりまして」

「それでやむなく、こちらでお待ちしていた次第なんです」

入居者の承諾がないとオフィススペースには入れない仕組みになっている。ロビーの受付から連絡してもらう手もあったが、どうせ居留守を使われると踏んでの行動だった。村松は素っ気なく応じる。

「でも、突然お出でになられても、私も多忙な身ですから」

「よく承知しております。しかし我々としては、いつまでも連絡がつかない状態では具合が悪いものですから。その場合はもう少し強いかたちでお願いするようになるかもしれません」

そうは言っても、もちろんまだ逮捕状が請求できるような段階ではない。任意の事情聴取をほのめかせたに過ぎないが、村松はいくらか動揺したようだ。

「本当に三十分で済むんですね」

「もちろんです。あちらのお店でいかがでしょうか」

ロビーの一角にあるティールームを指差すと、村松は鷹揚に頷いた。

「そうしましょうか。あの店はコーヒーが美味しいので、私も接客によく使わせてもらってるんです」

2

「マスコミを含め、世の中には仮想通貨を不正の温床のようにみる傾向があるようですが、それは大きな誤解なんです――」

注文したコーヒーが届いたところで、村松は自分から切り出した。

「むしろ国家や中央銀行が管理する従来の通貨システムよりはるかに透明性が高いんです。ビットコインを始めとする仮想通貨の移動状況はブロックチェーンと呼ばれるデータベースとしてインターネット上に存在しています。普通の銀行で言えば、為替や預貯金の取引記録がすべて外部に公開されているようなもので、世界のだれでもそれをチェックできます。こんな通貨システムはかつて一度も存在しませんでした」

「そのあたりは十分承知しております。ただ一方で匿名性も高い。仮想通貨の移動や保有状況はすべて追跡が可能ですが、それを行ったのが誰か、保有しているのが誰かは容易に把握できない。そこにマネーロンダリングに利用されるリスクが存在する。その点は否定できないように思うんですが」

樫村は穏やかに反論した。仮想通貨といえば詐欺まがいの胡散臭い代物というのが当初の認識だったが、職務上知らぬ存ぜぬでは済まされない。自らも入門書を購入し、部内でも勉強会が開かれたりして、次第に認識が深まった。

ビットコインは、サトシ・ナカモトなる謎の人物の論文をもとに二〇〇九年に運用が開始された。

運用といっても特定の企業や組織によって始められたわけではなく、ナカモト論文をもとに有志のプログラマーが結集してつくったオープンソースのプログラムを世界の人々が利用するようになったという意味であり、そのこと自体、歴史的にも画期的な出来事だった。

当初は流通量もごくわずかで、通貨としての機能もほとんどなかったが、利用者が拡大するに従ってリアルマネーに匹敵する存在感を示すようになった。

ビットコインをはじめとする仮想通貨のメリットとして当初もっとも注目されたのが、最先端の暗号技術を駆使した取引の安全性と、銀行のような営利機関が介在しないことによる送金や決済コストの安さだった。そうしたことから欧米を中心とする国々の金融当局も、仮想通貨を悪しきものとして排斥(はいせき)するより、むしろその可能性に期待しているところが大きいと言える。

しかし現状では、ビットコインに限らず、仮想通貨で買い物ができるネットショップや実店舗の数はごくわずかで、本来の長所を発揮するには至っていない。その一方、いまは成長途上で相場の変動が極端に大きく、その点を狙った投機的な動きが活発化している。

マウントゴックスの口座から消失した巨額のビットコインや現金はそうした投機目的で預けられた資金が大半で、現状では、ときに数倍にも及ぶ極端な相場の変動率が、仮想通貨に人々が惹きつけられる大きな理由とも言えるだろう。

しかしそんな仮想通貨が、同時にある種の闇社会に対してはマネーロンダリングの機能を提供しているのも間違いない。取引の安全性を担保するために巧妙に設計された匿名性が、逆にそうした勢力にとってはこのうえない隠れ蓑になる。

「そうは言っても、仮想通貨の匿名性というのは絶対的なものではないんです。現にＦＢＩ

はシルクロードという大規模な違法電子商取引サイトを摘発しましたが、そこではすべての決済がビットコインで行われていました。つまりFBIのような捜査機関なら、ブロックチェーンを解析して資金の動きを容易にトレースできたことを意味しています。それが可能だったのは、ビットコインがいかに透明でオープンなシステムであるかの証しだと思います」

村松の話は淀みがない。相手が刑事とみて防衛線を張っているというより、仮想通貨がどういうものか説明を求められる機会が多いのだろう。そうした質問には当然マネーロンダリングについての懸念も含まれるはずだ。

「システム自体はそうかもしれません。しかし現状での流通状況から考えれば、物品の購入や資産としての保有という用途には限界がある。従ってどこかで現金化しなければ使い勝手が悪い。逆に投機や低コストの送金というような目的で現金を仮想通貨に替える場合もある。そんな仮想通貨と現実通貨のあいだの、いわば出入り口に相当するのが御社のような取引所だと認識しています」

「つまりそこを通って、犯罪で得た不正な資金が出入りしている可能性があると仰りたいわけね――」

村松はいかにもつまらない詮索だと言いたげに口元で笑った。

「そこは私たちにとって、企業としての存立に関わるモラルです。犯罪収益移転防止法の趣旨に則ってお客様の身元確認は厳重にやっていますし、その記録を七年間保存するルールも社内で徹底しています。不審な取引があった場合は関係省庁に通報することはもちろんです」

どんな会社でも捜査機関に訊かれればそう答える。しかし身元確認の徹底といっても、偽造された身分証明書を使われた場合、窓口担当者がそれをどこまで見抜けるかは疑問だし、不審な点があっても、営業面を優先して見て見ぬふりをすることもあるだろう。あえてザル法だとは言いたくないが、犯罪収益移転防止法に則った通報で大規模なマネーロンダリング事案が摘発されたことはほとんどない。とはいえ、ここでそれを言えば身も蓋もない。

「そういう皆さんのご協力があって、マネーロンダリングに対する抑止が働いているのは間違いありません。しかしそうした網をかいくぐって、不正送金や不正所得の還流を行っている事例も少なからずあります」

「たとえば、うちの会社の業務を通じてそういうことが行われているというような疑惑を持たれているわけですか」

「はい。根も葉もないことかもしれませんが、違法薬物に関係したインターネット上の掲示板にそういう書き込みが散見されるものですから」

嘘ではないが、情報としての確度は低い。そもそもネット上の噂の類いにいちいち反応して捜査に乗り出していたら警察の人手はいくらあっても足りない。五課の薬物捜査担当班が仕入れた情報は、主に巷の売人たちからのたれ込みによるものだ。

暴力団から外国系の密売グループまで、五課の取り締まり対象は複雑で、川下の売人を検挙しても、川上にいる黒幕に迫るのは困難だ。

そこで利用するのが業者自身から得られる情報だ。彼らにしても警察を必ずしも敵とは見なしていない。業者同士の競争は熾烈で、ライバルを潰すためには警察の力も利用する。相手に不利な情報を警察に渡して検挙してもらえば、自分たちのシェアがそれだけ増えるという計算だ。

むろん警察もそれに乗る。納税者からすればあまり褒められた話ではないだろうが、雨後の筍のように新手が出現する違法薬物ビジネスを投網を打つように一網打尽にするのは不可能で、そうした情報をもとにモグラ叩きのように潰すしかないのが現状なのだ。

そうした従来の業界にとって、目の敵となっているのがネット上の違法薬物販売サイトで、まるで警察の力で潰してくれと陳情でもするように、信頼度の高い情報からガセネタまで、現場の捜査員の耳に入れてくる傾向があるらしい。

彼らにとって、仮想通貨を決済手段とした取引は大きな脅威になる。販売のためのサイトを国外のサーバーにつくられたら、警察も捜査権の関係でなかなか手が出せない。仮想通貨なら国境を越えた決済が容易だから、海外の違法業者が日本国内に進出してくることも想定できる。

そんな情報のなかでも、ビットスポットの名前が挙がる頻度が高かった。五課がマネロン室に話を持ち込んだのはこうした事情によるものだった。

「そういう無責任な噂で迷惑を被っているのは私たちのほうですよ。仮想通貨取引業者は最近数が増えていて、競争も激しくなっています。そのなかには仰るように違法行為に手を貸している不健全な業者もいるでしょう。そんな人たちが、あわよくば蹴落とそうと、私どものような健全な業者を誹謗するような書き込みをよくするんです」

村松はいかにも不快げに眉を顰める。それもたしかにあり得る話だ。しかしその噂が根も葉もないものだと断言する根拠はこちらにはない。

「インターネットが普及したのはいいんですが、玉石混淆の情報が大量に耳に入ってくるのは、我々にとっても好ましいことじゃないんです。噂があれば無視もできない。かといってすべてに捜査の手を伸ばしていたら本来着手すべき事案を見逃してしまう。そんな事情で、とりあえず噂の真偽を確認しようとお邪魔した次第で、まだ捜査云々の段階ではありませんので」

　まずはそう誤魔化しておくしかない。いまはまだ捜索令状が請求できるほどの材料もない。犯罪収益移転防止法の規定に従って保存されている身元確認資料を提出させることはできるが、該当しそうな人物をこちらが特定できていない現状では、それも単なる人名や法人名のリストに過ぎない。不審点を指摘できずに終われば潔白のお墨付きを与えることにもなりかねず、その後の捜査が進めにくくなる。

「参考までにというお話でしたから、こうしてお付き合いさせて頂いたんです。でも仮想通貨についてはそちらもずいぶんご研究のようで、マスコミの皆さんよりはるかにお詳しいようですね。私のほうからこれ以上お話しできることはないような気がしますが」

　村松はそろそろ時間だと言いたげに腕時計をちらりと見やる。そう言われても約束した三十分にはまだ足りない。せっかくのチャンスは目いっぱい利用させてもらうことにする。

「いえいえ、村松さんの足下にも及びません。ところで、つかぬことをお伺いしますが、村松さんは外国でのお仕事の経験が長いようですね」

「日本の大学を出てからアメリカの大学院へ留学し、その後、現地の投資銀行でトレーダーの仕事をしていました。その後日本へ帰って設立したのが現在の会社です。詳しいことは当社のウェブサイトにも書いてあります。たぶんすでにお読みだと思いますが」

　もちろんそうした知識は事前に頭に入れてある。経歴をひけらかす気はないと言いたげに、この場ではあっさりとした言い方だが、ウェブサイトには半端ではない経歴が記載されていた。

日本の一流私立大学を卒業した後、アメリカの超名門大学のビジネススクール（経営学修士課程）に入学。修了後は世界でもトップクラスの投資銀行でトレーダー業務に従事し、VP（ヴァイスプレジデント）の地位にまで昇格した。その後、帰国して株式会社ビットスポットを設立し、CEOに就任している。

「米国の一流投資銀行でVPというと数千万円から一億円の所得になり、その上のディレクターのランクになれば十億円も夢じゃないと聞いていますが、それを擲って、まだ海のものとも山のものともつかないビットコインの世界に身を投じられた。大変な冒険だったんじゃないですか」

反応を探るように樫村は問いかけた。村松はその質問が気に入ったとでもいうように身を乗り出した。

「たしかにその時点では冒険でした。でも私には確信があったんです。これからはビットコインの時代になる。というより、ビットコインに限らず、世界の通貨は仮想通貨に移行すると。私が勤めていたような投資銀行も含めて、従来の金融ビジネスはこれから二十年以内に淘汰されていくと思います」

「それほど画期的だと？」

「人類の歴史に新しいページを書き加えるものです。インターネットの普及などはその前座と言ってもいいくらいです。近い将来、お二人もいま現金やクレジットカードを使っているのと同じ感覚で仮想通貨を使うようになるでしょう。それは単なる決済上の利便性をもたらすだけでなく、世界経済を飛躍的に拡大する原動力になるはずです」

「村松さんのような国際金融のプロがそう仰るなら、たしかに大きな可能性があるでしょう」

「樫村さんも投資なさってみてはどうですか。現在のところハイリスク・ハイリターンの傾向はありますが、少し長い目で見れば安定した投資になるはずですよ。株式投資やFXなどと比べても、魅力的だと見ているお客様は大勢いますから」

村松はセールストークに余念がないが、そうは言われても、これから捜査の対象になる可能性の高い会社と個人レベルの取引関係をもつことは職務規律の面で大いに問題だ。

「お話を伺うと食指を動かされます。しかし一公務員の給料ではなかなか資金が工面できません。いずれにしても、きょうのお話で我々も大いに勉強になりました」

「ぜひご理解いただきたいのは、マネーロンダリングは仮想通貨に特定して起きる違法行為じゃないということです。ハンドキャリー（制限以上の現金の国外持ち出し）とか、地下銀行とか、国境を越えた違法な資金の移動は現在の通貨システムでも可能です。仮想通貨だけを目の敵にして、その健全な成長を阻害するような取り締まりをしてもだれの利益にもなりません。そのあたりをご理解いただけるなら、きょうこうしてお話ししたのも無駄ではないことになりますので」

余裕の笑みを浮かべて村松は言った。

3

「簡単には尻尾を出しませんね」

村松と別れて地下鉄の虎ノ門駅に向かいながら、上岡が舌打ちする。

「きょうはとりあえず顔合わせというところだな。村松裕子という人物の品定めとしては成果がなかったわけじゃない」

ことさら落胆もなく樫村は応じた。本格捜査に乗り出してしまえば、刑事と被疑者の利害は鋭く対立する。そんな局面で相手がどう出るか、普段の人柄を把握していればある程度の当たりはつけられる。

「けっこう美人だったじゃないですか。色香に迷ったりしていないでしょうね」

上岡は軽口を叩くが、むしろ横で惚けた顔をしていたのは上岡だ。いずれにせよ、女性の被疑者の取り調べには神経を使う。泣き出したり取り乱したりと感情的な反応をしてくることがしばしばで、男の被疑者の場合のようにドライに理詰めで追及すればいいというわけではない。

しかし村松に関しては、その経歴や現在の立場相応に論理で押してくるタイプだろうというのが樫村の感触だった。だとすれば、こちらもそれなりの理論武装をしてかからなければしてやられる。

「心配なのは独身のおまえのほうだよ。それよりも五課からの情報がまだ曖昧模糊としていて、現状じゃ強制捜査には入れそうにない。せめてビットスポットを経由してマネロンをやっている連中を絞り込めれば、こちらの攻め手も出てくるんだが」

「身元確認記録を開示させて、そこから怪しい人間を炙り出すという手はどうですか」

「マウントゴックスが破綻したとき、届け出のあった債権者は二万五千人近くいたそうだ。ビットスポットはそのあと急速にシェアを伸ばしているらしい。顧客数もマウントゴックスに匹敵するはずで、それを一つ一つ当たっていくには特別捜査本部体制で臨むしかないだろう」

「顧客と言っても、日本人ばかりじゃないでしょうしね」

「そうなんだ。仮想通貨のインターナショナルな性格が、今後マネロンに関わる捜査をますます困難にするだろうな」

「これまでは、普通なら資金の海外移転は銀行を通すしかなかった。そちらは金融当局が目配りしていればある程度の抑止はできましたからね」

「ハンドキャリーのような荒っぽいやり方は税関のほうで摘発できる。地下銀行は総額としては大きいが、個々の送金はごく少額だ。出稼ぎ労働者の母国への送金といった用途が大半だから」

「しかしインターネットに国境がない以上、仮想通貨は自由自在に国境を越えていきます」

「ああ。五課が問題にしている違法薬物販売サイトにしても、運営者が日本人だとは限らない。その種のマーケット自体に国境がなくなりつつあるとしたら、既存の売人たちにとってどころか、国の治安そのものが脅かされることになる」

「外国じゃ兵器や毒物まで売られているそうですよ。いまでも捜査一課は手いっぱいなのに、このさき殺人捜査はアウトソーシングでもしないとやっていけなくなりますよ」

上岡は深刻な顔で頷く。それはあながち冗談とも思えない。樫村は言った。

「彼女が言うように、インターネットや仮想通貨が世の中を便利にしていくのは間違いないんだろうが、そのための対価としてそういう理不尽な負担を社会が強いられるとしたら、むしろそんな進歩は願い下げと言いたいところだな」

「ええ。贅沢を言えば切りがありません。いまだって十分便利すぎるくらいですよ。そもそもインターネットがなくたって、電話やファックスでたいがいの用事は足りていたんですから」

根っからの電子デバイス好きの上岡が言うのだから、逆に納得できるというものだ。

上岡は、マネロン室に来る以前は窃盗犯担当の捜査三課にいた変わり種だ。彼に言わせれば、マネーロンダリングと窃盗は一見畑が違うようでもじつは同根で、盗品の故買や転売のルート解明は、マネロン捜査そのものなのだという。

窃盗の常習犯の場合は、犯行の現場ではなくそうした物と金が行き交う場所の特定から逮捕に繋がるケースが多く、とくに大規模な窃盗グループの摘発では、そんな泥棒稼業のインフラを押さえることがもっとも重要なポイントだというのが彼の持論だ。

近年は盗品の売買もインターネット上のフリーマーケットやオークションサイトで行われるケースが多く、捜査三課時代、上岡はコンピュータ・オタクと揶揄(やゆ)されながら、その知識を活かした手法で数々の実績を挙げてきた。そうした手腕を見込まれてマネロン室にスカウトされてからは、インターネットを介したマネロン事案で、いまや貴重な戦力になっている。

「かといって、進んでしまった歴史を元に戻すこともできない。つまりそれに合わせて警察も進化しなきゃいけないわけなんだが――」

「はっきり言って立ち後れてますね。政府機関や企業に対するサイバーテロにはほとんどお手上げの状況ですから」

「生活安全部にはサイバー犯罪対策課があり、公安にはサイバー攻撃対策センターがあるが、看板や人数だけ増やしてもなかなか優秀な人材が集まらない。一方で犯罪に走る連中の技術は日進月歩だ。今回、五課が目をつけている違法サイトも、なにやら新しい技術を使っているそうじゃないか」

訊くと上岡は、ここぞとばかりに蘊蓄(うんちく)を傾ける。

「Tor(トーア)ってやつですよ。ザ・オニオン・ルーターの略です。要するに目的の場所に至るあいだにいくつものルーターを経由して、そのたびに発信元を暗号化していく。そのプロセスが幾重にも重なるタマネギの皮に似てるからそんな名前がついたんです。ネット上での殺人予告とかオンラインバンキングへのハッキングにも最近使われるようになっているようです」

「だれがそんな怪しげなシステムを開発したんだ」

「なんと、最初に開発に乗り出したのはアメリカ海軍の研究所なんです。軍事機密を保護する目的で始めたんでしょうけど、海軍の手を離れてからオープンソースとして世の中に広まり、おかげで米軍まで第三国からのサイバー攻撃に遭っているわけですよ」

「国の予算で犯罪者に便宜を図ったようなものだな」

「五課が問題にしている違法サイトも、おそらくＴｏｒの技術を使っているでしょう。それだと運営者が特定できないし、専用のブラウザーを使ってしかアクセスできない。ところがＴｏｒを実装したそのブラウザーがフリーソフトとして公開されていて、だれでもダウンロードして自分のパソコンにインストールできるんです」

「なんだか危なっかしい方向に世間が進んでいるような気がするな」

樫村はため息を吐いた。お手上げだというように上岡は続ける。

「ウィキリークスなんかもそうですけど、国家というのは市民の自由を抑圧する存在だと考える連中が世の中には少なからずいて、国家にとって都合の悪い事実が暴露されると、マスコミも含めて喝采したりするんです」

「そういうことが進んでいくと、この社会で正義と悪の線引きがどんどん曖昧になっていくな」

「そうですよ。違法薬物にしたって、それを入手することが市民としての自由の行使だというような理屈をこねる連中がいるわけですから」

「３Ｄプリンターで殺傷能力のある拳銃が作れるデータをネットで流したアメリカのハッカ

ーもいたな」

「コーディー・ウィルソンですね。その人物も市民社会の自由だ権利だというのを大義名分にしてるんです。最新のニュースだと、今度はビットコインの取引記録を追跡不能にするソフトの開発に乗り出したそうですよ」

「それじゃ完全なマネロンソフトだろう」

「名称がダークウォレットだというから、いかにも人を食ってます。しかし彼らの考えでは、それは犯罪じゃない。あくまで市民としての権利の行使なんです」

「IT技術の進歩の行く手にあるのは、バラ色の未来じゃなくて暗黒社会ということになりそうだな」

言いしれぬ無力感を覚えながら樫村は言った。村松は仮想通貨による明るい未来を強調したが、その方向とコーディー・ウィルソンのようなある種のアナーキスト（無政府主義者）が目指す社会が同じものだとしたら、そうした巨大な潮流のなかで、警察はだれとどのように闘えばいいのか。

国家権力を付与された警察がそれを行使するのは、もっぱら市民の生命と財産を守り、社会の治安を維持するためだと考えて、きょうまで警察官としての職務を遂行してきた。

しかし社会が望んでいるのが、国家や既存の金融機関の管理を離れた通貨システムで、それがたとえ不法な資金移動の温床になろうとも意に介さないという方向に物事が進んでいけば、犯罪者は裏と表のマネーの世界を大手を振って往来するようになる。

それを好ましいと断言できる人間はいないはずだ。しかし自分に直接被害が及ばない限り、ことさら目くじらを立てようとはしないだろう。そこにマネーロンダリングという犯罪の厄介な点がある。

政治家の汚職にしても似たようなところはあるが、それでも結果的にかすめ取られるのは国民の税金で、それを許容できる一般の国民はまずいないだろう。

マネーロンダリングに関しては、そもそもその事実が表に出ることがごく稀なうえに、その行為によって直接害を被る者は誰もいない。しかしそれを許容すれば、犯罪組織やテロリストの経済基盤をより強固なものにして、結果的に国家や市民社会に甚大な被害を与えることになる。

「我々にできるのは一つ一つの事案を丹念に潰していくことくらいですが、次から次へと新手の手法が出てくるようじゃ、けっきょくモグラ叩きですからね」

上岡も嘆く。かつてはあらゆる技術の進歩が、人間を幸福にしてくれるものと信じられた。しかし交通や通信や物流が昔からは考えられないほど進歩した現代にあって、人はそのぶん幸せになったかと問われれば、そう簡単には頷けない。

樫村のかつての所属は経済事案や政治事案——いわゆる知能犯罪を担当する捜査二課で、上岡は窃盗犯担当の捜査三課。いずれも具体的な犯人像があり、追い詰めるのはあくまで人だった。

しかし今回のような仮想通貨を使ったマネーロンダリング事案となると、追い詰めるべき相手は人というより巨大なデータの怪物だ。あるいはネットワーク上を自在に行き交う透明人間か。それは警察の手に余るのではないかという危惧もなくはない。

「だからといって、現行の法制度で対応できるのは警察だけだ。さっき話に出たシルクロードのケースにしても、FBIはしっかり摘発しているんだから、やってやれないことじゃない」

「でもFBIは、うちとは規模も桁違いなうえに、法的権限も強力ですからね」

上岡は天を仰ぐ。そう言われてしまえば返す言葉もない。

4

本庁に戻ると、係長の須田和正(すだかずまさ)がさっそく訊いてきた。

「どんな調子だった、美人のCEOは？」

「なかなか隙を見せません。中途半端に攻めていっても、翻弄（ほんろう）されて終わるような気がします」

樫村は先ほどの状況を率直に説明した。須田は柳の葉を思わせる痩軀（そうく）を応接スペースのソファーに沈めて鷹揚に頷いた。

「まあ、初対面としてはそんなもんだろうな。五課からの情報にしてもまだ詰めが甘い。せめて違法サイトの関係者の一人か二人、特定できればいいんだが、それもやらずにこっちへ丸投げしてくるから困ったもんだ」

樫村とは五歳違いで、古巣の捜査二課の先輩でもある。着任したのは樫村より先だ。ひょんなことから組織内部の地雷を踏んで冷や飯を食わされていた樫村を、マネロン室にスカウトしたのは須田だった。

ある会社を舞台にした手形詐欺事件で樫村が逮捕したのがたまたま警察庁の大物キャリアの親類で、直後に樫村は担当を外され、被疑者は容疑不十分で釈放された。以来出世の道は閉ざされて、辞表を書きかけたこともあったが、妻子のことを思えばそれもできずにいた。そんな燻（くすぶ）っていたときに差し伸べられた須田からの救いの手によって、いまの樫村はあるとも言える。

「売人のネットワークから、そういう情報は拾えないんですか」

上岡が問いかける。須田は力なくかぶりを振る。

「そいつらにしても、なかなか正体が摑めないようなんだ。信憑性でいえば都市伝説の類いとさして変わりないんだが、現実問題として、連中のマーケットが相当侵食されているのは間違いないらしい」

「だとしたら、ビットスポットがマネロンの窓口になっているというのも都市伝説に過ぎないかもしれませんね」

上岡は投げやりに言う。気を取り直せというように須田は応じる。

「じつはおれのほうでサイバー攻撃対策センターに依頼して、問題の違法サイトとビットスポットのあいだのビットコインの動きをチェックしてもらったんだよ。月に数回、かなりな額の資金移動があるのが確認された」

サイバー攻撃対策センターは二〇一三年に発足したサイバー攻撃特捜隊を前身とする部署で、サイバー犯罪の捜査や情報収集、攻撃の特徴や背後組織の分析、被害の未然防止などを専従的に行っている。民間からの人材登用も積極的に進めており、技術面では警察庁や各管区にいる情報技術部隊――サイバーフォースの支援も受ける、日本のサイバー犯罪捜査のもっとも先端的な組織の一つと言っていい。

警視庁での所属は公安部だが、新設部署のせいもあって従来の公安の各課のような縄張り意識もなく、刑事部や生活安全部、組対部との連携も積極的に行っている。

「だったら間違いないじゃないですか」

上岡が勢い込む。須田は冷静に言った。

「だからといって特定の個人や法人に紐付けできるわけじゃない。それが現金化されたとき、ビットスポット内部では特定が可能かもしれないが、そこまでの情報開示は犯罪収益移転防止法の適用範囲に入らない。それはあくまで口座を開設する際の本人確認に関わる部分だけで、具体的な取引内容についての捜査となると捜索令状が必要になる」

「ビットスポット自体も、その取引が犯罪収益に関わるものだったかどうかは知ることができないと言い逃れるでしょう。仮想通貨というのが、そもそもそういう仕組みなんですから」

樫村は言った。須田はそこだというように頷いた。

「仮想通貨の支持者は、それがハッカーから資産を護るための最良の手段だと言っている。あえてそれを否定はしないが、一方で、マネーロンダリングを行う者にとっても、そこは大いに利用価値のある部分だからな。だからといって指を咥(くわ)えて見ていたら、警察は商売あがつたりだ」

「それも悔しい話ですね」

深刻な顔で上岡は頷く。樫村は思いきって言ってみた。

「おとり捜査という手もありますよ」

「おとり捜査？」

須田と上岡が声を揃えて問い返す。樫村は頷いた。

「いまの段階では仮想通貨のシステムに法的に介入することは困難です。そのための根拠法が整備されていないし、別の側面からは仮想通貨のシステムそのものがそれを著しく困難にしている。だったら勝負の場所を仮想空間ではなく、現実の世界に移せばいいわけです」

「なるほどな。金のやりとりは仮想空間で行われていても、物のやりとりにはどうしても人間が介在する。オーソドックスなやり方だが、こっちはリアル空間で仕掛けるのが利口なやり方かもしれないな」

須田は思案げに言う。樫村は続けた。

「その違法サイトで、実際に薬物を購入する。どういう手段で送ってくるのかわかりませんが、郵便でも宅配便でも、送り主を突き止める方法はいろいろあります。我々が直接やるのは無理ですが、五課の薬物捜査班なら問題ないでしょう」

日本ではおとり捜査は原則として認められていないが、薬物や銃器等に関してはそのかぎりではなく、適法とする最高裁の判例がある。上岡も乗ってくる。

「それならリアルとバーチャルのハイブリッド捜査ができますよ。こちらがビットコインを支払いに使えば、その移動状況がチェックできます。うまくいけば、そのビットコインがビットスポットに流れ、それが現金に交換された事実を把握できるかもしれない」

「そうだとしたら、おれたちが単独で進めるより、五課の薬物捜査班やサイバー攻撃対策センターとチームを組んで進めたほうが効率がいいだろう。これから室長にその作戦を進言してみるよ」

マネロン室長の草加公彦（くさかきみひこ）は、組対部総務課長も兼任しており、組対部という大所帯の全体に目配りする立場でもある。

横断的な組織犯罪捜査を表看板にする組対部も、裏を返せば烏合（うごう）の衆（しゅう）になりがちで、それぞれが古巣から引き継いだ縄張り意識をなかなか捨てられない。その意味で自らの直轄部隊であるマネロン室への草加の期待は大きい。

やくざや麻薬の売人が商売相手の四課や五課と違い、マネロン室の仕事の舞台は世界だというのが口癖で、ビットコインというインターナショナルそのものの仮想通貨が絡んだ今回の事案は、そんな意味でも草加好みと言えそうだ。過去には捜査一課も捜査二課も経験しており、現場に強い叩き上げという点も心強い。

「それがいいですね。餅は餅屋と言いますから、それぞれの分野のプロフェッショナルがチームを組めば、開かない扉もなんとかこじ開けられるかもしれません」

期待を込めて樫村は言った。

5

草加はさっそく動いてくれた。

マウントゴックスの事件があって以来、マネロン室長という立場からその方面のことがやはり気になっていたようだ。

話を持ち込んだ五課の薬物捜査担当班はもちろん、サイバー攻撃対策センターも精鋭を送り込んでくれるという。後者の表看板はその名のとおり企業や官公庁、社会インフラへのサイバー攻撃に関する捜査だが、仮想通貨も将来的には重要なインフラの一つとなるかもしれない。だとしたらチームに参加する意義は大きいと考えたようだ。

翌日、組対部総務課の会議室に参集した五課薬物捜査担当班とサイバー攻撃対策センターの係長、須田と樫村たちマネロン室の面々を前にして、草加は意欲を込めてこう語った。

「テロや犯罪資金の国際的な移動を封じ、世界レベルでの組織犯罪撲滅を目指してＦＡＴＦが創設されて以来、日本の警察も様々なレベルでマネーロンダリングの摘発と防止に力を注いできたが、ビットコインに代表される仮想通貨の登場は、そうした努力がすべて水泡に帰すほどの影響力を秘めている。それ自体が犯罪の幇助を意図したものではなく、一定の社会的な利便性を有しており、世界の金融界の有力者にもその可能性に期待する人々がいるという点も厄介なところだ。そういう意味で、今回の事案は試金石とも言える。サイバー攻撃対策センターのみなさんのご協力も得て、この事案を来るべき時代のマネロン捜査のモデルケースとしたい」

いかにも大袈裟な物言いだが、方向性は間違っていない。このチーム編成が功を奏すれば、近年急速に進行する犯罪全般のIT化の進展にキャッチアップする足がかりにもなる。

組対部五課の薬物捜査第三係長、三宅高広が身を乗り出す。

「難しい理屈はともかく、ビットコインやらなにやら厄介なものが世間に広まると、犯罪そのものが国際化してしまいます。草加室長のおっしゃるとおり、従来の手法ではそんな流れに対応しきれない。今回我々が着手している事案についても、放置しておけば海外の違法薬物販売サイトが次々日本に進出してくる。その意味で、今回のマネロン室からの提案は非常に興味深いものがあります」

「そもそも組対部が発足した理由が、大規模化する組織犯罪に対し、従来の垣根を取り外して横断的に、より効率的な捜査体制を構築するためだった。しかし実際にはかけ声ばかりで、いまだに寄り合い所帯の感が強い。ここ最近多発するサイバー犯罪に対応するには、それでは常に後手に回る。このままでは警察が税金泥棒になりかねない」

草加はいつもの愚痴を一くさり聞かせる。組対部総務課長という役職は、いわば組対部全体の管制官のような役割で、縄張り意識の強い部内の勢力調整に日々頭を悩ませている。頭脳明晰で、古いしがらみに拘らない柔軟な発想の持ち主だが、そこが古い体質から抜けきらない生安や捜査四課からの横滑り組に煙たがられる原因にもなっている。

そんな草加にとって、五課がわざわざ持ち込んできた今回の事案は、日頃の持論を実践するうえで絶好の機会といったところだろう。サイバー攻撃対策センターの第四係長、相田豊が続いて口を開く。

「我々は公安部に所属していますが、マネーロンダリングは経済事案であると同時に公安事案でもあると常々感じてきました。そこでは犯罪に関わる収益だけではなく、テロリストの資金も動くわけです。同時に国際的に見れば、組織犯罪とテロリストの関係も根深いものがある。麻薬の密売を資金源にしているテロリスト集団は珍しくありません。その意味で、今回の共同捜査は、サイバー空間を利用した闇の資金の移動という、我々がいま突きつけられている大きな課題にどう対処していくか、その重要なテストケースになるかもしれない。そういう観点から、我々としても協力を惜しまないつもりです」

草加の話に触発されてか、こちらも風呂敷の広げ具合が大きい。樫村としては開かない扉をなんとかこじ開けようと思いついた窮余の一策に過ぎないが、五課もサイバー攻撃対策センターも、ここぞとばかりに大仰な大義を振りかざして乗り込んできた。

草加が主張する効率的な捜査体制の追求というより、仮想通貨という新たな捜査領域に、それぞれが出遅れないようにとりあえず唾をつけておこうという目論見もありそうな気がしてくる。負けてはいられないというように須田が言う。

「我々の捜査領域は原則的に日本国内ですが、マネロン室はＦＡＴＦの勧告に従って設置されているＪＡＦＩＣの実働部隊でもあります。つまり日本国内で仮想通貨によるマネーロンダリングを蔓延させれば、国際社会から非難を浴びることになる。今回の事案はまだ犯罪としての規模は小さいと言えますが、蟻の一穴という言葉もあります。小さな段階で潰しておかないと手遅れになります」

大きく頷いて草加が応じる。

「問題はそこだな。例のマウントゴックスにしても、一時は扱い高で世界シェアの七〇パーセントを占めていたというが、その顧客に占める日本人の割合はわずか一パーセントだったそうだ。あの騒ぎ以来、我が国でも注目されて、日本人の比率はだいぶ増えていると言われてはいるが、そのことは、仮想通貨による資金の移動に事実上国境が存在しないことを意味している。さらに言えば、日本に拠点を置いた会社がそれほどのシェアをとるということは、日本の金融行政のチェックがそれだけ甘いとみられているからかもしれない」

「いまは警察庁に移管されましたけど、当初ＪＡＦＩＣが置かれていたのは金融庁でしたからね。そもそも司法警察権のない省庁にマネロンの取締機関を置くという発想からして、認識が甘かったと言われても仕方がないでしょうね」

黙っていては損だというように上岡が口を挟む。傍らで須田も頷く。

「金融庁も最近は仮想通貨に対して法的措置を講じる動きを見せているようですが、日本が火元になって世界を犯罪収益やテロ資金が駆け巡るようになれば、我が国の国際的な信用は丸潰れになりますよ」

「そうなったらえらいことだ。これまでだって国内でのマネロン関連の法整備をもっと進めるようにとＦＡＴＦから何度も勧告を受けている。一方で仮想通貨を使ったマネーロンダリングの先進国になり、その取り締まりの面では後進国という話になったら、日本の警察が世界の笑いものになりかねない」

マネロン室を、いや組対部そのものを世界の檜舞台に立たせたいと言わんばかりに、草加の気炎は止まらない。気持ちはわからないでもないが、捜査自体は地道に進めなければならない。

「そろそろ具体的な話に入りませんか。まず気になるのは、今回のおとり捜査が、法的な面で可能かどうかなんですが」

　水を差すように樫村が切り出すと、鷹揚な調子で三宅が応じる。

「なに、薬物や銃器取り締まりの現場では珍しい捜査手法じゃない。裁判では証拠能力も認められている。ただ違法薬物を購入するといっても、我々はやり方がよくわからない。ビットコインとかいうものを使ったことがないんでね」

「そちらは我々がやります。ただ購入した違法薬物の受け取り人となる捜査員を一人ないし数名指定していただけますか。偽名でも結構ですが、実際に薬物が発送された場合、確実に受けとることができるかたちにしておいてください。運営者の特定は一度では難しいと思います。何度かリピートして尻尾を摑むことになるでしょう」

「たしかに今後の捜査のこともあるし、捜査員に危険が及ぶこともあるから、偽名じゃないとまずいな。なに、そういうのは慣れているから、二、三日のうちに手配するよ」

　どういう手を使うのかは知らないが、潜入やおとり捜査は彼らの十八番なのだろう。三宅は簡単に請け合った。

「そうしていただけるとありがたい。薬物の受け渡しを我々が行うと、麻薬や覚醒剤取締法の適用対象になってしまいますので」

「わかってるよ。おれたちの場合、捜査上の正当な理由があればそこはお目こぼしだ。その手の薬物はうちの捜査員の机の抽斗(ひきだし)に売るほど入ってるよ。なんなら売りを仕掛ける手もあるぞ。そういう業者にとっては仕入れも大事な仕事だ。ブツを売る話を持ちかけると、けっこう引っかかるケースがあるんだよ」

三宅は恐ろしい話を平気で口にする。良い悪いは別として、かつてマル暴の捜査四課として鳴らした組対部四課と同様に、生安の銃器薬物対策課がそっくり移動した組対部五課にも、闇社会との持ちつ持たれつの間柄がいまも色濃く残っているようだ。

そんな体質こそが問題だと言わんばかりに、草加が今度は相田に話を向ける。

「今回の捜査では、おたくたちに大いに期待しているよ。見通しはどうだね」

相田は満を持していたように身を乗り出した。

「大きな壁が二つあります。一つはビットコインに関してで、資金の移動状況はブロックチェーンの解析で把握できても、それを特定の個人に紐付けできない点。もう一つは、違法サイトがＴｏｒという通信システムを使っている点です。そちらも高度な暗号化技術によって匿名化されており、それによって構築されたサイトはＴｏｒを経由してしかアクセスできず、運営者がだれかを特定することもできません」

「それを突破する方法は？」

草加は興味津々という顔で問いかける。慎重な口ぶりで相田は続ける。

「Ｔｏｒに関しては、欧米を中心に世界の大使館が外交機密文書の送受信に使っているほどで、傍受するのは極めて困難ですが、Ｔｏｒを利用して違法サイトと連絡を取るぶんには、普通に電子メールを利用したりウェブサイトを閲覧するのと変わりありません」

「つまりおとり捜査で取引上のやりとりをすれば、向こうの情報も自然に入ってくるわけだ」

「どこまでの情報が得られるかはやってみないとわかりませんが、そこに業者のハンドルネームとかビットコインの送金先ＩＤなどが記載されていて、それを一般のインターネット上でも使い回しているケースがあります。そこを糸口に該当する個人を特定していく。シルクロードの摘発でＦＢＩが使った手法がそれだったと聞いています」

「それで紐付けができるわけだ」

「もちろんインターネット上の大量のデータを解析する必要があるでしょうが、それで個人が特定でき、ビットコインの移動状況とも関連づけられれば、かなり網が絞られることになります。さらに重要なのは現物の発送です。宅配便やメール便、郵送といった方法がとられると思いますが、その場合、消印や伝票から発送元をある程度特定できるでしょう」

三宅が負けじと胸を張る。

「それならうちがきっちり押さえるよ。郵便ならその集配局の管内にある郵便局やポストに捜査員を張り付ける。宅配便ならどこから送られたかもっと正確にわかるから、それも人を張り付ければ、送った人間は簡単に割り出せる。そいつはどうせ下っ端だろうが、頭目がだれか、ヒントくらいは吐き出すだろう」

「そういう情報を総合していけば、サイトを運営している人間が特定できるかもしれないな」

草加は期待を隠さない。言い出しっぺのマネロン室が黙ってはいられないとばかりに、上岡が割って入る。

「品物の発注やビットコインでの支払いは我々のほうでやります。もしサイトの運営者や関係者が絞り込めたら、ビットスポットの身元確認記録をもとに、名前や住所まで特定できるかもしれません。そこまでなら我々の権限で捜索令状なしにできますから」

「ばれないように頼むよ。場合によってはうちの捜査員に危険が迫ることもあるわけだから」

三宅は嫌みな調子で釘を刺す。上岡は自信を覗かせた。

「もちろんミスは許されませんが、そもそもＴｏｒもビットコインもシステムが完璧すぎて、ＦＢＩでさえ解明に苦労したんですから、組織側の連中がこちらの正体を見破るなんてまず不可能でしょう」

そのとき樫村のポケットで携帯が唸りだした。取り出してディスプレイを覗くと、記憶にない番号が表示されている。間違い電話かいたずら電話か——。それでも気になるので、席を立って会議室の隅に移動し、「はい」と応答してみると、どこかで聞いたような女の声が流れてきた。

「あの、樫村さんですね。村松です」

ビットスポットのＣＥＯ——。なにか思い当たることがあればと名刺に携帯の番号を書き添えておいたが、きのうのきょう電話が来るとは意外だった。

「ああ、きのうはお時間をとらせて申し訳ありませんでした。なにかご用事でも？」

戸惑いを隠して応じると、村松は他聞を憚るように声を落とした。

「あの、こんなことを樫村さんにご相談していいのかどうか」

樫村は問いかけた。

「なにかお困りのことでも？」

きのうの悠揚迫らぬ態度とは明らかに違う、どこか怯えたような声で村松は言った。

「助けてください。命を狙われているような気がするんです」

第二章

1

「いまどちらに？」

樫村は問いかけた。押し殺した声で村松は答える。

「都内のあるホテルにいます。セキュリティがしっかりしていると評判なものですから」

「身辺でなにか起きたんですか」

「じつはけさ、会社宛てにレターパックが届いたんです。送り主の名前に覚えはなかったんですが、スタッフがうっかり開けてしまって――。入っていたのは血のついた小型ナイフと『村松、次はおまえだ』と書いた名刺大のカードでした」

「血のついたナイフですか」

覚えず問い返すと、会議室に参集していた面々が一斉に耳をそばだてるのがわかる。村松が慌てたように付け加える。

「最初はそう見えたんです。でもどこか不自然なので触ってみたら、ペンキとかラッカーのような赤い塗料が固まったものでした」

「脅迫の意味があるのは間違いないようですね」

努めて冷静に樫村は応じた。いままさに危険が迫っているわけでもなさそうだ。だからといって放っておいて、結果的に重大な事件に発展してしまう事例も少なくない。最近のストーカー殺人事件の多くは警察の初動に問題がある。村松が言う。

「じつはここ一ヵ月ほど、私の個人アドレスに不審なメールが届くようになったんです」

「どういう内容でしょうか」

「最初は弊社のサービスについてのクレームでした。心当たりのない内容だったので、その旨、丁寧に説明して返信したんですが、送信不能で戻ってきました。発信者名は〈フロッグ〉で、発信元のアドレスも見覚えのないものです。不思議なのは、どうして私のアドレスを知ったかなんです。私は個人用のメールアドレスは公開していません。知っているのは社内のごく一部の者や友人だけなんです」

「その内容がエスカレートしたわけなんですね」

「そうなんです。私にCEOの座を降りるようにしつこく迫ってきたんです。でも、そういうことをされる理由がわかりません。いわゆるストーカーかとも思ってみたんですが、それとはなにか気配が違うんです」

「気配というと？」

「大学にいたころ、ストーカーに付きまとわれたことがあるんです。そのときの気配とどこか違うんです」

「どういうことでしょう？」

「ストーカーはメールとか電話も使いますが、基本的にはリアルな接触を求めてくるんです。彼らの欲求はバーチャルな世界では完結しませんから。でもこのケースではそれがないんです」

いかにも村松らしい論理的な見解だ。だとすると目的は別にある。そう村松はみているらしい。

「ストーカー以外で、思い当たることはありますか」

「競争の激しい業界なので、敵は大勢いますから。地元の警察署にも相談したんですが、ただの悪ふざけだろうとみて、捜査には乗り出してくれないんです」

「そんなメールが日に何十通も？」

「いいえ、二日か三日に一度くらいです。そのくらいだと実害が出ているとは言えず、威力業務妨害罪も適用できない。具体的な被害が出る状況になったら知らせて欲しいと言って取り合ってくれません」

「通報したのはどこの所轄ですか」

「最初はオフィスのある地域を管轄する愛宕警察署でした。けっきょくそこでは相手にされなくて、次に相談したのが自宅に近い世田谷警察署でしたが、そちらも似たような対応でした」

村松は不満げな口ぶりだ。気持ちはわかるが、所轄の対応としてはそんなものだろう。いわゆる迷惑メールや迷惑電話のすべてを警察が捜査していたら、人手がいくらあっても足りなくなる。とはいえ、ここでそれを言っては身も蓋もない。

「CEOを辞めろという要求からすると、内部の人間という見方もできますね」

「社内関係は円満です。そもそもこういう業種ですから、役員も従業員も一般の企業と比べて少ないので、お互い気心が知れています。そういう行動に走るような者は思い当たりません。恨みを買うようなことがあるとしたら、仮想通貨の投資で損をしたお客さまですが、うちは単に仮想通貨とリアル通貨の交換をしているだけで、投資顧問のようなことはやっておりませんので」

「いずれにしても、そこまでやられたら脅迫罪が成立します。村松さんが行動の自由を奪われホテル住まいを余儀なくされているようなら威力業務妨害罪も成立します。すぐに愛宕警察署に被害届を出してください。私のほうからも話を繋いでおきます。差し支えなければ、いまいらっしゃるホテルを教えていただけますか」

村松は、汐留にある某一流ホテルの名を告げた。

2

村松からの電話の内容を会議に参集していたメンバーに説明すると、全員が強い関心を示した。

「他人の不幸に便乗するわけじゃないが、樫村を頼ってきたのは我々にとっては願ったりだよ。気の利かない対応をしてくれた愛宕署と世田谷署には感謝したいくらいだな」

皮肉な調子で草加が言う。須田ももちろん歓迎する。

「突破するのが難しそうだった壁が、これで少し脆くなるかもしれません。これをチャンスに接触を深めれば、いいかたちでの協力が得られるかもしれない」

三宅も興味を隠さない。

「というよりその脅迫騒ぎ、おれたちが抱えている事案と繋がりがあるんじゃないのかね。違法サイトでドラッグの密売をやっているような連中だから、その手の悪事はお手のものだよ」

「そのCEOが、そいつらになにか弱みを握られているということかね。だったら樫村のところに自分から飛び込んできたりはしない。それじゃ藪蛇になるだろう」

草加は首を捻るが、樫村はあながちあり得なくもないような気がした。マウントゴックスの破綻騒ぎのとき、のちに逮捕されたCEOのマルク・カルプレスは、ビットコインが何者かに盗まれたとして自分から警視庁に相談している。どういう思惑だったかはわからないが、結果的にそれが実態解明の端緒になった。

もし命を狙われるような裏事情があるとしたら、それが発覚すれば法に抵触するようなことだったとしても、命と天秤にかければ軽いと判断するかもしれない。あるいは五課にたれ込みをしてライバルを潰してもらおうとする違法薬物密売業者のようなケースもある。うしろ暗い事情を抱えている者にとって、場合によっては警察が仏に見えることもあるだろう。

「いずれにせよ、付き合って損をする話ではないと思います。もちろん眉に唾をつけてかかる必要はあるかもしれませんが」

腹を括って樫村は言った。まかり間違って村松が殺されるようなことになれば、警察官として慚愧に堪えないのみならず、今後の捜査にも支障を来しかねない。

村松は会社のスタッフに指示して、愛宕警察署に被害届を提出した。その前に樫村のほうから事情を説明しておいたから、今回は迅速に受理されたようだった。

樫村は上岡を伴って村松が投宿しているホテルへ向かい、愛宕署の田川という捜査員と鑑識係員とはそこで落ち合った。

村松は人目につきやすいロビーを避けて、樫村たちを自室に招き入れた。

「届いたのはこれなんです」

いかにも値の張りそうなスイートルームのソファーに腰を落ち着けると、村松はさっそくレターパックをテーブルに置いた。

宛先は会社で、送り主は高木俊雄となっている。住所は埼玉県越谷市と記載されているが、脅迫目的で送られたものならどちらも嘘だと考えるべきだろう。消印をみると日本橋郵便局の扱いで、日付はきのう、時間帯は十二時から十八時となっている。

鑑識係員が証拠品取り扱い用の白手袋を着けて中身を取り出した。

村松が言っていたように、なかから出てきたのは名刺大のカードと、ビニールの緩衝材で包まれた刃渡り一〇センチほどのナイフで、一見するとべったり血糊が付着しているようだ。

鑑識係員が指で触れても白手袋に色は移らない。やや強く擦っても色はとれない。その匂いを嗅いで鑑識係員は顔を上げた。

「水性の塗料だと思います。ホームセンターへ行けば簡単に買えるものです」

「そこに書いてあるのが、単なる脅しではないような気がするんです」

村松はカードを指さした。「村松、次はおまえだ」の文字はフェルトペンによる手書きで、筆跡はレターパックの宛先や送付者欄の筆跡と似ている。樫村はもう一度確認した。

「心当たりはないんですね」

「あの――」

村松はなにか言いたげだったが、その先は言葉を濁らせた。

「ありません。どうしてこんなことをされるのか――」

「どんな些細なことでもけっこうです。思いがけない糸口になるかもしれませんので」

樫村はさらに一押ししてみたが、村松はやはり曖昧な言葉を返す。

「世の中にはいろいろな人がいますから。私は身に覚えがなくても、勝手に恨みを抱いている人がいるのかもしれません」

田川が身を乗り出す。

「このナイフとカードは、レターパックの外装も含めて証拠物件としてお預かりして、うちのほうで指紋の採取や投函された場所の特定を進めます。それで当面どうされますか。このままホテルにいればセキュリティに不安はないと思いますが、それではなにかと不自由でしょうから」

「会社のほうもセキュリティの面での心配はないんですが、自宅は普通の一戸建てなので——。かといってそういつまでもホテル住まいはできませんので」

「もしご自宅に戻られるようなら、世田谷署と連携して、周辺を重点的にパトロールすることもできますが」

組対部がいま力を入れている重要事案の関係者で、なにか起きれば捜査に支障を来すという話を樫村のほうから伝えてあるので、所轄も気を遣ってくれているようだ。

「お願いできれば幸いです。一人暮らしなものですから、やはり不安は感じますので」

村松はいくらか安心した様子だが、樫村はどこか腑に落ちない。たぶん村松はまだすべてを語ってはいない。ではどうしてわざわざ樫村に助けを求めたのか——。

面識があるといっても、きのうが初対面だ。あのとき樫村の捜査対象に自分が含まれていることを、村松はたしかに感じとったはずだった。

脅迫メールについて相談を受けたとき、愛宕署と世田谷署の対応がおざなりだったのはわかるが、だからといって今回その樫村にコンタクトしてきたことには、やはり理由があるように思えてならない。樫村は言った。

「これまで送られてきた電子メールのデータをコピーさせていただけますか。今回の事件は明らかに刑事捜査の対象になりますので、メールを送った人物をそこから特定できる可能性があります」

「その場合、逮捕していただけるんですね」

「もちろんです。罪状としては二年以下の懲役または三十万円以下の罰金に相当します。量刑は軽いですが、抑止効果は大きいはずです」

「だったら、すぐに犯人を突き止めてください。お願いします」

村松は懇願するような調子だ。犯人にやはり心当たりがあると樫村は直感した。

3

村松はノートパソコンに残していた脅迫メールのデータを提供してくれた。上岡はそれを自分のパソコンにコピーした。そちらのほうはサイバー攻撃対策センターに発信元を究明してもらう話がすでについている。

ナイフその他の証拠物件は愛宕署の鑑識係員が持ち帰った。ポイントとなるのはナイフやレターパックに残っているかもしれない指紋だが、もし検出できたとしても過去に犯歴を持つ者以外なら当面は役に立たない。しかしメールから犯人が特定できた際には、言い逃れることのできない物証となる。

「電子メールのほうは、簡単にいくかどうかわかりませんよ」

田川たちとはホテルの前で別れ、警視庁に戻るタクシーのなかで上岡が言う。

「いわゆる成りすましメールかもしれないからな」

樫村が応じると、上岡は首を横に振る。

「ただの成りすましなら簡単に見破ることができます。問題は例のＴｏｒを使われた場合ですよ」

「タマネギの皮みたいに接続経路を次々暗号化していくやつだな」

「そうです。今回の捜査対象の違法薬物販売サイトもそうですけど、それだと発信元の逆探知ができませんから」

「しかしそこまで凝ったことをするケースは稀だろう」

「そんなことはないですよ。Ｔｏｒの使い方は簡単だし、それを実装したソフトは全世界で一億本以上ダウンロードされています。以前日本で起きて大きな騒ぎになったコンピュータ遠隔操作事件でも、犯人がＴｏｒを使っていたため、警察が誤認逮捕を繰り返した苦い経験があるじゃないですか」

「レターパックや脅迫のためのカードに自分の筆跡を残したくらいだから、そこまで用心深いやつだとも思えないがな」

「コンピュータ関係のオタクなら、リアルな領域には頭が回らない可能性がありますよ。それに仮想通貨取引所をやっているくらいの会社だから、サイバー関係のノウハウもあると考えるでしょう。そういう内情がわかってのことなら、それなりに周到な手口を使うと思います」

そんな不安を口にしながらも上岡はどこか楽しげだ。サイバー攻撃対策センターという援軍を得て、その小手調べに最適な事案とでもみているらしい。

村松から提供されたメールのコピーについては、サイバー攻撃対策センターがさっそく解析に取りかかった。しかしIPアドレスが特定できても、それを送信した個人に紐づけるにはプロバイダー（インターネット接続業者）からの情報開示が必要で、その場合、早くても一両日はかかるだろうという。

発信者名は〈フロッグ〉で共通しているが、発信元のメールアドレスは一定していない。メールの文言はたしかに脅迫と受け取れる内容だが、必ずしも加害の意思を明確にはしていない。

天罰を受けて地獄へ落ちるだろうとか、正義の鉄槌が下されるだろうといったあくまで間接的な表現にとどまり、その場合は脅迫行為には該当しないという判例が過去にいくつも出ている。

今回送りつけられたナイフの件にしても、判断は微妙だ。カードに書かれた文言には、自分が殺すという能動的な表現はなく、ナイフについていたのも血糊ではなく赤い塗料だった。とはいえ犯人が特定できればビットスポットの内情に関わるなんらかの情報が得られる可能性は高く、それが今後の捜査に有用であろうことは間違いない。

愛宕署は世田谷署と連携をとってくれて、村松の自宅周辺を、あすから地域課の自動車警ら隊が重点的にパトロールすることになった。村松自身が不審なことに気づいたときは、連絡をもらえれば迅速にパトカーを差し向けるという。

それを伝えると村松もとりあえず安心したようで、用心のために一両日はホテルに宿泊するが、その後は自宅に戻るとのことだった。

事情がどうあれ、捜査の上で自分が関わった人間に死なれるのは辛い。捜査二課の若手刑事だったころ、ある汚職事件で、自分が取り調べを担当していた被疑者が自殺したことがあった。

そのとき樫村は、若気の至りで厳しい事情聴取をした。その結果なのかどうかはわからない。しかし自分がその被疑者を自殺に追いやったのではないかという慚愧はいまも消えない。被疑者であれ協力者であれ、捜査に関係した人間を死なせることは刑事として致命的な失態だ。二度とそれは繰り返せない。そんな意味でも村松に危険が及ぶのは防がなければならない。

帰庁後、刑事部屋に隣接した会議室に四係のメンバー全員が集まって、樫村がここまでの捜査状況を説明した。

参集しているのは須田と上岡に加え、倉持徹（くらもちとおる）巡査、橋本久典（はしもとひさのり）巡査部長、紅一点の矢沢美弥子（やざわみやこ）巡査という顔ぶれだ。

倉持は柔道三段、空手二段の武闘派で、知能犯罪を扱うマネロン室では特異な存在だ。背丈はさほどないが、背広の上からもわかるほどの筋骨隆々の体型で、丸刈りの頭とも相まってなかなか威圧感がある。

マネロン事案には暴力団が絡んでいるようなケースも少なくない。捜査の現場ではなにが起きるかわからない。切羽詰まった知能犯が突然粗暴犯に転じるような事態がなきにしもあらずで、倉持の強面ぶりはそういう場合には頼もしい。前任は所轄の生活安全課で、詐欺やマルチ商法のような経済事案を担当していた。

橋本は前任が捜査一課の殺人班という変わり種だ。殺人事件を専門に扱う警視庁の花形部署で、刑事ならだれでも憧れる。わざわざ志願してそこからマネロン室に異動してきた理由が振るっていて、被害者の弔いでしかない殺人捜査に空しさを感じたからだという。

殺人犯をいくら検挙しても、死んだ人間は生き返らないし、世の中は少しも変わらない。本当に悪いのは世間の仕組みで、そこに切り込む仕事がぜひしたい――。

なかでも橋本が関心をもったのがそのころ創設されたばかりのマネロン室で、商学部卒だから簿記にも明るい。マネーロンダリングという耳慣れない用語も橋本にとって新鮮だった。

それから異動の希望を出し続け、ようやく叶ったのが六年前。捜査一課仕込みの現場の勘は鋭く、知能犯捜査一筋の樫村などとはひと味違うひらめきを見せる。

二人ともかつては樫村とは別の班に属していたが、ある大きな事件で横断的な態勢を組んで、そのとき息が合ったことから須田が草加に談判し、こちらの班に引き抜いた。以来二人は樫村や上岡にとって頼りになるチームメイトになっている。

矢沢美弥子は昨年異動してきたばかりの新人で、警視庁に奉職してまだ五年目。大学では心理学を専攻したという異能の持ち主で、犯罪心理学の視点から犯人像を描き出すプロファイリングに興味があって警察を志望したという。

もちろん希望は捜査一課殺人班だったが、そう都合良くことが運ぶはずもなく、とりあえずなんでもいいから刑事になりたいと異動の希望を出し続け、たまたま空きがあったのがマネロン室だった。

身長は女性警察官採用基準ぎりぎりの一五五センチのうえ、実年齢より五歳は若く見える愛らしい童顔だ。普通なら職場のアイドルといったところだが、その風貌に騙されて適当にあしらうと、鋭い舌鋒でしっぺがえしを食らう。

着任当初から真面目な顔でプロファイリングの蘊蓄を傾ける癖があり、マネロン捜査にその手の手法が使えるとも思えず、樫村を始め四係の面々は冷ややかに聞き流していたものだった。

ところが犯罪心理学は殺人や強盗などの強力犯だけではなく、マネーロンダリングのような知能犯に対しても応用が利くらしく、ガサ入れの際に証拠書類の隠し場所を何度か当ててみせた。

ベテラン刑事の勘とも違う独特の理論があるらしいが、本人の講釈を聞いてもよくわからない。本来の意味でのプロファイリングというより、我流の素人心理学と言ったほうが適当な気がするが、それなりに成果が出れば認めざるを得ない。いまでは班でいちばん若年の矢沢が「博士」の称号を奉られている。

「とりあえず、おれたちができるのはここまでだ。あとは所轄やサイバー攻撃対策センターが出してくる答えを待つしかない。それより、まずはおとり捜査だな。うちのほうの準備は整ったのか」

須田の問いかけに上岡が張りきって応じる。

「Ｔｏｒのソフト一式とビットコインのウォレット（電子的な財布）は、すでにパソコンにインストールしてあります。あとは捜査費で必要な額のビットコインを購入すれば、こちらの準備は万端です」

「そのビットコインを、どこで買うんだ」

「村松さんの会社から買ってあげたいところですけど、最初の取引では身元証明書類の提示が必要ですから、僕や樫村さんの名義だとばれちゃいます。ほかの会社からにしたほうが安全だと思います」

「まだ顔も名前も割れてないのがいるじゃないか――」

須田は倉持と橋本と矢沢の顔に目を向ける。

「ビットスポットがどこまで法令を遵守しているか確認するにはいいチャンスだ。せっかく貴重な捜査費を使うんだから、情報は集められるだけ集めたほうがいい」

須田は積極的だ。犯罪収益移転防止法に基づく身元確認は仮想通貨取引所にも当然適用されており、そこに不備があれば捜査のメスを入れることも可能になる。

「だったら私の名前を使ってください」

橋本が手を挙げると、矢沢がさっそく口を挟む。

「だめですよ、橋本さんは。自分の買い物に使っちゃうかもしれないから」

「ああ、そういう手もあるな。そろそろ古いテレビを買い替えたいし」

橋本は軽く受け流したが、矢沢はまだ納得しない。

「それなら私だって買いたいものはいろいろありますよ。私の名前を使ってください」

冗談のつもりだろうが、その目の色がやけに真面目だ。

「なにか勘違いしてないか。あくまで名義を借りるだけで、買ったビットコインはすべて、いったん上岡が用意したウォレットに入るんだぞ」

苦笑交じりに樫村が言うと、矢沢は今度は上岡に目を向ける。

「だったら上岡さんをしっかり監視しないと。IT製品に目がないですから」

言われてみればたしかにそうで、違法薬物サイトが領収書を寄越すはずもない。上岡の答えは明快だ。

「心配ないよ。おれのウォレットから出ていくビットコインはサイバー攻撃対策センターですべて追跡可能だから、変なことに使ったら横領罪で逮捕されちゃうよ」

彼が確認したところ、ビットコインスポットの場合、購入に必要な身元確認はインターネットを経由して行え、本人が出向く必要はないという。

必要なのは本人の顔写真と生年月日と住所が記載されている証明書で、基本的には運転免許証かパスポートが使える。自分の顔写真と証明書の裏表をそれぞれ別に撮影した写真をビットスポットのサイトにアップロードするという仕組みらしい。

このあたりは業者によってやり方が違い、対面でしか受け付けないところもあれば、一日に一定金額以下なら身元確認不要というところもある。

犯罪収益移転防止法では身元確認の方法まで細かく規定してはいないから、それぞれのやり方が法令の趣旨に合致しているかいないかの判断は難しいところだが、ビットスポットのスタイルは、適切に運用されてさえいればほぼ対面確認に近いと言えるだろう。上岡は勢いづく。

「五課が品物の受け取り人を決めてくれれば、いつでも始められますよ。ターゲットの違法薬物販売サイトはＴｏｒのブラウザーを使ってすでに下見をしています。そちらは当然ながら身元確認は一切なしです。サイト自体はよくできていて、普通の通販サイトとほとんど変わりありません。特価セールやポイントサービスまでありますよ」

「扱っているのは薬物だけなのか」

須田が訊く。真面目な顔で上岡は頷く。

「いまのところ銃や毒物の類いは扱っていません。シルクロードほど過激じゃないようですが、なかなか盛況なのは間違いありません。いまのうちに潰しておかないと、世のなか大変なことになりますよ」

「それだけの商いをしているとなると、かなりの額の資金がビットコインとリアル通貨のあいだを行き来していることになるな」

「それならいいんですが、商品の仕入れまでビットコインで取引されているとしたら、出たり入ったりはほとんどないかもしれません。ビットコインそのものが所持しているだけで値上がりを期待できますから、仮想通貨の世界ですべてが完結してしまうということもあり得ます」

「そうは言っても、ビットコインで買えるものはまだまだ限られるわけだろう。ドラッグやポルノをいくら買えても人間は生きていけない。五課がビットスポットに目をつけたのは、そこを介して犯罪収益の移動が頻繁に行われているという情報があったからだ」

「もちろんそうです。ただビットコインそのものは匿名性の高い通貨ですから、ビットスポットを経由しなきゃまずい理由はとくにないと思うんです。それなのにビットスポットが出入り口として活用されているとしたら、そこにはなにか理由がありそうな気がするんです」

上岡は大胆なことを言い出した。須田が身を乗り出す。

「ビットスポット自体が、そのサイトの運営に関与しているということか」

「あくまで想像なんですけど、なにか繋がりがあると考えると、そのあたりの説明がつくんです」

上岡は慎重な口ぶりだが、その考えには惹かれるものがある。例の脅迫騒ぎのことで、村松が敢えて樫村にコンタクトしてきたことに対するある種の違和感と不思議に響き合う。そんな考えは秘めたまま、試すような気分で訊いてみた。

「しかしこんどの脅迫の件では、彼女がわざわざおれのところに話を持ってきた。うしろめたいことがあるんなら、それは避けると思うんだが」

「それって、犯罪者によくある心理なんですよ――」

矢沢がここぞと口を挟む。

「捜査関係者と接触すれば、捜査する側の情報が得られると考えるんです。情報というより気配のようなものかもしれません。捜査陣と自分との距離を確認したいんです。自分が捜査線上にいるのかそうじゃないのか。もしそうならどういう手ではぐらかせるかを知ろうとするんです」

「たしかに善意の目撃者を装って警察やマスコミにあれこれ喋りまくっていたやつが、じつは犯人だったという事件はよくあるな」

「放火事件では、現場に集まった野次馬のなかに犯人がいる可能性が世界共通で高いというデータもあるんです。樫村さんとのあいだにたまたまできた接点が、彼女からすれば千載一遇のチャンスのように見えたのかもしれませんよ」

樫村は頷いた。犯罪心理学うんぬんを持ち出さなくても、刑事のあいだでよく聞く話ではある。

「あり得なくはないな。おれと上岡は飛んで火に入る夏の虫だったわけか」

「でも、そこは考え方にもよりますよ。向こうからわざわざ接触してくるということは、こちらにとっても相手の手の内を探る絶好のチャンスですから」

「だったら、いい考えがありますよ——」

こんどは橋本が身を乗り出す。

「所轄のパトロールだけじゃ不安だから、自宅と会社に人を張りつけますと言ってやったらどうですか」

「それを口実に行動確認するわけか」

「ええ。所轄の刑事だということにしておけば、向こうも変だとは思わないでしょう。それなら不審がられずに張りついていられるし、自分のほうで騒ぎにしてしまった以上、断るわけにもいかないでしょうから」

大胆不敵な提案だ。さすがに元捜査一課殺人班で、現場捜査の手管をよく心得ている。事件を頭だけで考えがちなマネロン室では、やはり貴重な人材だ。武闘派の出番というわけではないが、倉持も指の関節を鳴らしてみせる。

「いいじゃないですか。このままだと上岡さんの一人舞台で、こっちはいいとこなしだと思っていたけど、それなら僕らも出番がありますよ」

「橋本はビットスポットの身元証明で面が割れるんじゃないのか」

樫村が言っても橋本は意に介さない。

「CEO自ら顔写真の照合なんかしませんよ。心配ならサングラスをかけて帽子でも被れば問題ないですよ」

4

おとり捜査作戦は、あすまた五課とサイバー攻撃対策センターを交えた捜査会議を開き、細目を調整した上で着手することになった。

そのあと愛宕署の田川から連絡が入ったが、例のナイフやカードからは指紋は検出されなかったとのことだった。犯人は慎重に手袋でも着けて取り扱ったのだろう。

レターパックの表面には何人分かの指紋があったが、それは現物を取り扱った郵便局員のものと思われ、念のために指紋照合は行ったが、犯歴データベースに該当するものはなかった。

投函されたのが日本橋郵便局管内のどこかなのは消印からわかるが、どこのポストなのかまでは難しい。

それでも試しに問い合わせてみたところ、取集担当者が妙に記憶のいい人物で、きのうの午後二時頃、日本橋三越前のポストで取集されたものだとわかった。日本橋局の管轄内なのに送り主の住所が埼玉県越谷市。そのこと自体なんの問題もないが、その取集員も自宅が越谷だったので、なんとなく記憶に残っていたという。

愛宕署は送り主の欄にあった番号に電話をかけてみたが、その番号は使われていないというメッセージが返ってきた。ナイフや塗料の購入ルートから犯人に迫るナシ鑑捜査という手もあるが、あくまでそれは大人数の捜査員を動員できる殺人や強盗のような凶悪犯罪の場合に限られる。

追跡用の問い合わせ番号からレターパックが購入された場所を特定できないかと問い合わせてみたが、該当する連番のものは首都圏全体で販売されており、郵便局の窓口以外にコンビニでも買えるため、特定するのは不可能だという返事だったらしい。

橋本たちが村松の自宅や会社周辺を張ることについては、須田が愛宕署と世田谷署の地域課長に直々に伝えてくれた。村松本人に対しては、樫村が事情を説明した。

犯人の特定が当面困難な状況で、場合によっては凶行に及ぶ可能性も否定しきれない。それを防ぐには絶えず捜査員を張りつけて不審な人物の接近を監視する以外にないと言うと、村松はそこまでしてもらうのは心苦しいと固辞したが、それは警察が判断することで、市民の生命財産を護るために万全を尽くすことが警察の本分なのだと樫村は押し切った。

断りたいのは山々でも、村松のほうから頼ってきた手前、それでは話がおかしくなる。こちらの意図をどの程度察知したかはわからないが、狐と狸の化かし合いの第一ラウンドが始まったとも言えそうだ。

「今回のヤマ、案外面白くなりそうじゃないですか」

張り切った調子で上岡が言う。あすからの捜査活動の準備がほぼ整って、まずは気合いを入れようと、班の全員で晩飯がてら虎ノ門の居酒屋に繰り出した。捜査機密に関わる話も出そうなので、空いている個室を用意してもらい、とりあえずのビールで乾杯をしたところだった。

「主役は、やはり村松さんのような気がしませんか」

確信ありげに矢沢が言う。上岡たちはまた始まったかと言いたげな表情だ。しかし樫村としては、博士の分析も聞いてみたい。須田も拝聴しようというように、一呷りしたジョッキをテーブルの上に置いた。

「またさっきの火事場の野次馬理論じゃないの？」

倉持が茶々を入れても、矢沢は動じない。

「そんな単純な話じゃないですよ。ビットスポットは、マウントゴックスが破綻したあと一気にトップに躍り出た会社なんでしょ。本人は凄い才媛みたいだし、虎ノ門の高級オフィスビルに会社を構えているし、脅迫を受けてちょっと外泊するんだって、汐留の超高級ホテルのスイートなんでしょ。そういう人って、見ず知らずの人から脅迫を受けるなんて、珍しいことじゃないと思うんです」

「それにしては馬鹿に動揺しているというわけか」

樫村が相槌を打つと、矢沢は大きく頷いた。

「犯人がだれだか知ってるんですよ。それが侮りがたい相手だということも。普通の人は、べつに悪いことをしていなくたって、警察は敬遠するものでしょ。私も警察官になってから、友達が五人は減りましたから」

矢沢は自虐的に言う。そこは樫村にとっても痛いところだ。国税庁に勤めた大学時代の友人とたまに飲むたびに、お互い因果な商売だと慰め合う。警察官と税務署の職員は、一般市民から敬遠される職業の双璧と言っていいだろう。

「村松ＣＥＯにとっては、犯人はその警察よりも嫌な相手だというわけだ」

「うしろめたいことがなにもなければ、そんな脅迫、無視したらいいんですよ。愛宕署や世田谷署が最初は乗り気じゃなかったのも、たぶんそれ自体は珍しくもない話だったからですよ。でも相手が誰だかわかっていれば、その目的がなんだかもよくわかるはずです。上岡さんがコピーしてきたメール、私も目を通しましたけど、要求らしい要求がＣＥＯを辞めろということだけで、脅迫的な意味の言葉は天罰だとか正義の鉄槌だとか抽象的なものばかりでしょ」

矢沢は大胆に決め付ける。樫村が抱いていた疑念と重なり合う発想だ。

「脅迫罪に問われないように注意を払っているわけだろう」

橋本が首を傾げるが、矢沢はあくまで自説を押し通す。

「それもあるかもしれませんけど、犯人は自分がだれなのか、どれほど恐い存在なのか、村松さん自身がいちばんよくわかっていると知っていて、それをやってるんじゃないかと思うんです。そうじゃないとしたら彼女の反応は過剰過ぎます」

「内輪でなにか騒動が起きていると見ているのか」

須田が興味深げに合いの手を入れる。矢沢はいよいよ勢いづいた。

「そんな気がするんです。ひょっとしたらナイフを送ってきたのは前触れかもしれません。ここから先は本気になるぞという――」

「だとしたら、そいつも警察とは相性がいいはずがないな」

誘い水を向けるように樫村は言った。当たる当たらないは別として、矢沢の奔放な想像力は思考の刺激には格好だ。

「なにかの犯罪に関わっているような人間なのはおそらく間違いありません。彼女の身辺に、これから危険なことが起きるような気がします」

そうなることを期待しているような口ぶりが気になるが、あながち外れているとも言い切れない。少なくとも最悪の事態として想定はしておくべきかもしれない。

「矢沢のはプロファイリングというより、ミステリーとか謀略小説の読みすぎの気がするけどね」

橋本が冷や水を浴びせると、矢沢は口を尖らせる。

「それなら橋本さんの読みを聞かせてもらえません？　ぜひとも元捜査一課殺人班のご見識を伺いたいです」

こういう生意気な口を利く新人は職場で可愛がられないのが普通だが、空気を読む気がまるでない天然キャラだから、どうにも憎めないところがある。

「予断を排するのが刑事捜査の鉄則で、まずは情報をしっかり集めることだ。見込みで動けば捜査の幅を自ら狭めることになる。それは殺人捜査でも知能犯捜査でも同じことなんだよ」

「でも村松さんに危害が及んでからじゃ手遅れでしょ。結果的に貴重な証人を失うことになるかもしれないし」

「もちろん、そこは万全を期さなきゃいけない。だから警護を兼ねて身辺に張り込む作戦を考えたわけだよ」

「警護の名を借りた行動確認だったら、私の考えとあまり違わないと思いますけど」

「矢沢のような見立てももちろん含んでいるけど、いまはまだ想像もしていない方向でなにか起きているかもしれないし、逆に単なる悪意の中傷に過ぎないのかもしれない。最初から読みを固めていると、想定外のことをつい見逃してしまう。おれが言いたいのはそういうことだよ」

噛んで含めるように橋本は言う。さすがに刑事としては一日の長がある。言っていることはもっともだ。

「でもまったく関係ない第三者ということはあり得ないでしょ。村松さんの個人アドレスを知っていたんだから」

　矢沢は弱点を突いたつもりらしいが、そこを上岡がフォローする。

「メールアドレスというのはけっこう漏れるからね。おれの個人アドレスにも迷惑メールがよく来るよ。ネットショッピングとかメールマガジンの購読とか、いまどき普通に暮らしていれば自分のアドレスがどこかのサーバーに蓄積されるのは避けられない。それが外部に流出して問題になるのはたぶん氷山の一角だろうし、知人のパソコンやスマホがハッキングされてアドレスを盗まれた可能性だってある」

「私だっていろんな情報を総合して導き出した答えなんですよ。現に五課に情報提供した薬物販売業者が、ビットスポットを経由した犯罪資金の移動があることをほのめかしたわけだし、村松さんが前日に初めて会った樫村さんに脅迫の相談を持ち込んだのも不自然だし、メールの内容からすれば恐れるほどではない脅迫に対していかにも反応が過敏だし」

「矢沢の場合は、情報というより憶測の塊のような気がするけどね。でも、まあいいでしょう。あすからおれたち、村松さんに張りつくんだし、上岡さんはおとり捜査に着手するし、網は絞り込んでいけると思いますよ」

　橋本はとりあえず矛を収める。こういう議論で角突き合わせることはしばしばあるが、二人は決して相性が悪いわけではなく、聞き込みや張り込みでは自然にチームを組むことが多い。橋本にもどことなく生意気盛りの妹をあしらっているような気配がある。そのあたりを勘案しながら樫村は言った。

「じゃあ、おとり捜査の仕込みのほうは上岡に任せることにして、おれと倉持、橋本と矢沢でチームを組んで、交代で張り込むことにしようか」

「樫村さんは面が割れてますよ。所轄の刑事のふりをして張り込む段取りじゃなかったんですか」

意外そうな顔で倉持が確認する。樫村は言った。

「所轄に丸投げじゃ無責任だから、おれも首を突っ込むことにしたと先方には言っておいたよ」

「警戒されるんじゃないですか」

「それならそれでうしろめたい事情があることを示唆する傍証になるだろう。とりあえず嫌だとは言わなかったよ」

「捜査対象者の行動確認は得られるものが多いですよ。日常生活の習慣や癖も把握できて、そこから性格分析も可能ですから」

矢沢は張り切った。そのとき上岡の携帯が鳴り出した。ディスプレイを覗いて、慌てて耳に当てる。

「上岡です。ご苦労さまです。メールの件でなにかわかりましたか」

サイバー攻撃対策センターの相田係長からのようだ。ＩＴ絡みの連絡については、樫村や須田が受けてもわからないことが多いので、そちらに明るい上岡に直接話をしてくれるように頼んである。

上岡は適当に相槌を打ちながら耳を傾ける。次第に表情が険しくなるのを見ると、どうやら朗報ではないらしい。話を終えて、上岡は顔を上げた。

「相田さんからです。犯人は手強そうですよ。村松さんに送られたメールからＩＰアドレスは特定できたんですが」

「プロバイダーが個人名を開示してくれたのか」

須田が勢い込んで問いかける。上岡は首を左右に振った。

「その必要はなかったようです。すべてＴｏｒを経由したもので、発信者を特定するのはほぼ不可能だそうです」

「そこをなんとかできないのか」

「とんでもない手間がかかります。ＩＰアドレスを偽装しているうえに、経由するサーバーが世界中に散らばっていて、その一つ一つの運用者に情報提供を求めないといけない。外国の業者に対しては日本の警察権は及びませんから、相手が嫌だと言えばなにもできない」

「サイバーフォースの力でも無理なのか」

「FBIでも手こずるくらいですからね。簡単な仕事じゃないはずです。サイバーフォースの総力を傾けても可能かどうか」

「早い話が、この程度の事案で、サイバーフォースは動かせないというわけだな」

「残念ですが、どうやらそう理解するのが早そうです」

サイバー攻撃対策センターとサイバーフォースに大いに期待をかけていた上岡は消沈を隠せない様子だ。気を取り直せとばかりに樫村は言った。

「サイバー捜査だけが決め手なわけじゃない。例の遠隔操作事件のときは、けっきょく防犯カメラの映像や尾行によって被疑者を特定した。いくらサイバー犯罪と言っても、人間がやっている以上、必ずリアルな世界との接点がある」

「警察は当初、IPアドレスを指紋同様の重要証拠と勘違いして誤認逮捕を繰り返しましたね。最後に刑事捜査の基本に戻って、足を使い、目と耳を使って犯人を突き止めた。今回のおとり捜査も、その基本に立とうという発想によるものですからね」

上岡は自分に活を入れるように言う。須田も大きく頷いた。

「技術がいくら進歩したからって、おれたちの仕事はそうは変わらない。刑事の商売相手は電子の亡霊じゃない。いつの時代も人間だからな」

5

あすからの仕事もあるので飲み会は早めに切り上げて、店を出たのが午後八時。虎ノ門の駅に向かって歩き出したところで、樫村の携帯が鳴った。愛宕署の田川からだった。

なにか新しい物証でも出たのかと期待しながら応答すると、どこか緊迫した声が流れてきた。

「樫村さん、また事件が起きたようです。まだ状況は正確に把握できていないんですが」

「なにがあったんですか」

「火災なんです。世田谷にある村松さんの自宅です」

「本人は、きょうはまだホテルにいるんでしょう」

「ええ。留守宅での火災となると、疑われるのは――」

「放火の可能性があるんですね。いまどんな状況なんですか」

「近隣への類焼は免れましたが、まだ鎮火はしていません。自宅はほぼ全焼のようです」

「本人には？」

「世田谷署が連絡を入れています。いま現場へ向かっているところだそうです」

「それはまずいな――」

樫村は不穏なものを感じた。もし村松が留守だと知っての放火だとしたら、彼女を誘(おび)き出すための罠の可能性もある。そんな考えを伝えると、田川は慌てて応じた。

「たしかにそれは考えられます。すぐにホテルに戻るよう連絡を入れます」

「それなら、私がこれから電話します。本人は動揺しているでしょうから、うまく説得しないと、言うことを聞いてくれないかもしれない」

「そうですね。そのほうがいいかもしれません。私はこれから現場に飛んで、世田谷署の刑事と連携して初動捜査を行うつもりです」

「そうしてください。のちほどこちらから連絡します」

そう応じて通話を終え、須田たちに手短に状況を説明し、村松の携帯を呼び出した。村松はすぐに応答した。

「樫村さん。大変なことになっちゃって。いまタクシーで世田谷に向かっているところなんです」

「火災のことは所轄から報告を受けました。ご心配でしょうが、そのまま引き返してホテルへお戻り願えませんか」

「どうして？　私の家が燃えてるんですよ」

村松は悲痛な声を上げる。樫村は冷静に説得した。

「現状では消防に任せるしかありません。それより火災現場は騒然としています。野次馬も大勢いるでしょう。あなたがいま置かれている立場を考えれば危険すぎます」

「どういうこと？　火事は放火によるもので、狙いは私の命だったと？」

「それを想定せざるを得ない状況なのは、おわかりいただけると思います」

「ええ。たしかにね」

村松はやや落ち着きを取り戻したようだ。樫村は続けた。

「留守宅での火災となると、やはり放火の可能性が極めて高いと思われます。留守を承知で放火したとすれば、単なる脅しか、それともあなたを誘き出そうとしてかまだ判断しかねますが、やることがエスカレートしているのは間違いありません」

「いったいこれからどうしたら？」

村松は当惑を隠さない。強い調子で樫村は言った。

「私はこれから現場へ向かって、消防関係者や所轄の捜査員から事情を聞いてみます。消防のほうはあなたから事情聴取をしたいと言ってくるでしょうが、その際はいまいるホテルで会うようにしてください。私のほうからもそれは伝えておきますので、ご不自由だとは思いますが、当面はホテルから出ないようにしてください。状況については、逐次こちらからご報告します」

「わかりました。犯人は捕まえられますか」

村松は切迫した調子で訊いてくる。自信を込めて樫村は言った。

「これまでとは明らかに状況が変わりました。犯人はリアルな世界に姿を見せました。この先の捜査は我々にとってやり易くなります。サイバー空間の亡霊よりはずっと扱いやすい相手です」

通話を終えて、樫村は須田たちに言った。

「私がこれから橋本と矢沢と一緒に現場に向かいます。なにが起きるかわからないので、係長は上岡と倉持と本庁で待機してもらえませんか」

マネロン室の面々が全員現場に直行したのでは騒ぎが大きくなりすぎる。上岡はサイバー攻撃対策センターからの続報があるかもしれず、倉持は万一村松の身に危険が迫った際には警護の面で頼れる存在だ。須田は司令塔として本庁に陣取ってもらう必要がある。橋本には元捜査一課仕込みの現場勘を、矢沢には自称プロファイリング捜査官の推理力を期待した。

そんな考えは以心伝心で伝わったようで、全員が即座に頷いた。さっそく橋本が通りかかったタクシーを停めて、樫村たちはそれに乗り込んだ。須田たちも別のタクシーを停めて乗り込んでいる。

樫村は世田谷にある村松の自宅の住所を告げた。タクシーが走り出したところで橋本が訊いてくる。

「村松さんがどこのホテルに宿泊しているか知っているのは？」

「我々警察関係者と一部の社員以外には誰にも言っていないはずだ」

「それならとりあえず安心ですけど、犯人はいよいよ本気になってきたようですね」

「ああ。理由がなんであれ、投宿したのはよかったよ。うっかり自宅に戻っていたら、いまごろ焼死体になっていたかもしれない」

「でも、これだって狂言の可能性がなくもないですよ」

思案げな表情で矢沢が言う。まさかと思いながら樫村は応じた。

「自宅に放火させるなんて、狂言としてはずいぶん豪勢だな」

「自宅なら普通は火災保険に入ってますから、経済的な痛手は少ないですよ。そもそもお金は唸るほどお持ちでしょうから」

いかにも矢沢らしい見方だが、可能性は否定できない。

「それも頭の隅に置いておいたほうがいいかもしれないな。なんにしてもこの事案、厄介な方向に転がり出したもんだよ」

樫村は嘆息（たんそく）した。そのとき携帯が鳴った。メールの着信音だ。上岡からかと思ってディスプレイを覗くと、思いもかけない文字が目に入った。

発信者名の欄にあるのは〈フロッグ〉。村松への脅迫メールと同じだ。不穏な思いでそれを開き、樫村はただならぬ衝撃を受けた。書かれていたのはただ一行。「警察は手を出すな」だった。

第三章

1

樫村は困惑した。

〈フロッグ〉を名乗る人物からのそのメールの意味をどう解釈するか。

それが恫喝なのは間違いない。もし手を引かなければなんらかの行動に出るという意味だ。この状況で考えれば、村松裕子の身にさらに危険なことが起きるという解釈しか成り立たない。

では、あり得ない話だが、もし手を引けばこれ以上の行動には出ないということか。そうは思えない。むしろこれからさらに行動をエスカレートさせるという予告のようにも受けとれる。

いずれにしても〈フロッグ〉は警察に挑戦している。尻尾を巻いて逃げるわけにいかないのはもちろんだが、漫然といまの態勢を続けているだけでは村松の安全について不安が残る。いっそ〈フロッグ〉の挑戦を真っ向から受けて、警護の人員を一気に増やし、警察のプレゼンスを高めるという考え方もある。逆に〈フロッグ〉を刺激しないように、極力目立たないような警護の態勢をとるか――。メールの内容を見せると、矢沢は即座に結論を出す。

「反応しないほうがいいと思います。というより、そう見せたほうがいいんじゃないでしょうか。こちらが警護態勢を強化したら、〈フロッグ〉はその上をいくやり方で攻撃をエスカレートするかもしれません。あるいはしばらくなにも仕掛けてこないかもしれません。いずれにしてもこちらはリスクが除去できないまま、高い警護レベルを維持することになり、負担が大きくなりすぎます」

「〈フロッグ〉が仕掛け易いポジションで受けて立つのがいいと言うんだな」

「そうじゃないと、こちらは翻弄されるばかりです」

矢沢は思い悩む様子もない。こういう脳天気なまでの自信は彼女の天性としか言いようがないが、受けて立つといっても相手の素性が皆目わからないから、こちらは予測の立てようがない。

もし村松が殺害されるようなことがあれば、むろん警察として大きな失策だし、いま進めている捜査に関しても重要な証人を失うことになりかねない。

「しかし警察を恫喝してくるというのは大胆ですよ。村松ＣＥＯが言うように、単なるストーカーじゃないのは間違いないですね。そもそも樫村さんが捜査を担当しているのをどうやって知ったのか」

橋本は慎重な口ぶりだ。届いたメールは携帯番号宛てのショートメッセージではなく、樫村のメールアドレスに届いたものだ。それを公開した覚えはないが、迷惑メールが届くことはそう珍しくもない。

上岡の話だと、そういうメールにはコンピュータでランダムに文字を組み合わせてつくったおびただしい数のアドレスに一斉に送るタイプと、インターネットショッピングなどでアドレスを登録したサイトの関係者が外部に漏らすケース。そして個人のコンピュータやスマホ、あるいは業務用のサーバーに不正侵入して盗み出すケースの三種類があるという。

樫村に限らず、コンピュータやスマホを使っていればそのどれも当てはまる。とはいえ、ある程度高度なＩＴ関連の知識を有しているか、あるいはそうした業界に繋がりのある人間にしかできない芸当なのも事実だ。犯人には、自分がそういう力を有していることをひけらかす意図もあるのかもしれない。

さっそく報告すると、須田も困惑を隠さない。いま警視庁へ戻ったところで、これから村松宅の火災の件を五課とサイバー攻撃対策センターに連絡し、あす早朝の会議を提案しようと思っていたところだという。

「おまえのメールアドレスに届いたのが不気味だな」

「ええ。ひょっとすると、村松CEOの周辺の人間かもしれません」

「彼女は、おまえのアドレスを知っているのか」

「ホテルで事情聴取した際、お互いのアドレスを交換しています。また不審なメールが届いたとき、すぐに転送してもらえると思ったものですから。しかしそれはきょうの日中の話で、そんなに早く外部に漏れるものか——。そもそも彼女はきょうは会社へ帰っていないはずだし」

「まさか村松氏の狂言ということはないだろうな」

須田は猜疑を滲ませる。しかしあえてそこまでやる動機が思い当たらない。火災のほうはともかく、その日に交換したばかりのアドレスにそんなメールを送れば藪蛇になることくらいだれでも考えるだろう。

「それはないと思います。そもそも警察の関与を嫌っているなら、脅迫メールの件で所轄に相談したり、ナイフの件で私にじかに話を持ち込んだりはしないはずです」

「たしかに言えるな。だとしたら、だれがなんの目的で——」

須田も考えあぐねる様子だ。落ち着きの悪い気分で樫村は言った。

「いずれにしても現場では慎重に動きます。犯人は案外近くにいて、こちらを監視している可能性があります。迂闊な動きをして、次の攻撃の材料に使われたら目も当てられませんから」

「火災が放火によるものだとしたら、メールは犯行声明だとも受けとれるな」

「そうだとしたら、単なるストーカーや脅迫事件ではなく、劇場型犯罪の線も考えられます」

「放火だという結論が出たら、おれたちの事案なんか消し飛んでしまいそうだな」

「いや、どさくさ紛れにビットスポットを強制捜査できるかもしれませんよ」

マウントゴックスの事件を思い浮かべて樫村は言った。

「内部犯行の可能性が強いとしたら、それもあり得るか」

電話の向こうで須田は唸る。樫村は続けた。

「放火の疑いがあれば、どのみち捜査一課の所管になります。こちらの事情を話して連携して動く必要が出てきますが、なにかとややこしくはなりそうですね」

「一課とおれたちじゃ事件の扱い方が違うからな。せっかくここまで進めてきたものを、縄張り争いでぶち壊されたんじゃ元も子もないよ」

「そこは上手に話をつけないとまずいでしょうね」

「ああ、頭が痛いよ。そもそもいまのチームが毛色の違う部署からの寄り合い所帯で、それだけでも舵取りが難しい。そこへ捜査一課が割り込んできたんじゃ、空中分解する惧れもある」

「草加室長に仕切ってもらう必要があるかもしれませんね」

「そうなるだろうな。いずれにしても初動捜査の結果待ちだ。放火の可能性がなければ、捜査一課に義理立てする理由もない。脅迫メールやナイフの件くらいなら所轄の裁量の範囲だから」

須田は祈るような口ぶりだ。樫村は言った。

「しかし悲観的な面だけでもないですよ。放火というのは意外に検挙率の高い犯罪です。捜査一課が犯人を捕まえてくれれば、その動機を解明することで事件の真相に迫れます」

「おれたちが追っている事案と、どうそれが関わるかだな」

「無関係ということはないような気がします。『警察は手を出すな』というメッセージは我々に向けられたものです。脅迫メールやナイフの件については、私も関わっているとはいえ、前面に出ているのは所轄です。そのことで手を出すなと言うのなら、メッセージは所轄に対して発信されるべきです」

「おれたちが違法薬物密売組織がらみのマネロン疑惑を追っているのを知っているわけだ。たしかにそう考えないと理屈に合わないな――」

須田はため息を吐いて続ける。

「そうだとしたら、どこからそれが漏れたかだよ。身内からということはないだろうな」

「言っちゃなんですが、気になるのは五課の捜査員の口の固さですよ。三宅係長の話だと、そもそも今回の事案の端緒が違法薬物密売業者からのたれ込みだというじゃないですか。そういう連中とツーカーの関係にあるようなことまで匂わせていた。得意先との雑談で、ぽろりと漏らしてしまう口の軽い捜査員がいないとも限りませんから」

「おまえのメールアドレスも、そっちから流れたと？」

須田は不安をあらわに問い返す。合同捜査会議の席で、今後じかに連絡を取り合うことがあるかもしれないと、互いの携帯番号とメールアドレスを交換している。

「いくらなんでもそこまでは――。いまのところ、知っているのは三宅さんくらいですから」

樫村は慌てて否定したが、薬物捜査係の捜査員のデスクには、密売業者から押収した違法薬物が売るほど溜め込まれていると三宅は豪語していた。

銃器であろうと薬物であろうと、押収した禁制品は証拠としての用が済んだら然るべく処分する規則になっているはずだが、そういうずさんな管理体質を思えば、アドレス漏洩もあり得なくもないような気がしてくる。

まずは現場の状況を見て、追って連絡すると言って通話を終えたところで村松邸の近くに着いた。しかし交通規制が敷かれていてその先は車が入れない。やむなく手前でタクシーを乗り捨てて、消防隊員に警察手帳を示しながら徒歩で現場に向かった。

火災はすでに収まっていたが、家はほぼ全焼で、黒焦げになった柱や梁だけが辛うじて家屋の面影を残している。比較的敷地が広く、隣家とは間隔があったため類焼を免れたようだが、もちろんまったく無事というわけではなく、両隣の家の壁や屋根にも焼け焦げた跡が見受けられる。

消防車は順次引き上げ始めているが、まだ野次馬が大勢現場の周囲にたむろしている。そのあいだをかき分けるように通り抜け、放水で水浸しになった家の前の路上に出ると、現場検証をしている消防隊員を見守るように佇む背広姿の二人組が見える。

声をかけると、村松の事件を担当している世田谷署の捜査員だった。田川はまだ到着していないらしい。本庁マネロン室の樫村だと名乗ると、愛宕署のほうからすでに話は伝わっているようだった。

どちらも世田谷署刑事組織犯罪対策課の刑事で、木谷という年配の巡査部長が渋い口ぶりで状況を説明する。

「消防は不審火とみているようです。あすからうちのほうでパトロールをする予定だったんですが、どうも先を越されたようでして」

「不審火――。つまり放火の可能性が高いわけですね」

「ええ。火元は家の外のようなんです。つまり漏電とかガス漏れじゃない。裏手にある勝手口のドアの付近で、ガソリン、もしくは灯油のようなものが発火した可能性が高いということです」

「そうなると、火災犯捜査係の出番になりますね。そこに脅迫も絡むと特殊犯捜査係も入ってくるかもしれません」

元捜査一課の橋本が口を挟む。警視庁では第七強行犯捜査火災犯捜査係が放火や失火事件を扱う専門部署だが、橋本が言うように、そこに脅迫の可能性が加われば、電話および文書による恐喝を専門に扱う第一特殊犯捜査係も関与しかねない。須田が心配していた以上の錯綜ぶりになりそうで、どう交通整理したものか途方に暮れる。

「現場付近に不審な人物はいなかったんですか」

「消防のほうで現場に集まった見物人の写真を撮っているそうです。放火だということがはっきりしたら、それを詳細に分析することになるでしょう。そのなかに見覚えのない人間がいるかどうか近隣の住民に確認してもらえば、なにか手がかりが得られるかもしれません」

「被害者の村松さんにも見てもらったほうがいいでしょう」

「もちろんそうします。現場の状況は私から連絡しておきました。放火の可能性が高いと聞いて動揺していました。こちらへ来られるつもりだったのを樫村さんが止めたんだそうですね」

「ええ。私も直感的に放火の可能性が高いと判断したものですから。火災で混乱した現場へ彼女が一人で姿を見せたら、犯人の思う壺になりかねません」

「いい判断でした。それが狙いだったかもしれませんから」

木谷もその点を心配していたようだ。先ほどのメールの件は、あす草加や今回のタスクフォースのメンバーと相談するまではまだ秘匿しておく必要があるだろう。しかしここまで警察を刺激するようなことをしておいて、警察は手を出すなというメッセージを送ってきたとしたら、やはり警察への挑戦としか言いようがない。

だったら犯人の目的はいったいなんなのか。いわゆる劇場型犯罪だとしたら、その挑発に迂闊に乗れば事態はさらにエスカレートするだろう。単なる不審火ならマスコミはそう大きくは扱わない。しかし脅迫事件と結びついて表に出れば、ニュースネタとして注目される。脅迫を受けているのが日本を代表する仮想通貨取引所の女性ＣＥＯということなら、マスコミの絶好の餌食になるだろう。

そんな流れになった場合、こちらの捜査方針も大きく変えざるを得ないだろう。ではどうしたらいいのかと自問しても、うまい答えは浮かばない。

「放火の疑いが濃いとなれば、我々は本庁と協力して犯人検挙に全力を注ぎます。ただ村松さんは、しばらくはこちらに姿を見せないほうがいいでしょうね」

放火の捜査に加え、その警護にも気を配らなければならなくなる。木谷はそれを心配しているようだ。もちろん村松の身の安全という点では正しい考えだ。樫村は頷いた。

「すでに自宅が焼失したわけですから、現在のホテル暮らしをしばらく続けることになるでしょう。ホテルは汐留で、会社は虎ノ門ですから、どちらも愛宕署の管轄です。身辺警護についてはそちらに任せればいいと思います」

村松にとっては物入りだろうが、命には代えられない。その要請は受け入れるだろうと樫村は期待した。

2

三宅と相田も加わったタスクフォースの緊急会議は翌日の午前中に開かれた。マネロン室からの出席者は須田と樫村で、草加はきょうは参加していない。三宅は開口一番、毒づいた。

「せっかくおれたちが掘り出した極上のネタだ。大事に扱ってくれなきゃ困るんだよ。マネロン室の情報管理は、いったいどうなってるんだ」

こちらが疑っているのは五課のほうなのだが、逆に先手を打たれた格好だ。向きになって須田も応じる。

「我々のほうからは一切漏らしちゃいないよ。五課のほうこそ大丈夫なの？　違法薬物関係の業者とは、だいぶ親しい間柄のようだから」

三宅はいきり立つ。

「言うにこと欠いて、おれたちを内通者呼ばわりするわけか。うちにとっては今年最大と言っていいくらいの大ネタだ。その情報を外に漏らしたんじゃ、とんだ捜査妨害だ。そんなマッチポンプみたいなことをするやつがいるわけないだろう」

「それならこっちだって同じだよ。仮想通貨を使ったマネーロンダリングはいま潰しておかなきゃいけない重要事案で、それができなきゃマネロン室の存在意義が問われる。その捜査情報を漏らすなんて間抜けなことをするわけがないだろう」

「だったらどうしておたくの捜査員のアドレスにじかにメールが届いたんだ。パソコンとかスマホに怪しげなソフトが仕込まれてたんじゃないのか」

「うちの人間が使っているパソコンからスマホからすべてチェックしたよ。不正なソフトは見つからなかった」

ゆうべはあれからすぐに署に帰って、上岡がウィルスチェックをしている。トロイの木馬のような不審なソフトは見つからなかった。

「サイバー攻撃対策センターのほうはどうなんだ。紺屋（こうや）の白袴（しろばかま）で、自分たちがやられてたんじゃ世話はないぞ」

三宅はこんどは相田に矛先を向ける。温厚な相田もさすがにむかついた様子だ。

「うちでは捜査員全員の端末のウィルスチェックは徹底しているよ。そもそも樫村さんのメールアドレスは私が使っているスマホに入れてあるだけで、それも当然セキュリティは万全だ」

「おれだって自分の携帯に登録してあるだけで、部内で共有しているわけじゃない。つまりいちばん怪しいのは盗まれた本人じゃないのか」

三宅は樫村に疑惑の目を向ける。たしかに立場としてはいちばん弱い。漏れたとしたら村松からの可能性が高いが、その点はゆうべ現場を見てきた報告がてら、こちらからも確認した。

村松も脅迫メールの件は現時点では私的な事柄なので、樫村のアドレスは社内のサーバーにはアップしておらず、個人用のスマホに入れてあるだけだという。脅迫メールが届くようになってから、スマホのセキュリティはしっかりとチェックしていて、以後、新しいアプリはインストールしていない。もちろんそれを誰かに教えたりもしていないとのことだった——。

そんな事情を説明してから、樫村は穏やかに反論した。

「意識的に漏らしたということは神に誓ってありません。ただし自分のアドレスとして使っている以上、私とメールのやりとりをした相手の端末やサーバーには残っている可能性があるでしょう。しかしいま問題なのは、メールアドレスが漏れたことではなく、ビットスポットを対象とする捜査に私が関与していることが犯人側に知られているらしい点です。それについては、現状では部内の一部の人間にしか周知していませんし、それに関してだれかとメールでやりとりしたこともありません」

「だったらどうして、あんたのところにだけそんなメールが届いたんだ」

「わかりません。そのあたりは相田さんのお考えを伺いたいんですが」

樫村が話を振ると、相田も思案げだ。

「メールアドレス自体は機密情報ではないし、そもそも必要な相手に知っていてもらわないと意味がないわけだから、なんらかのかたちで見ず知らずの人間が取得することは十分あり得るね。しかしこの場合に問題なのは、樫村さんが言ったように、今回の捜査に関する情報が漏れたことでしょう。愛宕署と世田谷署の捜査員には、いま我々が追っている件についてなにか話してる？」

「ある捜査事案に関連した重要な証人だという程度のことは言ってありますが、詳しい内容は捜査機密ということで伏せています」

「だとしたらそちらから漏れたとも考えにくい、やはり村松ＣＥＯの身辺というのが当たっていそうだね。そういう情報を盗み出す方法は、サイバー攻撃的な手法だけとは限らないから」

「というと？」

「昔ながらのアナログ的なやり方だね。たとえば盗聴とか、あなたが渡した名刺をだれかが盗み見たとか」

それは思わぬ盲点だった。樫村は問い返した。

「携帯電話の盗聴はまず不可能だと聞いていますが」

「不可能ではないけど、スクランブルを解除するのは極めて困難だね。たとえばアメリカのＮＳＡ（国家安全保障局）のような機関なら、金に糸目をつけずにそういうシステムを構築できるかもしれないけど、一般レベルではほぼ不可能と言っていい。しかし会話している最中の音声なら、普通に買える無線発信器付きのマイクロフォンでいくらでも盗聴が可能だよ。もっと原始的なコンクリートマイクなら隣室から聞き取れる。その場合は住居侵入には当たらないし、盗聴器を電話回線に取り付けていなければ有線電気通信法にも抵触しない」

要するに、盗聴という行為自体を罰する法律は存在しないということだ。村松がそちらのほうをチェックしているかどうか、まだ確認はしていない。

今回のケースでいえば、投宿先のホテルの部屋を事前に把握するのは困難だから、そちらはまず考えにくい。しかし会社とは電話でやりとりをしているはずで、社内に犯人もしくは協力者がいれば、そちらで盗み聞きされている可能性は大いにある。

その場合、盗聴器がなくてもじかに会話を耳にできるし、あるいは電話を受けた当人が〈フロッグ〉と繋がりのある人物かもしれない。相田が言ったように、最初に会ったとき渡した名刺がデスクに置いてあって、それで樫村の名前を特定されたとも考えられる。

「だとすると、ビットスポットの社内に犯人、もしくはその仲間がいる可能性がありますね」

「そう考えていいような気がするね。いわゆる名簿屋という業者は、個人名にメールアドレスやその他の情報が紐付けられた膨大なリストを持っている。そこにあなたのデータが含まれていれば、アドレスは容易に知ることができる。ただし金を払えばの話だが」

「そんなところに個人を特定できるような情報を登録した覚えはありませんが」

「彼らは彼らで通信の傍受を含めたあらゆる手段でデータを集めている。私のだってたぶんあるんだろうね。個人名を表記した迷惑メールが届くことがたまにあるから」

「そういう業者を取り締まることはできないんですか」

　不快な思いを隠さず問いかけると、相田は軽く肩をすくめた。

「残念ながら、名簿の売買そのものは違法じゃないんだよ。その取得方法が不正なら個人情報保護法や不正競争防止法が適用されることもあるが、不正か否かを立証することが極めて難しい」

「どっちにしても、あんたたちが余計な接触をしたのがまずかった。最初から村松に触らずにいれば、こういう厄介ごとに巻き込まれることはなかったんだよ」

　三宅は嫌みたっぷりだ。須田がおもむろに言い返す。

「そうは言うが、三宅さん。なんの確認もしないで思惑で仕掛けて、読みが外れたら目も当てられないだろう。ブツがあるだろうという想像だけで売人のアジトに踏み込むような真似は、おたくたちもやらないと思うがね」

「そりゃまあそうだが、もう少し周到に進める手だってあっただろうに」

「あと出しジャンケンならなんとでも言えるよ、三宅さん。村松ＣＥＯに対する脅迫は、おれたちの動きが引き金になったわけじゃない。むしろこれを大きなチャンスとみて、うまく使う算段をするのがプロのやり方じゃないのかね」

「なんだよ、せっかく大事なネタをくれてやったのに、偉そうに説教をするつもりか」

「ここで責任の擦り合いをしても始まらないと言ってるんだよ。メールを送ってきた〈フロッグ〉というやつが、おれたちが捕まえようとしている本命なのはたぶん間違いない。そういう意味じゃ、飛んで火に入る夏の虫じゃないかと思うんだよ」

「あんたたちに、なにかましな知恵でもあるのかよ」

「いまの樫村と相田さんの話にも出たように、犯人はビットスポットの内輪の人間じゃないかとおれはみている。きのうの火事が放火なら、捜査一課が出張ることになる。それがメールやレターパックを使った脅迫と関連があるとみれば、そちらも捜査一課の事案になるだろう」

須田は真剣な口ぶりだが、三宅は鼻で笑う。

「そんなこと百も承知だよ。連中が大挙して出張ってきたら、おれたちの居場所がなくなるぞ」

「そこはうちの室長にうまく話をつけてもらう。放火というのは殺人に匹敵する凶悪犯罪だ。被害者が望むと望まざるとにかかわらず、捜査に手加減は加えない。内輪の人間の犯行の可能性が高まれば、ビットスポットにガサ入れする口実ができる」

「そのとき一緒に乗り込んで、横目でこっちが必要とする資料を眺めるわけか」

三宅は興味を覚えた様子だ。ガサ入れの際に、本来の目的とはべつの事案に関係する資料もついでに眺めてしまうのが横目捜査で、ときにはそちらのほうが主目的で、表向きの捜査事由がダミーということもある。樫村も捜査二課の時代に何度か使ったテクニックだ。

「もちろん、いま準備しているおとり捜査も並行して進めるが、案外そっちのほうで棚からぼた餅ということもある」

「例のマウントゴックスのときも、ビットコインが盗まれたとＣＥＯが警視庁に相談して、それを端緒に強制捜査が入り、けっきょく藪蛇になったんだったな」

「これまでは内部に踏み込む口実が見つからなかった。それを向こうから提供してくれたと思えば、千載一遇のチャンスと言うべきじゃないのかね」

須田は上手に話を運ぶ。さんざん嫌みは言っているが、三宅のほうも手立てがないから丸投げしてきたわけで、けっきょくこちらに頼らざるを得ない。そのあたりの弱みは十分承知している。三宅は期待を隠さない。

「その〈フロッグ〉とかいうやつが、違法薬物密売サイトの運営者ということもあり得るな」

「しかもビットスポットの社内に協力者がいるかもしれない。あるいは運営者本人がビットスポットの社員かもしれない」

「村松というCEOが、なにかの理由で邪魔になった。それでCEOの座から引きずり下ろそうとしているとも考えられる」

三宅は想像を飛躍させる。しかしあながちあり得ない話でもなさそうだ。というより、むしろここまでの不可解な動きが、その見立てならある程度説明がつく。樫村は言った。

「メールアドレスをどう知ったかはともかく、私が今回の捜査に関与しているのを知っているのは、警察関係者を除けば村松CEOくらいで、その話を彼女が社内でしていないとも限らない。三宅さんのご指摘が当たっているかもしれません」

「そうだとしたら、あんたの勇み足も怪我の功名になりそうだな」

三宅は相変わらず嫌みを忘れない。いまご機嫌を損じるのも得策ではないから、鷹揚な調子で樫村は応じた。

「そう仰っていただけると、私もだいぶ気が楽になりますよ。いずれにしても、例のおとり捜査は並行して進める必要があるでしょう。品物の受け取り人を誰にするかは決まりましたか」

「ああ、きのうのうちに決めておいた。滝田というウチの捜査員だ。受け取り場所は一両日中に適当な安アパートを物色する。まだ新人で官舎住まいなもんで、そんなところにブツは届けさせられないからね」

「そういう仕事は、ベテランに任せたほうがいいんじゃないのか」

須田が不安げに口を挟むと、三宅は舐めた口調で言い返す。

「郵便やら宅配やらで届くとは限らない。業者がじかに届けてくることだって考えられる。うちのベテランとなると売人のあいだでけっこう顔が知られてるんだよ。そんな売人が違法サイトにも関わっている可能性は否定できない。それで面が割れていない新人を使うことにしたんだよ」

いかにも感服したという調子で樫村は言った。

「なるほど。さすがその道の専門家で周到な気配りです。アパートが決まったら、住所と名前を教えてください。もちろん偽名でお願いします。電話番号も入力する必要があるかもしれませんので、そのあたりも適当なものを用意しておいてください。電話番号は携帯でもかまいませんが、実際に通じるもののほうが安全だと思います」

「ああ。そういうことなら、おれたちはあんたたちよりずっと慣れている。大きな声じゃ言えないが、偽の運転免許証だっていつでも用意できるぞ」

嘘か本当か知らないが、ここではそこまでの必要はない。

「ビットスポットへの会員登録は、面の割れていないうちの捜査員が実名で登録しますので、その必要はありません。交換の際の入金は口座振り込みでやるようになっていて、いまは偽名口座がつくれませんから」

「それならしようがない。とにかく正体がばれないようにな」

「一度ビットコインに交換してしまえば、その後の動きはビットスポットからは追跡できません。それによっておとり捜査が発覚することはないでしょう」

「ややこしい理屈はわからないが、そのあたりはあんたたちを信じるしかない。せいぜい足を引っ張らないように、気を入れてやってくれよ」

三宅は相変わらず上から目線だが、マネロン室とサイバー攻撃対策センターのノウハウにすがっているのは間違いない。密売業者からのたれ込みを受けてなにもできずに終われば、五課薬物捜査係としては面目丸潰れだ。役立たずだと見られれば、ツーカーの仲でやってきた売人たちからも見限られる。

「あんたに言われるまでもない。やるべきことはきっちりやるよ。マネーロンダリング事案はおれたちの主戦場だ。そこで取りこぼしたらマネロン室の名が泣くよ」

須田も負けてはいない。ここで張り合うのは悪いことではない。仕事の領分が同じなら足の引っ張り合いになりかねないが、担当する分野が切り分けられているから無用のバッティングはあり得ない。

「これからもこの手の事案は出てくるだろう。これまで付き合ってきた売人の道具は、先端技術といっても携帯電話くらいだったが、IT化なんてのがどんどん進んで、厄介な時代になったもんだよ。おれたちもなにかと勉強しなきゃいかん。まあ、よろしくご指導を頼むよ」

さすがに言いすぎたと思ったのか、殊勝な口ぶりで三宅は言った。

3

会議を終え、デスクに戻ったところで村松に電話を入れた。

きょうから橋本たちが村松の身辺に張りつく予定だったが、思いもよらない事態の進展で、それはしばらく見合わせることにした。〈フロッグ〉の正体がわからない以上、いまいたずらに刺激するのはまずいという判断だ。身辺警護に関しては、田川が愛宕署の人員で万全を期すという。

「申し訳ありませんが、いったん部屋を出て、どこかべつの場所で電話を受けていただけますか。十分ほどしたらこちらからかけ直しますので」

「どういうことなんでしょう。まさかこの部屋が？」

「ええ。万が一ということがあります。じつは――」

きのうの〈フロッグ〉からのメールの件を説明すると、不安げな調子で村松は応じる。

「わかりました。すぐ移動します」

そこでいったん通話を終えて、五分ほどすると、村松のほうから電話をしてきた。

「いまロビーにいます。近くに人はいません。でもまさかホテルの客室が盗聴されているなんて――」

「村松さんは、そのホテルを定宿として使っているんですね」

「ええ。窓からの眺めがよくて、インテリアが気に入っていますので、空いている限り同じ部屋をお願いするようにしてるんです」

「そのことを知っているのは？」

「ホテルの関係者以外だと、うちの社員の何名かは知っています。仕事でホテルに籠もるようなとき、必要な書類を届けてもらうことがありますので。まさか盗聴をしたのがうちの社員だと？」

「セキュリティのしっかりした一流ホテルで盗聴器が仕掛けられることはまずあり得ないと思いますが、用心のために移動をお願いしました。社内で、村松さんと私にコンタクトがあるのを知っているのは？」

「あのナイフ入りのレターパックが届いたとき、相談先として樫村さんのお名前を口にしたかもしれません。ただそのとき一緒にいたのは私の秘書と信頼のおける役員の二人だけで――」

「彼らの口からうっかり漏れる。もしくは――」

樫村が言いかけると、村松は不快げにそれを遮った。

「それはあり得ません。私は社員や役員を信頼しています。彼らだって、私と一心同体の思いで会社をここまで支えてきたんです。その私を追い落とそうとするなんて考えられません」

「もちろんそうでしょう。ただ〈フロッグ〉が私にメールを送ってきたのは事実なんです。今回のことで私とあなたに接触があることをどうやって知ったのか。それがわかれば〈フロッグ〉の身元も特定できますので」

「昨夜の火災も、〈フロッグ〉の仕業だとお考えなんですか」

「消防による現場検証の結果では、放火の疑いが強いと聞いています。今後は警視庁の捜査一課が調べに入ると思います。どうにも不審なのは、その火災とほぼ同時に私にメールが届いたことなんです」

「警察は手を出すなと？」

「あの火災を念頭に置いて、もし警察が介入を続けるなら、それ以上のことが待っているぞという意味に受けとれました」

「それで警察はどうされるんですか」

村松は不安げな声で訊いてくる。樫村は強い調子で請け合った。

「そんな脅しに屈していたら、警察は犯罪者の意のままにされてしまいます。犯人追及の手は緩めませんし、あなたの身辺もしっかりと警護します。いまも愛宕署の署員が、そちらのホテルのロビーに私服で詰めているはずです」

「それは愛宕署から伺っています。ロビーにいる人の携帯番号も教えていただいて、なにかあったら電話をくれればすぐ部屋に駆けつけてくれると仰ってました」

「それならとりあえず安心です。ただこの先のことを考えた場合、可能なら滞在先を変えられたほうがいいかもしれません」

「盗聴の惧れがあるからですか」

「それだけじゃありません。今回、私とあなたの接触が〈フロッグ〉に察知されたということは、あなたがそこにいることも知られていると考えるべきでしょう。警察の警護といっても限界があります。万一のことを考えればそのほうが安全かと思うんです」

「私がそんなに危険な状況に置かれているとお考えなんですか」

「昨夜の火災が放火だとするなら、次はさらにエスカレートしてくる可能性があるでしょう。生命の危険も考えられます」

「でも、いったいどうしてこんなことになってしまったんでしょう」

村松は悲痛な声を上げる。宥めるように樫村は言った。

「気持ちはお察しします。もし些細な点でも心当たりのことがあれば、遠慮なくお話しください。うっかり見過ごしそうな小さなことが、事件解明の重要な糸口になることもありますので」

「ついさっき、自宅の火災の件で世田谷署の刑事さんが事情聴取に来られたんですが、心当たりはなにもないと申し上げました」

「そのとき現場で撮影された見物人の写真を持参しませんでしたか」

「ええ。見せてもらいました。私が知っているご近所の人は何人か写っていましたが、ほかには見知った顔はありませんでした。なにかあれば隠したりはしません。もし放火なら、確実に私の身に危険が迫っているわけですから」

深刻な口調で村松は言う。そこに嘘がないかどうか、樫村は判断がつかない。もしなにかを隠しているとしたら、それは先ほどの捜査会議で出た話のように、違法薬物サイトと繋がるものである可能性が高い。樫村は敢えて踏み込んだ。

「〈フロッグ〉はビットスポットを乗っ取ろうとしているのではないですか。あなたがCEOでいることが、彼にとっては好ましくない。もちろんそれを認めたくないお気持ちはわかります。しかし、そこがいちばん重要なポイントだという気がします。〈フロッグ〉のただ一つ具体的な要求はあなたがCEOを辞任することです。その場合、後継者はだれになりますか」

困惑した調子で村松は答える。

「とくに決めているわけではないんです。現在、私を含めて取締役が四名います。私がCEOを辞任することになれば、取締役会の合議で次のCEOを決めることになります。それにもしそんな事情で私がCEOの座を降りることになれば、取締役として在任することも難しいでしょう」

「あなたは創業者で、筆頭株主なんじゃないですか」

「違うんです。会社を創業しようとしたとき、手もとに自己資金があまりなかった。それでメガバンク系のベンチャーキャピタルからの出資を受けたんです。そのため筆頭株主はそのベンチャーキャピタルなんです」

「だとしたらそのベンチャーキャピタルがあなたを退任させようと画策しているということ

は？」

「いまの関係はすこぶる良好です。それに彼らが私を意に沿わない経営者だと判断したら、株主総会でいつでも解任できるわけですから、脅迫のような不正な手段を使う必要はないと思います」

「ほかの取締役は信用できるんですね」

「さきほども申し上げました。私にとって、彼らは最高のパートナーです」

「そうですか。いや、とりあえず確認しただけで他意はありません。ただホテルを変えることについてはご検討いただけますか」

樫村は穏やかに矛を収めた。あまり深入りすると、またしても三宅に勇み足だと非難されかねない。ホテルの件については村松は異存はなかった。

「たしかに場所は移動したほうが賢明ですね。落ち着いて電話もできないようでは困りますから」

「客室内の盗聴については、村松さんのほうからはなにも言わないでけっこうです。移動されたあとで、警察のほうから点検するように依頼します。これまで贔屓にされてきたホテルなら、そのほうが角が立たないと思いますので」

村松の立場を気遣ってというより、そうしたチェックはあくまで警察が関与するかたちで行うほうが証拠能力が高いからだが、村松はそれにも不審は示さなかった。

「そうしていただければ有り難いです。ホテル側と個人的に揉めごとを起こすようなことはしたくありませんので」

「それではなるべく早く次のホテルを決めていただいて、それを愛宕署の捜査員に知らせてください。警護の継続性を考えれば、今度のホテルも愛宕署の管轄内がいいと思います」

「わかりました。いろいろお世話になって、本当に感謝しています」

そう応じて村松は通話を終えた。その調子には真情が籠もっているように感じられた。

4

「村松CEOは、やはり〈フロッグ〉についてなにも知らないんですかね」

三宅たちとの会議の結果を伝え、さらに村松とのやりとりを報告すると、上岡は首を捻った。

電話での村松の態度そのものからは、なにかを隠しているような印象は受けなかったが、それがもし嘘だとすれば、一筋縄ではいかない相手だということだ。真相については口を閉ざしたまま、警察をボディーガード代わりに使われたのでは警視庁の体面に関わるが、村松が現状では被害者であって被疑者ではない以上、これ以上追及する手段はない。

とはいえ、まったく心当たりがないという説明はやはり腑に落ちない。グリコ・森永事件のように現金を要求するタイプの脅迫事件ならそういうこともあり得るが、要求しているのはCEOの退任で、その点から考えれば、〈フロッグ〉は、ビットスポットとのあいだになんらかの利害関係をもつ者と考えるのが妥当な結論だ。樫村は言った。

「なにか知っているのは間違いない。しかしそれを言えば、自分にとって不都合な事実も明らかにせざるを得ない。一方で我が身の危険を避けるためには警察の力を借りざるを得ない。そんなところでぎりぎりの綱渡りをしているような気がするな」

「難しい相手だな。警察は強い捜査権をもっているが、それが行使できるのは相手が被疑者の場合だけだ。いまのところ彼女にはなんの被疑事実もないわけだから」

困惑を隠さず須田が言う。自分の出番だとばかりに矢沢が口を挟む。

「彼女のキャリアを考えると、言っていることを真に受けるわけにはいかないんじゃないかと思います。アメリカの一流投資銀行のトレーダーだったんでしょ。それもVPという上級職だったわけですから」

「信じちゃいけないと言うんだな」

樫村が問い返すと、矢沢はいかにもというように身を乗り出す。

「そういう業界のことをネットで調べましたけど、実績だけで評価されるすごい競争社会なんだそうです。顧客を騙してでも利益を上げる覚悟がないと、とても生き残れない世界みたいです。そこでキャリアを積んだ人ですから、樫村さんあたりを適当にあしらうくらいわけないと思います」

「悪かったな。おれ程度の人間が対応しちまって」

そう言い返しはしたものの、村松のいかにも誠意のある態度につい気を許してきたのは間違いない。傍らで須田が頷く。

「たしかにしたたかかもしれないな。マウントゴックスが破綻してからは、その座を奪い取ったような勢いなんだろう。だとしたら、国内だけじゃなく、世界的にもトップクラスのシェアをもっているはずだ。メガバンク系のベンチャーキャピタルを巻き込んで、そこまで急成長させた手腕は半端なものじゃなさそうだな」

「だからといって、その半端じゃない壁を突き破る手段もないですし」

樫村も思いあぐねる。だが、村松に対する自分の直感がそう狂っているとも思えない。事件の背後にあるのは、こちらが想像もしていない陰謀のような気がしてくる。

「そうなんですよね。村松さんにはいまのところ、警察が捜査対象にできるような瑕疵（かし）がないわけですから」

矢沢もそこで失速する。代わって橋本が口を開く。

「じつはさっき庁内食堂で、古巣の捜査一課の刑事に会ったんです。以前は強行犯捜査のほうにいたんですが、いまは第七強行犯捜査の火災犯捜査係に異動していて、彼もあすから世田谷署に出張ることになったそうです」

「昨夜の火災の件でか。増員なら動きが早いな」

樫村が応じると、橋本は頷いて続けた。

「ガソリンもしくは灯油を使った手口が悪質で、必ずしも留守宅を狙った犯行ではなさそうだという結論に達したんだそうです」

「というと？」

「村松さんは一人暮らしのため、家にいないときも、留守と見られないように居間や寝室の明かりはいつも点けているんだそうです」

「在宅していると思ってやったんだとしたら、場合によっては焼死することも頭に入れていたわけだ」

「そうだとすれば悪質です。死者が出ていなくても法定刑の上限は死刑です」

「さっきの電話で、村松さんはそんなことは言っていなかったが」

「伏せておくように世田谷署の刑事から言われていたんだと思います」

「裁判のときに、そのへんの認識の有無が重要な争点になるからな」

樫村は納得したが、そういう捜査上の機密を庁内食堂で元の同僚に喋ってしまう刑事の口の軽さが気になった。橋本は続ける。

「一課はかなり本気のようです。草加室長に話を通してもらえば、そちらの捜査に便乗して、村松CEOの背後事情にも迫れるかもしれません」

「それはもちろん考えていた。一課が動くようだったら、室長が声をかけることになっている。その話はさっそく伝えておくよ」

須田はその場で電話をとり、草加にいまの話を伝えた。手短なやりとりを終えて、須田は樫村たちに向き直った。

「これから捜査一課に出向いて、一課長と話をするそうだ。脅迫メールの件やナイフの件もある。それを手土産にすれば、向こうも嫌とは言わないだろうと踏んでいる」

「警視庁挙げての捜査になりそうですね。こちらが手足を縛られなきゃいいんですが」

不安を漏らす上岡に、腹を括った様子で須田は言った。

「今回の事案に関してはそれぞれの領分がはっきりしている。おれたちの目的はあくまで、ビットコインを介したマネーロンダリングの解明で、五課にしてみればネット上の違法薬物密売サイトという新しい流通ルートの摘発だ。一課は放火事件、あるいはそれとの関連で村松ＣＥＯに対する一連の脅迫事案が眼目だ。そのすべてが相互に関連しているというのが現在のおれたちの見立てだ。そう考えれば必ずしも烏合の衆というわけじゃない」

「そうですね。ものごとはうしろ向きに考え始めたら、あとがなくなっちゃいますからね。それぞれが美味しいところでポイントを稼げばいいわけですから」

上岡はなるほどと頷く。言いたいことはよくわかるが、お互い欲得ずくで商売しているようで、どうも聞こえが悪い。

「なんにしても複雑な事件で、それぞれが専門分野の知恵を持ち寄るのがいちばんの早道だ。こういう横断的な捜査の機会はそうあるもんじゃないから、新しい捜査スタイルの道筋をつける意味でもやる価値はあるだろう」

気持ちに弾みをつけるように樫村は言った。

5

その日の夕刻、愛宕署の田川から連絡があった。村松裕子が宿泊先を変更したとのことだった。

今度は芝公園にある著名なホテルで、愛宕署から数百メートルのところにある。警護の捜査員をつけるのはもちろんだが、なにか起きた場合、署からもすぐに人が駆けつけられるので、愛宕署としても好都合とみているようだ。

移動はタクシーで、チェックアウトしてから虎ノ門のオフィスにいったん顔を出し、急ぎの仕事を片付けてから次のホテルにチェックインした。愛宕署の捜査員も覆面パトカーで同行したが、不審な車に尾行されている気配はなかったという。

そのホテルを村松は頻繁に利用するわけではなく、特定の部屋にこだわりがあるわけでもないとのことなので、〈フロッグ〉に察知される惧れはないだろう。

新しい投宿先のことはもちろん会社には知らせたが、教えたのは彼女が信頼している秘書だけで、一切口外しないように言ってあるという。

愛宕署のほうでは樫村が依頼していたとおり、村松がチェックアウトしてからホテルに連絡して、室内に盗聴器の類いがないかどうか点検してもらった。

ホテル側は気を悪くするでもなく、むしろそれによって上客を失うことを惧れてか、すぐにセキュリティ担当者がチェックしてくれたが、とくに不審なものは見つからなかったという。

両隣の部屋からの盗聴も考えられたが、ホテル側の話では、宿泊していたのはどちらも外国人で、日本語はほとんど解さなかったとのことだった。

これでホテルでの盗聴の可能性はほぼ消えた。村松の投宿先の変更も含め、ここまでの経過を察知したような動きがみられれば、疑うべきは社内ということになる。その場合はオフィス内の盗聴器の有無をチェックすることになるが、とりあえず〈フロッグ〉の反応をみるために、いまは手をつけないほうがいいというのが現状での結論だった。

橋本は予定どおり本人の名義でビットスポットの会員登録を行った。手続きは上岡が事前に調べていたように簡単で、本人の顔写真と免許証の写真をアップロードし、電話番号や住所、性別等の必要事項を入力するだけだった。

申し込んで一時間もすると登録完了の案内メールが届いた。入金用の銀行口座は新規に開設した橋本個人のものを借用させてもらうことにした。ＡＴＭからの現金振り込みはできないようになっているとのことで、それも身元確認の一部として使っているようだ。犯罪収益移転防止法の観点からは十分厳格なチェック方式と言えるだろう。

上岡はインターネット上で無料配布されているビットコインのウォレットのソフトウェアをダウンロードし、すでに私用のノートパソコンにインストールしていた。目的の違法薬物販売サイトにアクセスするために必要なＴｏｒのソフトもすでにインストールしてある。

当座のビットコイン購入資金としては百万円を用意している。使い方が特殊なので通常の捜査経費としては扱いが難しいが、そこは組対部総務課長兼任の草加が上手く処理してくれて、使途を明確にする必要のない機密経費として、すでに橋本の口座に入金してあった。

上岡はその百万円をインターネットバンキングを使っていったんビットスポットの預かり金口座に振り込み、そのうち五十万円をビットコインに交換して、すでに作成してあるウォレットに送金した。

これで準備はすべて整った。あとは三宅からブツの受け取りを担当する捜査員の仮の住所や偽名などの情報が届くのを待つだけだ。

「この仕掛けで、大きな獲物が釣り上がるといいんですがね」

上岡は期待を覗かせる。樫村は言った。

「まあ、焦らずじっくり進めよう。慌ててリールを巻き上げて、バラしてしまったら二度と同じ手が使えない。まず何度か買い物をして、相手に信用させることだな」

「でも予算が限られますから」

「今回の百万円は小手調べみたいなもんだ。必要ならまだまだ出せると草加さんは言ってるよ」

余裕綽々(よゆうしゃくしゃく)という調子で須田が言う。

「なにをいくら買ったか、私にちゃんと申告してくださいね。しっかり記録しておきますから。領収書が不要なのをいいことに、エッチなＤＶＤなんか買ったりしないでくださいよ」

矢沢がさっそく釘を刺す。だれが相手でもとりあえず疑ってかかるのが矢沢の一貫したポリシーだ。

「そんなことするわけないだろう。それじゃ密売屋を摘発するまえに公金横領でおれが摘発されちゃうよ」

上岡はぶるぶると首を横に振る。そのとき樫村の携帯が鳴り出した。取り出してディスプレイを覗くと、表示されているのは記憶にない番号だ。怪訝な思いで応答すると、相手はゆうべ火災現場で会った世田谷署の木谷という刑事だった。

「昨夜はお世話になりました。新しい情報が入ったので、まずはご連絡をと思いまして」

「こちらこそお世話になりました。新しい情報というと、犯人に繋がりそうなものなんですか」

問い返す樫村にその場にいる全員の視線が集まる。木谷はわずかに声を落とした。

「現場に集まっていた群衆の写真のなかに、身元不明の人物が写っていました」

「近隣の人に確認してもらったんですね」

「そうなんです。町内会の会長さんや役員の方に確認してもらいました。ほとんどの人物が特定できたんですが、その男だけはだれも知らないそうなんです」

「わざわざ遠くから来る野次馬もいると聞いていますが」

「そうかもしれませんが、消防車が到着してすぐに撮影された写真にその人物がいるんです。まだそれほど人が集まっていないときです。ところがそれから五分ほど経った、いちばん火の手が上がっている時間に撮影した写真には写っていない。それ以降の写真にもいませんでした」

「放火の結果を確認して、そのまま姿を消したという印象ですね」

「そうです。その人物がいなくなってから、人がどんどん押しかけてきたそうです。火事場の野次馬というのは、普通はその場の顚末を最後まで見届けようとするものだと消防の担当者は言っています」

「どういう男だったんですか」

「年齢は三十歳から四十歳。身長は一七〇センチくらいでしょうか。黒のジャンパーを着て、ズボンも黒。靴はスニーカーで、野球帽のようなものを被っています」

「ほとんど黒ずくめですね」

「ええ。もろに空巣ファッションです」

「顔はしっかり写ってるんですね」

「すこし俯き加減ですが、はっきり特定できるくらい鮮明です。それからもう一つ――」

木谷はさらに声を落とした。

「火災が起きる少し前、現場に近いマンションの私道に黒っぽい乗用車が停まっているのをマンションの住民が見かけて、不審に思いナンバーをメモしていたんです。そこは駐車禁止の指定はされていないんですが、道幅が狭く緊急車両の出入りに支障があるので、マンションの管理組合では、継続して駐車されるようなら、ナンバーから持ち主を特定して注意を促すことにしていたらしいんです」

樫村は勢い込んで問いかけた。

「で、持ち主は特定できたんですか」

「うちのほうでさっそく調べました。ところがそれに該当する車は登録されていないんです」

「ということは？」

「偽造ナンバーだと考えられます」

押し殺した声で木谷は言った。

第四章

1

翌日の午後、三宅から樫村に連絡があった。

おとり捜査に関してはさすがにプロで、品物の配送先のアパートをさっそく確保し、受け取り役の滝田という捜査員もすでに入居させているという。

場所は大田区蒲田二丁目の住宅街にある賃貸アパート。敷金も礼金も要らず、解約も簡単なウィークリーマンションのほうが都合がいいが、それでは業者に怪しまれると、三宅としては張り込んだところらしい。

多田政志という偽名も用意していて、仲介した不動産屋には、事情があって契約者名と別の表札を出すということで了解を取ってあるとのことだった。

最初から大きな取引をすると怪しまれるので、〇・二グラム程度から始めたほうがいいとのアドバイスだった。それでも末端価格は二万円くらいで、耐性のできていない初心者なら十回分程度に相当するらしい。回を重ねながら購入量を増やしていけばちょっとした割引をしてくれることもあり、そうなれば上得意として信用されたとみていいと三宅は言う。

樫村がそれを伝えると、上岡はさっそくタマネギのロゴマークがあしらわれたＴｏｒのブラウザーを使ってターゲットの違法薬物密売サイトにアクセスした。サイトの名前は〈ストーンバンク〉。コカインからヘロイン、覚醒剤、マリファナ、多種多様な違法ドラッグまで品揃えは豊富だ。

それなら値段の安い違法ドラッグでもいいのではないかと提案したが、なんといっても日本では覚醒剤が違法薬物の王様で、その密売ルートを解明するのが五課の最大の任務だから、ケチな違法ドラッグにかまけていては捜査効率が悪いと三宅から言われた。

欧米で主流のコカインやヘロインも日本ではマイナーで、そっちの場合は逆に目立ちやすく、業者がチェックを入れてくる可能性が高い。〇・二グラム程度の覚醒剤の注文は件数が相当多いはずだから、そのなかに紛れるのがいちばん安全だろうという見方のようだ。

上岡はその忠告に従って覚醒剤〇・二グラム入りのパケットを注文した。傍らで見ていると、Ｔｏｒを使った通信のためか反応はすこぶる遅い。

それでも上岡は、練習がてらＴｏｒのブラウザーを使ってあちこちの匿名サイトにアクセスし使い方には慣れていたようで、操作にまごつくことはない。サイトのデザインはよくできていて、使い勝手は普通のネット通販とほとんど変わりなさそうだ。使用言語は日本語と英語が選択できるが、発送先は日本国内に限られている。英語バージョンは日本在住の外国人向けとみられる。

国外への発送の場合、税関のチェックを受けるから、それを糸口に捜査の手が伸びるのを避けるためだろう。だからといってその点だけで〈ストーンバンク〉が日本に拠点を置く組織だということにはならない。

決済手段としてビットコインを使っている限り、世界の誰とでも匿名で資金の受け渡しができるわけで、似たようなサイトを世界各国に立ち上げておけば、実質的にグローバルビジネスとして機能する。

上岡がざっと調べた商品の価格を伝えると、三宅は普通に売人から入手する相場と比べかなり安いと驚いていた。たぶん仕入れは世界規模で行われていて、国内へはなんらかの手段で密輸入されている。安値の秘密はそこにあり、そうだとすればこれまで五課が扱ったなかでも破格に大きい獲物かもしれないと、三宅は大いに盛り上がっている。

注文を終えて十五分ほどすると、〈ストーンバンク〉から決済完了の案内メールが届いた。書かれている文言も普通のネットショップを思わせる気の利いたものだった。ただし注文した商品はショップ側が勝手につけた商品コードのみで記載されていて、ご丁寧に領収書の発行は承りかねるとの断り書きもある。もちろんショップの住所も電話番号も一切ない。

品物は一両日中に普通郵便で送るという。発送元の名称は〈ストーンバンク〉ではなく別の会社名で、それは注文のたびに変更になる。覚えのない会社から封書が届いたら、それが注文した品物だということらしい。

おとり捜査の仕掛けが終わったことを報告すると、須田はあす朝いちばんで捜査会議を開きたいという。三宅や相田はもちろん、今回は草加にも出席してもらって、いわばタスクフォースの出陣式にしようという狙いのようだ。

組対部総務課長でマネロン室長兼任の草加を実質的な捜査本部長に据えてしまえば、今後の捜査でマネロン室が主導権を握れるという目算もそこにはあるらしい。

「室長は例の不審火の件で捜査一課にも働きかけたようだ。先方も捜査の進み具合によっては我々と手を組む可能性がある。いずれにしても、情報交換を密にする約束は取りつけたらしい。ここまではまずまずの動きだな」

須田は弾んだ声で言う。捜査一課の火災犯捜査係が世田谷署に出張り、準特捜本部体制で捜査を開始しているようで、村松に対する脅迫の件もあることから、場合によっては同じ一課の特殊犯捜査係も加わることになる。いま一課の内部でそのあたりの調整を進めているところだという。樫村は頷いて応じた。

「違法薬物密売サイトとそっちの事案が無関係だとは思えません。その意味では期待どおりの動きです。私に届いたあのメールですが、警察は手を出すなという文言は、村松CEOに対する脅迫事件だけを意味しているとはやはり考えにくい。どう考えてもマネロン室を標的にしたものです。五課はそういう業界とツーカーですから、向こうの捜査員が我々が関与しているような話をどこかで漏らした可能性もなくはない。ただ、いま標的にしているのは五課と付き合いのある連中とはまったく別の系統のような気がするんです」

「たしかに運営しているサイトも垢抜けているようだな」

「そのうえじつに買いやすい。一般的な売人は、話を持ちかけられてもそう簡単にブツは売らないそうです」

「ああ。そんな話はおれも聞いている。売人もリスクを背負っている。逮捕されるとぺらぺらなんでも喋ってしまいそうな軽い人間には売らない。ある程度の収入がないとみれば、やはり売らない」

「そういう客は金がなくなってもクスリをやめられません。その結果、高い確率で犯罪に走る。売人にとってはそれも我が身に降りかかる火の粉です。一方で金に不自由のない著名人は上客で、どっぷり浸かればいくらでも買ってくれるし、発覚すればすべてを失う。だから口が固い」

「相手を見て売るらしいな。そのあたりのリスク管理は売人のほうがずっとシビアなんだろう。普通は一見(いちげん)の客がクスリが欲しいと言ってきても相手にしない。逆に上客になるとみれば、自分から仕掛けてクスリ漬けにするという話だ」

同感だというように須田は頷く。樫村は続けた。

「ところがあのサイト、そういう警戒感がまるでないんです」

「ビットコインとＴｏｒを組み合わせた秘匿性に、よほど自信があるわけだ」

「既存の売人が恐れる理由もわかりますよ。あのやり方だと、これまで彼らが手をつけなかった客層をいくらでも取り込める。それで自分たちが片隅に追いやられると考えているんでしょう」

「要するに、これまでの違法薬物の密売とはビジネスモデルが違うということか」

「そんな気がします。これまで違法薬物の流通を担ってきた暴力団系や不法滞在外国人とは、明らかに一線を画しています」

「だとしたら、そう簡単に尻尾は摑ませないな」

「こういう組織が日本の違法薬物マーケットを席巻して、そこで得た収益がビットコインを使って国際的な犯罪集団やテロ組織に流れる。これはそんな大がかりな事案だという気がするんです」

「どういう理由でか、その組織にとって村松ＣＥＯは邪魔な存在になっている。彼らにとって都合の悪い事情を彼女が知っているのかもしれないし――」

「あるいはビットスポットそのものを乗っ取ろうとしているのかもしれない。経営権を我がものにすれば、彼らは最強のマネーロンダリングツールを手に入れることになります」

「そのビットスポットがすでにそんな連中に侵食されている。マネロン室の動きが漏れたのは、やはりビットスポット内部での情報漏洩の可能性が高いな」

「だと思います。この件で我々が動いていることは、もちろん村松氏が知っています。そういう話が社内の人間に漏れ伝わった可能性は大いにあるわけで、そのなかに組織と関係の深い人間がいる。私に恫喝のメールが来たのは、そういうラインからだとしか考えられないんです」

「だとしたら、今回のおとり捜査もよほど慎重にやらないと危険だな。おまえはどう思う？」

須田は傍らで聞いていた上岡に問いかける。上岡も樫村と同様のことを感じていたらしい。

「侮れないような気がします。今度は前回覗いたときと送金先のアドレスが変わっているんです。問い合わせ先のアドレスも変えてあります。トップページには、セキュリティ上の理由でどちらも頻繁に変更しているので、常に最新のものを使うようにとの注意書きがあります」

「それじゃサイバー攻撃対策センターも苦労させられそうだな」

「悲観的なことを言うようですが、ＦＢＩも世界最大の密売サイトと言われたシルクロードを摘発するために何年もの期間を要しています。ビットコインとＴｏｒという最先端のＩＴ技術が、いまもっとも強固な犯罪のシェルターになっているんです」

「ビットコイン自体は既存のものより安全で効率的な通貨システムとして発案されたものなんだろう。Ｔｏｒにしても当初は米海軍が開発したもので、国防上の理由からつくられたと聞いているが、それがＦＢＩでも手を焼くような犯罪の温床になってしまったのは皮肉だな」

苦い調子で須田は言った。

2

そんな話を終えたところで、樫村は村松に電話を入れた。

警護している愛宕署員からも新情報は入っていないし、村松からも連絡はないので、とりあえず危険な事態は起きていないと考えてよさそうだが、本人が気にもしない些細なことが新たな脅威の予兆だったりもする。

それとは別に村松に訊きたいこともあった。ここまではあくまで脅迫事件の被害者という扱いだったが、そろそろこちらの本題を持ち出して感触を探っていいころだ。

携帯の番号をコールすると、村松はすぐに応じた。

「樫村さん。いろいろご迷惑をお掛けしました。お陰様で、いまのところ身の回りで不審なことは起きていません」

口ぶりは落ち着いている。樫村は確認した。

「きょうはどこかへ出かけましたか」

「ええ。午前中会社へ出向いて緊急の案件を決裁して、そのあと秘書と執行役員二人と一緒に近くのレストランで昼食をとりました。オフィスはホテルから車で十分もかからないし、愛宕署の方もそばについていてくれるので、不安はまったく感じませんでした」

「〈フロッグ〉からのメールは？」

「届いてません。警視庁のみなさんにも本格的に動いて頂いているようですね。このまま終息すればいいんですが」

「こちらもそれを願っていますが、まだ油断はできません。社内の皆さんとの会話にも十分お気をつけになったほうがいいと思います」

こちらの捜査状況が〈フロッグ〉に漏れたのはビットスポット内部からだという思いがやはり拭えない。そこが気に障ったように村松は不快感を滲ませた。

「先日も申し上げたように、私は彼らを信頼しています。彼らを疑うことは、私にとって味方を失うことと同じ意味なんです」

樫村は穏やかに応じた。

「仰ることはごもっともです。しかしなぜ私のアドレスに〈フロッグ〉からメールが届いたのかが解せないんです。私が村松さんと接触していたことは、警察側ではごく一部の人間しか知らないことでしたから」

「だとしたら、やはり何者かが盗聴していたということでしょうか」

「汐留のホテルは先方のセキュリティ担当者が確認しました。盗聴が行われていた形跡はなかったようです」

「オフィスも専門家に依頼して調べてもらいましたが、不審なマイクロフォンや無線機の類いは見つかりませんでした」

「そうだとすると、どうにも説明がつかないんです」

「でも最初にお会いしたとき、私は樫村さんのメールアドレスを伺っておりません。次にお会いしたときにお互いのアドレスを交換しましたが、私は自分のスマートフォンに登録しただけで、会社のサーバーにアップもしていないし、だれかに教えたりもしていません」

「それはすでに伺っております。ただ私のメールアドレスに関しては、その気になれば調べる手立てはあるようなので、問題はなぜ私を特定してメールを寄越したかなんです」

「そう仰られても、私には心当たりがないんです」

「私と接触があったこと自体は、社内のどなたかが知っていたわけでしょう」

「私が留守のとき、樫村さんから何度かお電話を頂いたようですね。それを秘書が受けていますからお名前くらいは覚えていたと思いますが、その時点ではご用件までは聞いていなかったはずです。つまり仰りたいのは――」

「我々が捜査を進めているのは、御社のシステムをマネーロンダリングのツールとして使っている〈ストーンバンク〉という違法薬物販売サイトの件なんです」

「警察は手を出すなという〈フロッグ〉からのメールは、私への脅迫の件とは別で、むしろそちらに対する警告だとお考えなんですね」

困惑したように村松は応じる。樫村は踏み込んだ。

「そう考えないとあのメールが来た理由が理解できないんです。つまり〈フロッグ〉は御社の内部事情に通じた人間で、かつ我々の捜査対象と深い関わりがあると」

「私どもが、そのサイトの運営に関与していると仰るんですか」

村松は心外だという調子で問い返す。樫村は言った。

「村松さんがというわけではありません。ただ、そういうかたちで利用されている可能性も否定できないと思うんです」

「もしそういう組織が私どもの会社を通じて資金の出し入れをしているとしても、私たちは一切関与しておりません。当社は法令に従って顧客の身元確認を徹底しており、その手続きで問題がなければ、顧客がビットコインを使ってなにをしようとその事実を把握できないし、また責任を負う理由もないんです」

「仰るとおりです。しかしそうだとしたら、〈フロッグ〉が村松さんにＣＥＯ辞任を執拗に要求するのはなぜでしょうか」

「それがわからないので、私も対処のしようがないんです」

「しかし捜査一課は先日の火災を、あなたの命を狙った放火の可能性ありとみて捜査を進めています。それが〈フロッグ〉の仕業だとしたら、その正体を早急に明らかにしないと、また命を狙われるような事態が起きかねません」

「だとしたら、私はなにをしたらいいんですか」

途方に暮れるように村松は問いかける。その本音を探るように樫村は言った。

「御社の大口の顧客のリストを開示していただけませんか」

「そんなことはできません」

村松は鋭く拒絶した。むろん予想していた反応だ。樫村はさらに続けた。

「そのなかに〈フロッグ〉もしくはその関係者がいる可能性は否定できないと思うんです。その情報を教えていただければ、我々は身元を一人一人洗うことができます」

「たとえ警察に対してでも、顧客の個人情報を外部に渡すことはビジネスの根幹に関わることです。取引の機密が保持できてこそ、顧客と私どもの健全な関係が維持できます。そこで信頼を失えば顧客はすぐに逃げ出します」

「しかし犯罪と関わりがあると疑われる取引については、捜査機関に通報する義務がありま す」

「私どもはそういう不審な顧客を認知しておりません。もし警察が顧客のだれかが違法な行為をしているという証拠を提示してくださるのなら、該当する顧客については必要な情報をお渡ししますが、不特定の顧客について投網を打つように開示せよという要請には法的根拠がありませんので」

村松の言うこと自体は筋が通っている。しかし自分の命が狙われているという現在の状況を考えれば、法令がどうのという悠長な理屈を言っている場合ではないはずだ。やはり隠したいことがなにかあるというのが樫村の感触だった。

「仰ることはよくわかります。ただご理解いただきたいのは、いまや〈フロッグ〉はあなたにとって極めて危険な存在だということです。捜査一課も今後全力で事件解明に取り組むと思いますが、被害者の側からの協力も不可欠なんです」

「もちろんここまでの警察のご尽力には感謝していますし、ご協力できることはなんでもさせていただきます。ただ企業には企業としての責任があります。ご承知のように、私どもの業界は大変厳しい競争環境にあります。顧客からの信頼を裏切れば、企業として存続することも困難になります」

村松は苦衷を覗かせた。そうしたことも企業を対象とした犯罪捜査を厄介なものにする点の一つだ。企業は経営者の身に迫る危険や物理的損失以上に、それによる信用の失墜を惧れる。それは経営状態の悪化に繋がり、上場企業の場合は株価の暴落という事態も招きかねない。

そんなことから警察への情報開示に消極的になり、その結果迷宮入りとなってしまうケースも珍しくない。企業もしくはその経営者が被害者の場合、企業防衛の論理を持ち出されれば、警察がその楯を打ち砕くのは難しい。

3

翌日の午前中、草加が手配した組対部の大会議室に参集したのは、係長の三宅以下五課薬物捜査第三係の十名、相田係長以下サイバー攻撃対策センター第四係の五名、須田以下マネロン室第四係の六名。さらにそこにマネロン室担当管理官の松木浩二（まつきこうじ）と草加が加わった。

これまでは秘密会議という性格が強かったが、今後期待される捜査一課との連携を考えれば、向こうに呑み込まれないように、こちらもいまから旗幟（きし）を鮮明にしたほうがいいという目論見もある。

まず樫村がおとり捜査の現状を報告し、細部については上岡が補足した。とりあえず仕掛けが順調に進んだことに三宅はご満悦だった。

「まあ、そんなところだろうね。郵便で送ってくるというのは我々も想定していたよ。宅配便なら引き受けた営業所なりコンビニなりがすぐに特定できるが、向こうだってそう甘くはないし、そもそも荷物が〇・二グラム程度のものだから普通郵便で問題なく送れる。たぶんダイレクトメールに偽装してだと思うが、投函した人間をとっ捕まえるにはいささか手間がかかるね」

任せておけというように草加が応じる。

「どこの郵便局の扱いかは消印からわかる。その局の管轄内のポストに捜査員を張り付ければいいわけだろう。それならおれのほうから五課長に話を持ちかけて、捜査員を増員してもらうこともできる」

三宅は気をよくしたようにさらに続ける。

「場合によっては所轄の捜査員の手も借りる必要があるかもしれません。そのサイトの様子からして商いの規模はかなり大きいはずですから、同じ体裁の封書を大量に投函する人間をチェックすればいい」

管理官の松木が指摘する。

「その郵便局の管轄だけじゃ済まないかもしれないよ。一通ごとに投函する場所を変えることも考えられる」

「連中にだって商売の効率というものがありますよ。そこまで神経は使わないでしょう」

三宅は軽く受け流す。松木はさらに言う。

「そもそも日本全国、どこから送ってくるかもわからないんじゃないのか。商売の拠点が都内にあるとは限らないわけだし」

三宅はかすかに苛立ちを覗かせる。

「そのときはその土地の警察に仁義を切って、うちの捜査員が出張ればいいんですよ。Torだかなんだか知らないが、インターネット上で商売しているということは、それだけですでに全国規模の犯罪です。警視庁以外の警察本部も縄張りに拘っている場合じゃないと思いますが」

草加が鷹揚に割って入る。

「その場合は警察庁に音頭をとってもらって、広域捜査のかたちにすればいいだろう。それなら現地の捜査員も動員できる。それより、きょう議論したかったのは〈フロッグ〉の件についてだ。いま村松CEO宅の火災は放火事件として捜査一課の火災犯捜査係が着手しているが、そこに至る過程での一連の脅迫事案を我々としてはどう解釈するかだ」

「ビットスポットそれ自体が〈ストーンバンク〉を運営しているとみるのが正解じゃないんですか。一連の脅迫や放火事件は、そちらから警察の目を逸らすための茶番のような気がしますがね」

三宅はいともあっさり答えを出してくる。あながち外れでもないような気もするが、それだとやはり辻褄が合わない。それを警察に通報するということが、目を逸らすどころか、いちばん都合の悪い部分に目を引きつけてしまいかねないことくらい、あの切れ者の村松がわからないはずがない。樫村は言った。

「そのあたりは微妙だという気がします。彼女に表に出したくない事情があるのは確かだと思いますが、むしろそれを通報してきたことで、我々はビットスポットの内情により興味を掻き立てられた。今後の捜査一課の動きによっては、強制捜査が入る可能性さえあるわけですから」

「ビットスポットで内紛でも起きているとみているわけか」

一蹴されるかと思ったが、三宅は興味深げに聞いてくる。樫村は頷いて言った。

「私に寄越した例の恫喝メールから考えれば、〈フロッグ〉が、いま我々が捜査対象としている〈ストーンバンク〉の関係者なのは間違いありません。その〈フロッグ〉が村松氏に要求しているのはCEOの辞任です。今回の一連の出来事のなかで、村松氏は厳しい綱渡りを強いられているような気がします」

「〈ストーンバンク〉が自分の会社と取引があって、それが違法薬物の密売という悪事を働いている。少なくとも村松はそのことを知っているというわけだ」

「それどころじゃないかもしれません。ビットスポット内部に、まるで悪性腫瘍のように〈ストーンバンク〉が棲みついているんじゃないでしょうか」

「しかし、ビットコインの取引所なんてほかにいくらでもあるだろう。〈ストーンバンク〉がビットスポットに拘る理由はとくにないと思うんだが」

草加が身を乗り出す。樫村は慎重に言った。

「いいえ、なにか理由があるはずです。たとえばビットスポットには〈ストーンバンク〉向けのバックドアが用意されているとか」

「バックドア？」

草加と三宅が同時に問い返す。須田をはじめほかの出席者も当惑気味の視線を向けてくる。いまの段階で大胆すぎる推論だとは思うが、きのうの村松との会話で直感的にひらめいたのがそれだった。

いま世界的にマネーロンダリングに対する規制は強まっている。日本も例外ではなく、犯罪組織やテロリストに関係しているとみられる法人や個人のいわゆるブラックリストがＦＡＴＦを通じて世界で共有されている。

そうしたリストはＪＡＦＩＣを通じて国内の各金融機関やそれに準ずる機関に提供されており、ビットスポットのような仮想通貨の取引所も例外ではない。

〈ストーンバンク〉がそうしたブラックリストに掲載されているような組織なら、取引口座を開設した時点で当局に通報が行く。しかしそのリストに引っかからない裏口が用意されているとしたら、ビットスポットは〈ストーンバンク〉にとってはじつに都合のいいツールとなる。

「村松CEOが意図してつくった裏口なのか、あるいはビットスポットの役員や社員のだれかが勝手にシステムに穴を開けたのか、そのあたりはまだなんとも言えません。ただ彼女がそれを知らなかったということはないでしょう」

「知っていて黙認していたということか」

草加はいかにも興味深げだ。樫村は頷いて続けた。

「私が何度か話をした限りでも、大変切れる経営者だという印象を受けました。そういう事実があったとしたら、見逃すようなことはないと思います」

「それが発覚したら、ビットスポットはマネロンの幇助を行ったことになる。信用失墜で、経営面でも大打撃だろう」

「発覚すればです。しかしビットスポットのここ数年での急成長の秘密がそこにあるとは考えられないでしょうか」

「ビットスポットがそれによって取引額を増やしたと言うのか」

「マウントゴックスが例の事件で破綻したあと、取って代わるようにビットスポットは世界有数の取引所に躍り出た。その成長ぶりがあまりに急速で、そこになにかあるような気がしてならないんです」

「しかし〈ストーンバンク〉という麻薬密売業者が店を出しているのは日本だけだろう」

「サイトの名称はなんとでも付けられます。問題はその実態です。目くらましのように世界中でさまざまな名称のサイトを立ち上げ、一つ一つは小さな商いに見せかけておいて、実態はシルクロードにも匹敵する巨大密売組織なのではないか。その組織が世界全体のビジネスに関わる資金洗浄の出入り口として利用すれば、ビットスポットの扱い高は一気に膨れ上がるでしょう」

樫村のいささか大胆な推論に、三宅はまんざらではない顔つきで頷いた。

「そこまではお互いにウィンウィンの関係だったわけだ。ところがここへきて〈フロッグ〉がビットスポットの乗っ取りに動き出した。あんたはそう見ているんだな」

「あくまで憶測のレベルですが、〈フロッグ〉は単に村松CEOに個人的な怨恨を抱いているような存在じゃないような気がします」

「だとしたら〈フロッグ〉が麻薬の密売なんてケチな商売に今後も拘るかだよ。ビットスポットを意のままに使って、世界中の違法サイトのいわばホストになって、そこから寺銭を巻き上げるような商売だってできるだろう」

須田がため息を吐く。気合いを入れるように草加は言った。

「ビットコインを介したマネーロンダリングのバックドアが国内にできるような事態になったら、日本は国際的に面子(メンツ)丸潰れだ。そういう動きがもしあるなら、おれたちの手でなんとしてでも潰さないと」

「でも実際には厄介な話ですよ。ＪＡＦＩＣには捜査権限はないし、マネロン室にしたって証拠もなしにガサ入れはできない。鍵を握るのはけっきょく我々五課ですよ。違法薬物密売の実態を明らかにして、そこからマネロンの手口を解明していくしかないでしょう」

三宅が鼻を鳴らす。まるでマネロン室の出番はないと言いたげだが、樫村としてはむしろこれから動くであろう捜査一課に期待したい。放火と脅迫の両面から〈フロッグ〉の正体に迫ってくれれば、その容疑でビットスポットにガサ入れするチャンスも出てくるだろう。

「とりあえず両面作戦でいくべきでしょう。組対部の領分でできるのは、いま三宅さんがおっしゃった方向くらいです。ただ〈フロッグ〉と〈ストーンバンク〉が不可分な関係にあるのは間違いない。よほど警察を舐めてかかっているんでしょうが、せっかく向こうから尻尾を出してくれたんですから、そちらが案外突破口になるような気がします」

「あんた、甘いな。捜査一課というのはおれたちを見下しているところがあるんだよ。こっちにどれだけ情報を流してくれるかは向こうの気分次第で、マネロン事案に関しては知識もないし興味もない。なんとかガサ入れに同行させてもらっても、横目で覗ける範囲は限られる。あんたが言うようにビットスポットのシステム内部に巧妙な裏口がつくられているとしたら、そう簡単に見抜けるもんだか」

前回の会議では三宅もガサ入れに乗じた横目捜査に関心を示していたが、一課に主導権を握られて自分たちの影が薄くなるのを嫌ってか、ここでは妙に引き気味だ。樫村は草加に確認した。

「一課はどんな対応なんですか。合同会議を持つような話はまだないんでしょうか」

三宅に言われたからではないが、捜査一課の動きには樫村も若干の違和感をもっている。きょうこちらで会議を開く話が伝わっているのなら、現場の捜査員を一人くらいは出席させてもいいはずなのに、どうもその気はなかったようだ。

それ以上に不審なのは、樫村の携帯に届いた〈フロッグ〉からの恫喝メールについてだ。あの不審火が起きた直後に送られてきた上に、内容は警察に向けられたものだった。それについて樫村は説明を求められるものと思っていたのに、いまに至るまでその打診もない。

「きのう捜査一課長とは話をしたよ。よろしくやるように現場に指示をすると約束はしたんだが」

草加もどことなく歯切れが悪い。三宅はそら見たことかと言いたげだ。

「そもそも捜査一課になにができるんだか。あの連中の頭のなかでは、とりあえず犯人を挙げたら一件落着で、おれたちのように組織そのものを潰そうなんて発想がないんです。しかし今回の事案は奥が深い。世界規模の違法薬物密売やマネーロンダリングなんて、スケールが大きすぎてあいつらの頭じゃついていけませんよ」

「まあ、そう言っちまったら身も蓋もない。どういう気でいるのか、おれのほうからもう一度プッシュしてみるよ。一課長はわかってくれているはずなんだが」

渋い口調で草加は言った。

4

午前中に会議を終えて早めの昼飯を済ませ、刑事部屋に戻ったところへ電話が入った。捜査一課第二特殊犯捜査係の江島という刑事からだった。

「樫村警部補ですね。〈フロッグ〉を名乗る人物から届いたメールの件でお伺いしたいんですが。ちょっと出向いてもらえませんか」

放火絡みの企業脅迫事件となれば第一特殊犯捜査の出番だと思っていたが、どうも予想と違うようだ。あれから草加がプッシュして嫌々動き出したのかもしれないが、特殊犯捜査係の花形はＳＩＴの別名を持つ第一特殊犯捜査の第一、第二係で、立て籠もり事件などの際には重装備による突入作戦も行う精鋭部隊だが、第二特殊犯捜査というのは耳慣れない部署だ。だとしても他部署の刑事でこれまでとくに付き合いもなかった相手にしては、なんとも横柄な口ぶりだ。さきほどの三宅との話も頭にあったから、少々癇に障ってこちらも応答がぞんざいになった。

「こっちの都合も聞かずに一方的に呼び出すってのはどういうことだよ。まるで被疑者扱いだな」

向かいのデスクにいる須田が、なにごとだというように顔を向ける。

「話を聞いて欲しいと言ってきたのはそっちでしょう。うちのほうもいろいろ事件を抱えていて、そうは時間がとれないんですよ」

三宅の嫌みたっぷりな話はどうやら誇張ではないらしい。とはいえどこの部署にも変人はいるから、とくにたちの悪いのに当たってしまったらしいと諦めて、とりあえず呼び出しに応じることにした。

「どこへ出向けばいい？」

「捜査一課のフロアの右手の奥に第二特殊犯捜査係の看板が掛けてあります。そこで江島と言ってもらえばわかります」

「先に訊いておくけど、〈フロッグ〉の件ではそちらはまだ動いていないの？」

「わざわざ本庁が動くほどのネタでもないでしょう。せいぜい所轄レベルの話ですよ」

江島はしゃあしゃあと言ってのける。さすがに堪忍袋の緒が切れた。

「どういうつもりだよ。火災犯捜査係はすでに動いていると聞いているけど、放火の事案が一連の脅迫事件と関係があるのは明白だ。まさに捜査一課が連携して動かなきゃならない大事件じゃないのか」

「それは我々が判断すべきことで、他部署の指図は受けません。とりあえず事情を聞いて、上と相談して対応を考えますので」

木で鼻を括ったように江島は応じる。不快感を滲ませて樫村は言った。

「じゃあこれから出向くけど、機密に属する話も出るだろうから、適当な部屋を用意してくれないか」

「わかりました。会議室を押さえておきますんで。こちらにお見えになったらご案内します」

樫村の不快な気分が伝わったのか、江島はいくらか態度を改めた。それでは十分後にということにして通話を終え、聞き耳を立てていた橋本に訊いてみた。

「第二特殊犯捜査の江島という刑事なんだが、知ってるか」

やはりというように顔をしかめて橋本は頷いた。

「江島宏(ひろし)警部補ですよ。仕事で付き合ったことはないですが、以前は強行犯捜査係にいたこともあります。樫村さんより三つくらい年下です。口の利き方が横柄で周りに波風ばかり立てるんで、あちこちたらい回しされ、けっきょくいまの部署に落ち着いたようです」

「じゃあ、仕事の面では期待できないな」

「ところがそうでもないんです。もって生まれた捜査勘というんでしょうか。現場ではなかなかいい仕事をするんです。警視総監賞もずいぶんもらってます」

「それでも職場では愛されないわけか」

「面と向かって上司の批判はするわ、帳場の方針を無視して勝手に別筋を追いかけるわで、実力はともかく、職場の秩序を乱すというのが上に嫌われる理由のようです」

「そういうタイプは所轄に飛ばされたりするんじゃないのか」

「ところが実績では周りの人間は敵わない。そのうえそういう性格が知れ渡っていますから、所轄からもけっこうですと断られる」

「しょうがないから第二特殊犯捜査に島流しにしたわけか。そこはどういう部署なんだ」

「第一特殊犯捜査の遊軍みたいなものです。というより捜査一課全体の遊軍といったほうが当たっていそうです。SITほどプロフェッショナル集団じゃないし、誘拐や企業脅迫事件についてとくに優れたノウハウを持っているわけでもない。ほかの部署の手が足りないときに助っ人に入るくらいで、一課内部でも位置づけがはっきりしない不思議な部署なんです」

落胆を覚えながら樫村は言った。

「つまり一課の窓際族を一まとめに置いておくための部署か」

「そう見られてもしようがないでしょうね。江島さんとは面識がないわけじゃないので、僕もお供しましょうか」

橋本が言う。一人で出かけて対決モードになってしまえば取り返しがつかなくなる。多少なりとも相手を知っている橋本が一緒なら、最悪の場合の緩衝材になってくれるだろう。樫村は頷いた。

「そうしてもらえると有り難い」

「なるべく穏便にな。ここで一課を敵に回したんじゃ先の見通しが立たなくなる」

心配そうに須田が言う。血の気の多さでは樫村以上の須田に言われるのも心外だが、ここで話が潰れてしまえば、また三宅になにを言われるかわからない。頭を冷やして樫村は応じた。

「落ち着いて話せば向こうだって事情はわかるでしょう。そこは上手にやりますから」

相手がどういう人間か、事前に把握できたのは幸いと言うべきだ。うっかりのこのこ出かけていたら、惨憺(さんたん)たる結果に終わっていたことだろう。

一課のフロアに出向くと、江島が言ったとおり、右手奥に第二特殊犯捜査係のプレートがかかった一角があった。

近くにいた若い刑事に「江島さんは？」と問いかけると、「あちらです」と振り向いた。その方向で軽く手を挙げながらデスクから立ち上がる男がいる。

億劫そうに歩み寄ってきて「江島です」と軽く会釈して、手振りで廊下のほうを指し示し、そのまま黙って歩き出す。橋本とは面識があるはずだが、小馬鹿にしたように一瞥しただけで、愛想の一つも言う様子はない。橋本の話のとおり、部内で鼻つまみ者になるのもよくわかる。

案内されたのは廊下に面した狭苦しい会議室で、小ぶりなスチールのテーブルとパイプ椅子が何脚かあるだけで窓もない。

「まるで取調室だね」

軽く嫌みを言ってやると、悪びれる様子もなく江島は応じる。

「空いているのがここだけなもんですから。コーヒーでもいかがですか」

廊下の自販機で買うつもりなのだろう。訊きながら小銭入れをとり出すので、樫村は素っ気なく断った。

「お気遣いはけっこう。それより〈フロッグ〉による脅迫の件は所轄からすでに報告されているはずだし、うちの課長からも一課長に伝えてある。どうして動いてくれないんだね」

「所轄が動いているんでしょう。火災犯捜査係も出張っているようだから、わざわざうちが首を突っ込まなくても手は足りているというのが管理官や係長の判断でして」

「火災犯捜査係の力点はあくまで不審火の件で、実際にはその前段として村松ＣＥＯは〈フロッグ〉なる人物から脅迫を受けていた。そのうえこともあろうに火災が起きた直後に、私のアドレス宛てにも〈フロッグ〉から恫喝メールが届いた。その行動と今回の不審火が無関係だとは考えられない。今後さらにエスカレートする可能性だってあるだろう」

「しかしそちらだって別の目算があって動いているんでしょう。そこにうちまで首を突っ込んだら、いったいだれが交通整理をするんです」

江島はつっけんどんに問い返す。のっけからこちらの話を聞く気はないようだ。これまでの経緯についてすでにある程度の情報は入っているはずで、改めておさらいする必要はないのかもしれないが、わざわざ呼びつけておいて、その態度はあまりにも礼を失する。

「だからその点について話し合う機会を設けたいと、うちのトップから申し入れがあったはずなんだがね」

「そういう会議は、おおむね時間の無駄と相場が決まってます」

「じゃあ訊くけど、江島さん。その考えはあなた個人のものなのかね。それともあなたの所属する部署としての考えなのかね。まさかそのための会議すら時間の無駄で、あなたの一存で門前払いを食わせようというつもりじゃないだろうね」

「上から言われたからこうして会ってるんじゃないですか。要はマネーロンダリングがどうのこうのという事案をそちらが抱えていて、自分たちだけじゃ埒が明かない。それで我々に一枚噛ませようという目算なんでしょうが、上だってはいそうですかとは動けない。いまも殺しの帳場が幾つも立って、強行犯捜査のほうが手いっぱいなもんですから、うちの班も助っ人に駆り出されているんです」

「しかし、あなたはここにいるじゃないか」

指摘すると、痛いところを突かれたというように江島は顔を歪める。

「留守番を仰せつかりましてね。うちの部署は専門性が高いんで、突発的な事態に備えて、丸きり留守にはできないもんですから」

とってつけたような言い訳だ。ただの留守番なら、若手の平刑事に任せれば済むはずだ。要は橋本から聞いたような理由で干されているわけだろう。

「うちの事案だって急を要する。下手をすると人の命に関わりかねない。とりあえずおたくが対応するくらいはできるんじゃないのか」

「そうしたいのは山々なんですが――」

江島は苦しげに言ってため息を吐く。樫村は問いかけた。

「そうできない理由があるわけだ」

「うちの担当管理官と火災犯捜査係の管理官がじつは犬猿の仲でしてね――」

江島は声を落とす。

「火災犯捜査が先に出張っちまったんで、後塵を拝するのは嫌だと臍を曲げているんですよ」

「皆川さんと谷村さんですか」

橋本が訳知り顔で口を挟む。江島は頷いた。

「あんたも以前は一課だったな。じゃあ事情はわかるだろう。管理官同士はライバルですから、一般に必ずしも仲がいいわけじゃないんですが、その二人に関してはちょっと特別でしてね」

「どういうふうに特別なんだ」

聞くと橋本が代わって答える。

「うちの皆川さんと火災犯捜査の谷村さんは同期で、出世のスピードも似てるんですよ。張り合っていい仕事をするんならいいんですが、はっきり言えば足の引っ張り合いばかりなんです。以前はどちらも強行犯捜査を担当していて、喧嘩が絶えないもんだから上のほうが扱いに困って、領分の違う火災犯捜査と第二特殊犯捜査に振り分けたんですよ」

補足するように江島が言う。

「ところが今回のヤマは脅迫と放火がセットですから、嫌でもバッティングしてしまう。幸いうちのほうが別件の帳場に出払っているもんですから、敢えて波風を立てることはないというのが理事官レベルの判断のようです」

「第一特殊犯捜査は動けないのか」

「そっちは誘拐とか立て籠もりとか、世間を騒がせるようなヤマが中心ですから、話を持ってったって無駄ですよ」

こちらの事案など取るに足りないと言いたげに聞こえるが、それが一課としての認識ならここで喧嘩をしても始まらない。むかつく思いを呑み込んで樫村は言った。

「それだけ対抗意識が強いんなら、むしろ積極的に捜査に乗り出して、火災犯捜査を出し抜いたらいいのに」

「そういう考えのできる人間なら、そもそも低レベルないがみ合いはしませんよ。その程度の人間が管理官をやってるんだから、第二特殊犯捜査の実力なんて想像がつくでしょう」

江島は自虐的に吐き捨てる。こういう口の利き方をすれば上の人間に煙たがられるのも当然だが、問題があるとしたら、それはどうも江島一人だけの話ではなさそうだ。

「同じ警視庁の部署なのに、それぞれが勝手な方向を向いているのは困ったもんだな」

「だからといって、私一人じゃなにもできませんので」

「ああ、そのようだな。今回の事案は明らかな企業脅迫事件で、標的とされている経営者の自宅が放火された疑いがある。殺害する意図もあったと我々は見ているんだが、そっちの専門部隊のＳＩＴが動かないんじゃ我々としてもお手上げだ。このまま手遅れにならなきゃいいんだが」

脅すように言ってやると、江島はかすかに苦渋を滲ませた。

「捜査一課の金看板は殺しの捜査で、それ以外はおまけみたいなもんなんですよ。そもそも強行犯捜査の連中の能力がとくべつ高いわけでもない。一つの帳場に所轄から百人二百人という人員を動員して顎で使えるんですから、どんな馬鹿だってそれなりの成果は出せますよ」

その点はもっともだと言いたくなる見識だ。捜査一課が扱う事案以外で、特別捜査本部が設置されるケースはほとんどない。捜査一課の事案もほとんどが殺人事件で、その検挙率の高さでは世界有数だが、逆にそれ以外の犯罪に関しては、主要先進国のなかでも下位の部類だ。

「そういうことはわかった上でおれたちは日々職務を果たしている。言っても始まらない愚痴は腹に仕舞い込むしかないんでね」

苦い思いで樫村は言った。今回の事案にしてもそうなのだ。金と人手に糸目をつけなければFBI並みの捜査が可能で、膨大なブロックチェーンの記録を虱潰しにチェックして、ビットスポットと〈ストーンバンク〉を結ぶ資金の移動を炙り出すこともできなくはないのだろうが、いまの態勢でそれは望むべくもない。マネロン室にせよ五課の薬物捜査係にせよ、捜査一課が立ち上げる特別捜査本部の規模と比べれば、零細な私立探偵事務所と似たようなものなのだ。

「そもそもマネーロンダリングなんて話をしたって、なんのことだかわかる人間は捜査一課にはいませんよ。仮想通貨となればなおさらで、もし共同捜査にこぎ着けたとしても、せいぜいそちらの足を引っ張るくらいしかできません。私も似たようなもんですがね」

江島は遠慮なしに捜査一課をこき下ろす。それが彼としては精いっぱい、こちらの気持ちに寄り添おうとしているようにも聞こえる。

「じゃあ、これ以上話をしても無駄ということか」

匙を投げるように言ってやると、口惜しそうに江島は応じる。

「不謹慎な話を敢えてさせてもらうと、人が死ぬような事態にでもなれば、頼まれなくても一課はしゃしゃり出るでしょうよ。馬鹿げた話ではありますがね」

確かに不謹慎極まりないが、言いたいことはよくわかる。人が死んでもいない事件は、捜査一課にとって商売としてのうま味がないというわけだ。

「だったらそのときはよろしく頼むよ。しかしおれたちにとってそれは大敗北だ。人ひとりの命を失う上に、大規模な組織犯罪を摘発する貴重なチャンスを逃すことになる」

樫村は目いっぱいの皮肉を返した。そのときポケットで携帯が鳴った。取り出すと、一緒に事情聴取した愛宕署の田川からだった。村松の身になにかあったのか――。不穏なものを感じながら応答すると、困惑した田川の声が流れてきた。

「困ったことになりました。村松さんの行方がわからないんです」

覚えず携帯を握り直した。

「どういうことなんですか。そちらの捜査員が警護に張り付いていたはずですが」

「ええ。ずっとロビーにおりまして、二時間に一度、確認の連絡をとり合っていたようです。外出する際にも必ず電話をくれるようにお願いしていたとのことで。きょうも午前中に会社に出向いて、そのときも事前に連絡があったそうなんです」

「こんどは無断で行方をくらましたと？」

「定時に電話を入れても応答がない。フロントから客室の電話で呼び出してもらってもやはり応答しないんで、事情を話して部屋のドアを開けてもらったところもぬけの殻でした。ホテルのレストランとかラウンジにでもいるのかと思ってすべて確認してもらったんですが、どの店にもいないし、きょうは朝から立ち寄ってもいないようなんです」

「会社に出かけたわけではないんですね」

「そちらにも問い合わせてみました。午前中に一度立ち寄ったきりで、そのあとはどこかに出かけるという連絡もなかったそうです」

「室内の状況は？」

「とくに乱れているふうでもないようです。持ち物はほとんどそのまま残っています。クレジットカード入りの財布もスマホも――。さらに不審なのは、部屋のカードキーもテーブルの上に置いたままだったことです。ちょっと部屋を離れるときでも普通は持って出るはずですから」

「それを手にするゆとりもなく、誰かに連れ去られた可能性がありますね」

最悪の事態を想像しながら樫村は問いかけた。慚愧の念を滲ませて田川は応じた。

「迂闊でした。本人は嫌がっていたようなんですが、無理にでも部屋の前で張り込ませるべきだったかもしれません」

第五章

1

　村松が何者かに拉致された可能性は極めて高い。室内に財布やスマホとともに、部屋のカードキーまで残されていたということが普通では考えられない。自分の意思で姿をくらます理由も現状では想定しにくい。

「どうも事件性が高そうですね」

　樫村が言うと、恐縮したように田川は応じる。

「しっかり見張っていたつもりなんですが、どこかで手落ちがあったようです。うちのほうではこれからホテルの防犯カメラをチェックし、村松さん本人や不審な人物が映っていないか確認します。事件の可能性が高いようなら、室内に鑑識を入れて遺留物の捜索を行います」

「よろしくお願いします。続報をお待ちしています」

「もちろんです。村松さんの身に万一のことでもあれば、我々としては取り返しのつかない失態ですから」

田川は深刻な口振りで応じて通話を終えた。事情を説明すると、渋い表情で江島は言った。

「まずい方向に転がったようですね。ここまでの話からすると、金目当ての誘拐とかじゃなさそうだ。本人の意思による失踪じゃないとしたら、生命の危険も想定すべきかもしれませんよ」

「他人事のように言うが、そういう事案なら、本庁サイドでまず動くべきはおたくたちじゃないのか。拉致監禁ということなら火災犯捜査は縄張りが違う」

「ところがいまはご覧のとおり、全員が出払っていましてね」

「あんたがここにいるだろう。緊急事態に対処するのが役目だと言ってたじゃないか」

「私一人が動いたって埒は明きませんよ。そこは上がどう判断するかです」

「だったら、いますぐ上を動かしてくれよ」

「事件そのものは警察無線のやりとりで上の人間も認知しているはずですよ。続報を待ってからでいいんじゃないですか」

江島の反応は鈍いが、言っていることはそう間違ってはいない。樫村の頭にはここまでの一連の状況が伏線として入っているから事件性ありと直感しているが、一般に警察は、大人の失踪に対しては反応が鈍い。

「まさか死体になって発見されるまで、見て見ぬふりをするつもりじゃないだろうな」

強い口調で樫村は言った。江島は慌てて首を振る。

「そこまで見くびらないでくださいよ。我々は殺人班の連中とは違います。死体になる前になんとかするのが商売なんですから」

「じゃあいますぐ上にお伺いを立てて、せめてあんた一人でも動けるようにはできないのか。我々は経済事案が専門で、所轄の愛宕署には特殊犯罪の専門家がいない。あんたが現場に出張ってくれれば、とりあえずなにかの足しにはなるだろう」

「だったら、そういう方向で係長と話をしてみます」

渋々という調子で江島は携帯を手にとった。どこかの帳場に出張っている係長を呼び出したようだ。相手はすぐに出たらしく、江島は現状を縷々説明する。

ああだこうだと十分ほど話し込んで、江島はようやく通話を終えた。

「いま抱えているヤマがあとしばらくでけりが付きそうなんで、そのあと何人か人数を割り振るそうです。それまでのあいだ、私一人が先乗りで動くのはかまわないとのことでした」

「何人かって、班の全員が動くわけじゃないのか」

「そう言われても、普通なら帳場が一つ片付けば待機番に回るのが普通ですから。うちの連中はここ一ヵ月ほどいまの帳場にかかりきりで、まともに家にも帰っていない。休む間もなく次の事案じゃ、士気が落ちて捜査にも身が入りませんので」

江島は投げやりに言う。傍らで橋本が苛立ちを滲ませる。

「江島さんはよくわかっているでしょう。そちらの班が関わっている殺しの帳場と違って、いま起きている事案は現在進行形なんです」

「だから、とりあえずおれが先乗りすると言ってるだろう」

江島は不快そうに鼻を鳴らす。樫村は言った。

「おたくたちが忙しいんなら、ＳＩＴに回せばいいだろう」

「そうはいきません。一課長から直々にうちへ降りてきた仕事ですから」

「よそにとられるのは沽券(こけん)に関わるというわけか」

「まあ、そんなところじゃないですか。そこは管理官が依怙地になっているようでして」

「だったら一課長はどうして、仕事を抱えているおたくの班に今回の事案を投げてきたんだ」

「よくわかりませんが、要はあまり重要視していないということじゃないですか。ＳＩＴは一課の虎の子ですから、もっと世間が注目するような事案のために温存したいわけでしょう。我々は残り物処理の専門部隊みたいなもんですから」

江島は自嘲気味に言う。ここで言い争っても始まらないので、樫村は矛を収めた。

「とりあえず、動いてもらえるならけっこうだ。まずはうちの係長に報告しておくよ」

携帯を取り出して須田を呼び出す。

「じつはえらいことになりまして」

樫村が切り出すと、須田は即座に反応した。

「村松裕子の失踪の件だな。警察無線でもう聞いてるよ」

「私は愛宕署の田川刑事から連絡をもらったんですが、いま続報を待っているところです」

「そうか。ことここに至れば、特殊犯捜査のほうは間違いなく動くんだろうな」

「それがいろいろ事情があるようなんです――」

江島が上と話した内容を説明すると、須田は唸った。

「そういう組織上の厄介ごとは組対部の専売特許だと思っていたがな。捜査一課もその程度じゃ、この先の見通しは明るくないな」

「とりあえず江島君という優秀な刑事が先乗りしてくれるそうなので、そこで事件性が高いということになれば、そのときは班全体として動いてくれるんじゃないですか」

嫌みを利かせて言ってやると、江島は鼻白んだ様子でそっぽを向いた。樫村は続けた。

「事態がだいぶ切迫してきたんで、室長にもう一働きお願いしたほうがいいかもしれません」

「そうだな。一課長の背中をどやしつけてもらわないと、このヤマ全体をばらしてしまいかねない。これから出かけてじかに話をしてみるよ」

「わかりました。とりあえず我々は愛宕署の初動捜査を待つしかないでしょう。しかし畑違いと言ってはいられないので、場合によっては江島刑事と一緒に現場に出張ることにします」

「そうしてくれ。いまは最悪の事態も考えておいたほうがいい。村松ＣＥＯがいなくなると、すべてが闇の向こうに消えかねない」

切迫した調子で須田は言った。そんな通話を終えて携帯をしまおうとしたところへ、また、着信音が鳴り出した。先ほどの田川からだった。間を置かず応答すると、落胆した調子の田川の声が流れてきた。

「最後に安否確認の電話をして以降、二時間分の防犯カメラの映像をチェックしたんですが、村松さん本人も不審な人物も映っていないんです。まだ大まかな確認だけで、映像はすべて提供してもらい、これから署内で精査するつもりですが」

「防犯カメラはどこに設置されているんですか」

「宿泊客のプライバシーを考慮して、そうあちこちにあるわけじゃないようで、客室のあるフロアだと、エレベーターホールや階段の踊り場に備えてあるだけです。あとはフロントやロビー、エントランス、地下駐車場といったところです」

「つまり彼女が部屋から出たところは映っていないんですね」

「ええ。それでも死角はほとんどないというんです。エレベーターホールと階段には設置されていますから、そこを通らずには外へは出られない。もちろん地下駐車場やフロント、エントランスのカメラにも不審な映像はありませんでした」

「そうなると、かえって怪しいですね」

「そうなんです。自分の意思で外に出たとしたら、そのどれかに映っていいはずです。拉致された可能性が極めて高いと思います」

「だとしたら、どこを通って外へ出たのかですね」

「業務用のエレベーターを使ったのではないかと思われます」

「それは誰でも使えるんですか」

「鍵が必要だそうです。客室の清掃や荷物の搬入に使うもので、従業員以外は使えないようになっているんです」

「つまり、ホテル関係者が絡んでいることになりますね」

「ええ。いずれにせよ、これまでの流れと考え合わせても事件性が高い。これから室内に鑑識を入れます。いまうちの署員がホテルの従業員からの聞き込みを始めていますが、母屋のほうはすぐに動いてくれるんですか」

田川は焦燥を滲ませる。樫村は言った。

「我々もこれから現場に向かいます。特殊犯捜査からも一名、先乗りで現場に出張るとのことです。その後の対応は状況を見てのことになります」

「そうですか。こちらには先ほど機動捜査隊が到着して、うちの署員と一緒に聞き込みに入っています」

「とりあえず初動の態勢としてはそれで十分でしょう。我々もすぐに向かいますので」

そう言って通話を終え、状況を説明すると、これまで斜に構えていた江島も、さすがにギアを切り替えたようだった。

「難事件になりそうな気配じゃないですか。あんたも一緒に来るんだろう?」

江島は橋本に声をかける。元捜査一課の橋本は、この状況では樫村以上に適任だ。もちろんと橋本は応じる。

江島が覆面パトカーを玄関前に回し、そこで落ち合うことにして、樫村たちは刑事部屋に戻って須田に手短に状況を説明し、矢沢も伴って玄関前に急いだ。

矢沢のプロファイリング能力にとくに期待するわけではないが、連れていかないとあとでうるさいし、重箱の隅をつつくように不審な事実を見つけ出す点に関しては樫村も一目置いている。

まもなく鑑識が入るとのことだから、室内の物証に関してはそちら任せだが、ホテル内に手引きした者がいるとすれば、なにか匂いを嗅ぎつけてくれる可能性はある。樫村とすれば警察犬の一種という感覚だ。

畑の違うマネロン室が大挙して出張っていくのも妙な具合だし、それによって第二特殊犯捜査係が引っ込んでしまうことになっても困るから、上岡と倉持には待機してもらい、こちらからの人員はとりあえずそれだけということにした。

2

「いよいよ〈フロッグ〉は本気で動き出したようですね」

江島がハンドルを握る覆面パトカーの後部席に乗り込むと、勢い込んで橋本が言った。メールやレターパックによる脅迫ではなかなか尻尾が摑めなかった。村松宅の放火についてもまだ決定的な物証は挙がっておらず、もし犯人検挙に結びついたとしても、〈フロッグ〉とは別の愉快犯による犯行の可能性もあるわけで、それが事件の核心に繫がる保証は必ずしもない。

しかし今回のケースに〈フロッグ〉が関与しているのは九分九厘間違いない。もし村松の身柄が無事に確保できれば、その正体について明確な証言が得られるはずだし、捜査の過程で〈フロッグ〉を検挙することも期待できる。ただし〈フロッグ〉が特定の個人を意味しているのかどうかはわからないから、実行犯を検挙してもトカゲの尻尾切りで終わる惧れもなくはない。

「樫村さん宛てに宣戦布告するようなメールを送ってきたり、放火に続いて今回のような直接行動に出てきたり、やり方がすごく大胆じゃないですか。実行犯はともかくとして、バックにいるのは日本人じゃないかもしれませんよ」

矢沢がさっそく口を挟む。樫村は問いかけた。

「〈ストーンバンク〉が一種のグローバルビジネスだとしたらその可能性は大いにあるが、だったらどういう連中だと思うんだ」

「マフィアみたいな危険な連中かもしれません。少なくとも日本の暴力団とはやり方が違うような気がするんです」

「どこがどう違うと言うんだ」

「暴力団の犯行って、なんかウェットな感じがあるでしょう。怨恨絡みとか縄張り争いとか。でもこの事件の場合、もっとドライで容赦ない感じがするんです」

「たしかにやくざのメンタリティーとは異質だな」

「だから、命と引き替えになにか条件を呑ませるといったことじゃなくて」

「初めから殺害目的か？」

「おそらく」

ほとんど断定するような口ぶりだ。どんなことでも断定するのが矢沢の癖だから真に受けるわけにもいかないが、いまの話に関しては当たっているような気もしてくる。

「手口からして玄人（くろうと）なのは間違いないでしょう。ただの玄人というより、なにか組織的な力のようなものさえ感じますね」

江島が言う。矢沢の考えに賛意を示すような口ぶりだ。こうなると樫村も気分が落ち着かない。背後にどういう事情があれ、村松は自分に助けを求めてきた。その命を失わせることには職務を超えた切なさを禁じ得ない。

「とりあえず生きて救出することが最重要課題だな。犯人の正体については、彼女自身がいちばんよく知っているはずだから」

忸怩たるものを覚えながら樫村は言った。〈ストーンバンク〉の捜査との兼ね合いもあったから、つい突っ込んだ事情聴取をしていなかった。村松は決して認めようとはしなかったが、ここまでの推移から考えれば、〈フロッグ〉はやはりビットスポットと繋がりがある。いやそもそもビットスポット内部の人間の可能性がすこぶる高い。

村松が投宿していたホテルに着くと、田川がロビーで待ちかねていた。いま室内には鑑識が入り、まだこちらは足を踏み込めない状態らしい。面識のない矢沢と橋本、そして江島を紹介すると、田川は苦渋を滲ませた。

「わざわざご足労いただいて申し訳ありません。こういう一流のホテルで、まさかこんなことが起きるとは想像もしておりませんでしたので」

「いや、犯人のほうが一枚上手だったということでしょう。ホテルの関係者は、不審な人物を見かけていないんですか」

「いま機捜とうちの署員がフロントから厨房、リネン室まで聞き込みに回っているんですが、まだめぼしい情報は出ていません」

田川は肩を落とす。江島が身を乗り出す。

「いずれにしても、実行犯はホテル内部の人間かホテルの内情に詳しい人間ですよ。いますぐ徹底的に捜査しないと。支配人と話はしてみたの？」

「いや、まだそこまでは。もう少し状況を把握してからと思いまして」

「それじゃだめだよ。捜査に全面協力するようにしっかり釘を刺しておかないと。こういうところは客のプライバシーがどうのこうのと言って情報を出し渋るケースが少なくないから、そこで手間どって重要な手掛かりを見逃すこともある。この手の事件は時間との闘いだからね」

偉そうに言うだけかと思ったら、江島はそのままフロントに向かい、警察手帳を示してなにかやり合っている。フロントのマネージャーらしい男が渋い表情で応対しているが、江島はカウンターを手で叩きながら、ほとんど喧嘩腰だ。

男は困惑した様子で受話器を耳に当て、一こと二こと言ってから、江島に受話器を手渡した。江島は今度は通話口に向かって口角泡を飛ばす。ひとしきりやり合って受話器を返し、仏頂面のまま戻ってきた。

「支配人とは話がついたのか」

樫村が訊くと、してやったりという口ぶりで江島は言う。

「最初に電話で話をしたのが支配人ですよ。責任逃れするようなことばかり言いやがるから、だったら社長か重役を出せと言ってやったんです。そしたら本社の専務というのが電話に出て、そいつも営業に差し障りがあるような捜査は困ると言うもんだから、だったら令状をとって有無を言わさず踏み込むぞと脅してやったんです。これからすぐに飛んでくるとのことでした」

どうやら橋本が言っていたとおりの人物らしい。都内の一流ホテルとなると、警察にとってもハードルが高い。かといって江島の言うとおり、初動捜査が中途半端に終われば、その後の捜査に禍根を残すことにもなりかねない。

「さすが、捜査一課。やることが決まってますね」

矢沢が声を上げる。江島は照れくさそうに頭を掻いた。

「こんなのまだまだ序の口だよ。うちのお偉いさんがへたれなもんだから、いつもおれが嫌われ者にならなきゃいけない」

捜査一課の鼻つまみ者が一気に株を上げそうな勢いで、橋本はどこか複雑な表情だ。

そんな話をしていると、田川の携帯に連絡が入った。室内の鑑識作業が済んだという。さっそく全員で部屋に向かった。

村松が宿泊していたのは最高ランクのスイートルームで、とくに荒らされた様子は見られなかった。田川が入室したときに確認したという財布やスマホやカードキーは証拠品保管用のビニール袋に一つ一つ収められ、リビングルームのライティングデスクの上に並べられている。

鑑識前の室内の状況はくまなく写真撮影されていて、それを鑑識課員がタブレットに表示して見せてくれた。

室内に乱れた様子はなかった。ソファーテーブルの上にスマホや財布やカードキーはたしかに置いてはあるが、それもホテルの室内ではごく普通の光景で、なにか異常が起きた気配はとくに感じられない。

現場からは複数の指紋や毛髪が採取されたが、誰のものかはまだ特定できないという。本人以外にも清掃やベッドメイキングのために入室する従業員はいる。

このあと入室した可能性のある従業員から協力者指紋を採取し、それと照合しながら犯人の可能性が高い指紋を絞り込んでいく。スマホや財布に付いていた指紋は村松本人のものと考えていいだろう。

毛髪はやや長めのものが数本あり、わずかに茶色がかっていて、村松のものと考えてよさそうだ。男の毛髪とみられるものもいくつかあったが、それが犯人のものかどうかは断定できない。

ホテル側の話では、客室に入るのは普通は清掃とベッドメイキングを行う女性従業員くらいで、ベルボーイはおおむね戸口まで。ほかの男性従業員が室内に入るケースはほとんどないという。ただ一週間ほど前に火災報知器の点検で業者が客室を回ったことがあり、そのときのものが残っていた可能性もあるとホテル側は説明しているらしい。

ベランダに面した窓は内側から施錠されていて、そこから外に出た可能性はない。非常階段への扉にしても、やはり内側から施錠されていて、そこから出たとは考えられないという。クローゼットには村松の衣服も残されており、ライティングデスクの上には仕事に関連した書類やノートパソコンも置かれたままだ。

「なんだかこの部屋のなかで、突然蒸発しちゃったようにも見えるね」

江島が言う。その感想もわからなくはないほど、室内で異変があった様子が感じられない。

「犯人が村松さんと面識があったのはまず間違いないですね。それもかなり親しい人ですよ。この状況を見ると、まったく警戒心を持たずに犯人を招き入れたとしか考えられませんから」

しかつめらしい顔で矢沢が言う。しかし果たしてそうだろうかという思いが樫村の頭をよぎる。村松は自らの意思で姿を消したのではないか――。

ホテル側は失踪の連絡を受けてすぐに館内をくまなく捜し、建物の周囲もすべて確認した。飛び降り自殺というケースも考えられたからだが、そうした形跡はどこにもなかったという。防犯ビデオに映っていなかったといっても、業務用エレベーターを使い、厨房やリネン室を抜けて、従業員用の通用口から出たとすればそれもあり得る。犯人がそのルートを使ったとも考えられるが、自分の意思に反してなら、騒げば人が集まってくる。しかし村松本人の意思だとすれば、金を渡して従業員に協力させることくらいはやりそうだ。

　しかしここでそんなことを口にすれば、これから捜査に臨もうとしている所轄や機捜の捜査員にせよ、ようやくエンジンがかかり始めた江島にせよ、自分の配下の橋本や矢沢にせよ、意気阻喪させてしまうことにもなりかねない。いずれにしてもまだ答えの出せる段階ではないのだから、いまは腹に仕舞っておくしかない。

3

　江島の恫喝がよほど利いたのか、ほどなく本社の専務が駆けつけてきた。先ほどフロントで江島とやり合ったマネージャーを伴っている。

「このたびはとんだ事態を起こしてしまいまして。捜査には鋭意ご協力させていただきます。ただ、なにぶんお客様あっての商売なもので、できるだけサービスに支障がないようにお願いしたいんです」

「お客さんに迷惑がかかるような捜査はしませんよ。容疑者はおたくの従業員のなかにいる可能性が濃厚でしてね。これから全員に話を聞いて、協力者指紋も採らせてもらいますんで」

江島の遠慮のない口調に、専務はうろたえた。

「うちの従業員に容疑者が？　まさかそんなことが——」

「まさかもなにも、防犯カメラに映らないルートから外に出たとしたら、それ以外に考えられないんですよ。従業員用のエレベーターは、宿泊客は使えないんでしょう」

「誰かが手引きしたとおっしゃるんですか」

「決めつけているわけじゃないですよ。その可能性が高いと言ってるんです」

ほとんど決めつけているようなものだが、自分の意思でというニュアンスは江島も匂わせない。切れ者という評判が事実なら、そのくらいは頭のどこかに引っかかっているはずだが、専務にそれを言えばこちらの立場が弱まるから、ここでは口が裂けても言わないだろう。

「そうだとしたら大変なことです。うちは従業員教育には力を入れているんですが」

「教育以前の問題だと思いますよ。犯罪に加担するような人間が紛れ込んでいたとすればね」

「そこはなにとぞ穏便に。できることはなんでもご協力いたしますので」

「無事に見つかればいいんですがね。死体になって出てくるようだと、穏やかな話じゃ済まなくなりますので」

江島はいよいよ追い込みにかかる。専務は強い口調でマネージャーに言う。

「捜査には全面協力するようにな。こちらに落ち度があった場合には、君の処遇も考えなくちゃならん」

「はい。従業員にはその点を徹底します」

しゃちほこばって答えるマネージャーのポケットで携帯が鳴った。慌てて応答して、マネージャーは樫村たちに向き直る。

「いまフロントにビットスポットの役員の方がお見えだそうです」

「ああ。さきほど私のほうから連絡しておきましたので」

田川が声を上げる。それなら状況報告のついでに事情聴取もできる。樫村は言った。

「じゃあ、全面協力いただけるということなので、田川さんのほうと機捜で聞き込みを進めてください。協力者指紋の採取もお忘れなく。我々はその役員さんから事情を聞いてみますので」

「そうしてください。ビットスポットの話に関しては私のほうは素人ですが、ホテル内での捜査なら十分対応できますので」

田川は張り切って応じる。それではよろしくと言って、樫村たちはロビーへ向かった。

ロビーで待っていたのは、西田という若い女性秘書と谷本という四十代くらいの役員だった。谷本の肩書きはＣＯＯ（最高執行責任者）となっている。そもそも日本の会社法の規定にはＣＥＯやＣＯＯはもちろん、会長、社長、専務といった職名も存在せず、あるのは代表取締役と取締役だけだ。谷本が社内の序列でどのくらいなのか、それだけではわからないが、ビットスポットのウェブサイトにはＣＥＯの村松に続いて大きく紹介されていたから、事実上のナンバー2と考えていいだろう。

一流国立大学を卒業し、大手都銀に勤務。その後、アメリカのビジネススクールに留学し、経営学修士の資格をとったというような経歴が書いてあったのを覚えている。

「どういうことが起きたんでしょうか。村松は何者かに拉致されたんですか」

谷本がさっそく訊いてくる。樫村は慎重に応じた。

「その可能性があります。彼女に対する執拗な脅迫メールのこともありますし、先日のご自宅への放火にしても、今回の事態に繋がる前兆とみることができます」

「例の〈フロッグ〉という、脅迫メールを送った人物が犯人だと？」

「特定の人物とみるかなんらかの組織とみるか、そこはまだはっきりしないんですが、その可能性は極めて高いと思われます。谷本さんのほうで心当たりはありませんか」

「村松に脅迫メールが送られてきていたのは知っています。しかしそういうことはビジネス社会では珍しいことではなく、せいぜい嫌がらせくらいに思っていたんです。うちの会社にライバル心を燃やす競合会社はいくつもありますから」

「社内にそういう人物がいた可能性は？」

樫村は単刀直入に問いかけた。谷本はきっぱり首を横に振る。

「あり得ません。商売柄、弊社の業容は見かけ上大きく映るようですが、従業員数は五十名足らずの小規模な会社です。当然、役員を含め意思疎通は緊密です。村松をトップに一丸となって頑張ってきた成果が、現在のビットスポットなんです」

「村松さんに対抗する勢力は、社内にはいないとおっしゃるんですね」

「設立間もない会社ですから、いまはスタートダッシュの時期です。内輪もめをしていられる状況じゃありません。一瞬でも停滞すれば後続グループに追い抜かれます」

谷本は真顔で否定する。そのあたりの言い分は村松と変わらない。しかし企業にも個人にも表と裏の顔があるものだ。とくに熾烈な競争環境に置かれているビットスポットのような会社の場合、内輪の弱みをさらけ出すことは、敵につけいる隙を与えることになる。樫村は言った。

「しかし〈フロッグ〉自身、もしくはそれに繋がる何者かが内部にいると考えないと、説明のつかない事実がありましてね――」

樫村に送られた恫喝メールの件、今回、警察と社内の人間以外は知らないはずの投宿先で事件が起きたこと――。それを指摘すると、谷本は深刻な表情で身を乗り出した。

「おっしゃる意味はわかります。たしかに社内から漏れた可能性は高い。しかし思い当たる人物がいないんです。そもそもそういう話を耳にしているのは、私や西田を含めた一部の側近だけです。もちろん私は誰にも話していません」

傍らで西田も頷く。

「私もそうです。そういう機密情報を守るのは、秘書としての責務ですから」

「盗聴とか外部からのハッキングというようなことは？」

「それも考えて、社内については専門の業者に依頼してくまなくチェックしました。盗聴器や盗撮器の類いは発見できませんでした。サーバーや社員のパソコンもすべてセキュリティチェックを行いましたが、異変は見つかりませんでした」

谷本は困惑を露わにする。信じてやりたいところだが、それではどうにも辻褄が合わない。少なくとも今回の失踪に関しては、内部からの情報漏出以外に考えようがない。

「じつは我々は〈ストーンバンク〉という違法薬物販売サイトについて捜査を進めておりまして。村松ＣＥＯに最初に接触したのもその件に関してです。それについてはご存じでしょうか」

「村松から聞いています。うちの口座を使って、そのサイトの運営者が資金の出し入れをしている疑いがあるというお話だったようですが」

谷本はわずかに不快感を滲ませる。その口から真実が語られる可能性は低いが、せっかくの機会だ、どう反応するか観察するのも悪くない。

「我々のほうでそういう情報を得ているものですから。もちろんおたくの会社が積極的に犯罪に荷担していると見ているわけではありません。ただ顧客のなかにそういう違法行為に携わる人物が紛れ込んでいる可能性はあるわけでして」

「身元確認は、法令に従って厳格に行っていますが」

「それも村松さんから伺っています。ただ、なにごとも完全ということはないわけでして。我々が気にしているのは、〈ストーンバンク〉と〈フロッグ〉の関係なんです」

樫村は大胆に切り込んだ。谷本は怪訝な顔で問い返す。

「どういうことをおっしゃりたいのか？」

「放火事件があった日に〈フロッグ〉から私に届いたメールには『警察は手を出すな』と書かれていたんです。そのときすでに村松さんとは何度か接触していましたが、それは彼女への脅迫行為に関してで、〈ストーンバンク〉の件とは関わりがなかった。しかも私は前面に出ていたわけではなく、身辺警護を担当していたのは所轄の愛宕署と世田谷署でした。しかしメールは私宛てに届いたんです」

「そのメールの意味するところが、村松の身辺警護に関わるものではないとお考えなんですね」

「ええ。私が〈ストーンバンク〉に対する捜査を進めている事実を踏まえてのものと考えざるを得ないわけです」

樫村はきっぱりと言い切った。谷本は大袈裟に首を捻る。

「それは考えすぎのような気がしますが。どういう手段であれ、今回のように村松の所在を探り当てる能力が〈フロッグ〉にあるとしたら、樫村さんがたびたび村松と連絡を取り合っていた事実を把握していた可能性も十分あるわけで、やはり村松の警護に大きな役割を果たしていると考えたからではないかと思うんです」

「しかし愛宕署の担当者とは、私よりも頻繁に連絡を取り合っていたはずでしてね。もしそういう意味での恫喝だとしたら、私ではなくそちらに送ったほうが効果的だと思うんですが」

「たまたま樫村さんのメールアドレスを〈フロッグ〉が知っていただけかもしれません」

「もしそうなら、やはり村松さんの携帯の中身を覗いた人間が身辺にいたことになりますね」

樫村が指摘すると、谷本は慌てて取り繕う。

「いや、樫村さんのメールアドレスを調べる方法は、ほかにもあるんじゃないかと思いまして」

「そうだとしたら、私を特定してのメールだったことになりませんか」

「ええ、まあ、そう解釈できないわけでもないでしょうね。だからといって、その違法薬物の密売サイトと〈フロッグ〉を結びつけるのはいささか強引では？」

「そのあたりは今後の捜査で明らかになると思いますが、場合によっては御社にもご協力をお願いすることになるかもしれません」

脅しつけるように言ってやると、谷本は強ばった表情で頷いた。

「もちろんご協力するのはやぶさかではありません。いずれにしても、いま重要なのは村松の安否です。生命の危険に晒されているようなことはありませんか」

「室内には争った様子や血痕のようなものはありませんでした。ただ、これまでの経緯から、ご自分の意思で失踪したとは考えにくいので、やはり何者かに拉致されたとみるのが妥当だと思います」

「だったらぜひとも救出していただかないと。警察も全力で取り組んでくださるんですね」

お返しだとでも言うように谷本はプレッシャーをかけてくる。黙って聞いていた江島が身を乗り出す。

「おたくの社内で最後にCEOと連絡をとった人間は？」

こちらはのっけから訊問口調だ。怯えたような調子で西田が応じる。

「あの、たぶん私だと思います。午後三時過ぎに一度連絡を入れました」

「どういう話をしたの？」

「村松は午前中に会社へ立ち寄っていましたので、とくに重要な連絡事項はなかったんですが、状況の確認をと思いまして」

「そのときはどんな感じだったの？」

「とくに不安そうな様子はありませんでした。ただ——」

「ただ、なんですか」

江島は鋭く反応する。わずかに逡巡してから西田は続けた。

「部屋のなかに、誰か人がいるような気がしたんです」

「気がした？　つまり確認したわけじゃないんだね」

「ええ。そのとき村松は、私と会話しながらパソコンを操作していたようなんです。マウスをクリックする音やキーを打つ音が聞こえましたので。電話をしながらパソコンを使うのは村松がよくやることなんです。そのとき少し離れたところで別の物音が聞こえたような気がしたんです」

「別の物音?」

「椅子やソファーが軋む音とかカーペットを踏む足音とかです。それで、誰かいらっしゃるんですかとつい訊いてしまったんです。すると村松は少し慌てた様子で、誰もいないと――」

江島は食らいつくように問いかける。

「間違いなく人がいたと、あなたは思ったんだね」

谷本が傍らで咳払いする。それを意識したかのように、西田は申し訳なさそうに首を振った。

「すみません。改めて訊かれると自信がないんです」

「しかしあなたは秘書なんだから、彼女の普段の口調や感情の表し方はわかってるんじゃないの。村松さんはあなたに訊かれて、たしかに慌てたように応じたんだね」

江島はなおも確認する。西田は曖昧に言葉を濁す。

「いえ、やはり思い違いだったような――。放火だとかいろいろなことがあって、つい気を回しすぎたのかもしれません」

「いやいや、そういう些細なことが事件解明の決め手になるもんでね。おたくはきょうはC

EOと連絡をとっていないの？」

江島は今度は谷本に水を向ける。

「いま西田が申し上げたように、午前中にCEOが会社に立ち寄って打ち合わせをしておりますので、私のほうからとくに連絡はとっていません」

谷本は素っ気なく答える。江島はさらに問いかける。

「なにか用事があってホテルに出向いた社員とかはいないの？」

「警護に当たっている愛宕署からの要請で、それは控えておりました。社員が頻繁に出入りすると、警護側が不審人物と見分けがつかなくなるということで。誰かに尾行されて宿泊先のホテルを突き止められる惧れもありますし」

「本当に？」

江島はねちっこく攻めていく。谷本は気色ばんだ。

「我々もすべての社員の動きを監視しているわけではないので。そもそも警察がしっかり警護するというお話だったから、安心してお任せしていたんです。今回のことで責任を問われるのは、むしろそちらじゃないですか」

「あのねえ。いまは責任がどうのこうのと言っている場合じゃないんですよ。我々としては全力を挙げて真相を究明し、事件を解決したい。そのためにはあらゆる事実を把握しなきゃいけない。必要とあれば令状を取って、おたくの業務や社員の皆さんのプライバシーに踏み込むこともある。ただなるべく強硬な手段は使いたくないんで、早い段階で適切にご協力願いたいんです」

江島の言い草は恫喝そのものだ。谷本も負けてはいない。

「我々は被害者の側ですよ。それがどうして犯罪者扱いされなきゃいけないんですか」

なにやら剣呑(けんのん)な気配が出てきたので、樫村が割って入った。

「べつに犯罪者扱いはしていませんよ。しかし今回の事件にはいろいろ前触れがあって、それが御社のビジネスとも無関係じゃなさそうだと我々はみている。それでお互い協力し合って犯人像を浮かび上がらせようと考えているんです。そのために突っ込んだ質問もさせていただくことになるわけでして」

「だったら〈ストーンバンク〉がどうのこうのという話をここで持ち出す必要はないでしょう。なにやら勝手な思惑で、今回の事件を、そちらが手がけていた違法薬物密売サイトの話に結びつけようとしているようにもみえるんですがね」

谷本は皮肉な口振りだ。これ以上機嫌を損ねると後々の捜査に悪影響を及ぼしそうだから、ここは穏便に引き取った。

「〈ストーンバンク〉の件は単に我々の考えを申し上げただけで、仰るとおり、今回の捜査とは関係ありません。そちらについてはまた別の機会にご協力いただくことにして、とにかくいまは村松さんの行方を追うことが先決です」

「いま村松を失うことは、我々にとって大変な痛手です。しかしそれ以上に、私にとって村松は会社設立以来の盟友なんです。彼女のリーダーシップがなかったら現在のビットスポットは存在しなかった。ぜひ救ってください。お願いします。できる限りの協力はいたしますので」

谷本は一転して誠実さを滲ませた。傍らで江島が小さく鼻を鳴らす。新しい事実がわかったら連絡するからと応じ、この場はいったん引き取ってもらった。

4

現場の客室に戻ると、田川が捜査状況を報告する。専務の命令が効いたようで、従業員たちは捜査に極めて協力的らしい。

「鑑識が従業員用エレベーターから宴会用の厨房やリネン室のある業務用エリア、荷物の搬出入口、従業員専用の通用口に至るすべての場所を捜索しましたが、不審な遺留物は見つかっていません。業務用エレベーターからは不特定多数の指紋を採取しました。精査するのはこれからですが、いまのところ、そのなかに村松さんのものと思しい指紋はなかったようです」

江島が問いかける。

「協力者指紋はどのくらい集めるの」

「この室内で見つかった指紋の絞り込みだけなら、ここ数日のうちに入室している可能性のある者だけでいいんですが、従業員のなかに犯人もしくは協力者がいる可能性もありますので、もっと範囲を広げて、ベルボーイからハウス・キーパー、ルームサービス、ランドリーなど、客室関係の従業員全員に依頼しています」

「だったら、けっこうな人数になるね」

「いま現在、勤務している者だけで六十名ほどです。三交代勤務なので、全員となるとその三倍になりますが、そこまで広げることもないので」

「ちゃんと協力してくれてるかね」

「あくまで任意ですから拒否する者もいると思いますが、その人間はマークしておくように言ってあります」

「なかなかやるじゃないの。不審な者を見かけたという話は？」

江島は矢継ぎ早に問いかける。田川は肩を落とす。

「まだ出てきていないんです」

「人目につかずに外に出られるルートはあるのかね」

「業務用エレベーターで地階に降りて、貨物搬入用のスペースを抜けて、徒歩で貨物車両用のスロープを上がれば外に出られます。そのルートがいちばん人目につきづらいだろうとホテルの関係者は言っています」

「そのあたりには、防犯カメラは設置してなかったわけか」

「ええ。ホテルの場合はあくまで宿泊客のセキュリティが主目的で、従業員だけが使うスペースには設置していないそうでして」

「なんにせよ、そういうルートを知っているのは内部の人間しかいないな。カメラに映らずに外に出られるのがそのルートだけなら、手引きした奴がいるのは間違いない」

江島は満足げに言うが、だからといって捜査の見通しがついたわけではない。村松の安否に関しては不安が募る一方だ。あの放火事件について、捜査一課の火災犯捜査係は、犯人が村松殺害を意図した可能性があるとみている。

その点から考えれば、やはり脅迫目的の拉致ではなく、当初から殺害を狙ったものと考えざるを得ない。そうだとしたら、これからビットスポットないしは警察に対してなんらかの要求をしてくる可能性は極めて低い。

営利目的の拉致や誘拐なら犯人からの要求が事件解決のターニングポイントになるが、そうではないケースがいちばん厄介なのだ。さらに徹底した捜査をするように田川に頼んで、所轄の刑事たちがたむろするリビングから人のいない寝室に移動し、樫村は江島に問いかけた。

「どうなんだ。おたくの本隊は動いてくれそうか」

苦い口振りで江島は言う。

「これから掛け合ってみますがね。いまの帳場を放り出してこっちに出張るというわけにもいかないはずなんで、動けるとしてもあと二、三日はかかるんじゃないですか。そうこうしているうちに殺人班の出番になっちまわなきゃいいんですが」

「あんたの見通しも暗いようだな」

「案外、現場の物証や聞き込みから犯人を追うより、裏でいろいろ仕組んでいそうな連中にメスを入れていくほうが早いかもしれませんよ」

江島は気がかりなことを口にする。樫村は問い返した。

「裏で仕組んでいる連中というと？」

「さっきの谷本というやつ、ぷんぷん臭うじゃないですか」

「彼が黒幕だとみているのか」

「単なる山勘ですがね。ただ私の場合、それがよく当たるんですよ」

「山勘という以上の意味がありそうだな。おれもしっくりしないものを感じていたんだよ」

樫村は言った。〈ストーンバンク〉と〈フロッグ〉の関係についてこちらから切り出したとき、それを予期してでもいたように谷本は動揺を見せなかった。もちろん村松には初対面のときに違法薬物販売サイトの話をしているから、樫村たちがその方面の捜査をしていることはすでに耳に入っていたのかもしれないが、いまこの状況でそんな話が出るとは思わないはずだ。だが、それに対する反応があまりに落ち着き払っていた。

「なにか隠してますね、あのCOO。秘書の女性が、誰かが部屋にいたような気配がしたと言ったとき、余計なことは言うなとばかりに咳払いをして、秘書のほうはそこで証言をぼかしてしまいましたから」

矢沢が言う。樫村もその点が気になっていた。橋本が身を乗り出す。

「だったら僕と矢沢があの男に張り付いてみましょうか。もし今回のことに絡んでいるとしたら、このあとなにか動きがあるかもしれません」

「それはいいが、おまえたちは面が割れているぞ。上岡と倉持にやらせたらどうだ」

「そこはうまくやりますよ。面が割れているといっても、こちらだって向こうの顔がしっかり頭に入ってますから、見逃すことはありません。上岡さんはおとり捜査のほうで手が離せないでしょうし」

矢沢も張りきって言う。

「秘書が電話をしたとき、部屋にいたのはあの人かもしれませんよ。ひょっとしたら彼が〈フロッグ〉じゃないかしら。秘書を除けばいちばんの側近があの人みたいじゃないですか。村松さんは信頼しきっていたと思うんです、樫村さんが最初に接触したときのことも、彼は知っていたわけですから」

「実行犯は別にいるとしても、社内に黒幕がいるとしたらあの男が本命だな。事実上のナンバー2だとしたら、村松女史がいなくなればトップの座が自然に回ってくるポジションなんだろう」

矢沢の見解に同調するように江島が言う。思いつきで決めつける点では二人は似たようなところがあるが、その見方があながち外れているとは樫村にも思えない。

「じゃあ、さっそく二人で張り付いてみてくれないか。おれはこれから戻って係長に現状を報告するよ。〈ストーンバンク〉の捜査にしても、これから流れが変わってきそうだ。五課の三宅さんやサイバー攻撃対策センターの相田さんを交えて、いろいろ相談することになるだろう。そのときはあんたも来るか」

訊くと、江島は億劫そうに応じる。

「会議は性に合わないんですが、この際しようがないですね。うちの係長も管理官も違法薬物サイトやらビットコインやらという話となるとちんぷんかんぷんですから、私が問題を整理しとかないと、あらぬ方向に突っ走りかねない」

相変わらずの脱力モードだが、とりあえずこのヤマに付き合う気はあるようだ。期待を滲ませて樫村は言った。

「じゃあ時間が決まったら連絡するよ。とりあえずこの場は所轄と機捜に任せて、おれたちは少し違う方向から動いたほうがよさそうだ」

5

現場での捜査は田川たちに任せ、江島は自分の所属する班が出張っている杉並警察署の帳場に出かけていった。そこで係長に直談判し、こちらの捜査に早急に人員を割くよう説得するという。

あの口の利き方だからかえって相手の態度を硬化させないかと心配になるが、ここまでのところでは、田川をはじめ所轄と機捜の人員で現場の捜査はカバーできる。江島がこのまま張り付いてくれるなら、第二特殊犯捜査係からの増派はむしろ足手まといかもしれないという危惧もある。

橋本と矢沢はあれからすぐ、ビットスポットの本社がある虎ノ門のオフィスビルで張り込みを開始した。覆面パトカーは察知される危険性が高いので、レンタカーを借りてその車内から監視するという。それなら外出した場合もそのまま尾行できるし、面が割れているのを心配することもない。長引くようなら倉持と上岡が交代で張り付けばいい。さらに人員が必要なら、三宅に頼んで五課から人を出してもらうこともできるだろう。

警視庁に戻ると、須田がやきもきしながら待ち構えていた。

「現場はどんな状況なんだ。連絡がないんで心配していたぞ」

「周りに人がいますんで、機微に触れる話がしにくかったもんですから――」

そう弁解して状況を詳しく説明すると、深刻な顔で須田は応じた。

「とりあえず、いまできるのはそれくらいか。村松ＣＥＯに万一のことがあったら、こちらの捜査にとっては痛手だな」

「それどころじゃないですよ。ビットスポットの現在のシェアを考えれば、そこにつくった裏口を使って、世界の犯罪資金が集結することにもなりかねません」

「まさにブラックマネーの巨大クリーニング工場だな。発明したのが誰なのかよくわからないが、それが当たりなら厄介なものをつくってくれたもんだよ」

須田は嘆く。樫村は慎重に応じた。

「捜査一課がすぐに乗り出さない以上、とりあえず失踪の捜査は愛宕署に任せるしかないでしょう。急がば回れになりますが、我々はこれまで以上にビットスポットに焦点を当てるべきだと思います」

「あれから室長に催促してもらったんだが、大きなヤマをいくつも抱えていて手いっぱいだと一課長は気乗りがしないようだ」

「あすの朝いちばんで、合同捜査会議を開くことはできませんか。こちらはこちらでしっかり情報共有する必要があります。江島刑事も出席するそうですから」

「ああ。おれのほうから声をかけておく。あらぬところから〈フロッグ〉が尻尾を覗かせるかもしれないからな。たしかにその谷本という男、なんとなく臭うよ」

「なにか知っているのは間違いないと思います。室内で人が揉み合った形跡がないことから見ると、犯人は村松氏と親しい人物だった可能性が高いでしょう」

「気になるのは、西田という秘書の話だな」

「ええ。そのとき誰かが室内にいたとすれば、やはり親しい人間のはずです」

「それが谷本なら、ホテルに出入りしたときの映像が防犯カメラに映っているだろう」

「普通にエントランスを通って出入りすればその可能性はありますが、もし彼が犯人ならそんな迂闊なことはしないでしょう。防犯カメラの映像はすべてホテル側から提供を受けるそうなので、もちろんその点もチェックしてもらうようにします」

期待半分で樫村は言った。そのときポケットで携帯が鳴った。取り出してディスプレイを見ると、記憶のない番号が表示されている。間違い電話かとも思ったが、ふと心当たりがあって応答した。流れてきたのは聞き覚えのある女性の声だった。

「あの、樫村さんでいらっしゃいますね」

「はい、どちら様で？」

「西田と申します。さきほどお目にかかった村松の秘書の――」

ただならぬ期待を覚えて樫村は応じた。

「なにか新しい情報でも？」

「はい。折り入ってお伝えしたいことがあるんです。村松に関することで」

「どういうお話ですか」

「どこかで内密にお会いできないでしょうか。なるべく早く」

声を落として語るその口調には、切迫した響きが感じられた。

第六章

1

村松裕子の秘書の西田幸恵（ゆきえ）とは、午後七時に、池袋駅西口に近いホテルで会うことにした。社内の人間の目につかない場所というのが西田の希望だったため、なるべくビットスポットのオフィスのある虎ノ門から離れた場所がいいと判断した。

橋本と矢沢は谷本の監視に入っており、上岡はおとり捜査の関係でいつなにが起きるかわからないから、なるべく庁内に置いておきたい。そこでいまは遊軍的なポジションにいる倉持を伴って樫村はやってきた。

約束した時間の三十分前にホテルに到着し、ロビーに不審な人間がいないかどうか確認する。ラウンジのなるべく人目につかない奥まったテーブルに腰を落ち着け、西田が到着するのを待った。

西田は約束の五分ほど前にやってきた。芝公園のホテルで会ったときはどこかおどおどした印象だったが、なにかが吹っ切れたとでもいうように、いまは表情や態度に落ち着きが感じられた。

初対面の倉持を紹介し、さっそく本題に入ると、西田は真剣な調子で切り出した。

「じつは村松さんは、社内で孤立無援なんです」

思いがけないその言葉に、樫村は慌てて問い返した。

「まさか——。ご本人からは、社内の結束は固くて、全員が一丸となっているというような話を聞いていました。きょうお会いした谷本さんも同じようなことをおっしゃっていましたが」

「そういうネガティブな情報は外に漏れるとダメージになりますから。とくに仮想通貨関係のような競合の激しい業種の場合は——」

「村松さんも谷本さんも、我々には表の顔しか見せていないと？」

「ライバルに弱みをさらけ出して得することはありません。それは村松にとっても、彼女の敵にとっても同様です」

「村松さんの敵？」

「ええ。設立当初のビットスポットは、たしかに打って一丸となってという雰囲気でした。それで急成長をしていた時期は良かったんです」

「いまも成長し続けているように見受けられますが」

「昨年までと比べると大きく鈍化しています。国内で見ればまだ二位以下をかなり引き離しているので余裕はありますが、それでもいつ下克上が起きても不思議のない業界なんです」

「それで村松ＣＥＯに批判が集まっているというわけですか」

「批判が集まっているというより、ビットスポットは事実上、ある勢力に乗っ取られているのかもしれないんです」

西田は憤りを滲ませた。ただならぬその言葉に意表を突かれた。意外だったというより、むしろ〈フロッグ〉がビットスポットを乗っ取ろうとしているのではないかというこちらが抱いていた疑念を、それが裏打ちするように受けとれたからだ。そんな深刻な内情が、村松の最側近であるはずの西田の口から聞けるとまでは期待していなかった。樫村は問いかけた。

「ある勢力というと？」

「じつは一昨年、外国系の投資ファンドが、うちにＴＯＢ（株式公開買い付け）を仕掛けてきたんです」

ＴＯＢとはある会社がべつの会社を買収する際に使われるもので、株式市場を通さずに、プレミア付きで発行済み株式を買い取る方法だ。相手企業の株主は、市場での取引よりも高く売れるため積極的に株を手放す。それによって過半数の株式を取得すれば、その会社の経営権を握ることができる。

ＴＯＢには友好的ＴＯＢと敵対的ＴＯＢの二つがあり、前者は買われる側の企業がそれを積極的に受け入れるもの。後者はそれを嫌い、さまざまな対抗手段を使って阻止しようとするものだ。

「そのときは阻止したんですね」

樫村は確認した。ホームページで調べたところでは、ビットスポットの株主構成は、村松が言っていたとおり、メガバンク系のベンチャーキャピタルが筆頭株主で、外資系の大口株主の記載はなかった。

「ええ。村松が頑として受け入れませんでした。筆頭株主のベンチャーキャピタルに働きかけて対抗的なＴＯＢをかけてもらい、そのときはなんとか退けました。ただし谷本さん以外の二人の取締役は、外国系ファンドのＴＯＢに賛成だったんです。ほかにも社員株主が大勢いて、その大半が賛成に回ったんです」

「どうしてですか。村松さんと一緒に大きくしてきた会社なのに」

「そういうファンドの資金を導入することで、ビジネスの規模をさらに拡大できるというのが彼らの主張でした。もちろん手持ちの株を高値で売れるという思惑もあったと思いますが――」

「それだけではなかったと?」

「TOBを仕掛けてきたファンドが、裏である種の危険な勢力と繋がっているのではないかと村松は疑っていました」

「それはどういうことでしょうか」

素知らぬ顔で問いかけた。それが〈ストーンバンク〉で、じつは〈フロッグ〉そのものなのではないかという問いが口をついて出そうだったが、それでは誘導尋問になってしまう。意を決したように西田は続けた。

「そのファンドを利用して、ビットスポットを乗っ取ろうとしている勢力がいると、村松は考えていたようです。しかもその勢力は、すでにビットスポットの社内に紛れ込んでいると――」

「内部というのは、ビットスポットの社員や役員のなかに、という意味ですか」

「ええ。サーバーの管理を委託している会社が、システムに穴が空いているのを何度か発見しています」

「それはセキュリティの面での問題ということですか」

「ある意味ではそうですが、会社にとってもっと危険なものかもしれません」

西田は声を落とす。メモをとりながら話を聞いていた倉持が驚いたように顔を上げ、樫村に視線を向ける。落ち着けというように目配せして、樫村は問いを続けた。

「そのあたりを、もう少し詳しくお聞かせ頂けますか」

「認証システムにバックドアがつくられていたんです。それが次第に巧妙になっていく。外部からの不正アクセスを最初は疑ったんですが、その痕跡が見つからない。結論としては、内部の人間によるものとしか考えられないんです」

バックドア――。図らずも樫村の想像が的中したようだ。

「その裏口から、誰かが出入りしていたんですね」

「その可能性があります。普通ならブラックリストに載っているような個人や組織は身元確認の段階でシステムに撥ねられます。そんな連中がバックドアから忍び込み、ビットスポットをマネーロンダリングのツールとして使っているのではないかと、村松は惧れていました」

「その実態を、彼女はどこまで把握していたんですか」

「胸のうちでは、犯人が誰なのか、ほぼ特定していたようです。しかし自分の口からは言い出せなかった。そんな話が社外に漏れれば、ビットスポットの信用に大きな疵がついてしまう。顧客から大量の資金を預かる仮想通貨取引所にとっては、信用こそが最大の経営資源なんです」

西田は身を乗り出して訴える。そこには村松への単なる雇用関係を超えた心の絆のようなものが感じられた。樫村は訊いた。

「その信用に疵がつくことを、村松さんはいちばん惧れていたんですね」

「ビットコインに代表される仮想通貨は、私たちのような取引所があって初めて現実社会との接点がもてます。ビットコインの安全性ということを推進派の人たちはよく口にしますが、仮想通貨システムとしての安全性はたしかに高くても、それは現実通貨との接点である私どもの信用によって担保されている。自分はそこにプライドを感じているというのが村松の口癖でした」

西田の話が本当なら、村松は〈フロッグ〉の正体を知っていたことになる。しかしそれを表沙汰にすれば、会社の信用が地に落ちる。ではそれを知らないと言い続け、一方で〈フロッグ〉による一連の脅迫行為を警察に通報し、樫村をも事件に巻き込んだ——。その真意がわからない。

「西田さんは、村松さんが胸に秘めていた犯人の名前をご存じですか」

樫村は踏み込んだ。きっぱりとした口調で西田は言った。

「谷本等（ひとし）COOです。私は村松の口から、はっきり聞いたことがあります。もちろん証拠はありません。彼自身はコンピュータに明るいわけでもないんです。おそらく社内には、ほかにも彼の手駒になるような者がいるのだと思います」

「証拠がなくても、感じるものがあったんですね」

「彼の行動に不信感を持っていたからです」

「TOBを仕掛けられたとき、彼は村松さんの側についたのでは？」

「面従腹背です。表向きは反対の立場をとりながら、陰で賛成派を煽っていたという情報を村松は得ていました」

「〈フロッグ〉が谷本COO、もしくは彼の配下の者だという見方はされていませんでしたか」

樫村は踏み込んで問いかけた。西田は大きく頷いた。

「そう見ていたかもしれません。きょうお会いしたとき、樫村さんのアドレスに脅迫メールが届いたというお話を聞いて、私もやはりと感じたんです」

「どういうことでしょうか」

「彼は樫村さんのメールアドレスを知っていたはずなんです」

「村松さんは、誰にも教えていないと言っていましたが」

「だとしたら本人の記憶違いかもしれません。私には樫村さんの携帯の番号とメールアドレスを教えていたんです。もし自分になにかあったとき直接連絡を取れるようにと。誰にも教えていないと言ったのは、私に容疑がかからないようにという配慮だったかもしれません」

「あなたは、それを谷本ＣＯＯに教えたんですか」

「いいえ。ただそのときはそれほど重大なものだとは考えていなくて、あとで手帳に書き写そうと思って、机の上のメモパッドに走り書きしてそのままにしていたんです」

「それを見られたんですね」

「可能性はあります。彼はＣＥＯ室によく出入りします。私のデスクも同じ部屋にあるんです。村松の自宅で火災が起きた日もそうでした。私が用事から帰ると勝手に部屋に入ってうろうろしていて、なにか用かと訊くと、確認したい書類があって、それを探しに来たと言うんです」

「そこにはだれでも入れるんですか」

「社員が気軽に話に来られるようにという村松の考えで、部屋には鍵をかけないようにしていますので」

「谷本氏はどんな態度でした」

「どういう書類かと訊くと曖昧にとぼけるんです。それまでもそんなことがよくあって、警戒するようにと村松には言っていたんです。村松が不在なのを知っていて、室内を物色しているようなところを何度か見かけていますので」

「今回の村松さんの失踪に、彼はなんらかの関わりがあると？」

「私がホテルにいる村松に電話を入れたとき、だれか人がいるような気配を感じたと申し上げました。ちょうどその時刻、谷本は外出していたんです」

「行き先は？」

「金融庁の役人の方と会うという話でした。本当かどうかはわかりません」

西田は猜疑を滲ませる。そこまでの話に、果たしてどれだけ信憑性があるのかと樫村は訝った。すべてが憶測と想像の産物とも言える。しかし一方で、ホテルのロビーで谷本と西田と会ったあとの、自分の直感的な見立てとも一致する。それについては江島も同じようなことを口にしていた。

「村松さんがいなくなることが、谷本さんにとっては望ましい――。そう考えていいんですね」

「村松はコンプライアンス（法令遵守）を重視していました。アメリカでの仕事の経験から、法令に違反した企業が法的にも社会的にも大きな制裁を受けるケースをしばしば見てきたんです。ビットスポットのような生まれたての企業の場合、それだけで消し飛んでしまいかねないと、社員には日頃から口を酸っぱくして言っていました」

「そのコンプライアンスの点で、谷本さんにはなにか問題があったということでしょうか」

「ブラックリストに載るような顧客でも、積極的に取り込むべきだと主張していたんです」

西田は声を落とす。樫村は怪訝な思いで問い返した。

「ビットスポットのような会社にとっては、法令違反の最たるものだと思いますが」

「ただ、そういう顧客は一般的な顧客と比べて扱い高も大きいんです。それによってシェアを一気に拡大し、世界のトップに躍り出るべきだと」

「現在でも世界のトップクラスだと聞いていますが」

「世界ではまだ三番手ないし四番手です。それも極めて変動が激しく、まずトップに出て、さらに後続を引き離して初めて安定状態に入るといえます。もちろん村松にとってもそれが悲願だったんです。でも犯罪に荷担するようなことをしてまで達成しようという考えには反対でした」

「もしそうだとしたら、先ほど仰ったバックドアを使って、すでにそういう勢力がビットスポットの顧客になっているのかもしれませんね」

「樫村さんが仰りたいのは、〈ストーンバンク〉という違法薬物販売サイトのことですね」

西田はあっさり頷いた。樫村は身を乗り出した。

「村松さんは、その事実を把握していたんですか」

「そのサイトの運営者かどうか特定する手段はありませんが、非常に大きな額の取引を頻繁にやっている顧客がいることは知っており、とても気にしていました」

「そういう顧客は珍しいんですか」

「相場の動きに応じて、投機的に大きな資金を移動する顧客はほかにも大勢います。でもそういう動きはこちらでもあらかじめ読めるんです。大量の売りが出そうだと思えば、それを買うための現金を用意しなければなりませんので。しかしその顧客の場合、金額が大きいわりに、相場の動きとはほとんど連動しないんです」

「投機目的での利用ではないと？」

「世界のビットコインの流通量は年々増えていますが、まだ大口のビジネスの決済手段としてはそれほど普及していません。ですから、そういう顧客はどうしても目を引きます」

「それがどういう素性の顧客か、特定はできないんですか」

訊くと西田は曖昧に頷いた。

「ある程度はできました」

「ある程度というと？」

「海外の法人で、本社はタックスヘイブン（租税回避地）にあります」

「だとしたら、会社自体がダミーの可能性がありますね」

「そうだとしても、私たちはある程度、不審な顧客を篩にかけることができます。そういうダミー企業の場合でも、代表者の身元と会社の登記証明はチェックしますので」

「それだけでは確認したことにならないのでは？」

樫村が疑念を挟むと、西田は心外だというように言葉に力を入れる。

「先ほども申し上げたように、私たちの業界は信用が財産です。ビットコインをマネーロンダリングのツールに使われることは、私たちのビジネスの未来を暗くする。そんな思いを世界の同業者が共有しているんです。ＦＢＩに摘発されたシルクロードのような悪質な組織をビットコインの世界に住まわせてはならない。そんな考えから、怪しい活動を行った経歴のある企業や個人の顧客の情報を業界内でお互いに交換し合っているんです」

「さきほどおっしゃったブラックリストですね」

「ええ。たとえダミー会社を使っても、そういう情報が私たちのような取引所のシステムには組み込まれていて、それも絶えず更新されているので、チェックに引っかかる可能性は高いんです。その顧客がもし樫村さんたちが追っている〈ストーンバンク〉だとしたら、フリーパスということはまずあり得ないと思います」

「そこにはなにか仕掛けがあるとお考えなんですね」

「樫村さんからそういう組織がうちのシステムを使っているというお話を聞いて、村松はまずその顧客のことを疑ったようです。バックドアを使って痕跡を残さず潜り込んだのではないかと」

声を潜めて西田は言う。樫村は興味を隠さず問い返した。

「それに対して、村松さんはなにか行動を起こそうとしていたんですか」

「その顧客との取引契約を解除しようとしたんです。ところが谷本がほかの取締役を味方につけて猛反対をして、取締役会で否決されてしまった」

「反対の理由は？」

「取引額がとても大きいうえに、相場の変動と関わりなく取引実績が安定している。それに加えて犯罪に関与しているという証拠がないため、一方的に契約を解除すれば訴訟を起こされる惧れがあるというのが谷本の主張でした」

「しかし、そんな話を村松さんは、私には一切されなかった」

「企業防衛の意識からだと思います。そんなことが表沙汰になれば、会社にとっては命とりですから。でもこういう事態が起きるとわかっていれば、樫村さんにはもっと早くお話ししておいたほうがよかったかもしれません。それがいまでは悔やまれてならないんです」

西田はかすかに嗚咽（おえつ）を漏らした。

2

「なんとも言いがたい証言だな」

本庁に戻って報告すると、渋い表情で須田は言った。どこか釈然としない思いで樫村も続けた。

「言っていることは我々の読みとおおむね一致しています。ただ彼女の話のほとんどが憶測と言っていいレベルです。そのあたりを材料に下手に動き出すと、企業内の主導権争いの片棒を担がされてしまうような気がするんです」

「そういう権力争いに、CEOの秘書に過ぎない西田幸恵が、あえてそこまで首を突っ込むというのも解せないところだな」

「村松CEOを慕っている強い思いは伝わってきました。なんとか彼女を救おうという一心での行動だと、できれば解釈はしたいんですが」

「いずれにしても谷本という男は臭い。橋本と矢沢を監視につけたのは正解だった」

「村松氏が不審に思っていたという頻繁に大量の資金移動を行う顧客が〈ストーンバンク〉だというのもまず間違いないでしょう」

確信を覚えながら樫村が言うと、腕組みをして須田は唸る。

「しかし外国の法人だとすると、なかなか厄介だな」

「その会社がダミーなら、正体は日本人だという可能性もあります。少なくともあのサイトのつくりから考えると、なんらかのかたちで日本人が関与していると考えざるを得ません」

「西田秘書の話の信憑性となるとやや不安があるが、谷本にとって村松ＣＥＯが邪魔な存在なのはたしかなようだな。彼はどういう繋がりでビットスポットの経営陣に加わったんだ」

須田が興味深げに訊いてくる。それについては、あのあと西田からじっくり話を聞いておいた。

「アメリカにいた時期に知り合ったとのことです。村松さんが現地の投資銀行のトレーダーをしていたとき、彼はアメリカのビジネススクールに留学していて、なにかのパーティで偶然出会って意気投合したという話です」

「経歴に怪しいところはないのか」

「いったん日本の大手銀行に就職してからの留学で、帰国してからなにをやっていたのかは、西田秘書もよくわからないそうなんです。留学自体も銀行を辞めてから自費で行っているので、帰国後にそちらに復職したわけではないらしい。そもそも留学という話自体が本当なのかどうか、疑問視する声も社内にはあるようです」

「その谷本が、村松ＣＥＯの足下を脅かすほどの実権を握っているとしたら、その理由は？」

「多数派工作に長けているようなんです。表向きはＣＥＯとの良好な関係を装いながら、微妙なニュアンスの違いを大きく誇張してほかの取締役や社員に吹き込む。ＣＥＯが気がついたときには、社内に決定的な意見の対立が生まれている。そこに谷本が仲裁に入って、社内の溝を埋め、双方から妥協を引き出すことで、どちらに対しても恩を売る。それを繰り返すうちに次第に取り巻きが増えていったという話です」

「だったら脅迫のような手段を使わなくても、ＣＥＯを失脚させるのはわけないんじゃないですか」

上岡が首をかしげる。樫村は頷いて続けた。

「ただし弱みもあって、なぜか筆頭株主のメガバンク系ベンチャーキャピタルが彼を嫌っているそうなんだ。そこはかつて彼が在籍した銀行の系列で、銀行を辞めたのもなにか不祥事を起こしてのことではないかと村松さんは疑っていたらしいが、そのあたりが表沙汰になるのが銀行にとっても具合が悪いのか、そのベンチャーキャピタルの関係者に訊いても言葉を濁すんだそうだ」

「闇社会との繋がりでもあったような臭いのする話だな」

須田が身を乗り出す。樫村は言った。

「ええ。こちらが描いていたシナリオとぴったり合いすぎて、気味が悪いくらいです」

「だったらその秘書の話も、ある程度は信用していいんじゃないのか。それ自体がおれたちの読みの裏づけと見ることもできるわけだから」

須田は興味を隠さない。黙って話を聞いていた倉持が口を開く。

「そうだとしたら、西田秘書もいま社内で孤立無援の状態にあると考えられますよ。もし谷本のバックに裏社会の勢力がいて、村松ＣＥＯに対する脅迫や放火、さらには今回の失踪事件にも関与しているとしたらかなり危険です。次に狙われるのは彼女だという気もしてきます」

「そこはたしかに不安だな。いまのところ、身辺でとくに不審な動きは見られないんだな」

須田が訊いてくる。樫村もその点が気にはなっていた。

「本人はいまは問題ないと言っています。ただし今後、我々が谷本の身辺を探り始めたとき、なにが起きるか予測はつきません」

「〈フロッグ〉にせよ〈ストーンバンク〉にせよ、外部からの侵入者ということなら問題はむしろ単純なんだが、社内の権力争いと絡み合っているとするとなかなかややこしいな。西田秘書も、単に善意の通報者だとは言い切れないところもあるし」

「そういう内部抗争のなかでの、村松ＣＥＯ側についての行動だとしたら、むしろその身に迫る危険は大きいかもしれませんね」

「彼女の自宅はどこなんだ」

「桜台です。詳しい住所は倉持がメモしていると思いますが」

「だったら練馬警察署の管轄だな。おれのほうから連絡をして、重点パトロールの対象にしてもらうよ。刑事組織犯罪対策課長とは昔所轄で一緒だった時期があって、いまもたまに飲む仲だから、そこから地域課に話を通してもらおう」

打てば響くように須田は応じる。樫村は言った。

「そのくらいの用心はしておいたほうがいいかもしれませんね。もっとも、世田谷署が重点パトロールをしていても村松CEO宅の放火は防げなかったわけで、決して万全とは言えませんが」

「とはいえ、彼女自身はまだ脅迫や嫌がらせを受けているわけじゃないから、やれるのはせいぜいそれくらいだな」

須田は倉持からメモを受けとり、練馬署の刑事組織犯罪対策課に電話を入れた。詳細は適当にぼかしながら、村松邸の放火や今回の失踪事件の話を伝え、その側近の西田にも危険が及ぶ可能性があることを指摘すると、先方はさっそく動いてくれるとのことだった。

「問題はその谷本という男にどう切り込んでいくかだな。いまのところ犯罪に類することをしていわけじゃないから、とっかかりがない」

須田は首を捻る。樫村もそこは同感だ。

「立場上は被害者側の人間ですからね。強引に事情聴取というわけにもいきませんし。橋本と矢沢がなにかいい材料を摑んでくれればいいんですが」

「まだ連絡はないのか」

「ありません。しかしもし谷本が失踪に関与しているとしたら、そろそろなんらかの動きを見せるかもしれませんよ」

「ホテルの室内に人がいる気配があったという証言が事実なら、谷本の可能性は高いからな」

「ええ。現場に争った形跡がないということは、やはり面識のある人間だったと思われます」

「秘書の話だと、その時間、谷本は外出していたんだな」

「金融庁の役人と会うと言っていたようですが、真偽のほどはわからないそうです」

「そのあたりも、どちらを信じていいのか判断に迷うが、可能性としてはありとみて、慎重に捜査を進めたほうがよさそうだな」

「ええ。そうだとすると、ホテルの防犯カメラに映っているかもしれません。これから捜査に当たっている愛宕署の田川刑事に確認してもらいます」

樫村が応じると、上岡は委細承知というようにパソコンに向かい、ビットスポットのホームページから谷本の写真をコピーした。樫村は田川に電話を入れた。田川はすぐに応答した。

「ちょうどいま署に戻ってきて、状況をご報告しようと思っていたところでした」

「めぼしい手掛かりは得られましたか」

「これから室内で採取された指紋と協力者指紋を照合するところなんですが、数が多いので結果が出るまでに時間がかかりそうです。従業員からの聞き込みでも、村松さんと思しい人や不審な人物を見かけたという証言が出てこない。ホテル周辺の店舗の従業員にも聞き込みをしたんですが、やはりそれらしい姿を見かけたという証言は出てこないんです」

田川は力なくため息を吐いた。どういう手段であれ、それは村松が何者かに拉致された可能性を強めるものだった。ホテルは人里離れた僻地にあるわけではない。もし自分の意思で外に出たとしたら、どこかで誰かがその姿を見ているはずなのだ。機捜や所轄の刑事が聞き込みで手抜きをしたとも思えない。

「みなさんが頑張って仕事をした結果ですから、気落ちすることはないですよ。ところでお願いしたいことがありまして――」

外には漏らさないように釘を刺し、西田から聞いた話を伝えると、田川は驚きを隠さない。

「それは大変な情報じゃないですか。だったらその人物がホテルに出入りしていたかどうか確認すればいいんですね」

「ええ。防犯カメラの映像は入手しているんですね」

「もちろんです。念のため、村松さんがこちらのホテルを使うようになった一昨日からの分をすべてコピーして預かってきました」

「ではこれからその人物の写真をメールで送りますので、お手間をかけますが、防犯カメラに映っていないかチェックしてもらえませんか」

「わかりました。じゃあお待ちします」

そう応じて田川は通話を切った。上岡はすでに準備を終えていて、田川のアドレスに写真を添付したメールを送信した。田川はすぐに電話を寄越した。

「受信しました。さっそくこれからコピーをとって、手分けして映像をチェックします」

「よろしくお願いします。それからできましたら、映像のチェックだけでなく、あすにでもホテルのフロント関係者に当たってみてください」

「もちろんです。周辺の店舗でも聞き込みをします。もし出入りしていたとすると、だいぶ網が絞り込めますね」

「ええ。いまこちらも人員を張り付けて、その人物の監視をしているんです。いまのところ会社に籠もっていて、とくに動きはないようなんですが」

「そうですか。もしそちらで人手が足りないようなことがあれば、うちの捜査員を張り付けることもできますので、遠慮なくおっしゃってください」

「有り難うございます。場合によってはお願いすることになるかもしれません」

「いずれにしても、なんとか見通しがつきそうでほっとしましたよ。このままなんの手がかりもなしじゃ、愛宕署は無能の集まりだという噂が広まりかねませんから」

田川は声を弾ませる。まだ手放しで喜べる状況ではないが、たしかに彼が言うとおり、捜査の方向がある程度見えてきた点では一歩前進だろう。お互い新しい材料が出てきたら迅速に共有しあうことにして通話を終えた。

「もし〈フロッグ〉が谷本だとしたら、これまでの周到な手口から考えてそう簡単に尻尾を出すとは思えんが、いまはとにかく、一歩でも捜査を前に進ませないといかん状況だからな」

話の内容を伝えると、複雑な表情で須田は言った。樫村は確認した。

「ところで、あすの捜査会議の段取りはつきましたか」

「ああ。こうなるとのんびりしてはいられないから、朝十時からということにしておいた。草加室長をはじめ、いつものメンバー全員が集まる。捜査一課の江島という刑事も参加すると伝えておいたよ」

「そろそろ一課が本気になってくれないと。村松氏の身に万一のことがあったら、我々の捜査も頓挫しかねません。〈フロッグ〉にせよ、〈ストーンバンク〉にせよ、その謎を解く重要な鍵を彼女が握っているのは、おそらく間違いありませんから」

「そこがいちばん心配なところだな。〈フロッグ〉がビットスポットの社内クーデターを狙っている勢力だとしたら、いちばん簡単な決着の付け方は、村松CEOの命を奪うことだから」

「例の放火事件が、単なる脅しではなく本気で命を狙ったものだとしたら、それでしくじって、今度はさらに凶悪な手口に出てきたとも考えられますからね」

「谷本という男、そういうことをやりそうに見えたか」

「なんとも言えません。人は見かけでは判断できませんから。ただ印象としては、実行犯は別にいるような気がします」

「たしかに、放火とか拉致とかいう荒っぽい芸当は、アメリカのビジネススクール出のエリートのイメージとはそぐわないな」

「その点から考えても、彼の周囲には裏社会の人間がいるとみて間違いないような気がします」

矢沢の直感を受け売りするような見解だが、西田の話を聞いてからは、樫村の考えもその方向に傾かざるを得ない。そのとき樫村の携帯が鳴った。矢沢からの着信だった。

「谷本になにか動きがあったのか」

勢い込んで問いかけると、緊張した口調で矢沢は答える。

「エントランスから出てきて、タクシーに乗ったところです。こちらも追尾を開始しました」

「谷本一人なんだな」

「ええ。桜田通りを赤羽橋方向に向かっています。芝公園から首都高に入るのかもしれません」

「帰宅するわけじゃなさそうだな。まだ電車がない時間じゃないし」

「だれかと会うのは間違いないですね。ただし、単なる仕事上の用事なら空振りになりますが」

「いや、彼が村松氏の失踪に関与しているとしたら、いまごろなんらかの動きがあっていいはずだ。しっかり行き先を確認してくれ。詳しいことはあとで話すが、じつはさっき、村松氏の秘書の西田という人に会って――」

大まかに事情を説明すると、矢沢はいかにも残念そうに言う。

「ぜひ私も同行したかったですよ。わざわざ向こうから接触してきたということは、彼女にもなにか思惑があったはずですから」

そのあたりの認識は樫村とも一致するが、いまは谷本への疑惑がいちばん濃いのは間違いない。

「いずれにせよ慎重に動くしかないな。逆に西田秘書が次のターゲットになる惧れだってあるわけだから」

「そうですね。となると、彼女にも警護をつけるしかないかもしれませんね」

「いまはまだ身に迫る危険はないようだから、所轄に自宅周辺を重点パトロールしてもらうくらいだな。それは須田さんがもう手配してある」

「わかりました。あ、いま芝公園入口から首都高に入りました。このまま追尾を続けます」

「ああ、よろしく頼む」

そう応じて通話を終えた。倉持が訊いてくる。

「谷本がいよいよ動き出したんですね」

「村松氏の失踪と関係があるかどうかはまだわからないが、いまタクシーでどこかへ向かっているそうだ。橋本と矢沢が追尾しているところだ――」

状況をざっと説明すると、倉持は勢い込む。

「そういう役回りなら僕に任せて欲しかったのに。矢沢じゃ、屁理屈をこねているうちに相手を見逃しちゃいますよ」

「ドライバーは橋本のようだから、そこは大丈夫だろう。そのうちおまえの出番が来るかもしれないぞ」

「ええ。谷本の背後にいるのは相当のワルですよ。荒事になれば僕の番ですから、手ぐすね引いて待ってます」

マネロン室きっての武闘派としては、出番が待ち遠しい限りらしい。水を差すように須田が言う。

「まだそう熱くなる段階でもないだろう。村松CEOの失踪に関しては、なんとか捜査一課に動いてもらわないと、おれたちだけじゃ手に負えん。あすの会議に出てくる江島という刑事には、みんなでせいぜい発破をかけないとな」

「そう期待したいところですが、一筋縄ではいかない男ですよ」

「ホテルでの言動からすると、なかなか骨があるようじゃないか」

「ええ。狷介ですが、ここぞという場面では突破力があります。三宅さんとのあいだでさや当てが起きなきゃいいんですが」

「その刑事とのさや当てより、三宅がおれたちに対してなにを言い出すかわからんよ。せっかくここまでチームをまとめてきたのに、ここで空中分解じゃ元も子もない。あすはどう舵取りをするか、おれも頭が痛いよ」

「三宅さんのほうは、けっきょくこちらにおんぶに抱っこですから、言いたいだけ言わせておけばいいんですよ。おとり捜査の件では、我々も組対部五課の人海戦術に期待せざるを得ないですから、けっきょく収まるところに収まるしかないでしょう」

上岡がここぞと身を乗り出す。

「あすあたり、おとりで購入した薬物が届くと思います。いよいよ三宅さんたちの出番ですから、あまりご機嫌を損ねないほうがいいと思いますよ。そっちの捜査もしっかり進めていかないと、こちらは〈フロッグ〉に翻弄されて終わりということになりかねませんから」

村松の件にばかり注目が集まって、自分の任務であるおとり捜査の影が薄くなるのが不満でもあるようだ。樫村は頷いて言った。

「そのとおりだな。村松氏のことはもちろん心配だが、本来は捜査一課がやるべき仕事で、おれたちにとっては畑違いだ。こんな変則的な捜査態勢をいつまでも続けていれば、マンパワーの点でも無理が出る」

矢沢から電話があったのは四十分ほどしてからだった。

「首都高から中央自動車道に入って、八王子で降りました。そのあと一般道を少し走って、ある民家の前でタクシーを降りたんです。表札はないんですが、自宅でしょうか」

「いや、西田秘書から聞いた話だと、彼の自宅は横浜だ。だったら親類の家か」

「玄関のチャイムを鳴らすと、男がドアを開け、声を潜めて二こと三こと話をしてからなかへ招き入れました。親類とか兄弟といったくだけた感じではないんです」

矢沢は不審を滲ませる。

「今回の事件と、なにか関係がありそうだな。どんな男だ」

「歳は四十近くと見受けられます。ジャージの上下を着て、リラックスした印象でした。写真を撮っておきました」

最近三十倍ズームのデジカメを買ったと矢沢は自慢していた。それがさっそく役に立ったようだ。

「どういう感じの家なんだ」

「とくに豪邸というふうでもなく、ありきたりの建売住宅です。築年数はかなり古そうで、外壁が一部剝がれ落ちていたりして、あまり手入れもされていない様子です。周囲はごく普通の住宅街で、いまの時間は人通りも少なくて、どことなく寂れた印象があります」

「住所はわかるか」

「電柱の住居表示を見ると、暁町四丁目の二の三となっています」

「そうか。もうしばらく様子を見ていてくれないか。おれはこれから西田秘書に問い合わせてみる。彼女なら、なにか知っているかもしれんから」

そう言っていったん通話を切り、西田の携帯に電話を入れた。西田はすぐに応答した。

「さきほどは有り難うございました。いま家に帰ったところです」

「身辺に不審な気配は？」

「とくにありません」

「村松さんのこともあったものですから、用心はされたほうがいいと思いまして――」

所轄に重点パトロールを依頼したことについては、かえって不安を煽りそうなので、まだ言わないでおくことにした。

「谷本氏の件で一つお伺いしたいことがありまして。八王子市内に彼の親族の家はありませんか」

訊くと西田は、即座に答えを返した。

「実家がそちらにありました。ただ一昨年お父さんが亡くなって、いまは空き家になっていると聞きました。谷本が相続したようですが、いい買い手が見つかるまでそのままにしておくようなことを言っていました。更地にすると固定資産税が高くなってしまうとのことで」

「そうですか。暁町四丁目の二の三ですが、間違いないですか」

「そこまで詳しくは知りませんが、私も葬儀に参列したんです。会場は地元のセレモニーホールで、たしか住所は暁町のどこかだったと記憶しています」

「それなら間違いないでしょう」

「その実家がなにか？」

西田は怪訝な調子で訊いてくる。とくに隠しておくこともなさそうだし、そこからべつの糸口も引き出せるかもしれないと、矢沢から聞いた話を伝えると、驚いたように西田は応じた。

「いまは空き家だと思っていました。本人もそう言っていたので――。人に貸しているにしても、わざわざ遅い時間にタクシーで乗り付けるというのは理解に苦しみます」

「彼には、ほかに親族はいますか」

「お母さんは十年ほど前に亡くなったと聞いています。妹さんがいるようですが、いまは大阪に住んでいるそうです」

「だとしたら、ますます不自然ですね」

「ええ。そこで暮らしているのが誰なのか、私はまったく思い当たりません」

「わかりました。こちらで調べてみます。有り難うございました」

通話を終えてそこまでの事情を説明すると、須田は唸った。

「その家、ぷんぷん臭うな。できればきっちり張り込みたいところだが、おれたちだけじゃ人員が足りない」

「僕もそっちに加わりますよ。村松さんが監禁されているかもしれないじゃないですか。橋本さん、矢沢、それに上岡さんと僕が交代で張り付けば十分対応できますよ」

倉持は勝手に人員配置を決めてしまうが、上岡もとくに異存はないようだ。

「それでいいんじゃないですか。〈ストーンバンク〉のサイトのチェックや再注文だったら、外にいてもノートパソコンでできますから」

「それじゃおれたちのほうが手薄になる。五課のほうはまだいくらでも手が余っている。こいらで少し動いてもらわないと、共同捜査の意味がない」

須田は難色を示す。その点については樫村も同感だ。

「この一件はまだ海のものとも山のものともわからない。村松氏の失踪と関連があるかどうかも判明しないし、これからべつの方向で新しい動きが出てくるかもしれない。そのときに備えてマンパワーを温存しておかないと、肝心なときに迅速に動けない。だからその手の仕事は、ある程度アウトソーシングしないとな」

「それは言えますね。捜査一課も期待できないし、このヤマ全体に目配りできるのは、いまのところ我々だけですから」

上岡も賛意を示す。樫村は頷いた。

「そのあたりの作業分担はあすの会議で話し合うことにしよう。いずれにしても動きは出てきた。できれば捜査一課も巻き込んで一気呵成に攻めたいところだな」

3

マネロン室と五課薬物捜査第三係、サイバー攻撃対策センターの合同会議は、翌日の午前十時に予定どおり開かれた。

江島ももちろん参加した。きのう江島は、第二特殊犯捜査係の本隊が出張っている杉並警察署の帳場に向かい、係長やその上司の管理官に状況を説明した。しかしどちらも事件性を認めようとはせず、社内抗争の関係で自発的に雲隠れしたという考えで、民事不介入を楯にしばらく様子見をすべきだと主張して譲らなかったという。

民事不介入というのは警察権力の過剰行使を抑制する考えに基づくものと誤解されることがよくあるが、実際には警察側のサボタージュの言い訳に使われ、桶川ストーカー殺人事件や栃木リンチ殺人事件など、それによって事件の端緒が見逃されて、凶悪な犯罪に繋がった例もある。

江島自身に関してはこちらの捜査に協力してかまわないし、さらに人員が必要なら一人二人は出してもいいというところまでは向こうも折れたというが、一足早く会議室にやってきた江島は、やはり上岡たちとともに先に来ていた樫村にしきりに不平をこぼす。

「どうも、死体が出るまではなにもやる気がなさそうですよ。組対部が先につばをつけたヤマに、あとから首を突っ込むというのが沽券に関わるようでしてね」

「あんたなら、馬力で上を動かしてくれると期待していたんだがな」

樫村は言ったが、江島は力なく首を左右に振った。

「買いかぶらないでくださいよ。私は班のなかじゃはみ出し者ですから。そうじゃなかったら、そもそもここにいません」

「だったらそれが我々にとっては幸運だったと解釈するしかないな。じつはあれからいろいろ新しい動きがあって――」

樫村はきのう江島と別れたあとの一連の出来事を順を追って説明した。西田の話に関しては、江島も同様の感想だった。

「微妙なところですが、ほっといていい話じゃありません。とりあえずパトロールをつけたのは正解じゃないですか。問題は谷本ですよ。怪しいのは間違いないですが、どうその正体を暴いていくか」

「じつはきのうから、うちの捜査員が谷本に張り付いているんだが――」

樫村はさらにゆうべの谷本の行動についても語って聞かせた。あのあと矢沢から連絡があり、谷本はその家に三十分ほどいただけで、またタクシーで帰っていった。矢沢たちはしばらく追尾したが、谷本はこんどはＪＲの八王子駅に向かい、タクシーを降りて駅に入っていったらしい。

レンタカーを乗り捨てるわけにもいかず、たぶん自宅へ向かうのだろうとみて、矢沢たちはそこで追尾をやめた。二人はきょうも朝からオフィスのある虎ノ門のビルを張り込んでいたが、谷本は午前九時半に普通に出社してきたという。

そこまでの経緯を聞いて、江島は言った。

「まだ確証が摑めたというほどの段階じゃないですが、八王子のその家は重点的に監視する必要があるでしょうね。村松ＣＥＯがそこに監禁されているかもしれないし――」

江島はそこで言葉を濁すが、言いたいことはわかっている。果たして生きてそこにいるかどうかも、いまの状況では確たる保証がない。

「そのあたりもきょうの議題にしたいが、おたくたちに動いてもらえないのが歯痒いよ」

「そう言わないでくださいよ。きのうは私だって、馘を覚悟で頑張ったんですから」

江島は思わぬ弱音を吐く。きのうのホテルでの押しの強さとは対照的だ。本人が言うように、要はそれだけ上から疎まれているということだろう。

そんな話をしていると、三宅をはじめとする五課薬物捜査第三係の主だった面々やサイバー攻撃対策センターの相田とその部下たちがやってきた。さらに須田と草加が姿をみせたところで樫村が江島を紹介し、さっそく会議が始まった。

「どうも状況が剣呑な方向に転んでいるようだが、逆に言えば大きな動きが出てきたわけで、我々にとってはチャンスでもある。まずきのうまでの経緯を、樫村君から報告してもらおうか」

草加に促されて、樫村は村松の失踪を巡るきのう一日の出来事を詳細に語った。さっそく声を上げたのは三宅だった。

「またまたマネロン室がドジを踏んでくれたようだな。そういうことは十分予測できただろうに、所轄任せにしているからこういうことになったんじゃないのか」

「所轄任せと言ったって、我々は本来畑違いですから。人員も目いっぱいで、そちらにすべてを投入すれば本来のターゲットの捜査が手薄になります」

樫村は穏やかに反論したが、このあたりはたぶんまだ序の口だ。三宅はさらに言ってくる。

「本来のターゲットと言ったって、あんたたちになにができるんだ。例のおとり捜査だって、たしかに仕掛けは頼んだが、送られてきたブツから犯人を突き止めるのはおれたちの仕事だ。それを思えばこっちだって手が足りないところへ、その谷本とかいう男の監視にも人を出せと言い出すんじゃないだろうな」

三宅はなかなか勘がいい。こちらの腹の内はお見通しのようだ。しかしここで引き下がってはチームを組んでいる意味がない。すかさず須田が言い返す。

「そうは言うけど三宅さん、今回のCEOの失踪事件が〈ストーンバンク〉の一件と深い関係があることくらいはわかるだろう。だからこそおたくたちだって、マネロン室に泣きついて——。いや失礼。捜査共助を依頼してきたんじゃないのか」

「なんだよ。まるでおれたちが無能だとでも言いたげだな」

三宅はいきり立つが、須田は鷹揚に受け流す。

「餅は餅屋ということで、薬物捜査に関してはあんたたちの力は認めるよ。しかし今回の捜査は、これまでそちらが扱ってきた事案とはタイプが違う。いわば我々は車の両輪で、お互い縄張りを超えて力を合わせないと手に負えない仕事だということはわかるだろう」

「失踪事件の捜査はうちもおたくも専門じゃない。捜査一課の特殊犯捜査が動くのが筋で、そもそもそういう意味で主力を欠いている。きょうはそっちからも一人お出でのようだが、ひとつ考えを聞かせてもらいたいもんだな」

三宅は江島に話を振る。のっけからの洗礼に怯む様子もなく江島は応じた。

「その先乗りとして、きょう私がここにいるわけでしてね。みなさんが段どりを整えた合同捜査の現場に、うちの本隊があとからずかずか踏み込むんじゃ混乱を招くだけですから」

樫村に言っていたのとは話向きが違う。あながち空気が読めないというわけでもなさそうだ。

「だったら、今回の失踪をあんたはどう見てるんだ」

三宅はさっそく探りを入れる。江島はきっぱりと言い切った。

「事件性は極めて高いと思います。そちらが追っている違法薬物販売サイトやビットコインを使ったマネーロンダリングに関しては我々は素人ですが、村松氏が姿を消す前後の状況から考えれば、本人の意思による失踪とは考えにくい」

「だったらあんたたちが、もっと早く動くべきだったんじゃないのか」

三宅の言うことはもっともだが、江島は動じるふうもない。

「一課からは火災犯捜査係が現場のある世田谷署にすでに出張っています。一つの事案に対して重複して動けるほど捜査一課も人員を抱えているわけではないですから。それに我々が本格的に動き出すとなると、おそらく捜査の主導権を握ることになる。村松氏の失踪のほうが喫緊の課題という認識になりますから」

「おれたちは引っ込んでいろと言いたいのか」

三宅は不快感を露わにするが、江島は言葉巧みに懐柔する。

「そうなったら、みなさんとしても立つ瀬がないんじゃないですか。そこは私が調整しますから」

捜査一課の事情が彼の言うのとは違うことを樫村たちはわかっているが、草加をはじめ全員が、江島のお手並み拝見とばかりに成り行きを注視している。

「そのとおりだよ。あんたの前で言うのもなんだが、はっきり言って捜査一課は気に入らない。大した捜査能力もないくせに上から目線で横柄で、昔、所轄にいたころは、出張ってきた連中に顎で使われて、手柄はみんな持っていかれた。あのころの恨みはいまも忘れないよ」

「いやいや、耳の痛いお話です。たしかにそういうところはありますよ。私も所轄にいた時期がありますから、お気持ちはよくわかります」

樫村に見せていた狷介な印象とは打って変わって、ここでの江島の言動は薄気味悪いほど如才ない。肩の力が抜けたように三宅も応じる。

「だったらあんたの言うように、まずはおれたちで態勢を固めておくのが得策のようだな」

とりあえず江島の機転でチームはまとまった。そんな江島の意外な器用さに、樫村は内心で舌を巻いた。

　そのとき携帯の着信音が鳴り出した。ポケットから携帯を取り出したのは三宅だった。それを耳に当て、なにやら相槌を打ちながら、空いている手でメモをとる。五分ほどで通話を終えて、三宅は高揚した様子で顔を上げた。

「受け取り役の滝田という捜査員からでね。ついさっき郵便受けを覗いたら、ブツが届いていたらしい。中身は注文どおりのパケットで、もちろん味見はしていないが、見たところ純度の高い覚醒剤だそうだ」

「送り主は？」

　樫村が訊くと、三宅は手元のメモに目を落とした。

「サニー不動産という会社で、マンション売り込みのDMを装っているが、封筒は市販のものので、そこにロゴやらイラストやらをカラープリンターで印刷してあるようだ。住所は港区の西新橋で、書いてあった番号に電話を入れてみると、その番号は使われていませんという応答があったらしい。会社そのものも実在しないと考えていいな」

　そこはこちらの予想どおりだった。樫村はさらに問いかけた。

「消印はどこですか。ひょっとして――」

　三宅はしてやったりという顔で頷いた。

「八王子郵便局だよ」

上岡が立ち上げてあったノートパソコンを操作して、素早くその所在地を確認した。

「谷本がゆうべ訪れた家のごく近くです。そこがその一帯の集配局なのは間違いないでしょう」

第七章

1

三宅の指示で、八王子署の刑事組織犯罪対策課が地元の法務局に出向いて確認したところ、谷本が訪れた家は、たしかに谷本等の名義で登記されていた。一昨年、父親の名義から書き換えられており、その点は秘書の西田の証言と一致していた。

谷本が一昨日の晩、そこを訪れたとき出迎えた男の顔は、矢沢がデジカメで撮影していた。場所が暗く、感度を極端に上げていたためノイズの多い写真だったが、人相は十分判別できた。

頭は丸刈りで、無精髭を生やしており、服装や物腰はリラックスしているが、その目は鋭く、なにかを警戒しているかのようにも見える。その風貌から、五課薬物捜査係のお得意さんかとも思われたが、三宅やその部下たちに確認させたところ、面識のある売人や元締めの暴力団関係者にそういう人物はいないとのことだった。

三宅は八王子署の捜査員を動員し、そこに薬物捜査第三係の部員も加えた強力な布陣で、けさから本格的な張り込みを開始した。きのうのうちに態勢を固めたかったが、たかが係長の身では所轄を顎で動かすわけにはいかない。大規模な動員となれば課長のお墨付きが必要で、そのあたりの話をつけるのに時間がかかったらしい。

橋本と矢沢も加わりたいと意気込んだが、三宅の配下の捜査員たちとあらぬ諍いを起こしかねず、谷本の監視もやはり必要だという須田の判断で、継続してビットスポットのオフィスに張り付くことにした。

受け取り人役の滝田という捜査員に送られてきた薬物は、科学捜査研究所で分析してもらったところ、やはり純度の高い高品質なものだった。

封筒には指紋がいくつかあったが、過去の犯罪者の指紋と照合しても一致するものはなく、どれも取り扱った郵便局員のものと思われた。なかの薬物のパッケージには指紋は一つもなく、手袋などをして慎重に扱ったもののようだった。そのあたりのやり口は、村松にナイフと脅迫状が送られてきたときと同様だ。

三宅たちのチームは八王子郵便局に出向いて、同じ封筒を使った郵便物が大量に持ち込まれた、もしくはポストに投函されていた事実がなかったか確認したが、消印が八王子局となっている以上、その封書を扱ったのは間違いないにしても、窓口担当者にも取集担当者にもとくに記憶はないという。

取集された郵便物は、局内に持ち込まれたあとは機械で仕分けされるため、同一のロゴ入りの封書がどのくらいあったかは職員の記憶に残ることもない。つまり管轄地域内の異なるポストに少しずつ投函されたような場合は、だれも気付くことはないだろうとのことだった。もう一つ考えられるのは、封筒を何種類も持っていて、同時に投函してもそれぞれ封筒を替えている場合で、そうだとしたら投函者を特定するのはやはり困難になる。

しかし三宅は谷本が所有する家で暮らすその男が〈ストーンバンク〉の関係者、あるいは運営者そのものである可能性は極めて高いとみて、その行動を徹底監視すれば、必ず尻尾を摑めると踏んでいる。男が投函する前に身柄を押さえ、任意同行して所持している郵便物の中身を確認する。そこに違法薬物が入っていればその場で現行犯逮捕できる。その男の役割がなんであれ、それが〈ストーンバンク〉摘発の決め手になるという見立てだ。

しかし〈ストーンバンク〉がさまざまな面において周到で、強固な機密の壁を巡らしているのは間違いない。そんな彼らが、いちばんリスキーな現物受け渡しの局面でそういう安易なやり方をしているかどうか。樫村としてはその点を楽観視できない。

あるいはただ単に谷本が、縁のある人間を空き家に居候させている、あるいは賃貸しているとも考えられる。八王子署の捜査員が住民登録を確認したところ、そこにはだれも登録されていなかった。これから近くの交番の職員を巡回させるとのことだが、巡回訪問そのものに強制力はないから、応対を拒否されれば諦めるしかないし、適当に嘘をつかれても簡単に裏はとれない。

サイバー攻撃対策センターは、上岡による薬物注文を受けて、さっそく資金の流れの追跡を開始した。上岡からの送金がビットコインのブロックチェーン上で決済されて、振込先のアカウントのウォレットに収納されたことは確認できた。つまりそのアカウントを使っている人間もしくは組織が、違法薬物の密売に関わっている事実は証明されたことになるが、それが誰なのかを特定することは、ビットコインの特性上ほぼ不可能だ。

現在はＴｏｒ上のサイトのみを販売の窓口にしており、もちろん上岡はそこで指示されたアカウントに送金したわけだが、そのサイトの運営者を特定することも現状では不可能に近い。もし可能性があるとしたら、そのアカウントがなにかの理由で表のインターネット上に顔を出したときで、ＦＢＩが世界的な違法サイトのシルクロードを摘発したときも、そんなかたちで運営者の把握に成功した結果だといわれている。いずれにしても時間と手間のかかる捜査で、今回の取引だけで答えを出すのは難しい。おとりの取引はまだ何度か繰り返す必要があるだろうという。

　とはいえ上岡が注文した〇・二グラムの覚醒剤は、普通の使用量なら約十回分だ。一日数回使用すると仮定しても、最低三日は間を開けて注文しないと怪しまれるとの三宅の忠告で、いまのところは上岡も次の動きに出られない。

　なにより肝心なのは失踪した村松裕子の行方で、すべての鍵を握っているはずの村松を生きて帰らせられなければ、すべての捜査が徒労に終わる。かといって拙速に動いて谷本を刺激すれば、かえってそれが村松の身を危険に晒すことにもなりかねない。

　三宅たちとの会議を終えて、マネロン室の刑事部屋に戻り、樫村は焦燥を隠さず須田に言った。

「八王子のその家に踏み込むことができれば、なにか消息を摑むことができそうな気がします。あるいは当人がそこに監禁されているかもしれません」

　江島はきょうの会議は欠席し、ここまでの状況を杉並署に出張っている係長に報告し、第二特殊犯捜査係から二名ほど人を出してもらうと言っていた。その結果がどうなったかまだわからないが、村松の捜索には、やはり誘拐関係を営業品目の一つとする彼らの手を借りたい。

八王子の不審な家のほうは、〈ストーンバンク〉の事案と直接結びつくという主張によって、三宅に主導権を握られてしまった。村松の行方に繋がる手がかりがそこから出てくる可能性は高いが、当面、こっちはこっちで捜査を進めるしかない。

「江島君のほうが動いてくれれば、我々とチームを組んで村松氏の件に集中できるんだがな。愛宕署の捜査チームも統合するかたちにすれば、十分な陣容になるだろう」

気合いを入れ直すように須田は応じるが、上岡は不満を隠さない。

「八王子の件は橋本と矢沢の手柄なのに、なんだか三宅さんにいいとこどりされてしまった気がしますがね」

「三宅たちの手だけで〈ストーンバンク〉を摘発できるとは思わない。事件の核心に繋がるのは、けっきょくおれたちのラインだと思うよ。まあ、つまらない手柄争いをしてせっかくの合同捜査を空中分解させたらどっちにとっても失策だ。そのくらいは三宅だってわかっているよ」

宥めるように須田は言う。そこはたしかにもっともだが、合同捜査とは名ばかりで、けっきょく三宅のほうは〈ストーンバンク〉の摘発しか眼中になく、こちらがターゲットとするマネーロンダリングの件には興味がない。その微妙な思惑の違いによって、失踪した村松に繋がる手がかりを彼らが見落とす惧れもないとは言えない。

「八王子署の刑事組織犯罪対策課長には、おれのほうからも連絡を入れておくよ。こっちはこっちでホットラインをつくっておかないとな。あそこの課長は、以前は本庁の捜査二課にいて、おれとの相性は薬物関係の三宅たちよりはずっといい」

「それならいくらか安心できます。男の素性がまだ判明しないのが気味悪いんです。焦って検挙して、それが村松氏の命に関わる事態に繋がってしまうこともあり得ますから」

複雑な気分で樫村は言った。背後にどんな事情があったにせよ、村松が自分に救いの手を求めてきたのは明らかな事実で、それに応えられなかった自分にはいまも忸怩たるものがある。須田が慎重に言う。

「村松氏のことを考えれば、その男はすぐに検挙するより、しばらく泳がせたほうがいいかもしれないな。谷本との関係を含めて、まずその正体を明らかにする必要がある。ブツの発送を担当しているだけの下っ端かもしれないが、逆に〈ストーンバンク〉の中枢にいる人間、あるいは〈フロッグ〉自身の可能性だってあるからな」

「ひょっとして、村松さんの自宅の火災現場にいた怪しい男と同一人物じゃないですか」

上岡が言う。樫村は膝を打った。

「そこは確認していなかったな。そのときの写真は消防が撮影したもので、世田谷署員が近隣での聞き込みのときに持って歩いたようだ。世田谷署にあるはずだから、これから訊いてみるよ」

携帯を取り出して電話を入れたのは、火災現場で会った木谷という世田谷署の刑事だ。あれからも本庁の火災犯捜査係とともに、放火事件として捜査を継続しているはずだった。相手はすぐに応答した。

「ああ、樫村さん。先日はお世話になりました。愛宕署の田川さんから聞きましたが、大変なことになっているようですね」

「そうなんです。じつはそのことでお電話したんですが——」

八王子で〈フロッグ〉と繋がりがありそうな不審な男を発見したことを、詳しい経緯ははしょって伝え、その男と火災現場の男の顔を照合したいと言うと、勢い込んで木谷は応じた。

「わかりました。すぐにメールでお送りしますので、樫村さんのアドレスを教えて頂けますか」

口頭で伝えたアドレスを復唱してから、期待を滲ませて木谷は言った。

「もし同一人物なら、放火の件と失踪の件、さらに違法薬物販売サイトの件が全部繋がりますね。そうなると特捜本部級のヤマじゃないですか」

「それについては上が判断することになりますが、重大局面を迎えるのは確かだと思います」

「それはよかった。あれからも我々は聞き込みを続けているんですが、めぼしい成果は出ていないんです。このまま迷宮入りになるんじゃないかと、本庁の火災犯捜査係もこぼしているような状況でしてね」

「私がそちらの写真をまだ見ていなかったものですから、ひょっとしたらというレベルの話なんですが」

「いやいや、当たりのような予感がしますよ。まあ願望に近いのかもしれませんが、そう考えるといろいろ筋が通りますので——。ではさっそく送信します。答えが出たら教えてください」

「もちろんそうします。それではお待ちしています」

そう応じて通話を切り、しばらく待つと写真を添付したメールが着信した。そのメールを上岡に転送する。上岡はそれをパソコンの画面に大きく表示し、さらに矢沢が撮影した八王子の男の写真を隣に並べた。

「どう見ても別人だな」

画面を覗き込んで須田が唸った。どちらも暗がりで撮影したもので、条件は良くないし角度もやや違うが、直感的にはやはり須田の言うとおり、同一人物とは思えない。

八王子の男は唇が厚く顎が角ばっているが、放火現場の男のほうは逆に唇が薄く顎は尖っている。矢沢がややロングで撮った写真と比較しても、体型は前者がどちらかといえば小太りで、後者は痩せぎすだ。

「そう思います。科捜研の顔認識システムで比較したら、はっきりと答えが出ると思いますが」

上岡も力なく頷く。須田が言う。

「とりあえず念には念を入れよう。上岡、すぐに連絡してくれないか」

「わかりました。超特急で頼んでみます」

上岡はさっそく科捜研に電話を入れ、用件を伝えると、LAN経由で二点の写真を送信した。

2

結果は十分も経たずに出た。コンピュータによる比較の結果は、同一人物の確率は一パーセント以下というものだった。樫村は木谷に連絡を入れた。

「残念です。同じ男なら、放火の容疑で逮捕状が請求できると期待したんですが」

木谷は落胆を隠さない。樫村は言った。

「いずれにせよ、そちらの放火事件と、いま扱っている事案が無関係だとは思えません。新しい情報があれば随時お伝えします」

「だったら、八王子の男の写真を私のほうに送っていただけますか。こちらの写真に写っていなかっただけで、その男も現場に姿を現していたかもしれません。近隣の人たちに見せて確認をとります。まだ記憶は残っているでしょうから」

「そうですね。それはやってみる価値があるかもしれません」

「よろしくお願いします」

そう言う木谷の声はどこか切ない。放火事件と村松の失踪が無関係だとは、いまとなっては誰も思わない。放火事件の解決に手間どっているうちに村松が行方不明になったそのことが、木谷にとっては無念極まりないのだろう。それに重なる思いはむろん樫村にもある。

「村松さんの行方は、なんとしてでも見つけ出します。その捜査の過程で、放火犯に繋がる糸口も出てくるでしょう。木谷さんたちのお力もまだまだ必要です」

そう応じて通話を終えた。もしやという期待は空振りに終わったが、確信を持てたことが一つある。〈フロッグ〉がおそらく個人ではなく複数人のグループで、放火現場の男も八王子の男も首謀者というよりは周辺にいる人物ということだ。

となるとその中心にいるのは、やはり谷本の可能性が高い。いずれにしても八王子の男の正体を解明することで、その延長線上に谷本をとらえることができる。しかしそこでいたずらに時間を費やして、村松に万一のことがあっては元も子もない。かといって逆に焦って〈フロッグ〉を刺激して、好まざる方向に動かれても困る。あるいはすでに村松は――。そんな思いも頭をよぎるが、いまは腹の底に封じ込めておくしかない。

そのとき須田の携帯が鳴った。

「ああ、三宅さん。なにかあったのか」

そう問いかけたとたんに、須田は携帯を耳から離した。三宅がなにやらまくし立てているらしい。しばらく相槌を打ちながら聞いていたが、堪忍袋の緒が切れたように喧嘩腰の口調で言い返す。

「言いたい放題言ってくれるじゃないか。うちの若いのがあの男を見かけたときは、まだ追尾の対象は谷本だった。あんたたちだって例の薬物の封筒の消印を見て、慌てて捜査員を配置したんだろう。それも本格的な張り込みを始めたのはきょうからだ。そういう難癖をつけるんなら、おれたちは即刻この捜査から降りるぞ」

さっきは合同捜査体制を空中分解させるわけにはいかないと言っていた須田が、まさにその弾頭と化してしまったようだった。黙って話を聞いていた倉持が、自分の出番かとばかりに指の関節を鳴らす。樫村は上岡と顔を見合わせた。

「ああ、わかったよ。これからそっちへ向かうから」

不機嫌に言って通話を切って、須田は樫村たちを振り向いた。

「八王子の例の家、どうももぬけの殻のようだ」

「まさか。どうして？」

樫村は当惑した。須田は吐き捨てる。

「最初からしっかり人を張り付けておけばよかったのに、きのうの張り込みはたった二、三名で、それも日中だけだったらしい。ゆうべのうちに、どこかへずらかったんじゃないのか」

「それでどうしてこっちに難癖を？」

「橋本と矢沢の尾行が下手で感づかれたんだと言いやがるから、堪忍袋の緒が切れたんだよ」

「むしろ、三宅さんが張り付けた連中がドジだったという理屈になるじゃないですか」

「それを言われる前に、先手を打っておれたちに責任を擦り付けようという魂胆だろう」

「もぬけの殻だというのは、どうしてわかったんですか」

「八王子の刑事が制服を着て、巡回を装って訪問してみたらしいんだよ。いくらチャイムを鳴らしても応答しないんで、家の周りをぐるっと見て回ったが、どの窓もしっかり閉じたままだった。そしたら隣の住人が外に出てきて、ゆうべその男が車でどこかに出かけるのを見たと言うんだそうだ。トランクにスーツケースやら段ボール箱やら、荷物をいろいろ詰め込んでいたらしい」

「その隣人は、男と付き合いがあったんですか」

「その家で暮らすようになったのは二ヵ月ほど前らしいんだが、道で会っても挨拶はしないし、ほとんど家にこもりきりで、近所付き合いはまったくない。空き家で放置されるのも不用心で困るが、変な人間が住み着いているのはなお困ると、近所では話していたそうなんだ」

「そういうことは、いちばん最初に聞き込みをしておくもんじゃないんですか。はなからわかっていれば、無駄な人手はかけずに済んだのに」

「その男の耳に入るとまずいから、近隣での聞き込みは控えていたと言うんだが、偉そうな口を利くわりには捜査の基本がなっていないな」

須田は嫌みたっぷりだ。樫村は訊いた。

「これから八王子に出かけるというような話でしたが」

「ああ。三宅はいま八王子署に詰めているんだそうだ。今後の捜査の進め方を、おれたちと相談したいらしい」

「三宅さんにしては、なかなか謙虚じゃないですか」

「そのくらいは頭が働いたようだな。谷本はその男の素性を知っているはずだが、五課の薬物担当が接触したら、〈ストーンバンク〉の捜査に関して手の内をさらけだしてしまうことになる。おれたちなら、村松氏の失踪の件や〈フロッグ〉の件を材料に接触しても不自然じゃないとみているようだ」

「それは正解でしょうね」

「できれば八王子のその家に家宅捜索をかけたいところだが、いまのところ違法薬物の件にせよ、村松氏の件にせよ、立証された犯罪事実がなにもないから令状の取りようがないんだよ。いまはその男の不審な挙動を目撃した者がいるかどうか、周辺地域を虱潰しに聞き込みに回っているそうだ。まあ手っ取り早いのは、谷本自身から話を聞くことなんだがな」

「だとしても、谷本を警戒させるのは間違いないですね」

「ああ。自分が尾行されたと知れば、気持ちは穏やかじゃないだろうからな。橋本や矢沢が監視するのも難しくなるだろう」

「それ以上に、もし村松氏の失踪に谷本が関わっているとしたら、彼女の生命の安全が脅かされることにもなりかねませんよ」

「ああ。その点も知恵を絞らないといかん」

「八王子の家がもぬけの殻ということは、村松氏がそこにいる可能性もないということですね」

「車で家を出るところを見かけた隣人も、女性が一緒にいるのは見ていないそうなんだが

「──」

須田はそこで不安げに口ごもる。屋内に踏み込んでみない限り、そこに村松の死体がないとは断言できないが、樫村もいまは口にはしたくない想定だ。

「いずれにしても、おれと樫村でこれから出かけると言っておいた。もし可能なら江島君も呼んで欲しいと言っている」

「だったら僕らも行きますよ」

上岡が言う。倉持も張り切って身を乗り出すが、須田はあっさり首を横に振る。

「こっちをもぬけの殻にはできないだろう。橋本と矢沢は、いま谷本の監視で張り付いている。突発的な出来事が起きた場合、すぐに対応できる人員が必要だし、彼らだってずっと張り付きっぱなしというわけにはいかない。どこかで交代してやる必要もあるだろう。二人はここに居残って、随時連絡をとり合って欲しい」

「それはたしかにそうですが──」

上岡は不満げだ。まだ目立った出番がない上岡と倉持に活躍の場を与えたいのは山々だが、いま八王子に出かけても、やれることはほとんどない。樫村は言った。

「むしろ気になるのは今後の谷本の動きだよ。そこは予断を許さない。一昨日の晩、わざわざタクシーを飛ばして八王子まで向かったのにも、なにか特別な意味があるような気がするな」

「家賃の取り立てといった事情ではないでしょうね。わかりました。矢沢たちと連絡をとって、なにかあったら合流します。これから動きが出そうなのは、やはりそっちのほうでしょうから」

上岡は納得したようだ。倉持も頷いた。

「場合によっては、我々が谷本を検挙ということもあり得ますね。村松さんを救出する役割も回ってくるかもしれないし」

「そのときはよろしく頼むよ。じゃあ係長、急ぎましょうか。また向こうでドジでも踏まれると、こっちが遅刻したせいだと言いがかりをつけられますから」

須田を促して樫村は立ち上がった。

3

江島とは八王子に向かう車中から連絡をとった。どうやら上の人間の説得に成功したようで、若い二人の刑事が新たにこちらの捜査に加わることになったという。ここまでの経緯を説明すると、苦い口ぶりで江島は言った。

「上の判断がのろいのはどこの部署も似たようなもんです。うちもそうだから大きなことは言えませんがね。それで犯人を取り逃がせば、悪いのは我々現場の下っ端なんですからやってられませんよ」

これから八王子に向かうというと、自分たちもそちらで合流すると江島は応じた。

霞が関から高速を飛ばして、八王子署には四十分ほどで着いた。三宅は署内の大会議室を借り切ってファックスやコピー機を持ち込み、準捜査本部とでも言えそうな支度を整えていたが、男がいなくなってしまった以上、それも無駄な手間だったことになる。

もっとも男がまた戻ってこないとも限らないから、完全撤退とまではいかない。本庁の捜査員も何人かは残さざるを得ないから、戦力が分散して捜査能力が低下すると三宅は嘆くが、とりあえずいまは大がかりな戦力を投入しなければならない状況でもなくなった。

少し遅れて江島を筆頭に、第二特殊犯捜査係の刑事三人も到着した。三宅は慨嘆した。

「いまのところ、その男が関与した犯罪事実がなにもないから、家宅捜索令状がとれない。その男の身元を知っているのは谷本だけだが、そもそもその谷本が本命の黒幕の可能性が高い以上、迂闊に話を持っていけない。それであんたたちの知恵を拝借しようと思った次第なんだよ」

三宅にしてはやけに素直で、今回のことでよほど困っているらしいとは想像がつく。

「男が乗っていった車のナンバーはわからないんですか」

樫村が訊くと、三宅はあっさり首を横に振る。

「その隣人もたまたま見かけただけで、そいつが犯罪に関与しているなんて思いもしないから、そこまでは見ていないと言うんだよ。まあ、そりゃそうだ。自分が見かけた車のナンバーをすべて記憶できたら、Ｎシステム（自動車ナンバー自動読取装置）は要らないわけだからな」

「かといって谷本はもうしばらく泳がせないと。こちらの動きを察知すれば〈ストーンバンク〉のビジネスを手仕舞いしてしまう惧れもありますからね」

「ああ。そいつが黒幕の可能性は非常に高いからな。サイトはまだ営業しているのか」

「一時間ほど前にうちの上岡が確認しましたが、とくに変化もなく通常営業しているようです」

「だとしたら、こっちの動きが察知されたわけでもなさそうだな」

希望を繋ぐように三宅は言うが、そうだとしたら、いま迂闊に谷本に接触すれば、捜査のターゲットそのものが消えてしまうこともあり得る。江島が口を開く。

「だからって、ここでのんびり考え込んじゃいられないでしょう。人の命がかかっているかもしれないんだから」

「だったらあんたに、なにかいい知恵はあるのか」

三宅は突っかかるが、その目には期待の色がありありだ。自信ありげに江島は言った。

「こういうときは怖じ気づいてばかりいないで、むしろ積極的に仕掛けるべきでしょう。状況が膠着したときは、逆にこちらから手の内を見せて、相手を動かすのが我々のセオリーです」

「手の内を見せる？」

三宅は怪訝そうに問いかける。江島はこともなげな表情で頷いた。

「この事案のキモは、やはり村松ＣＥＯの失踪でしょう。現場の状況から拉致されたとみるのが妥当です。しかし、いまのところ身代金の要求やら脅迫じみた連絡は入っていない。誘拐事件の場合、犯人からの連絡が事件解決の最初の入口なんです。ところが、今回の事件にはその入口がないわけですよ」

「それでどうしようというんだ」

樫村は強い興味を覚えて問いかけた。どうやら、江島には自分たちにない発想があるようだ。

「八王子の家にいた男がだれか、樫村さんが直接谷本に訊いてやればいいじゃないですか。尾行したことは別に言う必要はない。どうせしらばくれた答えしか返ってこないはずですが、自分の周囲に網が張られていることを知れば、必ず焦ってなんらかの動きに出てくる。もちろん虎ノ門のオフィスだけじゃなく、自宅も男がいたこちらの家も、水も漏らさない態勢で監視する。移動中も徹底的に追尾する」

コロンブスの卵というべき大胆な考えだ。樫村は確認した。

「しかしそれじゃ、かえって村松氏の身に危険が迫るんじゃないのか」

「もちろんそうさせないために万全の態勢を組むんですがね。でもよく考えてください。今回のケースに関しては、こちらが相手を刺激しないように大人しくしていたって、村松氏の安全が保証されるわけじゃない。逆に手を拱いていれば、それだけ危険が迫ると考えるべきです。そもそもいまも生きているかどうかさえ確認できないんですから」

こちらが腹に仕舞い込んでいる思いを、江島はさらりと口にする。厳しいことだがそれは事実で、だからこそ一縷の望みに賭けてでも、江島の作戦に乗るしか選択肢はなさそうだ。

「しかしプレッシャーを与えすぎて、違法薬物の商売を手仕舞いされるようなことはないか」

三宅が不安げに問いかける。その点については樫村は自信があった。

「すでにあれだけの大商いをしている以上、そう簡単に撤退はできないし、もしそうなれば、事前に大きな資金移動があるはずです。その点はサイバー攻撃対策センターがしっかり監視していますから、逆にそこでボロを出す可能性もある。むしろ摘発のチャンスを増やすことになるんじゃないですか」

相田の話だと、〈ストーンバンク〉のサイトの運用状況は完璧に近いといってよく、外部から侵入可能なセキュリティ上の穴も見つからないという。期待されるのは、彼らの内部でなんらかの異変が起きたときで、これまでの万全の運用にボロが出て、内部情報が表のインターネットに漏出するかもしれないという点だった。そんな見方を聞かせてやると、三宅も渋々頷いた。

「ほかに手がない以上、そこに賭けてみるのも一案だな。それにそもそも谷本が〈ストーンバンク〉の黒幕だったら、張本人を挙げてしまえば一気にけりがつくこともあり得るわけだから」

「そうですよ。模様眺めをしてたって事件は勝手に解決してくれません。ここは一発、攻めの捜査に転じるべきじゃないですか」

発破をかけるように江島は言う。最初に会ったときの無気力な態度はどこへやら、いまにも主導権を握ってしまいそうな勢いだ。

樫村もかつて所属した捜査二課で、上司とそりが合わず冷や飯を食わされた時期があった。そのころの自分と重ねてみれば、江島の心境はわからないでもない。

そのころ樫村が飢えていたのは自分が活躍できる場所だった。人間である以上、それが与えられなければ自然に士気は落ちる。本人の性格もあってたまたま第二特殊犯捜査係の中核から外れていた。そんな江島にすれば渇望していた仕事にやっと巡り合えたというところかもしれない。勢い込んで須田が言う。

「その線でいこう。男が戻ってこないとも限らないから、八王子の家は監視対象に置くべきだし、近隣一帯で聞き込みを徹底すれば目撃証言も出てくるかもしれん。大量の郵便物を投函しているところを誰かが見ていれば、それも犯行を裏付ける証拠になる。村松氏の失踪の件では愛宕署がすでに動いているから、谷本の監視ではそちらの協力も得られる。急いで陣容を整えないと」

4

谷本の監視態勢はその日のうちに固められた。虎ノ門のオフィスの監視は第二特殊犯捜査係の二名の刑事と愛宕署の捜査員が担当することになり、橋本と矢沢は本庁に戻ってきた。

横浜の谷本の自宅も監視対象に加え、そちらは三宅の配下の捜査員が張り付くことにした。八王子では例の家の監視とともに、近隣での聞き込みでも、引き続き所轄の捜査員に動いてもらうことになった。

さらに用心のために、いままでは貴重な情報提供者となった西田幸恵の自宅についても、これまでの巡回パトロールからさらにレベルを上げ、所轄の練馬警察署の捜査員に常時張り付いてもらうことにした。

愛宕署の田川はあれから押収した防犯カメラの映像をすべてチェックしたが、谷本と思しい人物は映っていなかったという。八王子の男と世田谷の火災現場の男の写真も送付して確認してもらったが、やはりそちらもはっきり特定できるような人物は映っていなかったらしい。

「ただ、帽子を目深に被っていたり、濃いサングラスをつけていたりという人物は何人かいました。防犯カメラに映らない侵入経路もあることですし、この三人については、目撃者がいないか、これから従業員にもじかに当たってみようと思います」

状況を知らせてきた電話で、田川は悔しさを滲ませた。村松の件については、なんとか自分たちの手でという強い思いがあるのだろう。励ますように樫村は応じた。

「いやいや、今回のことでも貴重な人員を割いてもらって非常に感謝しています。いずれにしても、これだけ網を張り巡らせば、犯人はどこかで尻尾を出すでしょう」

「そう願いたいものです。我々にしてもプライドがかかっていますから」

田川は祈るような調子だ。監視態勢が確立したことを確認して、樫村は谷本に電話を入れた。

「先日はお世話になりました。じつは改めていろいろお話ししたいことがありまして。これから伺ってもよろしいでしょうか」

さりげないふうを装って切り出すと、谷本は即座に問い返す。

「村松について、なにか新しい情報が入ったんですか」

声の調子は期待に弾んでいるが、いまの状況で樫村から連絡が行けば、そう応じるのが当たり前だ。それがいかにもつくったもののように聞こえるのは谷本への先入観からかもしれないが、とりあえずその判断は保留して樫村は続けた。

「まだはかばかしい結果は出ていないんですが、ヒントと言えるような材料が見つかりました。それについて谷本さんのお考えを伺えればと思いまして」

「ヒントというと、どういうものでしょうか」

谷本は怪訝そうに訊いてくる。八王子の件はのっけからは出さないようにして、とにかく当人と対面し、その表情や口振りから腹の内を探る必要がある。

「捜査上の機密ということもあり、お会いして直接申しあげるべきだと判断しまして」

「あまりいい情報ではなさそうですね」

警戒するように谷本は応じる。動じることもなく樫村は言った。

「村松さんの件では、これまでもデリケートな事情があったもので。例えば盗聴の可能性とか」

「この電話が盗聴されていると？　その点はつい最近チェックして異常はありませんでしたが」

「念には念をということもあります。村松さんの命に関わる事態でもありますので」

「あすではどうですか。私も多忙な身でして。村松の代理もしなくちゃいけないのでなおさらなんです」

なにかあると察知したのか、谷本は時間を稼ごうとしているようだ。樫村は追い打ちをかけた。

「一刻も早く捜査を進めないと。伺いたいのは、その端緒となる重要な事実についてです」

「やむを得ないですね。それでは――」

谷本は入居しているオフィスビルの上階にあるラウンジを指定した。

5

樫村は江島を伴って、指定されたラウンジへ向かった。

村松が失踪した日に江島も谷本と会っている。そのとき得意の凄みを利かせたから、谷本が警戒するのはわかっているが、揺さぶりをかけるというこちらの作戦からいえば、むしろそのほうが都合がいい。

谷本は先に到着して待っていた。密談の場所によく使うのだろう。周囲に人気のない奥まったテーブルで、柱の陰に隠れて人目に付きにくい。江島の顔を見て谷本は一瞬表情を強ばらせたが、すぐに取り繕うような笑みを浮かべた。

「村松の件ではご迷惑をおかけしています。しかしこちらとしては警察のみなさんのお力だけが頼りで、捜査にご協力することにやぶさかではありません」

「そう仰ってもらえると、我々も心強いです。さっそくですが、ご確認頂きたいことがありまして」

樫村は慇懃に言ってポケットから携帯を取り出し、例の男の写真をディスプレイに表示した。出てくる前に上岡に細工してもらい、顔だけをアップにして、背景の八王子の家の玄関はぼかしてある。差し出して手渡すと、谷本はそれを覗き込み、平静な顔で問い返す。

「誰ですか、この人物は？」

しかし樫村は、携帯を持つ指先がかすかに震えるのを見逃さなかった。

「それがわからないんです」

「どういうことでしょうか」

谷本は安堵したように問い返す。樫村はさりげなく続けた。

「うちの薬物担当部署が追っている違法薬物販売サイトの関係者と見られるんですが、じつは尾行したら、八王子市内のある家に入っていきまして」

今度は谷本の額に汗が滲んだ。樫村はさらに話を進めた。

「谷本さんはたしか八王子市内に、お父上から相続された物件をお持ちですね」

「勝手にそこまで調べたんですか。プライバシーの侵害にもほどがある」

「そう仰られても、それが我々の捜査の基本でしてね。登記所に行けば誰でも自由に閲覧できますから」

「だからといって、そんな男に見覚えはありません」

谷本はしらを切る。ここからどう攻めていくか、その匙加減が肝心だ。矢沢が撮影した写真にはもっとロングのものもあって、そちらには谷本も写っている。玄関周辺の光景もしっかり入っているから、それを見せれば言い逃れはできない。しかしいまは監視をつけていることを察知されたくないから、そこまで追い込む必要はないというのが、ここへ来るあいだに江島と相談して得た結論だった。

「そうですか。しかしその人物が谷本さんが所有する八王子の家屋で暮らしている。しかも近隣の住民の話だと二ヵ月もです。その事実を谷本さんがご存じないとしたら不思議なんです」

「だったらその男が、勝手に空き家に住み着いているのかもしれない」

谷本は空とぼける。矢沢たちによる目撃談を突きつければぐうの音も出ないはずだが、男が行方をくらましてしまった以上、身元を聞き出しても居場所はわからないし、嘘を吐かれても裏はとれない。

そもそもその男を空き家に居住させていたこと自体は犯罪にはならないし、現状ではその男に犯罪事実があるわけでもないから、指名手配したり逮捕したりもできない。谷本を泳がせ、網にかけるのが本来の作戦だから、こちらもここはしらばくれておくに限る。

「そうですか。だとしたら一度ご自身で確認されたほうがいいと思います。家財を盗まれたり破損されたりしている可能性がありますので」

「いまもいるんですか、その男は？」

谷本は真面目な顔で訊いてくる。なかなかの役者だということはわかったが、尻尾を摑まれていることにはまだ気づいていないようだ。

「きのうの夜、どこかへ立ち去ったようです。行方は摑めておりません。被害届を出して頂ければ、所轄の捜査員が被害状況を確認できるんですがね。身元の特定に結びつく指紋や遺留物もあるかもしれないし」

「実際に被害があればそれも考えないといけないでしょうね。ただ死んだ父の思い出が残る家で、プライバシーの問題もありますから、私がこの目で確認してからじゃないと――」

谷本はいかにも歯切れが悪い。やはり警察に踏み込まれては困る事情がありそうだ。

「そうですか。村松さんのこともありますので、ぜひご協力願えればと伺ったんですが」

「まだその違法薬物密売サイトとうちの会社に繋がりがあると見ているんですか。心外ですね。そもそもその男が密売組織と関わりがあるという根拠がおありなのかどうか」

谷本は態度を硬くした。想定内の反応だ。当初の作戦どおり、樫村はさらりとはぐらかした。

「そこは捜査上の機密に属することで、詳細については申し上げられません。いずれにしても、こちらはこちらで鋭意捜査を進めており、担当部署からはかなりの進展があると聞いています。失踪した村松さんについて、その男がなにか知っている可能性が高いと思われますので」

「どうしても村松の件と、その密売組織の件を結びつけたいようですね。いいですか。村松にしても我が社にしても、麻薬の密売などという犯罪行為に手を貸すようなことは一切していません」

谷本は不快感を剝き出しにする。江島が身を乗り出す。

「あのねえ。我々はあくまで村松さんの救出を最優先に動いているんです。密売組織のほうは、きょうとかあすに解決しなきゃいけない事案でもない。しかし村松さんに関しては、いつ最悪の事態を迎えるかわからない。その男がそちらの件でも重要な事実を握っているという感触があるからご協力をお願いしてるんです。おたくにしても、いまいちばん心配なのはそこでしょう」

「もちろんそうですよ。しかしあなたたちは、その男と村松の件をむりやり繫ごうとしている。ひいては私までそこに関与しているというような見方をされているわけで、冗談にもほどがあると言いたいんですよ」

冗談でもなんでもなく、こちらが思っていることを谷本は言い当てる。江島はたたみかけた。

「あなたが関与しているなんて一度も言ってませんよ。そりゃ過剰反応というもんじゃないですか。そうなるとかえって勘ぐりたくもなる」

「最初からうちに狙いを定めて捜査していたのはそちらでしょう。村松がいないいま、私が会社を代表する立場にある。その会社に対する濡れ衣を晴らすのは過剰反応でもなんでもない。正当な企業防衛ですよ」

そう応じる顔にどこか得意げな表情が見てとれる。村松の不在は谷本にとって好ましい事態だとみて間違いはなさそうだ。追い打ちをかけるように谷本は続ける。

「それより、村松の捜索は進んでいるんですか。ホテルでお会いして以来、新しい情報が一つも入ってきません。犯人の手掛かりくらいは摑んでもよさそうなものですが」

それを知っているのはおまえだろうと突っ込んでやりたくなるが、せっかく釣り上げかけた獲物をここでバラしては元も子もない。樫村は言った。

「努力はしているんですが、なかなかいい結果が出ないんです。それでこうして谷本さんにご協力をお願いしている次第でしてね」

谷本は鼻を鳴らす。

「そう言われても私にできることはなにもない。根も葉もない勘ぐりでこちらへの疑念を煽り立て、自分たちの無能はひた隠しにする。天下の警視庁がその体たらくじゃ話になりませんよ」

「だったら家宅捜索令状をとって踏み込みますよ。住居侵入は立派な犯罪ですから」

足下を見透かすように江島が言っても、谷本は動じない。

「勝手に家に侵入されたこと自体は不快ですが、被害が軽微なら被害届を出す気はありません。私も多忙で、そういう面倒なことに時間を割いてはいられませんので」

「ところが住居侵入罪は親告罪じゃないんです。つまり警察が犯行の事実を認めれば、被害届が出ていなくても、いつでも捜査に乗り出せます」

もちろんそれは理屈であって、現実にその程度の事案で令状が発付されることはあり得ない。谷本はいきり立つ。

「なにもそこまでしなくても――。いいですか。村松のことにせよ、その男のことにせよ、私は被害者側の人間ですよ。それをまるで犯罪者のように追及する。そういうことを今後も続けるなら、私だって出るところに出て争う覚悟がある」

「しかしねえ、谷本さん。その家に村松さんが監禁されているかもしれないし、下手をすると死体になって転がっているかもしれない。我々が心配しているのはそこなんですよ」

江島は際どいことを口にする。谷本はきっぱりと否定した。

「そんなこと、あるはずがない。はっきり言って、それは私への恫喝じゃないか」

一昨日の夜、谷本はその家に入っている。いかにも自信ありげなその口振りから察するに、そこで村松が拘束されている、もしくは死体になっている可能性はなさそうだ。その点にわずかに安堵しながら、皮肉を交えて樫村は言った。

「それは本末転倒のような気がしますがね。いま我々の最優先事項は村松さんの安否の確認です。それは谷本さんも同様のはずで、あの家で男がなにをしていたか明らかにすることが、そこへの近道だと考えてご協力をお願いしてるんです。谷本さんのおっしゃることは、村松さんの安全よりも、ご自身の立場を優先しているように聞こえますがね」

「私個人がどうのこうのという話じゃないんです。会社に内紛があって、村松がそれに巻き込まれたというような風評が広がれば、信用が失墜して企業価値が地に落ちる。まだ発展途上のうちのような会社にとって、それは致命的な打撃だ。そんなことは村松自身がいちばん望んでいないはずです。私はあくまでビットスポットのナンバー2として、村松に対する忠誠心からそう言っているんです」

谷本は不快感を漲(みなぎ)らせるが、理屈に無理がある以上に、表情もつくったもののように感じられる。噛みつくように江島が口を挟む。

「つまり村松さんの命より会社のほうが大事だというわけだ。逆にそういう会社を世間の人は信用しませんよ。まさにブラック企業そのものじゃないですか」

「素人はこれだから困る。村松は会社のトップです。そのトップが、おそらくは個人的な事情で事件に巻き込まれた。それ自体を非難する気はありませんが、結果として会社が倒産したら、真っ先に困るのは社員でしょう。彼らのことを思えばこそ、経営者は冷徹な判断を迫られる。それのどこがブラックなんですか」

谷本は傲然と言い放つ。村松の失踪は、あくまで彼女の個人的な事情によるものにしたいらしい。これ以上話しても埒があかないし、話し合いをしようとしてきたわけでもない。揺さぶりをかけるという意味では、もう十分な効果があったと判断し、目配せすると江島も頷いた。

「それではやむを得ません。帰って上司と相談して、今後の捜査の進め方を考えます。ご多忙のところ、お時間をとらせて申し訳ありませんでした」

慇懃な調子で樫村は言って、江島とともに立ち上がった。谷本も慌てて立ち上がり、拍子抜けしたように会釈した。

6

「あの野郎、なかなか大したタマじゃないですか」

警視庁に戻る覆面パトカーのなかで、感心したように江島は言った。

「きょうのところはがっぷり四つというところだな。しかし局面が変わったのは間違いない。網を狭められたのは感じているはずだから、これから防戦に動かざるを得ないはずだ」

手応えを覚えながら樫村は言った。江島も頷く。

「八王子の家に、踏み込まれたら困るなにかがあるのは間違いないですよ。鎌をかけたときの口振りからすると、村松氏の死体があるわけじゃなさそうですがね」

江島も同じことを感じたようだ。しかし谷本が家に踏み込まれるのを嫌ったのは確かだった。空き家だとはいえ、知らない男に二ヵ月も勝手に住み着かれて平気でいられる感覚は、常識的には理解できない。

「当初の見立てどおり、〈ストーンバンク〉の商品発送所だったのは間違いなさそうだな。鑑識を入れれば、覚醒剤やらヘロインやらが検出されるかもしれない」

「その〈ストーンバンク〉は、いまも商いをしてるんですか」

「うちの上岡が頻繁にチェックしているが、なんら変化なく注文を受け付けてはいるようだ」

「その男が別の場所で仕事を続けているのか、それともそういう下請けがほかにもいるのか」

「あすあたり、第二弾の買いを入れてみるつもりだよ。初回のように滞りなく品物が届くようなら、連中の商売にはなんの影響もなかったことになる」

「だとしたら、かえって不気味じゃないですか。谷本がそこを訪れた翌日に男が姿を消している以上、谷本からの指図があったとしか考えられない。谷本が男と会ったのが、村松氏が失踪したその日の夜ですからね。その行動が彼女の失踪と無関係だとはとても思えない」

「いずれにしても、これから谷本が動き出すのは間違いない。その動きをどれだけチェックできるかだな」

「動くといっても、電話もメールもありますからね。盗聴するわけにはいかないし」

作戦の言い出しっぺの江島が急に弱気なことを言う。樫村は強気で応じた。

「知能犯罪に関わるような連中は、他人に知られたくないことほど、相手とじかに会って話したがるものなんだよ――」

二課にいたころ、贈収賄や選挙違反の捜査ではずいぶん経験した。電話は通話記録が残るし、メールもパソコンや携帯にデータが残る。実際に会って話せば、目撃者がいない限り知っているのは当人たちだけだ。賄賂だって、じかに会って現金で渡せば証拠が残らない。そこが壁になって捜査が難航することがよくあった――。そんな話を聞かせると、江島は一転期待を寄せてきた。

「だったら今回は、それが有利に働くかもしれませんよ。こちらの監視態勢は完璧ですから」

「そう願いたいな。ここまでは向こうがむしろ完璧で、おれたちがつけいる隙がなかったが、そろそろぼろを出してもらわないと」

そのとき樫村の携帯が鳴った。ポケットから取り出して覗くと、田川からの着信だった。さっそく谷本が動き出したか。それにしてはやけに反応が早い。応答すると、勢い込んだ田川の声が返ってきた。

「いましたよ、例の八王子の男」

「ホテルにですか」

「そうなんです。村松さんが失踪する前の晩です」

「前の晩に？」

「ええ。失踪したのが日中なので、最初は早番を中心に話を聞いていたんですが、試しに遅番の従業員にも聞き込みをしてみたら、あの男を見かけたという者が出てきましてね」

「いったいどこで？」

「八階の業務用エレベーターの付近だそうです」

「村松さんの部屋も八階でしたね」

「ええ、そのうえ、業務用エレベーターというのが怪しい。経路として使われた可能性がいちばん高いわけですから」

「下見に訪れていたとも考えられますね」

「そうかもしれません。宿泊客が迷ったのかと思って、ご案内しましょうかとその従業員が声をかけたら、いや大丈夫と言って、そこを立ち去ったそうです」

「やはり防犯カメラには映っていなかったんですね」

「そのときもこちらが想定している経路で入ってきたとしたら、映っていないのは当然です。フロントの担当者にも確認しましたが、その人物がチェックインした記憶はないとのことでした」

田川は確信のある口ぶりだ。そうだとしたら、〈ストーンバンク〉の件と村松の失踪の件は太いラインで繋がったことになり、その結節点にいるのが谷本だという答えが自然に導き出される。

「有り難うございます。これで捜査は大きく進展するでしょう。例の谷本氏ですが、さきほど面談してしっかり揺さぶりをかけましたから、そのうち動きだすと思います」

「わかりました。監視を担当している者にも気合いを入れておきます。なんとかいい方向に捜査が向かえばいいんですが」

そんな通話を終え、内容を説明すると、慌てたように江島は言った。

「だとしたら、我々は楽観視しすぎていたかもしれませんよ。例の八王子の家、急いで家宅捜索をかけるべきです」

「容疑は？」

「もちろん略取・誘拐罪です。こうなれば被疑者不詳でも令状は出るはずです」

「あの家に村松氏がいるかもしれないと言うんだな」

「ええ。生死は別として――」

緊張を露わに江島は言った。そのとき、また携帯が鳴りだした。ディスプレイに表示されているのは記憶にない番号だ。間違い電話かと思ったが、ふと気になって、はいと応答した。

相手は一瞬躊躇するように間を置いて、押し殺したような声で言った。

「樫村さんですね。村松です」

間違いない。本人の声だ。弾かれたように樫村は問いかけた。

「無事なんですか。いまどこに？」

「監禁されています。場所は――。あっ、だめ、やめて――」

村松の声が突然悲鳴に変わり、続いてだれかと揉み合うような音がして、携帯の通話がそこで切れた。

「村松氏からですか」

江島が問いかける。慄きを覚えながら樫村は言った。

「どこかに監禁されているらしい。危険な状態にある可能性が高い」

第八章

1

村松が寄越した携帯電話の番号は、本人のものではもちろんなかった。彼女のスマートフォンは、失踪したときホテルの客室に残されていて、現在は愛宕署の捜査チームが預かっている。

江島に運転を代わってもらい、樫村はまず村松捜索の主力となっている愛宕署の田川に電話を入れた。状況を伝えると、田川は勢い込んだ。

「いまのところ無事なわけですね。その携帯の番号の持ち主をさっそく当たります。そういう状況だと、たぶん彼女を拘束している誰かのものを使ったはずですから。キャリアーに問い合わせれば正確な居場所も把握できます」

最近、総務省のガイドラインが変更され、警察は本人に通知しなくても所有者の端末のGPS情報を取得できるようになった。これまでもGPS搭載機種なら位置情報の取得は可能だったが、その際に本人の承諾が必要なので、刑事捜査の現場で利用されることはまずなかった。

もしそれを利用すれば、警察が追っていることを犯人に知らせることになってしまう。犯人が自分の居場所とは別のところに携帯を置いて目くらましに使うのがおちだ。

しかし非通知の情報取得は、現状では一部のキャリアーの新型の端末に限られ、日本で六割を超すシェアを持つiPhoneは対応していないため、田川の期待どおりにいく可能性は必ずしも高くない。また対応している端末でも、GPS機能がオフになっていればやはり使えない。

ただしその場合でも、通話が行われたときの基地局の位置は特定できる。その間隔は都市部で数百メートル、地方では数キロということもあり、情報としてはかなり大まかだが、わからないよりは遥かにましだ。

「令状(フダ)はすぐに取れますか」

位置情報を取得するには検証許可状という令状が必要だ。打てば響くように田川は応じる。

「地裁まではここから十分もかかりません。書類はすぐに用意します。三十分もあれば発付されると思います」

「ではよろしくお願いします。私は本庁に戻って、上と相談して対策を練ります――」

かかってきた携帯の番号を伝えて通話を終えたところで、覆面パトカーは警視庁に到着し、そのままマネロン室の刑事部屋に駆け上がる。まず村松からの電話の件を報告すると、須田は鋭く反応した。

「のんびりしちゃいられないぞ。生きてはいても間違いなく危険な状況だ」

さらに谷本とのやりとり、田川からの報告についても手短に説明した。須田はいよいよ深刻な口振りだ。

「谷本をたっぷり刺激したばかりのときに、彼女がおまえに電話したことが裏目に出なきゃいいんだが。一緒にいるのが八王子の男の可能性は大いにあるな」

「谷本本人が動いてくれればこちらの思う壺です。しかしそいつを手先に使っているとすると厄介なことになりそうです」

「居場所が特定できればいいんですがね。そこに踏み込めば、一気に片が付きますから」

倉持が拳を固めて身を乗り出す。いかにも彼らしい発想だが、ことがそう単純に運ぶなら、ここまで厄介な事態にはならなかった。上岡が首を傾げる。

「ＧＰＳが使えるかどうかだよ。そうじゃないと、多少は絞り込めても都内の住宅街だったら、家がたぶん何百軒もあるからね」

たしかにそれでは、村松の救出と実行犯の逮捕までは期待できない。しかし運よくGPSの情報がとれれば、誤差を考えてもビルならほぼ一棟、住宅でも数軒の範囲までは絞れるだろう。

「わかったらわかったで慎重にいかないとまずいですね。村松さんを人質にとって立て籠もる可能性がありますから」

自称プロファイラーの矢沢がしかつめらしい顔で言う。樫村は問いかけた。

「一緒にいるやつが、なにか武器を持っているとみているのか」

「銃のような物騒なものかどうかはわかりませんが、そこが一般住宅なら、どこの家庭にも包丁くらいはありますから。ビルだとしてもカッターや鋏くらいはあるんじゃないですか」

「いや、人を拉致して監禁しているとしたら、もっと物騒なものを所持しているはずだよ。いくら相手が女性でも、ホテルから大人しく連れ出したり、抵抗させずに監禁するには、そういう道具は不可欠だろうから」

江島はさらに不安なことを言う。もっともな話で、居場所が判明した場合は立て籠もり犯を相手にした人質解放作戦にならざるを得ない。そのときはこちらも武器を使っての対応を余儀なくされる。樫村は問いかけた。

「あんたたちにも、そういうケースのノウハウはあるんだろう」

江島は渋い表情で頭を掻く。

「第二特殊犯捜査係は一応SITの別働隊という位置づけだから、強行突入の訓練はやってますけどね。しょせんは遊軍で何でも屋なだけに、実際の現場での経験は浅いですね」

「だったら早いとこSITにバトンを渡して、おたくたちには引っ込んでもらう必要があるな」

嫌みな口ぶりで言ってやると、江島は鼻を鳴らす。

「それじゃおれたちは役立たずだと宣伝するようなもんでしょう。うちに最初に話が来ちまったのを運の尽きだと諦めて、最後までやらせてもらうしかないですよ。これから係長に連絡を入れて、性根を据えて対処するように言って聞かせますから」

「たったいま、経験が浅いと言ったばかりじゃないか」

「だからこれが、経験を積むいい機会になるんですよ」

「人の命が懸かった事件を、練習台に使われちゃ困るな」

「やるからには本気ですよ。しかしSITだって、ただ場数を踏んでるだけで、特別なノウハウや技術をもってるわけじゃない。このケースじゃ私が先乗りですでに首を突っ込んでいるわけで、詳しいバックグラウンドもわかっている。けっこう複雑で、SITの単細胞な頭じゃ呑み込むまでに時間がかかるでしょう」

SITというと立て籠もり事件での突入がクローズアップされるが、誘拐事件や企業恐喝事件のような心理的駆け引きが重要な事案も対象とする。単細胞でできる仕事ではないはずだが、江島もここはプライドがかかっているのだろう。日陰者には日陰者の執念がある。鷹揚な調子で須田が言う。

「いいんじゃないのか。江島君にはすでに我々もずいぶん助けてもらったから、いまさら抜けられても困るしな」

「そうですよ。とりあえず係長に電話を入れます。殺人班の下請け仕事にいつまでもかまけていないで、すぐに飛んでくるように発破をかけてやります」

須田の一言で江島は気をよくしたようで、さっそく携帯で杉並署にいる係長を呼び出した。先方の反応は鈍いようだが、一刻を争う事態だという点を強調し、SITに手柄をくれてやってかまわないのかと相手の自尊心を刺激する。一頻り話し終え、にんまり笑って江島は通話を終えた。

「これから本庁に戻って出動準備を整えるそうです。杉並の殺しの事案はもう解決も間近だそうで、あとは殺人班だけで十分だとのことで、係長もこの事案には色気を感じているようです。場合によっては愛宕署に出張ることになるかもしれません」

「そうか。せっかく出てくるんなら、早く居場所を特定しないとな。愛宕署は動いてくれているんだろう」

須田が訊いてくる。樫村は焦燥を感じながら腕時計を見た。

「そろそろ連絡があってもよさそうなんですが——」

田川と話をしてから一時間弱だ。令状がとれなかったのか——。不安に駆られているところへ携帯が鳴り出した。田川からだった。

「令状はとれました。すぐにキャリアーに捜査員を走らせたんですが、使われていたのは古いタイプのスマホで、本人の承諾なしの位置情報取得には対応していない機種でした」

「それは残念です。しかし基地局による大ざっぱな位置はわかるんでしょう」

「練馬区上石神井二丁目四十番を中心とする半径二〇〇メートルの区域です」

「そうですか。そのエリアには、どのくらいの戸数がありますか」

「エリア全体は単純計算で一二万五六〇〇平米ですから、都内の平均的な住宅の面積で割ると千三百戸くらい。道路や公園や空き地を差し引いても、逆にアパートやマンションがありますので、居住戸数は大まかにその前後ではないかと。キャリアーの担当者からの受け売りですがね」

「虱潰しに探せる戸数じゃないですね」

「ただ緊急事態ですから、こちらはすぐに動きます。石神井署にも協力を依頼して、聞き込みをしてみます。村松氏本人、あるいは八王子の男や世田谷の火災現場の男、ひょっとすると谷本氏の姿を見かけた人がいるかもしれませんので」

「携帯の契約者はだれですか」

「中井謙一という人物で、契約時の住所は荒川区南千住三丁目なんですが、現在居住しているかどうかはわかりません。料金の滞納はないので、飛ばしではないと思うんですが」

「わかりました。第二特殊犯捜査係もこの事案に全員を投入するとのことです。場合によってはそちらに出張るかたちになるかもしれません」

「江島さんたちですね。やっと動く気になりましたか。しかしSITじゃなくて大丈夫ですか」

田川はいかにも不安げだ。同感だと言いたいところだが、江島が張り切っている以上、その意欲に賭けるしかない。

「江島君はバックグラウンドを含めてこの事案を熟知しています。それを考えれば、ここは彼らに動いてもらうのが正解だと思います」

「そうかもしれませんね。もし突入となればSAT（特殊急襲部隊）の手を借りることも出来るでしょうし」

田川は江島が聞いたら頭に血が上りそうなことを言う。ＳＡＴは警備部に所属する特殊部隊で、ハイジャックやテロへの対応が本務だが、凶悪な立て籠もり事件に出動することもあり、ＳＩＴと活動領域が一部重なる。

派手な事件で登場することの多いＳＡＴのほうが世間の認知度は高いため、本来ＳＩＴの営業分野にＳＡＴが乗り込むことになれば、ＳＩＴの面目は丸潰れだろう。通話を終えて話の内容を説明すると、江島が感心したように言う。

「所轄にしちゃ、やることにそつがないじゃないですか」

「でも、のんびりはしていられませんよ。携帯の番号から位置を把握されたと考えたら、場所を移動してしまうかもしれませんから」

橋本が心配そうに言う。村松から電話があったことは前進だが、彼が惧れているとおりになればすべてはご破算だ。

「あすからおれたちも愛宕署へ出張ったほうが手っ取り早そうですね。当面、村松氏の救出に総力を挙げる必要がある。分散して動いていたんじゃ、なかなか痒いところに手が届かない」

樫村が言うと、須田は張りきった。

「だったら草加さんに動いてもらって、愛宕署に仮の本部を設置してもらおう。ここまでくると特捜本部級のネタだが、帳場が立ち上がると船頭の数が増えてむしろ厄介になる。ただでさえいまは寄り合い所帯で、内部の調整に頭を悩ませているんだからな」

2

草加はさっそく動いてくれた。捜査一課長は、まだ村松の身に切迫した危険が迫っているとは言えないという認識で、特捜本部の設置に二の足を踏んだ。草加はそれをいいことに、刑事部長の決裁の要らない臨時本部の設置を承諾させた。

江島たち第二特殊犯捜査係がそこに出張り、さらに樫村たちマネロン室の捜査員と三宅の配下の組対部五課薬物班も加えれば、いま動いている愛宕署の人員と合わせてすでに小さな特捜本部級だ。江島も三宅も須田も癖のある人物だが、いま角突き合わせて、せっかく固まったチームワークを壊す者はいないはずだ。

翌朝いちばんで樫村たちが乗り込むと、愛宕署は大会議室を用意して待っていた。電話やファックス、庁内LANに接続したパソコンも置いてある。

愛宕署の面々も勢揃いし、全体で六十名を超す陣容だ。公式の手続きで設置されたわけではないので、仮の名称として「村松裕子氏捜索会議」を用いることにした。

もちろん特捜本部恒例の本部長や副本部長の挨拶もなく、すでに捜査に気持ちが入っている田川たちは、愛宕署刑事組織犯罪対策課長の宮原慎吾（みやはらしんご）と待機番数名を残して、さっそく荒川区役所と上石神井方面へ飛んでいった。

第二特殊犯捜査係の陣容は係長の井村恒夫（いむらつねお）を筆頭に十三名で、うち二名が愛宕署の捜査員とともに、きょうもビットスポットのオフィスを張り込んでいる。

本隊のメンバーは各自短銃を所持しているほか、狙撃用のライフルや突入時に犯人の視覚と聴覚を失わせる音響閃光弾、ドアや窓を破壊するハンマーなどの基本装備を用意して乗り込んでいる。しかし村松の所在が摑めないいまは、彼らにもとくに出番がない。

マネロン室からも、須田をはじめ樫村、上岡、橋本、倉持、矢沢の六名が、さらに組対部五課からも三宅をはじめ五名が参集し、別の捜査員二名はきょうも谷本の横浜の自宅を張り込んでいる。

あれから現時点まで谷本に不審な動きは見られない。きのう樫村たちと別れたあとは午後十時過ぎまでオフィスにいて、そのあと電車で横浜の自宅に戻っている。きょうも朝八時に出社して、まだ一度も外出していないという。

だからといって、村松からの電話が引き金になって状況が動き出していないとは限らない。

連絡には電話もメールも使えるから、谷本の動きを見ているだけでは動静は把握できない。

ほどなく荒川区役所に出かけていた田川から宮原に連絡があった。村松がかけてきた携帯の契約者、中井謙一は、契約時の住所である荒川区南千住三丁目には居住していないという。

それも手続きを踏んで転出したわけではなく、二年前に職権消除されている。職権消除とは住民登録された住所に居住の実態がないと判明した場合に役所が職権で登録を抹消するもので、以後その人物は住所不定という扱いになる。

そのキャリアーと携帯の契約をしたのは三年前で、その時点ではそこに居住していたのは間違いない。携帯の料金は口座振替になっている。おそらく銀行口座の住所登録も古い住所のままだろうが、一応確認はしてみようということで、宮原が捜査関係事項照会書を作成し、それを持って待機番の捜査員が銀行に向かった。

答えは三十分後に出た。やはりその住所は消除された荒川区南千住のままだった。どういう理由で住所不定になったのかはわからない。しかしその境遇が、犯罪に関わる上で都合がいいのはたしかだ。

田川はこれからかつての中井の居住地に出かけ、周辺で聞き込みをしてみるという。面識のある人間がいれば、その素性も判明するだろう。

「所轄はいい動きをしてるじゃないですか。このままじゃおれたちはお客さんで終わっちまいそうですね」

妙に謙虚に江島が言う。そうは言ってもここにいれば捜査の進捗状況がリアルタイムでわかるから、出張ってきたこと自体は無駄ではなかった。

三宅は八王子署の捜査状況も気になるようで、ときおりそちらの課長に電話を入れているが、とくに新しい情報はないようだ。

江島は谷本に家宅捜索も可能だと脅しをかけたが、八王子の家には外観上とくに被害もなく、所有者から被害届が出ているわけでもない。強行すれば損害賠償の訴えを起こされかねないから、いくら豪腕の三宅でも、さすがに令状の請求には踏み切れないようだ。

「犬も歩けば棒に当たると言うからね。そのくらいのことは所轄にやってもらわないと、真打ちの出番がなくなっちまう」

偉そうな口を叩くのは三宅の病気だ。宮原が皮肉を返す。

「我々としては、そちらにお手数をかけずに事件を解決するのが理想なもんでね。真打ちの皆さんは、ゆっくりお茶でも飲んでてよ」

三宅はしてやられたというように口をひん曲げる。二人のさや当てに須田が水を差す。

「本庁が上だ所轄が下だという話じゃない。両輪が上手く合うのがベストだよ。いまは両輪どころか三輪にも四輪にもなってるからね。それぞれが張り合ってたんじゃ、でかい取りこぼしをしかねない」

「おれに言ってるように聞こえるんだが、気のせいかな」

とぼけた調子で三宅が応じる。いくらか自覚はあるらしい。そのときデスクの電話が鳴った。若い所轄の捜査員が受けて「ご苦労様です」と応じ、一言二言やりとりをして宮原に受話器を差し出した。

「田川さんからです」

「おう」と応じてそれを受けとり、しばらく話に聞き入って、宮原は顔を上げた。

「中井ってやつが誰だかわかったよ。例の放火現場にいた男だった」

3

田川はあれから中井が以前暮らしていたアパートに出向いた。五年以上住んでいるという隣戸の住人に八王子の男と世田谷の火災現場の男の写真を見せたところ、間違いなく後者だと答えたという。ついでにビットスポットのホームページからダウンロードした谷本の写真も見せたが、そういう人物が訪れた記憶はないとのことだった。

同じアパートで暮らしていたといっても親しい付き合いがあったわけではなく、ゴミを捨てに行くときに会うくらいで、目が合えばしようがないから挨拶する程度だったから、なにをしている人間かはわからない。表札はたしかに中井だったという。井村が渋い顔をする。

「こうなると世田谷署とも連携しなきゃいけない。向こうは一課の火災犯捜査係と組んでいるから、仕切りがますますややこしくなるな」

「だったら放火の容疑で指名手配ができるんじゃないか。これで村松氏と確実に繫がったわけだから――。世田谷のほうで請求すれば逮捕状はとれると思うが」

宮原は勢い込むが、井村は気乗りしない顔だ。

「無駄じゃないが、そいつの居所がわからないんじゃ意味がない。場所さえ特定できればそっちの容疑で踏み込めるが、人質がいるとなると、そうは迂闊に動けないからね」

「それでも善は急げだよ。状況が急転したときは無条件に逮捕に踏み切れる。さっそく世田谷に話を伝えるよ」

このヤマを仕切るのは自分だと強調するように、宮原は躊躇いもなく電話を入れる。相手は世田谷署の課長のようだ。簡潔に事情を説明すると、向こうはすぐに呑み込んだようだった。受話器を耳から離して宮原は言う。

「火災係の係長が傍にいて、いま相談しているところだよ。かなり乗り気な様子だった」

一分もせず保留が解除されたらしく、二言三言やりとりしてから通話を終えて、宮原は弾んだ声で報告する。

「火災係もやる気だよ。さっそく逮捕状請求の準備をするとのことだ。拉致監禁容疑までは難しいが、放火のほうなら十分いけると言っている。居場所さえわかれば近辺で張って、外出したところで身柄を押さえれば解決だ。わざわざ井村さんたちに手間をとらせる必要もない」

「そう都合よくことが運ぶなら、そもそもSITもSATも必要ないよ」

井村は嫌みな調子だが、宮原は意にも介さない。

「おれたち所轄の商売じゃ、そういう解決がいちばんなんだよ。前科があればそいつの素性がある程度わかるんだが」

その点は犯歴データベースでチェックしたが、中井の名前はなかったという。樫村は言った。

「しかし、それだけの悪さをただのアルバイトがやるとは思えない。どこかで中井と谷本は深く繋がってるんじゃないですか。こうなったら急がば回れで、二人に血縁や地縁がないか調べてみたらどうでしょう。普通なら、放火をしたり人を拉致するような悪事を働くタイプの人間と谷本のようなエリートビジネスマンが接触するケースはそうはないはずですから」

「そりゃいい考えだ。それならまずは戸籍から当たればいい。中井の戸籍は住民票の除票でわかる。谷本の自宅はたしか横浜の港北区だから、そこの住民票を調べればいい。いますぐ身上調査照会書を書くから、おまえたち、荒川と港北の区役所へ飛んでくれ」

宮原は手際よく指示を飛ばす。所轄のパワーを見せつけるように動きが早い。樫村たちを含め本庁サイドは、宮原の思惑通りこのままお客様で終わりそうだ。そんな気配を察知したのか、宮原は書類にペンを走らせながら言い訳する。

「べつに皆さんをないがしろにしているんじゃないんだけどね。きのうまでは、こっちもじたばた動いているだけで成果らしい成果が出なかったもんだから、ここらで汚名返上しようとつい気合いが入っちまう」

「そこまで所轄がやってくれれば、おれたちも助かるよ。あんたが言うように、ドンパチなしで事件が解決すれば、おれたちだってそれに越したことはないんでね」

井村も頷いて言う。前進しているという実感があるかないかで、現場の雰囲気は良くも悪くもなるものだ。まだ解決の見通しは立たないが、その意味ではとりあえずいい方向に向かっている。寄り合い所帯が互いに張り合って空中分解するような事態はなんとか避けられそうだ。

宮原が書き上げた身上調査照会書を携えて、捜査員二人はさっそく現地に飛んだ。

残された謎が八王子の男だった。それが中井だと当初は見込んでいたが当てが外れた。村松が失踪した直後に谷本に会い、そのあとすぐに行方をくらましている。そんな動きもやはり怪しいと、三宅はいまもそちらに執念を燃やしている。

薬物が八王子郵便局の管内から送られてきたことと、あの男が谷本が所有する家にいた事実のあいだにいまのところ繫がりはなく、谷本は人に知られたくない理由があって彼を居候させていて、その理由もあくまでプライベートなもので、それ自体に事件性はないとも解釈できる。中井がその男と別人だったことで、村松の救出と拉致犯の逮捕が〈ストーンバンク〉の摘発に結びつく可能性はやや薄れたと見ざるを得ない。

谷本が八王子の家でその男と会ったことと、封筒にあった八王子の消印を結びつけたのは三宅で、そのせいでマネロン室も八王子署も散々引きずり回されたと言えなくもないが、大元の原因は矢沢たちがそれを目撃したことに端を発すると言い出して、三宅がこちらに責任転嫁するだろうことは想像に難くない。

4

荒川区役所へ向かった捜査員は、現地にいた田川と落ち合ったようで、結果は田川が報告してきた。住民票の除票の記載によると、中井の本籍地は静岡県の三島市だという。荒川区の住民登録が職権消除されたため、当然、戸籍の附票にも現住所は記載されていないことになる。

役所がやっている時間にはまだ間に合うので、先方へ身上調査照会書をＦＡＸしてもらえれば、田川はこれから新幹線で三島へ飛んで戸籍謄本を交付してもらうとのことだった。

もちろんそうすると宮原は応じて、さっそく書類をしたため、市役所の戸籍係に電話で事情を説明する。それで対応できるとの先方の回答を得てすぐにＦＡＸを送信した。

しばらくして港北区役所へ向かった捜査員からも連絡が入った。驚いたことに谷本の本籍地も三島市だった。もちろん中井とはべつの所番地だが、少なくとも地縁があるのは明らかになった。宮原は谷本についての身上調査照会書も追加でＦＡＸし、そのことを田川に伝えた。

思いがけない流れに会議室に参集した面々は色めき立った。

「そういえば二人は歳が一緒だよ。偶然とは思えないな」

宮原が手帳を開いて声を上げる。同郷で生まれ年が同じ――。となると小中学校、あるいは高校まで同じ可能性がある。いまの谷本と中井の境遇には大きな隔たりがありそうだが、最初の接点が少年時代であれば、その結びつきが現在も続いている可能性はある。

そう考えると戸籍謄本取得の意味はとくになさそうだが、せっかく三島へ行く以上、もらえるものはもらっておくべきなのは言うまでもない。

二人の本籍地を地図で確認すると、極めて近接しており、公立の小中学校ならおそらく同じ学区に属すると思われた。

「もし親族がいるなら、戸籍謄本からわかるだろう。そこへ出向いて話を聞けば、中井の消息も摑めるかもしれない」

宮原は勢い込むが、それでは警察が身元を把握していることが中井に伝わる危険がある。いまは犯人側をできるだけ油断させるのが得策のはずだ。江島もそこを指摘する。

「親きょうだいに訊くのはまずいですよ。警察の動きを知られるのはもちろん、親族なら嘘をついても犯人隠避には問われないですから、逆にこっちが翻弄されかねない」

「だったらどうしたらいい。せっかくここまで追い込んで、なにもできないんじゃ話にならん」

宮原は吐き捨てるように言うが、ここは江島の言うことに理がありそうだ。

そのとき三宅の携帯が鳴った。待ちかねていたように耳に当て、相手の話に聞き入る。通話を終えて、三宅はしてやったりという顔で振り向いた。

「八王子の男の素性が割れたよ。増田功ってやつで前科持ちだ。十年前に愛知のほうで、覚醒剤の密売で五年の実刑を食らってる。仮釈で出てきたのが三年前で、その後は警察に面倒をかけるようなことは起こしていないようだ」

「どうしてそこまでわかったんだ」

井村が問いかける。三宅はにんまり笑って種を明かした。

谷本の八王子の家に居候しているあいだ、増田は市内にあるレンタルDVD店の常連だったらしい。あの家からだいぶ離れていて聞き込みに回るのが遅くなったが、きょう捜査員が出向いて写真を見せたところ、よく来る客だと店員に言われた。捜査員はこれは当たりだと直感して、会員証をつくるときにとった運転免許証のコピーをさらにコピーしてもらい、犯歴データベースで検索したらその素性が判明したという。

「借りたのはエッチなやつばっかりだったらしいけどね。ところが本題はそこじゃない――」

三宅はもったいをつけるように間を置いた。

「なんと免許証に記載されていた住所が、練馬区上石神井二丁目四十番なんだよ」

「なんだと？　どうしてそれを先に言わないんだよ」

井村が声を上げる。須田も宮原も色めき立つ。会議室全体がどよめいた。

5

上石神井方面で聞き込みをしていた愛宕署の捜査員は、宮原の指示を受けて急遽その番地に出向いた。そこにあったのは三階建ての小ぶりなマンションで、戸数は三十ほど。フェンスにかけられた不動産会社の看板を見ると、すべて賃貸のようだった。エントランスを入ったところに集合ポストがあるが、そこに増田の名前は見当たらない。

名札のないポストはいくつもあるが、それでも郵便物がはみ出していたりするものも結構あって、つまり名札がないイコール空室を意味しているわけではない。部屋番号がわかれば郵便物は届くから、単に名前を出すのを嫌っているだけの者もいるだろう。

マンションを管理する不動産会社に問い合わせると、増田功という人物はたしかに居住しており、部屋番号は三〇一だとわかった。

別人がそこに住んでいる可能性はないかと確認すると、そういう事実は把握しておらず、家賃や管理費の引き落としも滞りなく行われているので、とくに気にもしていなかったと言う。

もし又貸しが行われているとしたら契約違反になるので、警察でそういう事実を把握しているようなら教えて欲しいと逆に訊かれたが、それは捜査上の機密で、その件について増田本人に問い合わせすることもしばらく避けて欲しいと要請すると、ただならぬことが起きていると感じたのか、担当者は渋々納得したらしい。

井村を中心に対応を検討した結果、第二特殊犯捜査係は、必要ならいつでも強行突入が可能なように、火器を含む資材を積んだ専用車両を上石神井二丁目付近に移動し、準備を整えて待機することにした。

　もちろん下見も兼ねて、すでに江島を含む捜査員数名がそのマンションに向かっている。重要なのは、そこに村松と中井がいるかどうかだ。いるとしたらそこに増田が加わっている可能性もある。村松が失踪する前夜に増田がホテル内をうろついていた事実を、田川は従業員から確認している。

　まもなく江島が寄越した報告によると、三〇一号室は三階の角部屋で、ベランダに洗濯物が出ているわけでもなく、窓は閉め切られ、カーテンも引かれており、なかの様子はわからない。電気メーターは比較的大きな動きをしていて、エアコンその他の電気製品が使用中なのは間違いないとのことだった。

　中井と増田の関係はまだわからない。しかし谷本を介してなんらかの関係があるのは明らかだ。犯歴データベースの記録によると、増田の本籍地は新潟県長岡市で、地元の高校を卒業したことになっているから、生まれもそこと見ていいだろう。つまり中井と谷本のような地縁での結びつきはないことになる。

縁戚関係も当たってみるべきだろうが、それには戸籍謄本の取得が必要で、時間的にきょうは間に合わないし、いまは緊急を要する状況で、村松の救出が最優先だ。事件の背景はそのあとで調べればいい。静岡に行っている田川たちも、戸籍謄本を取得したらすぐに飛んで帰るという。

ビットスポットのオフィスを見張っている捜査員からの報告では、いまのところ谷本にとくに動きはない。緊急時ということで急遽キャリアーに要請し、中井の携帯のここ数日の通話記録を開示してもらったが、村松が樫村にかけてきた一件以外に交信の記録は残っていなかった。

もちろんこの状況で、それが安心できる材料とは言えない。LINEやスカイプのような無料通話アプリを使った場合はキャリアーに記録は残らないし、ショートメッセージではない通常の電子メールを使った場合も同様だ。

世田谷署からは放火の容疑で逮捕状が出たとの連絡があった。一課の火災犯捜査係と所轄の捜査チームが、さっそくそれを持って現地に合流するという。中井がいるとわかれば手続き上は即逮捕可能だが、村松も一緒なら強引には踏み込めない。さらに増田もいるかもしれない。

望ましいのは中井が外出することだ。そこで逮捕すればなかの様子がわかる。室内に村松しかいないのなら踏み込んで救出するだけだが、中井が村松一人を残して外に出るとは思えない。その場合、増田が監視役として残っている可能性がある。

あるいは中井が居残って増田が外出することもあり得るが、現状では増田を逮捕する理由がなく、へたに職務質問をすれば警察の手が回っていることを察知されるだけだ。

江島たちは近くの公民館の屋上に捜査員を配置して、マンションのベランダを監視しているが、相変わらずカーテンが引かれたままで、人が姿を見せることはないらしい。

愛宕署に居座っているだけでは隔靴掻痒（かっかそうよう）なので、樫村たちもそちらに向かうと江島に言うと、すでに定員オーバーだと断られた。

現地にはすでに愛宕署の捜査員が入っていて、そこに江島たちのチームもいる。もちろんこういう事態になった以上、石神井署にも事情を伝えているから、そちらからも大挙して人が出てきており、近隣一帯は警察官であふれかえっている状況で、これ以上増えると作戦に支障を来すとのことだった。

情報は逐一宮原に入ってくるし、こちらはこちらで江島と直接連絡がとれるから、情報過疎というほどの状況ではないが、せっかく増田の素性を探り当てたのに、とくに出番がない三宅たちは足手まとい扱いされたように感じているらしく、ひたすら苛立ちを募らせている。

「まったく、ただで手柄をくれてやっちまったよ。こうなると、なんとか増田を生かして捕まえてもらわないと、うちにとっては営業妨害もいいとこだ」

苦り切った顔で三宅が言う。増田を押さえればすべて解決するような口ぶりだが、おそらくそこからは大した材料は出てこない。すべてを知っているのは谷本と村松のはずだ。いま死なせてはならないのは、なによりもまず村松なのだ。

6

午後六時を過ぎたころ、田川と同僚の刑事が愛宕署に戻ってきた。上石神井に直接出向こうとしたが、樫村たちと同様に定員オーバーだと断られたらしい。その代わり田川は耳寄りな情報を持ってきた。

谷本と中井の戸籍謄本を請求すると、担当の職員がいかにも興味深そうにどういう事件なのか訊いてくる。もちろん捜査上の機密だからと答えは差し控えたが、向こうはなにか知っている様子なので、心当たりがあるのかとさりげなく訊いてやると、谷本たちとほぼ同年配と見られるその職員は、あっさり語り出したという。

二人は中学、高校の時期、地元で知らない者のいないワルで、万引きや窃盗、暴行事件を繰り返し、どちらも少年院に送致された経験があるという。

少年犯罪の場合、保護観察期間が過ぎれば検察が管理する犯歴記録から抹消され、警察庁の犯歴データベースにも残らない。中井についてそれを検索しても、過去の犯行についての記録が出てこなかったのはそのためだろう。

谷本は高校三年のときに父親の仕事の関係で東京の高校に転校し、中井は高校を中退してしばらく地元のごろつき連中と付き合っていたが、数年後に土地を離れて、その後はどこにいるのかわからない。その職員は二人と付き合いはなかったが、同じ高校の同学年だったらしい。

田川は気を利かせて、ついでに谷本と中井の父親とさらに祖父の戸籍謄本も取得してきた。二人とも結婚を機に父親と同じ住所に新戸籍をつくっている。父親を筆頭者とする戸籍を見れば、きょうだいがいる場合はその婚姻関係も把握できる。さらに祖父の戸籍を見ればおじ、おばの存在まで把握できることになる。

父親の戸籍から、谷本には妹がおり、中井には弟がいることがわかった。さらに祖父の戸籍から、それぞれのおじやおばの存在が確認できた。

それらの戸籍謄本も入手できればいとこの関係まで把握できるが、いずれも三島市には戸籍がないため、きょうのところは入手できなかった。

中井は十数年前に結婚して、その数年後に離婚していまは独身だが、谷本には妻がいる。その妻の親の戸籍も入手すればさらに探索の範囲は広がるが、やはり所在地は三島市ではない。

とりあえずそこまでの戸籍を確認した限り、二人のあいだに縁戚関係はなさそうだった。しかし地縁のほうは大ありで、二人のあいだにいまもなんらかの繋がりがあるのは間違いない。

一流国立大卒で、その後は大手都市銀行に勤め、さらにアメリカの一流ビジネススクールで経営学修士の学位を取得した――。谷本のその経歴が本当なのか疑う向きもあると西田は言っていたが、谷本の過去を知れば、その疑念もあながち根拠がなくはない。そう感じさせるなにかが谷本にはあるということだ。

第二特殊犯捜査係が現地に入って一時間経っても、中井は外出しないばかりか、ベランダにも姿を見せないという報告が江島からあった。

おそらく村松は隙を見て電話を寄越したのだろうが、それで漫然と構えているほど中井は馬鹿ではないだろう。すでに警察が動いていると想像はしていると見るべきだ。

増田の動静がわからないのもやはり不安だ。中井と一緒にいるならいるで対応策を考えればいいが、それがわからないのでは攻めあぐねる。

中井や増田の過去の経歴から考えれば、なにか武器を所持しているということも十分想定できる。村松を殺害されるのはもちろん、殉職者を出すようなことも極力避けたい。

「なんとかできんのか。宅配便のふりをしてドアを開けさせ、隙あらば踏み込むとか。おれたちがブツの密売屋に踏み込むときは、よくそういう手を使うぞ」

痺れを切らしたように三宅が言う。半ば呆れ顔で須田が応じる。

「こっちは人質がいるんだぞ。おたくたちの場合とは条件が違う。下手な小細工をして見破られたら、目も当てられない事態になるだろう」

「あいつら頭に第二がついてもSITの片割れなんだろう。こういうときにどう動くか、もう少し知恵ってものがあっていいんじゃないのか。月給泥棒だって窃盗の一種だからな」

井村や江島がいないのをいいことに、三宅は悪態のつき放題だ。口の利き方はともかく、樫村も賛同する部分があるのは否めない。しかし一方で拙速は避けて、村松の安全を最優先にして欲しい思いもむろんある。そのあたりは江島たちも同様だろう。たしなめるように須田が言う。

「贅沢を言うもんじゃないよ、三宅さん。これで中井や増田を挙げられれば、教唆の罪で谷本も挙げられる。谷本を締め上げれば、〈ストーンバンク〉の内実もぺらぺら喋るよ。なにしろ拉致監禁に加えて放火罪でも立件できる。中国やシンガポールと違って日本じゃ違法薬物の密売で死刑はないが、放火なら死刑や無期もあり得る重罪だ。そのときは谷本にとって、〈ストーンバンク〉の件なんておまけみたいなもんでしかなくなるよ」

「たしかにそうだが。おれとしては〈ストーンバンク〉のことをゲロすれば、拉致監禁と放火の件は死刑のところを懲役二十年に負けてやってもいいくらいなんだが、しかし、そううまくいくだろうか」

「どこが心配なんだ」

須田が訊き返す。やけに慎重な口ぶりで三宅は言う。

「放火罪って言ったたって、現場に中井に似た野郎がいた話と、今回の村松氏の拉致に関与したって話だけで、世田谷署も火災犯捜査の連中も物的証拠はなにも見つけていないんだろう。いまの裁判じゃ状況証拠だけで有罪にするのは難しい。逮捕監禁罪だけだったら、量刑は三ヵ月以上七年以下の懲役とごく軽い。おれが谷本なら、それに見合う金を払うから、教唆があったことは絶対認めるなともちかけるな」

組対部五課の出番なしに〈ストーンバンク〉の事案が片付いてしまうことに、三宅はことのほか不満のようだ。

「そりゃいいアドバイスだ。しかしあんたにしちゃ、ずいぶんうしろ向きだな」

須田は嫌みたっぷりだ。樫村は言った。

「むしろ期待すべきは村松氏の証言じゃないですか。彼女自身が〈ストーンバンク〉サイドの人間じゃないとしても、内部の事情は知っていると思うんです。今回の事件が起きた以上、我々も踏み込んだ事情聴取ができますから、そっちから突破口が見つかるかもしれませんよ」

「まあ、ビジネスの世界ってのも、表向きは洗練されたことをやっているようで、裏はどろどろのようだからな。警察社会も似たようなところがあるから、大口は叩けないけどね。そこにはおれも期待してるんだよ――」

いかにも興味深げに三宅は身を乗り出す。

「〈ストーンバンク〉だか〈フロッグ〉だかという連中は、村松氏にとって会社に取りついた癌みたいなもんだろう。いまは世間体を気にしているが、ほっときゃ我が身を食い尽くされちまう。そのあたりをしっかりわからせれば、向こうから手術を受ける気にもなるんじゃないのか」

三宅にすれば、あとから首を突っ込んできた井村や宮原に手柄を横どりされるより、同じ組対部のマネロン室と手を組むほうがましだという気分のようだ。黙って聞いていた宮原が口を挟む。

「村松CEOを救出して、拉致犯を逮捕するまでがおれたちの仕事だよ。あとの仕上げはあんたたちが好きなようにやればいい。ただし村松氏の拉致はうちの縄張りで起きた事件で、こっちは面子がかかってる。勝手に内輪揉めして、せっかくのここまでの捜査を壊さないでくれよ」

「郷に入っては郷に従えって言葉くらいは知ってるよ。あんたたちだって、きのうきょうになって首を突っ込んできた一課の連中に顎で使われたくはないだろうしな」

味方を増やそうという算段か、三宅は宮原のご機嫌をとるような口ぶりだ。つまらない政治的駆け引きにうんざりしたように須田が言う。

「いまおれたちが押しかけたって、火事場の野次馬くらいのことしかできないんだから、やはり現場の連中に任せるのが妥当だよ。一課だって手柄を横取りしようと画策してるわけじゃないだろう。〈ストーンバンク〉の件は、連中にとっては畑違いだからね」

「心配なのは、これを潮時に〈ストーンバンク〉が手仕舞いしてしまうことだよ。どうせそいつら、また新しい店を出すに決まってるから、けっきょくモグラ叩きになっちまう」

三宅は嘆息する。気持ちはわからないでもないが、日ごろは威勢が良くても肝心なときに悲観する傾向がある。そのとき樫村の携帯が鳴った。江島からだった。

「ついさっき増田がベランダに出てきましたよ。どうも警戒しているようで、ちょっとだけ周りを眺めてすぐに引っ込みました」

「やはりいたか。とすると、中井と二人でそこにいると考えたほうがいいな」

「そういうことのようです。だとしたらけっこう厄介ですよ。谷本の動きはどうなんですか」

「どこかに出かけたというような報告はないが、知らぬが仏を決め込んでいるとは思えない」

「こっちから電話を入れて、ちょっかいをかけてみたらどうですか」

江島は大胆なことを言い出したが、たしかにその手はある。そもそも村松の所在が判明したのだから、会社のナンバー2の谷本に連絡しないのはむしろ不自然だ。手の内を見せて動きを引きだそうというのが当初の作戦で、その流れからも理屈に合っている。

「そっちの上の人にも言ったのか」

「どんどん揺さぶるべきだと乗り気です。こっちだって、いつまでも様子見じゃ士気が低下しますから」

「わかった。おれもそろそろ仕掛けるべきだと思う。上と話し合ってみるよ」

そう応じていったん通話を終え、その考えを説明すると、まず宮原が賛同した。

「向こうの係長がそう判断してるんなら、是非やるべきじゃないのか。おれも少々苛ついていたところだよ」

三宅も大きく頷いた。

「谷本の尻に火を点けるというのはいいアイデアだ。それで〈ストーンバンク〉が店仕舞いするようなら、谷本が運営者だという立派な状況証拠だ。それにあれだけの大商いをたたむとなると、いろいろミスも出てくるだろう。それがサイバー攻撃対策センターの網にかかるかもしれないし」

先ほどは店仕舞いされては困るような話をしていたが、いい知恵が出れば見立てもあっさり変わるらしい。須田はさらに積極的だ。

「狸をいぶり出すには絶好の局面だな。増田と中井の名前を出してやれば、ほぼ逃げ道を封じられる。どういう芝居を打つつもりか、楽しく見物してやればいい」

「だったらサイバー攻撃対策センターにも知らせておいたほうがいいんじゃないですか。〈ストーンバンク〉にもなにか動きが出るかもしれませんから」

上岡が言う。樫村は頷いた。

「ああ。そっちからもボロが出る可能性があるな。いまのところサイトに異変はないのか」

「ええ。営業は通常通りです。僕もチェックは怠らないようにします」

上岡は張り切って応じる。もちろんここにも自前のノートパソコンを持ち込んでいる。

「電話で知らせるより、直接出向いたほうがいいと思いますよ。オフィスは愛宕署とは目と鼻の先だし、それなら相手の顔色をしっかり観察できますから。私もお供させていただきますので」

矢沢は勝手に決めてしまう。確かに直接出向くこと自体は正解だ。オフィスには捜査員が張り付いているとはいえ、変装でもして出てきたらその目を逃れる可能性がある。面と向かっているあいだはそうはいかないし、そのあいだに監視要員を増強することも可能だ。

「自暴自棄になって、村松氏を殺害するような指示を出す心配はないかね」

宮原は不安を口にする。村松救出に所轄としての面子がかかる立場としては、やはり気になるところだろう。自信を覗かせて樫村は言った。

「そこは上手に誘導します。たしかにとことん逃げ場がないところまで追い詰めると、なにをやらかすかわからないですから」

「今回はおれも行くよ。まだ谷本という男にお目にかかったことがないから、挨拶くらいはしとかなくちゃいけないし、どのくらいの狸か見定めておく必要もある」

そう言う須田の顔にも気合いが入っている。矢沢はすでに立ち上がっている。樫村はとりあえずアポ取りの電話を入れた。

急いで会いたい用事があるとだけ伝えると、谷本は忙しいからと渋ったが、村松の件だと言うとさすがに拒否はできないようで、用件はなんだと訊いてくる。ここでも傍受の不安を匂わせて、電話では話せないと誤魔化した。谷本はきのうと同じラウンジを指定した。

7

「たびたびお時間をとらせて申し訳ありません。じつは村松さんの件で事態が急展開しまして」

きのうの村松からの電話から現在までの経過をおおまかに語って聞かせると、谷本の顔は青ざめたが、すぐに余裕を取り繕って、わざとらしい喜色を滲ませた。

「居場所がわかったんですか」

「上石神井二丁目四十番のマンションの三階の一室です——」

いまそのマンションに多数の警官を配置して、捜査一課の特殊チームも出動していると説明すると、谷本はぜひ救いだして欲しいと懇願する。しかし絶え間ない貧乏揺すりが内面の焦燥を如実に表している。

もちろん重要なポイントはぼかしてある。上石神井のマンションを突き止めたのはGPSによるピンポイントの位置情報が得られたことにして、増田の件には触れていない。ここへ来るまでの打ち合わせで、増田のことはまだしばらく仕舞っておくことにしてある。その話を出せば、谷本を逃げ場のないところへ追い詰めることになる。

かといってまだ教唆の罪で逮捕できるだけの材料だとは言えない。効果的な武器ではあるが、自暴自棄の行動に走らせかねない諸刃の剣でもある。使われたのが中井の携帯だと判明したことは告げたが、戸籍関係を調べたことはまだ伏せてあり、市役所の職員の話もしていない。しかしいずれは発覚するものと谷本は察するはずだ。

「全力を尽くします。お邪魔したのは、中井謙一という男に心当たりはないかお訊きしたかったからなんです」

谷本は大きく首を横に振る。

「まったくありません。そもそもその男が村松を拉致したという確証はあるんですか。たまたまその携帯の所有者だっただけでは？」

「その男が、村松さん宅の放火事件の現場にいたんです。消防がその写真を撮影しておりまして、その後、世田谷署が近隣を聞き込みしたんですが、地元の人は心当たりがないとのことでした。ところが中井がかつて住んでいたアパートの隣戸の住人にその写真を見せたところ、間違いなく中井だと証言したんです」

「どういう人物なんですか」

谷本は深刻な調子で訊いてくる。本音は、こちらがどこまで知っているか確認したいわけだろう。ここもとりあえずとぼけておいた。

「まだわかりません。戸籍所在地が静岡県の三島市なんですが、きょうは市役所の業務時間に間に合わなかったものですから。それができていれば、親族に聞き込みをして、ある程度のことは把握できたと思うんですが」

谷本はいかにも不安げに問いかける。

「そうなんですか。やはり危険な男なんでしょうか」

「過去に犯罪歴はないようなので、そこはなんとも——。しかしもし村松さん宅の放火犯がその男だとすると、かなり危険な人物ではないかと思われます。放火というのは殺人に匹敵する重罪ですから。もし誰かが依頼してやらせたとしたら、当然その人物も同罪になります」

谷本の額がじっとり汗ばんでいる。貧乏揺すりがさらに激しくなった。

「それで、どうされるんです。突入して救出するんですか」

「なかの様子が皆目わからないものですから、迂闊に踏み込めないんです。武器を所持しているかもしれないし、別の仲間がいるかもしれないし」

「それじゃ救出のしようがないじゃないですか。時間が経てば経つほど彼女の生命に危険が迫るんじゃないですか」

　谷本は責めるような口調だが、こちらの腹を探ろうとしているのが手にとるようにわかる。

「心配ないですよ。まだ向こうは警察の監視下に置かれていることを知らないはずですから」

　けろりとした調子で矢沢が言う。相手の反応をみるための観測気球のつもりだろう。鼻で笑って谷本は応じる。

「しかし村松CEOが樫村さんに電話を入れたのは知っているんでしょう。それで警察が動き出さないと思うほど、犯人が間抜けだとは思えませんがね」

「なるほど、おっしゃるとおりです。しかし、現在のところ、犯人の意図が皆目わからない。殺す気があるんなら最初からそうできた。例の放火にしても、彼女が不在なのをわかってやったと思える節がある。殺すわけにはいかない事情があるような気がするんですが、いかがですか」

　須田が微妙なところを突いていく。谷本はわずかに気色ばむ。

「そんなこと、私がわかるわけがないじゃないですか。彼女の失踪と私をどうしても結びつけたいようですね」

「おっしゃるとおり、谷本さんは被害者サイドの方だ。失礼しました。しかし、どう考えてもこの事件、背景に複雑な社内事情があるような気がしましてね。まあ、警察というのは民事不介入の立場をとっていますから、あえて詮索すべき話でもないんですが、強硬手段をとるにせよ説得するにせよ、犯人の動機がわからないときっかけがつくりにくいもので」

いかにも困ったというように須田はため息を吐く。そのとき谷本の顔に勝ち誇ったような笑みが浮かんだのを樫村は見逃さなかった。

第九章

1

「谷本は、なんだか自信ありげな顔をしてましたね」

面談を終え、愛宕署へ向かう覆面パトカーのなかで矢沢が言う。

「天才プロファイラーの感想としてはどうなんだ」

冷やかし半分で樫村が訊いてやると、当然の賛辞だとでもいうように矢沢は応じる。

「谷本は、まだこちらが増田のことを把握しているとは思っていないから、彼を切り札に使おうとしてるんじゃないですか」

「切り札って、どういうことだ」

「まだよくわからないんですけど、八王子にいた増田が、いまこの時期に自宅に戻ってきたのには、それなりの理由があると思うんですよ」

「中井は、それほど重要な役割を果たしていないというわけか」

「放火罪のほうは、罪は重いですけど、犯行自体はそれほど難しくはないと思うんです。でもセキュリティが厳重なホテルから村松さんを拉致するのは、そう簡単にできることじゃないでしょう。そういう意味で、犯罪のプロは増田のほうじゃないかという気がするんです」

「その増田がわざわざ八王子から戻ってきたことには、それなりの意味があるというわけだ」

「ええ。中井の手には余るから手伝うという程度ではないような」

「つまり、どういうことなんだ」

「谷本はすでに自分に捜査の手が伸びていることには気づいていたはずですから、自分への容疑を断ち切るために、村松さんの口を封じるためとか」

「しかし、マンションが包囲されていることを谷本はさっき知った。いまさら増田に村松氏を殺害させても、その増田が逮捕されれば、教唆の容疑がかかってくるのは避けられないだろう」

「でも増田の存在が発覚していることを谷本は知りません。それに場所が増田の自宅ですから、なにか特別な逃走経路があるのかも――。村松さんを拉致した手口も巧妙でしたから」

「過去の犯歴は覚醒剤の密売くらいで、そういうことが得意なようには思えないがな」

「でも谷本のあの表情には、この窮地を切り抜ける秘策があるような気がしたんです。そのための重要なツールが増田じゃないかと思うんです」

「それなら、最初から増田もいまのマンションにいればよかった。どうして八王子の別宅に居候させていたかだよ。三宅さんが睨んだとおり、薬物の発送を担当していたのは間違いないにしても、そのためにわざわざ八王子に引っ越す必要はなかっただろう」

「それはそうなんですが、でも、そこがわからないのがむしろ怪しい気がするんです。私たちが考えてもいなかった計画があるのかも――」

矢沢はそこで口ごもる。しかし今回は本人が自信なさそうなぶん、逆に鋭いものを感じさせる。捜査上の勘にはつねに危ういところがあるものだ。あまりにきれいに説明できる場合は、むしろ思い込みが強くて大外れというパターンが多い。

ここでは矢沢が説明できない部分に、意外な真実が隠れていそうな気がする。わざわざ増田が戻ってきた理由。それと先ほどの谷本の不審な余裕は無関係ではなく、その意味で、いま注意を払うべきは増田なのかもしれない。

「たしかにな。増田の行動はやはり腑に落ちない。その役割が、単なる薬物発送のアルバイトじゃないのは間違いない。今回の件でも、予想もしていないジョーカーになるかもしれないぞ」

須田も警戒心を隠さない。こうなると、谷本を揺さぶったことが吉と出るか凶と出るかは予断を許さない。ただし、こちらが増田の存在に気付いていることは教えていないから、谷本のほうもその点では隙がある。そのあたりに膠着した状況を動かすきっかけが見いだせるかもしれない。樫村は頷いた。

「現場でも、増田をしっかりマークしたほうがいいかもしれませんね。署に戻ったら江島君に伝えておきますよ」

そんな話をしているうちにパトカーは愛宕署に到着した。本部代わりの会議室に戻って、須田が宮原や三宅たちに谷本との面談の様子を説明しているあいだに、樫村は江島に電話を入れた。

「それはありそうな話ですよ。下手をすると、もう口封じされちゃったかもしれません」

報告を聞いて、江島は怖気(おぞけ)をふるうようなことを言い放つ。樫村は訊いた。

「なかの様子はわからないのか」

「増田がちょっと顔を出して以来、だれも姿を見せていません。部屋に明かりは点いているんで、人がいるのはたしかですが」

「おれたちと会ったあと、すぐに谷本がなにか指示を出しているとしたら、そろそろ動きがあるかもしれないな」

「こちらはいま突入の準備を進めています。屋上からラッペル（懸垂下降）して三〇一号室のベランダに下り、窓を破って音響閃光弾をぶち込む作戦です」

「ベランダに面した部屋にいてくれないと、効果がないんじゃないのか」

「管理会社で室内の間取りは調べておきました。部屋はワンルームですからまず問題はない。ただし浴室やトイレにいたりすると困るんですがね」

「それがわからないんじゃ、突入のタイミングが難しいな」

「そうなんです。目立ちたがりの立て籠もり犯なら、ああしろこうしろと注文が多いんで、交渉しているうちになかの様子がわかるんですが、今回はそういう状況じゃないもんで」

「なかでなにが起きても、よほど大きな音でもしない限り外からはわからない。谷本に状況を知らせたせいで、藪から蛇を突き出したことにならなければいいんだが」

「それを煽ったのは私なんで、責任は感じますよ」

申し訳なさそうに江島が言う。ここで弱気になられても困るから、宥めるように樫村は応じた。

「そこはまだなんとも言えないだろう。最悪村松氏が殺害されたとしても、そのときは増田たちを殺人容疑で緊急逮捕できる。その口から谷本の殺人教唆の事実が明らかになるとしたら、それが事件解決の新たな糸口になるかもしれない」

「ちょっと待ってくださいよ。増田や中井はともかく、村松氏に関しては、生きて救出できなきゃ我々にとっては致命的な失策です。ただでさえSITの連中から見下されているのに、どの面下げて警視庁に戻れるかという話になりますよ」

江島は慌てて言う。もちろんだと樫村は応じた。

「おれだって、いますぐ部屋に踏み込んで村松氏の安否を確認したい。しかし拙速に突入を試みても成功するかどうかは覚束ない。下手をするとそのどさくさのなかで、増田が彼女を殺害することもあり得る――」

それにそもそもそこに村松がいる可能性が高いというところまでが現段階での認識で、生命の危機にさらされているという確証があるわけではない。

そこにSITが強硬に踏み込んで、増田や中井を負傷させたり殺害した場合、刑事上の正当防衛という論拠は成り立たず、特別公務員暴行陵虐致死傷罪に問われることにもなりかねない。

「厄介な事案だよ。人質をとっての立て籠もりなら、急迫不正の侵害という正当防衛の構成要件が成り立つが、犯人グループは村松氏の生命を脅かすようなメッセージをまだ出していないわけだから」

「だったら、そうするように仕向けるしかないでしょう」

開き直ったように江島が言う。またなにか危ないことを思いついたのかと、不安を覚えながら樫村は訊いた。

「なにかいい知恵があるのか」

「村松氏を解放し、増田と中井は速やかに投降するようにと、こちらから要求してやったらどうですか」

「それで向こうの出方を見るわけか」

「ここまでは村松氏の生命の安全のことだけを考えて、こちらの動きは秘匿していたんですが、これ以上膠着状態が続くほうがむしろ危険だと思うんです」

「しかし、そうあっさり要求に応じるとは思えないが」

「すでに強行突入の準備が整っていて、その場合はおまえたちの命だって無事では済まないぞと脅してやるんです。そのとき連中がどっちに転ぶかですよ。徹底抗戦する気なら、村松氏の命を楯にして抵抗を試みると思います。それならこちらは強行突入の名目が立ちますから」

いかにも江島らしいぶっ飛んだアイデアだ。

「怖じ気づいて投降するようなら大成功だな」

「その可能性は低いと思いますがね。むしろ徹底抗戦すると見て対処したほうが、こちらも腹が据わるでしょう。連中に対する呼びかけにも凄みが出るってもんですよ」

「しかしそうなった場合、向こうがどういう武器を持っているか見当がつかない。舐めてかかって大丈夫か」

「抵抗するとしたら、人質の命と引き替えにいろいろ要求してくるでしょう。そのときにどういう道具を持っているか、必ず話に出てきますよ。飛び道具でも持っているようなら、それを必ず恫喝の手段に使うでしょう」

「どういう要求をしてくると思う?」

「この場合なら、まず逃走手段の確保でしょう。車を寄越せと言ってくるかもしれないし、自前のがあるとしたら、包囲を解いて一定時間追跡はするなといったところじゃないですか」

「人質同伴だとしたら、かなり厄介な事態になるな」

「もちろんそんな要求には応じません。多少のリスクは伴いますが、村松氏の命を楯に籠城するというシチュエーションになんとか追い込むのが先決です。踏み込む口実をつくれさえすれば、あとはこっちの土俵で勝負できますから」

江島はふたたび強気に転じた。危ないといえば危ないが、たしかに筋は通っている。

「わかった。皆さんと相談して結論を出すよ」

「お願いします。うちの係長には私のほうから伝えておきます」

「こっちからも電話で相談することになるだろう。いずれにしても、そうはのんびりしていられない。谷本がなんらかの動きをするのは間違いない。とりあえずマンションのほうをしっかり監視してくれ」

「わかりました。なるべく早く結論を出してください。ただし、室内でなにか異変があった場合は、直ちに踏み込むことになるかもしれません」

「もちろんだ。そのあたりの判断は任せるよ」

信頼を滲ませて樫村は応じた。

2

江島との通話を終えて振り向くと、須田が谷本との面談の状況を報告し終えたところだった。江島の提案を説明すると、一同はどよめいた。

「そりゃ大胆な発想だな。しかし遊軍の第二特殊犯捜査係の連中に、そういう水際立ったことができるのか」

三宅が最初に声を上げた。腹を固めて樫村は言った。

「ここは信じるしかないでしょう。これからSITにお出まし願うとなると、ここまでの事情を説明するだけで一手間かかるし、向こうには自分たちはプロだという思い込みがあるから、こちらの考えどおりに動いてくれるとは限らない。捜査一課がまともに対応してくれない状況で、我々はなんとかここまでやってきた。いまさらSITにかき回されても堪りませんから」

「そのとおりだな。実力がどうのこうのより、いま大事なのはチームプレーだ。江島君がいるお陰で、第二特殊犯捜査係とは気心の知れた仲になっている。いまさらそれを壊すのが得策だとは思えない」

須田は大いに乗り気なようだが、宮原は傍らで首を傾げる。

「そうは言っても、現状ではあまりに情報が少ない。ちょっとでも手違いがあると、被害者がかえって危険にさらされるんじゃないのか」

「それは杞憂だと思います。江島君の作戦でいけば、むしろ連中は村松氏を殺すわけにはいかなくなる。彼らにすればそれが最後の楯ですから」

樫村は請け合った。矢沢がおもむろに口を開く。

「マンションがこちらの監視下にあることは、谷本からもう伝わっていると思います。彼がどういう指示をしたのかわかりませんが、間違いなく言えるのは、彼の狙いはこの件で自分に累が及ばないようにすることです」

「要するに、なにが言いたいんだね」

怪訝な表情で宮原が問いかける。矢沢は想像もしていなかったことを口にした。

「彼にとっていちばん望ましいのは、増田と中井が警察の手で殺害されることじゃないかと思うんです」

全員があっけにとられたように沈黙し、続いて小馬鹿にしたような笑いが漏れた。呆れたような口ぶりで宮原が言う。

「いくらなんでも、そりゃないだろう。第二特殊犯捜査係の連中だって、そこまでお粗末じゃない。生かして検挙するのが彼らの眼目で、そこが対テロ専門のＳＡＴとは違うところだ」

「でも村松さんの命を救うためにそれ以外に手段がないときは、殺害しても正当防衛が成立しますから」

「増田たちにだって脳味噌はついている。いくら谷本にそそのかされたって、自分の命と引き替えにしてまで、そういう馬鹿なことをするとは思えないね」

「ちゃんと脳味噌がついているかどうか、まだ誰にもわかりません」

矢沢は少しも引く気配を見せない。言い出したら梃子でも動かないところが、いい意味でも悪い意味でも矢沢の矢沢たるゆえんだが、どうみてもここではマイナスの作用が大きすぎる。空気を読めというように矢沢に目配せをして、樫村は穏やかに割って入った。

「いろいろな考え方はあるにせよ、のんびり模様眺めしているときじゃないのはたしかです。こちらとしてはなんとか突入の名分を手に入れたい。もしそれ以外に村松氏の命を救う手立てがない場合には、狙撃という手段も排除すべきではないでしょう」

「それじゃ谷本の思う壺じゃないのかね」

先ほどは矢沢の意見に耳を貸す気配もなかった宮原が、今度は矢沢と似たようなことを口にする。樫村は言った。

「あくまで最後の手段です。増田も中井も重要な証人ですから。しかしもっと大事なのが村松氏で、彼女を失えば、ここまでの我々の捜査全体が頓挫しかねないんです」

「だとしたら谷本にとっては、村松氏も生きていては欲しくない人間ということになる。下手をすると、もうすでに殺されているとも考えられる」

宮原は表情を強ばらせる。そうなれば第二特殊犯捜査係の実力がどうのという話ではない。

彼らが出張ってくるまえに、すでに勝負はついていた。所轄の課長にとっては取り返しのつかない失策だ。

「そんなことはないでしょう。村松氏は、谷本ないしは谷本が所属すると思われる〈フロッグ〉を名乗る集団にとって、むしろ必要な人物なんだと思います。細菌もウィルスも宿主がいなければ滅びますから」

「だったら、どうして拉致なんかを？」

「意のままにできない焦りから出た行動じゃないですか。ビットスポットの乗っ取りを画策する彼らにとって、彼女こそが最大の障害だったのではないでしょうか」

「それなら村松氏は包み隠さず、警察に事情を話せばよかったものを」

宮原は愚痴るような口ぶりだ。しかし話したところであくまで会社内部の問題で、警察が介入できる領域ではない。樫村たちが関心を示したのは、ビットコインを介した薬物密売サイトがビットスポットに寄生している疑いがあったからで、それがなければ世間によくある社内抗争に過ぎないわけだった。村松が〈フロッグ〉からの脅迫の件を警察に通報してきたのは、頼れるもののない状況で、辛うじて見いだした細い糸にすがるようなものだったのだろう。

「やるしかないだろうな。ここでしくじったら、警視庁はとんだ役立たず集団だ。市民から税金を返せと言われかねない」

須田に異論はないようだ。三宅も意気込んで言う。

「増田だろうが中井だろうが、どうせ街のチンピラに毛の生えた程度のワルだ。二軍の第二特殊犯捜査係でも、赤子の手を捻るようなもんだろうよ。要はとっかかる口実をどうつくるかだ。言うことを聞かないと二人とも射殺だと脅してやれば、案外大人しく投降するんじゃないのかい」

殺すぞと脅すとなるとやくざと少しも変わりがないが、要するに表現の問題だ。逆らって得することはなにもないとじっくり説明してやれば、よほど頭が飛んでいない限り、それ以上抵抗はしないだろうと期待はできる。

増田も中井も村松に個人的な遺恨があるわけではないだろう。世間に反抗するための劇場型犯罪ともタイプが違う。金で雇われての犯行なら、あくまで損得ずくの話だから、命を捨ててまで雇い主に忠誠を尽くすとは考えにくい。

3

そこへ江島から電話が入った。なかなか連絡が来ないので、痺れを切らしたようだった。

「どんな具合ですか。うちの係長はその作戦でいいと言ってるんですが」

「こっちもほかに手はなさそうだという結論だよ。マンションのほうは、まだ新しい動きはないんだな」

「なにを考えてるんだかわかりませんが、息をひそめてこちらの動きを見守っているような気がします。我々もいまは連中から見えないように人を配置していますから、谷本から情報が入ったとしても、増田と中井はまだ半信半疑かもしれません」

「だったらちょっと脅してやれば、あっさり投降するかもしれない。むしろそこに期待したいところだな」

「そうなれば万々歳なんですがね。あまり楽観しないほうがいいですよ。それより樫村さんにお願いがあるんですがね。これは係長も是非にと言ってるんですが」

「なにをしろと？」

「なかの二人との交渉役ですよ。この事件の事情にいちばん詳しいのが樫村さんで、予期せぬ方向に話が向かっても、臨機応変に対応できるんじゃないかと思いまして」

思いがけない提案だった。立て籠もり事件でも誘拐や企業恐喝事件でも、犯人との折衝は特殊犯捜査担当のチームが当たるものと相場が決まっている。そのためのシミュレーションを彼らは何度もやっていて、ノウハウという点では江島たちのほうが上のはずだが、今回の事案に関してはそういうパターンに収まらないとの判断だろう。

バックグラウンドとしてのビットスポットの社内事情を、樫村ならある程度は把握しているし、村松本人の人となりも多少はわかっているつもりだ。その点ではいい着想だと思えるが、逆にこちらは特殊犯捜査の専門的なノウハウに疎い。樫村の対応が、彼らの作戦と齟齬を来すようなことがあってはまずいだろう――。

そんな不安を口にすると、急かすような調子で江島は応じる。

「ですから、すぐにこちらに来て欲しいんですよ。愛宕署から電話をかけられても、こちらは臨機応変の対応ができない。さっき区役所と交渉して、近場の公民館の集会室を借りたんです。そこを拠点に作戦を進めるつもりで、そこから電話をかけてもらいたいんです。携帯の会話をモニターしたり録音したりする機材も用意しています。専門的なところは随時アドバイスできますから、樫村さんのこの事案についての知識と組み合わせれば、最強のパターンになると思うんです」

「重責を背負わされたな。もちろんおれで役に立つんなら、一肌脱ぐのはやぶさかじゃないが」

「やってもらえるんなら、うちの管理官が捜査一課長に報告して、作戦の承認を得ておきます。なに、今回の事案を舐めてかかって出遅れたのは一課長の責任ですから、つべこべ文句は言えないはずですよ」

江島は恐いものなしの口ぶりだ。受けて立つように樫村は応じた。

「だったら、これからすぐにそちらへ向かうよ」

「ついでに、愛宕署にいらっしゃる皆さんもお出でになったらどうですか。集会室は広いですから、そっくり引っ越してきても大丈夫です。ここを前進基地にすれば、いちいち連絡を取り合う手間も省けます。この先は船頭が多少増えても、やることはほとんど決まっていますから、むしろギャラリーが多いほうが、我々にしても気合いが入りますので」

「それがいいかもしれないな。これから話をしてみるよ」

「お願いします。村松氏には絶対に生きて帰ってもらいます。同じ特殊犯捜査なのに、第一だけがSITの名を冠して、おれたちは格落ち扱いされてきた。積年の恨みを晴らすチャンスです。いい仕事を与えてくれて、樫村さんには感謝してますよ」

最初に話を持ちかけたときのふてくされた態度はどこへやら、江島はやる気満々だ。そんなやりとりを伝えると、須田は諸手を挙げて賛成した。

「素人は口を出すなと肩肘張った態度をとるのではと心配していたんだが、井村係長も江島君も太っ腹だよ」

「なに、自分たちだけじゃ自信がないから、おれたちの知恵を拝借しようという思惑なんだろうが、大した能力もなしに肩で風を切る殺人班の連中と比べりゃ、なかなかいい心がけだよ」

三宅は相変わらず嫌みな調子だが、現場にお呼びがかかったことにはご満悦のようだ。この事案の端緒を摑んだのは自分たちだから、出番もなく事件が終息しては今後の捜査での存在感が薄れると、内心焦っていたのは間違いない。宮原は、村松救出の成否が進退にも関わる一大事だと感じているようで、言葉の端に緊張を漂わせる。

「しかしなにごとも計算どおりいくとは限らないからね。首のあたりが冷や冷やするよ」

「この先は宮原さんの責任じゃない。愛宕署がいい仕事をしてくれたからここまで漕ぎ着けたんだ。あとは井村さんや江島君を信じて、大船に乗った気でいればいい」

その場の空気を和らげるように須田が言う。本部のスタート当初は多少のさや当てもあったが、マネロン室と五課と所轄、さらに現地に先乗りしている第二特殊犯捜査係の寄り合い所帯にも、それなりのチームワークが生まれてきたようだ。そんな雰囲気に意を強くして樫村は言った。

「それじゃ、急ぎましょう。〈ストーンバンク〉の件も〈フロッグ〉の件も、ここで一気に片がつくかもしれません」

4

参集していた捜索会議の面々は、愛宕署が用意したパトカーに分乗して現場のある上石神井二丁目に向かった。

隠密捜査の段階はすでに終わりで、もう目立つことはいっこうにかまわないから、サイレンを鳴らし、拡声器で徐行を呼びかけ、パトカーは渋滞気味の道路を遠慮会釈なく駆け抜ける。

十数台のパトカーの車列は十分耳目を集めたはずで、すぐにマスコミ関係から警視庁に問い合わせが行くはずだ。井村はすでに準備をしていて、ほどなく本庁にいる管理官が記者発表をするという。そうなれば、現場には新聞記者やテレビ局のクルーが押しかけて、マンションの上空を取材のヘリが飛び回る。増田も中井もテレビくらいは見るだろうから、自分たちが包囲されているという話が嘘ではないと知ることになる。

テレビ局のクルーが押しかけてきたら、完全装備の隊員に狙撃用のライフルを持たせて、わざとカメラに映させてやると江島は手ぐすね引いて待っている。これまで路地や物陰に隠れていた捜査員も姿を見せているという。犯人側がそういう局面を演出するのがいわゆる劇場型犯罪だが、この件に関しては立場が逆で、あえて言えば劇場型捜査というところだろう。

近隣の住民の家には警察官が立ち寄って、事情を話し、決着がつくまで外出を控えるように要請している。同じマンションの住人たちには管理会社から連絡してもらい、増田たち以外の全員が、公民館の講堂に待避したという。

到着した公民館には、すでに捜査一課の火災犯捜査係と木谷をはじめとする世田谷署の捜査チームが、中井の放火容疑の逮捕状を持って合流していた。

そこから現場まで走れば五分もかからないが、江島たちはウェブカメラをいくつも配置していて、その映像がパソコンの画面でリアルタイムに映し出される。

「いまのところ、なんの動きもありません。ただ部屋には明かりが点いていて、カーテン越しに人影が動くのがときどき見えます。背格好から見て男が二人いるのは間違いありません。村松氏は、たぶんどこかに拘束されているんでしょう」

マンションの映像が映ったノートパソコンを示して江島が言う。カーテンは安物のようで、いわゆる遮光タイプではないから、人の立つ位置によってはその姿が投影されるようだ。画面を見ているあいだにも、何度か人影がよぎるのが見えた。身を乗り出して井村が言う。

「気になるのは村松氏の安否なんだよ。外から確認する手段はないんで、まずはそこをあんたに聞き出してもらいたいんだが」

「しかし正直に喋るかどうか」

樫村は首を傾げたが、井村は意に介さない。

「もちろん素直に言うわけがない。なるべく話を引っ張ってくれさえすればいい。相手の返答や声の調子で、おれたちはある程度のことを判断できる。例の電話がかかってきたとき、彼女がそこにいたのは間違いないんだから」

「わかりました。やってみましょう」

そう応じて、樫村は携帯を取り出した。

「ちょっと待ってください」

傍らにいた第二特殊犯捜査係の隊員が、用意していたケーブルを樫村の携帯に接続し、それをスピーカーのついたラジカセのような装置に接続する。

「これで相手とこちらの音声が録音され、同時にモニタースピーカーからも流れます。いまの携帯やスマホなら録音もスピーカーフォンの機能もありますが、操作がいちいち面倒ですので」

よほど機械に弱そうに見えたのか、たしかにすぐにやれと言われても自信はない。準備が整ったところで、さっそく中井の携帯番号をプッシュした。呼び出し音が十回ほど鳴ったところで、接続がぷつりと切れた。

もう一度かけてみると、今度は五回目で切れた。着信拒否を設定しているなら、メッセージが流れるはずだがそれもない。居留守ではなく、相手が電話を切る操作をしているのは間違いない。

それなら根比べだと何度でもかけ直す。十数回繰り返したところで、やっと男の声が応答した。

「こんな電話番号、知らねえよ。どうせ間違い電話だろう。おまえ、いったい誰なんだ」

「そちらは中井謙一さんだね」

一瞬、戸惑ったように間を置いて、いかにも不機嫌そうに男が答える。

「誰だっていいよ。かけてきたほうが先に名乗るのが筋だろう」

そう応じたところをみると、相手が中井なのは間違いない。江島に軽く目配せし、ゆとりのある調子で樫村は続けた。

「警視庁の樫村という者だが、そちらに村松裕子さんがおられるはずなんだが」

まずはストレートに話を切り出す。放火容疑の逮捕状の件にはまだ触れないことにした。

「知らねえよ、そんな人」

間髪を容れず中井は答える。初めて耳にした名前なら訊き返すくらいはするもので、即答することと自体が十分怪しい。

「そんなはずはないけどな。じつは私のところにその人が電話をかけてきたんだよ。それがあんたの携帯の番号からでね。彼女は数日前から行方不明で、警察が捜査を進めていたんだが」

「誰かの悪戯電話じゃないのか」

「そうだとしても、かけてきたのは間違いなくその電話からだった。あんたもそういう悪戯をよくするわけか」

「そ、そんなことはねえよ。あんた、本当に警察の人間なのか」

「嘘だと思うんなら、ベランダに出て外の空気でも吸ってみたらいい。カーテンを引いて部屋に閉じ籠もってばかりじゃ気が滅入るだろう」

そう言ったとたんに音声が保留音に切り替わる。ウェブカメラの画面を見ると、閉じてあったカーテンが開き、男が一人外へ出てきて、ベランダのフェンスに寄りかかり、下の道路を見下ろしている。江島の話によれば、路上には赤色灯を点けたパトカー数台をこれ見よがしに並べ、その周囲に防弾チョッキを着けた制服警官を何人も配置しているとのことだった。ベランダは暗いうえに、室内からの明かりで逆光になって、男の顔ははっきり見えない。

しかし髪型や体格から、どうやら増田のようだった。

男はすぐに部屋に戻り、保留が解除され、中井とは別の声が聞こえてきた。

「なんだよ、おまえら。なにが気に入らなくておれたちに因縁をつけてるんだよ」

凄みを利かすような調子だが、どこか呂律が回っていない。たぶんこちらが増田だろう。外のことにはなにも気づかず、のんびり酒でも飲んでいたのか。だとしたら谷本からは、警察の動きに関する連絡はまだ入っていないものと考えられる。

となると谷本の狙いが、警察が踏み込んだところで彼らが抵抗し、射殺されることではないかという矢沢の突飛な想像が、じつは当たっているようにも思えてくる。しかし第二特殊犯捜査係も素人ではない。殺さずに取り押さえるノウハウは十分持っているはずで、谷本の希望どおりことが運ぶ可能性はごく低い。そのわずかな可能性にすべてを託すほど、谷本が馬鹿だとも思えない。

「べつに因縁をつけているわけじゃない。行方不明の村松裕子という女性がそこにいるはずだ。我々はおまえたちが拉致し監禁していると理解している。とりあえず知りたいのは彼女が無事かどうかだ。危害を加えていないなら、それほど重い罪にはならない。彼女を解放して投降しろ」

「おいおい、ちょっと待てよ。おれたちは善意でその人を匿ってるんだぞ。怪しいやつに命を狙われているというから、おれたちが一肌脱いだんじゃねえか。それを犯罪者呼ばわりするなんて、いったいどこに脳味噌をつけてるんだよ」

言っているのは無茶苦茶な理屈だが、とりあえず村松がそこにいることは認めたわけだ。

「彼女は無事なのか」

「ああ、元気だよ。あんたたちが心配するようなことはこれっぽっちもない。わざわざお出まし願ってご苦労さんだが、物騒な道具を持った皆さんにうろちょろされるとご近所にも迷惑がかかるんでね。いますぐ退散を願おうか」

「そのまえに、本当に無事かどうか確認させて欲しいんだが、電話に出してはもらえないかね」

「おれの言うことが信用できねえのか」

「そりゃそうだ。泥棒に盗んでいませんと言われて、そのまま信じていたら警察は要らない」

「なんだよ、偉そうに。どういう権利があってそういう口が叩けるんだよ」

「それが我々の仕事なんだよ。村松さんが元気なら、声を聞かせてくれるだけでいい」

「そもそもおまえ、本当に警察なのか。まずそれを証明してみせろよ」

「じゃあ、これから警察手帳を持ってそこへ行くから」

「冗談じゃない。部屋には一歩たりとも近づくな。おまえが殺し屋じゃないと、どうやったら確認できる？　その女の人を守るのがおれたちの仕事なんだぞ」

こちらが殺し屋にされては世話はない。屁理屈にかけては増田は天才的だ。

「なあ、抵抗したって無駄だぞ。マンションの前にパトカーが何台も停まっていただろう。警官も大勢いる」

「おれたちはなにも悪いことはしていない。警察が出張っているのは別の事件のためで、それをいいことに、おれを騙して部屋に押し入るつもりなんだろう」

増田の屁理屈の種は尽きないようだ。頭が切れるのか、ネジが飛んでいるのかはよくわからないが、そういつまでも与太話に付き合ってはいられない。

「ところが、あんたの部屋に入る正当な理由がこっちにはあるんだよ」

「警察ならなにをしてもいいのかよ。人の家に踏み込むには、令状ってものが必要だろう」

「じつはその令状があるんだよ」

さらりと言ってやると、増田は動じることもなくせせら笑う。

「おまえ、頭が変なんじゃないのか。一度、医者に診てもらったほうがいいぞ。おれがなにをしたと言うんだよ」

「あいにく、その逮捕状はあんたに出たものじゃないんだよ。相棒の中井謙一に対してだ。放火の容疑だよ。いまあんたが保護しているという村松さんの自宅を全焼させた」

「中井なんて奴はここにはいねえよ」

案の定、増田はなに憚ることなくしらを切る。樫村はさらに突っ込んだ。

「いまあんたが使っている、その携帯の持ち主が中井なんだがね。最初に電話に出たのが当人じゃないのかね」

「大きな声じゃ言えないが、こいつは飛ばしの携帯なんだよ。だから、契約したのはその中井とかいうやつかもしれないけど、使ってるのは別人だよ」

「あんたたち、飛ばしを使うようなたちの悪い仕事をしているのか」

「そうじゃなくて、相棒は故あってヤクザに追われる身で、所在を隠すために、いまは住所不定になっててね。携帯の契約ができないもんだから、やむなく飛ばしを使っているんだよ。たとえ飛ばしでも、詐欺に使ったりしなきゃ罰せられないだろう」

増田の舌先三寸は、次から次へととめどない。嘘だというのは直感でわかるが、証明するのは難しい。この状況では、まさしく嘘はつき得だ。

「だったらその相棒の顔を拝ませてくれよ。別人なら、逮捕状は執行できないわけだから」

「だめだよ。さっき下を見たら、テレビの取材が押しかけていた。あんなのに映されたら、相棒はヤクザにとっ捕まって、簀巻き（すまき）にされて海に沈められちゃうよ。人殺しの手助けも警察の仕事なのか」

「玄関先までテレビは入れないよ。おれが出向いて顔を確認するだけだ」

「うまいこと言って、そのままなかに踏み込むつもりなんだろう。その手には乗らないよ」

薬物密売の前科があるくらいだから、警察のやり口は心得ているようだ。とりあえず、ここは一歩引いてみる。

「じゃあ、中井の件はさておいて、村松さんを電話に出してくれないか。どういう理由か知らないが、あんたたちが保護していると言うんなら、そのあたりの理由を本人から聞きたい。納得のいく説明が得られれば、おれたちは包囲を解いて退散するよ」

「同じことを何度も言わせるなよ。その人がここにいること自体、だれにも知られたくねえんだよ。おかしな連中に命を狙われていると言うから、おれたちが助けてやったんだ。ところがいまみたら、テレビのニュースでもう流してるじゃねえか。警察は信用できねえ。アナウンサーは、まるでおれたちが誘拐犯みたいな言い草だったぞ」

増田の声のトーンが上がった。先ほどまでよりも、さらに呂律が回らなくなっている。樫村は穏やかに問いかけた。

「いったい誰なんだ、そのおかしな連中ってのは。人の命を狙うほどの悪党なら、彼女の身を護るのは警察の仕事だ。おれたちに任せてもらうのがいちばんいい」

「あんたたちじゃ役に立たねえから、おれたちが一肌脱いだんだよ。それにその人には企業秘密ってのがあって、たとえ警察でも、根掘り葉掘り聞かれるのは商売上差し障りがあるんだよ」

どこまで事情を知っているのか、このあたりの説明には出任せとばかりは言えない真実味がある。しかし増田が谷本と繋がりがあるのは間違いなく、その谷本と村松の関係を考えれば、到底信じられる話ではない。

「そんなはずはないな。脅迫を受けていると警察に通報してきたのは彼女のほうだ。宿泊先のホテルでもしっかり警護を固めていたが、巧妙に隙を突かれて彼女は姿を消した。ところがその前日、あんたがホテルの従業員に目撃されている」

「どうしておれの顔がわかるんだよ」

いかにも不審げに増田が訊いてくる。八王子の家で矢沢たちが撮影した写真を谷本にはすでに見せている。警察が自分の人相を把握していることは、谷本から伝わっていると思っていた。しかしいまの増田の声の調子には、思いがけないことを聞いたような戸惑いが感じられた。

谷本と増田および中井の関係は、こちらが想定していたほど密接ではないのかもしれない。だとしたら、増田のところでいまなにが起きているのか。彼の言うとおり、村松は自ら望んでそこにいるのか。もし谷本がすべての情報を増田に伝えていないとしたら、こちらはどこまで情報を与えていいのか。そのあたりの駆け引きがいよいよ難しくなってきた。とりあえず谷本の名前は、まだここでは出さないことにする。

「そこは捜査上の秘密でね。あんたが増田功で、覚醒剤の密売で五年の実刑を受け、三年前に仮釈放で出所したというところまで我々は把握している」

「馬鹿にしたもんじゃないな、警察も。そういう人間は、必ずまた悪事を働くと決めつけてるんだろう」

「決めつけているわけじゃない。村松さんの元気な声を聞かせてくれさえすればいいんだよ」

「それはできねえって言ってるだろう。踏み込むんなら踏み込んでみろよ。そのときはお互い血を見ることになるぞ。女社長だって無事に済むとは限らねえ。こうなりゃおれを騙した連中は皆殺しだ」

先ほどまでの人を舐めたような口ぶりが鳴りを潜め、増田の声には狂気すら感じさせる不穏な響きがある。怪訝な思いで樫村は問いかけた。

「どうしてそう依怙地になるんだよ。村松さんが了解してそこにいるんなら、逮捕監禁罪は成立しない。おれたちはそれを納得させて欲しいだけだ。それともさっき言ったことはすべて嘘か」

「そんなことはどうでもいい。おまえらだって、あいつに頼まれておれを殺しに来たんだろう。ふざけるな。人を利用したいだけ利用して、用が済んだらあの世行きじゃ割が合わねえよ」

「あいつって、誰なんだ？」

思わず問いかけると、増田はにべもない調子で吐き捨てる。

「そんなこと、おまえらだって知ってるんだろう。すっとぼけやがって。警察からなにから、よってたかっておれをあの世に送ろうというわけだ」

言っていることがどこかおかしい。前段の話しぶりと現在の話しぶりに大きな違和感がある。最初のころの人を舐めきった言い草にはある種の知性さえ感じられたが、いまはその片鱗すら見られない。スピーカーからの音声で二人の会話をモニターしていた一同の顔にも当惑の色が浮かんでいる。

三宅が慌てて立ち上がり、ストップだというように、両腕を交差させてばってんをつくる。

「おまえらなんかにいいようにされるわけにはいかねえんだよ。畜生。無駄話で時間をとらせやがって。ふざけた真似をしやがったら、おまえらも一人残らず鉛弾の餌食だぞ。話はこれで終わりだ。もう下らない電話は寄越すなよ」

「ちょっと待て、増田。おまえ、銃を持っているのか？」

慌てて問いかけたが、すでに電話は切れていた。集会室にどよめきが起きた。

5

「野郎、間違いなくシャブをやってるぞ――」

興奮した様子で三宅が言う。

「あの舌のもつれ具合ですぐわかる。唐突に感情が高ぶったのもそのせいだし、世間がよってたかって自分を殺そうとしていると言っていた。そういう被害妄想もシャブ中特有の症状だ。あいつは昔、売人で捕まった前科がある。商品の味見をしない売人なんていないから、いまの仕事も趣味と実益を兼ねたものだろう。なにしろアジトにはクスリが売るほどあるわけだから」

薬物犯罪捜査の専門家の三宅が言うのだから間違いはないだろう。その点も恐ろしいが、加えて危険なのは、銃を持っているらしいことだった。深刻な顔で江島が言う。

「シャブ中が銃を持って人質を取って立て籠もる。その場所が自分の家とくれば、もう最悪のパターンじゃないですか」

「シャブなら商売用のがいくらでもあるんだろうが、いったいどうやって銃を手に入れたんだ」

宮原が問いかけると、したり顔で三宅が応じる。

「クスリと銃と博打はヤクザの営業の三本柱だからね。増田が昔売人で捕まったということは、当然その筋と関係があったはずなんだよ。昔のヤクザは危なっかしい人間には銃は売らなかったけど、あいつらいまは金に困って、買いたいと言えばなんの躊躇いもなく売りつける」

江島が焦燥を覗かせる。

「増田の言葉から察すると、村松氏は生きていることになる。あの口調から考えて、三味線を弾いているとは思えない。野郎、彼女を楯に、本気で暴れるつもりかもしれませんよ」

「しかし最初は落ち着いていて、樫村君を口先だけで翻弄していた。それが突然、感情の制御が利かなくなったように暴れ出した。ありゃ、いったいどういうことなんだ」

井村が怪訝そうに問いかけると、身を乗り出して三宅が応じる。

「フラッシュバックってやつだろうね。覚醒剤の常習者によくある症状だが、そのときクスリをやっていなくても、なにかの弾みで、やってたときと同じような幻覚や高揚感がやってくる。しかもそれが突然だから始末が悪い。おれも売人のアジトに踏み込んだとき、何度か経験したよ。急に見境もなく暴れ出す。刃傷沙汰になったり発砲事件が起きるのは、逮捕を逃れようとしてというより、ほとんどがそういうケースなんだよ」

「そうだとしたら、ある程度時間が経てば収まるのかね」

「さあ、どうだかな。八王子のアジトと同じように、そこも薬物発送の仕事場にしているとしたら、ブツは手元にいくらでもあるわけだから」

「けっきょく突入しかないか。しかし銃を持っているとしたら、タイプがわからないのも困る。短銃か長銃かでこちらの対応も変わってくる」

困惑気味に井村が言うと、江島も大きく頷いた。

「そうなんですよ。突入してからは接近戦ですから、向こうが短銃だとやりにくい。銃身の長いライフルや散弾銃なら、狭い室内では取り回しが難しいので、こちらがだいぶ有利になります」

「しかし、村松氏が生きている可能性がこれで高まった。増田は強行作戦を正当化してくれる言質（げんち）を自ら渡してくれた。救出作戦にはすぐに入れるんだろう」

樫村が問いかけると、江島は力強く頷いた。

「もちろん。一時はどうなるかと思ったんですが、とりあえず増田は、こちらの思う壺の動きをしてくれました」

「しかしこの流れを見ると、増田と中井が谷本と密接に繋がっているという見立ては、どうも間違いだったようだな。おれたちの動きは、谷本からはほとんど伝わっていなかったらしい」

それまで黙っていた須田が口を開く。樫村は頷いた。

「そうですね。谷本と増田は、むしろ組織内で敵対関係にあったような気がします。ということは矢沢が睨んだとおり、我々に増田と中井を始末させることが、谷本にとってはベストのシナリオなのかもしれない」

矢沢がここぞと勢い込む。

「増田がシャブでいかれていることや、銃を所持していることを、谷本は知っていたんだと思います。そして自分も追い詰められていることに気づいていた。だから一か八かに賭けたんですよ。増田が一暴れして村松さんを殺害し、警察が増田と中井を射殺してくれることを期待した。そうなれば、村松さんの事件と自分との関係を断ち切ることができますから。だから自分が知っている警察の動きを、増田の耳には入れなかったんじゃないですか」

「そこに村松氏との権力抗争も絡んでいたとなると、内実はこちらの想像以上に複雑怪奇だったのかもしれないな」

重苦しい気分で樫村は言った。もしここで村松を救出できたとしても、それで一気に答えが出るわけではない。村松もまた単なる被害者ではなく、錯綜した利害関係のなかの一プレイヤーということだろう。そもそも村松自身が〈ストーンバンク〉の件に関して、本人が言うように潔白だとは必ずしも言い切れない。

「だったらますますその二人は、生かして捕まえなきゃね」

井村は意気込んでみせるが、三宅は慎重な口ぶりだ。

「そういう場合のシャブ中の抵抗は半端じゃないよ。おれたちは何度も経験しているからよくわかる。踏み込むまえに感づかれると、常識じゃ考えられない行動をする。おまけに今回は銃を持っていて、さらに人質までいる。舐めてかかると、こっちにも死人が出かねないよ」

「フラッシュバックってのは、そんなにひどいのか」

「実際にやってるときよりきついそうだ。予期していないところへ突然来るから、コントロールがまったく利かない。中井のほうもシャブ中じゃないという保証はないしね。二人揃って頭がぶっ飛んでいたら、なにをやらかすか想像もつかない」

三宅はやけに不安を煽る。親切心で言っているのか、第二特殊犯捜査係が活躍しそうなのが気に入らないのか。反発するように江島が切り返す。

「こっちは事前にそれを把握したわけで、装備もそれ用のものを用意していますから、とくに心配は要りません。頭に第二がついてたって、SITの同類には違いない。シャブでいかれた馬鹿を二人、とっつかまえるなんてわけないですよ」

「ここは井村さんたちに下駄を預けるしかない。大船に乗った気で任せればいいよ、三宅さん」

鷹揚な口ぶりで須田が割って入る。いまここで足の引っ張り合いをして得をすることはなにもない。防弾装備の制服に着替えていた井村と江島が立ち上がる。

「じゃあ、我々は現場に向かうよ。屋上には隊員がすでに待機しているから、命令一つで突入に踏み切れる。その点は捜査一課長の承認も取ってある。一気に片付けてみせるから、あんたたちはそこでカメラの映像を見ててくれ」

そう言って江島を伴い、井村は慌ただしく集会室を出ていった。

6

居残った全員がパソコンの前に集まって、画面に映し出されるリアルタイムの動画を注視した。

増田の部屋はいまもカーテンが引かれて、なかの様子はわからない。部屋は三階でそのすぐ上が屋上だ。

安全柵の外の庇(ひさし)の部分に、四人ほどの人影が見える。暗くてはっきりわからないが、物々しい装備を身につけているらしい様子は見てとれる。

頭上から大きな爆音が聞こえてくる。マスコミの取材ヘリだろう。いかにも増田を刺激しそうだが、そもそもそれが当初の作戦で、増田が暴れてくれなければ突入の口実が得られない。村松を救出するためにほかに手段が考えられないなら、殺害もやむなしと江島たちは腹を決めている。

しかし民間人に死傷者が出てはまずいので、増田が銃を持っていることが明らかになった時点で、井村は速やかに本庁に連絡し、広報を通じて現場周辺への取材陣の立ち入りと、ヘリの運用の自粛を要請した。それが間に合わなかったのか無視されたのか——。

そのとき部屋のカーテンが開き、掃き出し窓からベランダに出てくる増田の姿が見えた。頭上を飛んでいるヘリに向かって、なにやらわめき散らしているらしい。その手には一丁の銃が握られている。見たところ散弾銃かライフルのようだ。

増田は威嚇（いかく）するように、空に向かって銃を構える。ヘリに当たれば墜落の惧れもある。パイロットが気づいたのか、すぐに爆音が遠ざかる。今度は増田は下の路上に銃口を向け、なにやら毒づいてから部屋に戻った。

「野郎、本気だな。下手をすると、人質にも危害を加えかねないぞ」

三宅の想像力は、悪いほうにばかり働くようにできているらしい。

「あんた、仕事柄、銃にも詳しいだろう。あれはどういうタイプの銃なんだ」

須田が問いかけると、三宅はやおら蘊蓄を傾ける。

「ああ、薬物担当になるまえは銃器のほうをやってたからね。あれは散弾銃とみて間違いない。ただし散弾銃と言っても、なかには単発のスラッグ弾を発射できるものもある。射程はライフルよりずっと短いが、当たれば威力は馬鹿にならない。鹿や熊でも殺せるほどだからね」

「だったら油断ならないな」

「ただし散弾銃の装弾数は二発までで、装弾にはけっこう手間がかかるから、二発撃ったあとしばらくはただの棍棒になる。特殊犯捜査係の連中はその道のプロだから、もちろんその点は見極めてはいるだろうがね」

「その二発が、人質や身内の警官に当たったんじゃ目も当てられないな」

須田は天を仰ぐ。そのとき窓の外で乾いた音が響いた。集会室にいる一同が顔を見合わせる。警官ならそれが銃声であることくらいすぐわかる。公民館とマンションは目と鼻の先だ。間を置かず樫村の携帯が鳴り出した。慌てて受けると、緊張した江島の声が耳に飛び込んだ。

「増田が室内で発砲したようです。こちらはいますぐ突入します」

「銃声以外はなにも聞こえなかったのか」

「ええ。ただの暴発ならいいんですが、頭の状態が普通じゃないですから――」

江島の声に悲痛な響きが混じる。その銃弾が村松に向けられたものだったとしたら、事態はまさしく最悪だ。

第十章

1

樫村たちは固唾をのんでパソコンの画面を注視した。マンションの屋上の人影が動いて、すばやくラッペルの態勢に入る。

そのとき、ベランダのカーテンが開け放たれた。地上からの指示を受けたのだろう。突入隊員の動きが止まる。続いて掃き出し窓が開き、二人の人物がベランダに出てきた。一人は増田だ。そしてもう一人が、村松だった。これまで刺激を避けて使われなかった投光器がその姿を照射する。

村松は後ろ手に縛られているらしく、増田に引っ立てられるようにして、足どりもどこかおぼつかない。顔面は蒼白で憔悴の色が明らかだが、幸いなことに怪我をしている様子はない。その表情は虚ろで、ひどい精神的ショックを受けているように見受けられる。

一方の増田は手にした猟銃の銃口を村松に向け、勝ち誇ったように周囲を睨め回す。なにやら喋っているが、ウェブカメラが拾う音声からはその内容は聞きとれない。

樫村は慌てて中井の携帯をコールしたが、呼び出し音が鳴り続けるばかりで応答しない。さっきは呼び出すたびに向こうから切っていた。あるいは先ほどの発砲は、中井に対してのものだったのではないかと不安を覚える。

村松救出の観点からは、一人減ることはこちらに有利だが、谷本の旧友の中井にしても、生かして逮捕できれば重要な証人になる。もし彼が殺害されたのなら、谷本の目的の半分は達成されたことになる。

一頻りわめき散らすと、増田は村松を引きつれて室内に戻った。窓は閉めたがカーテンは開けたままで、これではラッペルでベランダに降下する作戦が使えない。長期戦になりそうだと判断し、樫村は江島に電話を入れた。

「いますぐ飛んでくよ。これからまた出番があるかもしれない。いま中井の携帯を呼び出したら応答がなかった」

「やばいですね。だったらさっきの銃声は——」

江島も同じことを想像したようだ。切迫した思いで樫村は言った。

「なんとか増田の頭を冷やさないと。ここじゃ向こうの動きに即応できない。あんたや井村係長のアドバイスもすぐには受けられない」

「わかりました。集会室に予備の防弾チョッキがありますので、それを着けてください。パトカーをすぐにそちらに向かわせます」

歩いて十分、走れば五分ほどの距離だと聞いているが、こちらの身の安全を考えてのことだろう。土地勘がないから道に迷う惧れもある。

「わかった。外に出て待機しているよ」

「僕も行きますよ」

ここは自分の出番だとばかりに倉持が立ち上がる。しかし、いまの状況ではその腕っ節を生かす場面はない。増田にすれば標的が一人増えるだけだ。上岡と矢沢も慌てて立ち上がるが、樫村はそれを制した。

「現場は立て込んでいる。ぞろぞろ押しかけたらかえって邪魔になる。ここはおれ一人でいい」

「そのとおりだ。江島君たちは体を張って現場に出ている。興味本位で押しかけたんじゃ、火事場の野次馬と変わりない」

強い口調で須田も言う。倉持たちは不承不承席に戻った。連絡要員として居残っている第二特殊犯捜査係の隊員に防弾チョッキを装着してもらい、急いで公民館の玄関に出ると、ほどなくパトカーがやってきた。

現場へは二分もかからずに到着した。江島が駆け寄って状況を報告する。

「増田は、村松氏を犠牲にするのは忍びないが、もし警察が自分を殺害しようというのなら、彼女を殺して自分も死ぬというようなことをわめき散らしました」

「中井のことは？」

「触れません。村松氏はひどいショックを受けているようでした。もし中井が殺害されるのを見せられたとしたら、ＰＴＳＤ（心的外傷後ストレス障害）に陥っている可能性があります」

「増田は本気だろうか」

樫村の問いに、複雑な口ぶりで江島は応じる。

「回りくどい言い方ですが、そうではないと断言する材料はなにもないとしか――」

「考えられる作戦は？」

「一つはマンションの配電盤を操作して電気を遮断し、照明が消えた瞬間に突入する。もう一つは、狙撃要員を待機させ、さっきのようにベランダに姿を見せたところで増田を射殺するといったところです」

「どちらもリスクは大きいな。突入作戦は、タイミングを一つ間違えれば村松氏が殺害される惧れがあるし、狙撃となると一発必中で、失敗したらあとがない。無事に救出するには、まず説得を試みるしかないだろう」

「果たして応じるかどうか。なにか条件を出してくれれば、それをとっかかりに交渉を進められるんですが、相変わらずその気はなさそうです」

「とにかくやってみよう。電話に出るようならいくらか脈がある」

樫村はもう一度、中井の携帯を呼び出した。こんどは数回鳴らしたところで切断される。

そのやり方はさきほどの中井と同様で、彼はまだ生きているのではとも期待させるが、それはそれで突入の際は厄介だし、狙撃作戦にしても、増田を無力化したあと、さらにもう一人相手にしなければならないことになる。

どちらも生かして拘束したいのは山々だが、それに拘ればチャンスを逃す。懲りずに何度も電話をかけてみるが、相変わらずすぐに切られて、留守電サービスにも繋がらない。マンションのベランダは、静まりかえってなんの動きもない。

そのとき江島の携帯に連絡が入った。しきりに相槌を打ちながら話を聞き終え、深刻な表情で江島が言う。

「少し離れたマンションの屋上から、増田のいる部屋が見えるんです。そこにも人を配置していたんですが、いまはカーテンが開いているので、なかの様子がわかりました」

「どんな状態だった？」

「村松氏はダイニングの椅子に拘束されています。増田はテーブルの上に銃を置いて、その向かいに座り、腕に注射を打っているそうです」

「覚醒剤か？」

「そうでしょう。あの部屋には在庫がいくらでもあるでしょうから」

「中井は？」

「姿が見えないようです。いま係長に報告しますので」

江島はそう言って井村に電話を入れた。手短な報告をしてすぐに通話を終え、樫村に向き直る。

「係長がすぐに来てくれと言っています。このすぐ先の警察車両にいます」

言いながら江島は前方に見える大型のワンボックスの車両に向かって走り出す。樫村も慌ててそちらに向かった。

2

車のなかにはベンチと小テーブルがあり、テーブルには増田が立て籠もる室内の見取り図やマンションの構造図、周辺地域の地図、トランシーバー、ノートパソコンなどが置かれ、そのまえに井村が陣どっている。

先ほど樫村が電話を入れたときのことを含め、江島が現在の状況を詳細に報告すると、渋い表情で井村は言った。

「困った状況だな、樫村君。増田は頭が飛んでいるようで冷静なところもあるようだ。こちらに情報を与えない点は徹底していて、突入のタイミングが摑めない。いまなら狙撃もできなくはないが、まず中井が生きているかどうかがわからない。姿が見えないだけでどこかにいるとしたら、増田を狙撃したとき、中井がどう行動するか予測がつかない。自分も撃たれると考えて、やけになって村松氏を殺す可能性もなくはない。それに現状が、急迫不正の侵害という正当防衛の要件を満たすかどうかも微妙なところで、一つ間違えると、こちらが特別公務員暴行陵虐致死傷罪に問われかねない」

井村は動けない理由を並べ立てる。言っていることはいちいちもっともで、そのすべてのリスクを背負ってことに当たっているのは彼らだから、無責任に発破もかけられない。

「狙撃するとしたら、屋上から室内が見えるというマンションですね」

「そうなんだ。距離は三〇〇メートルほどで、狙えない距離じゃないんだが、そこもいささか問題があってね」

「というと？」

「張り込みを始めた当初から狙撃ポイントとして有力とみて、屋上を貸して欲しいと管理組合に申し入れているんだが、理事長が自分の一存では決められないと言うんだよ。いま役員を招集しているんだが、意見がまとまらないと承諾はできないと言うんだな」

「人の命がかかっているのに？」

「一般市民の感覚として、自分のマンションが狙撃のポイントになるのは気分的によくないようだ。一種の平和ぼけなんだろうが、こちらに強制力はないんでね。理事が集まったら、おれが出向いて説得するつもりだよ」

「いずれにしても、増田とコミュニケーションをとるのがまず肝心だと思います。もう一度電話をしてみます」

樫村はふたたび携帯を手にした。モニター兼録音装置がこちらにもあって、江島がそれをセットする。

今度もまた切られたが、切られてはかけを五回ほど繰り返すと、増田の声が流れてきた。

「なんだよ、しつこいな。もう話すことはなにもねえよ」

「こっちはそうはいかないんだよ。勘違いしているようだが、我々が望んでいるのは、村松さんを解放しておまえが大人しく投降することだ。殺そうなんて思っちゃいない」

嘘をつけ。あいつに頼まれて殺しに来たのはわかってるんだ。警察からなにからみんなグルだ」

「あいつってだれなんだ。どうしておまえの命を狙ってるんだ」

「谷本に訊けばわかるよ」

唐突に出てきたその名前に樫村は戸惑った。貴重な糸口になるかもしれないと、ここはさりげなく問い返す。

「谷本って、だれだ？」

「しらばくれるんじゃないよ。先刻承知のはずだ。ビットスポットのＣＯＯだよ」

「なぜその谷本氏が、おまえを殺すんだ」

「谷本なんてただの使い走りで、そのうしろにいる怖い連中だよ、おれを殺そうとしているのは。警察だってそいつらに飼われているに決まってる」

言っていることの半分は妄想でしかなさそうだが、谷本がこの騒動になんらかのかたちで関与しているのは間違いないようだ。

「村松さんの命を狙っているのも、その連中なのか」

「そう聞いた。最初は殺せとまでは言われなかった。殺しちゃまずい理由があったんだろうよ」

「拉致したのはおまえなんだな」

「ああ、そうだよ。引っかけられたんだよ、谷本に。食えねえ野郎だよ。自分はなにも手を汚さずに、そいつらの力を利用して、上手いこと会社を乗っ取ろうとしてやがる」

「だったら、すべてを仕組んだのは谷本氏じゃないのか。おまえを殺そうとしているのも」

「あいつには、そこまでの力も度胸もねえよ。フロッグだかケロッグだかにへつらって、そのおこぼれで会社を自分のものにしようとしてるんだ」

〈フロッグ〉の名前が飛び出した。樫村は強い手応えを覚えて問い返した。

「そのフロッグだかケロッグだかに、会ったことがあるのか」

「会ったことなんかあるもんか。どこの国にいるのかも知らねえし、そもそも人間なのかどうかもわからねえ」

「人間じゃないとしたら、なんなんだ」

「化け物だとしか言えねえな」

「どういう意味だ」

「そいつらは世界を支配するつもりなんだよ。この地球上で生きているあらゆる人間を、意のままにかしずかせるのが目的で、その邪魔をするやつはみんな殺される」

「あんたもその対象なのか」

「そんなはずはなかったのに、谷本の野郎に嵌められてこういうことになった。警察までそいつらの手先だとは知らなかったよ」

「我々はそいつらの手先なんかじゃない。おまえを殺害する気なんかさらさらない。谷本氏がこの件に関与しているんなら、その裏事情を話してくれれば、警察として捜査を開始する。場合によっては逮捕もあり得る。それならおまえだって、命の心配をしなくて済むようになるだろう」

「そんな簡単な話じゃないんだよ。投降したって、どうせ刑務所にぶち込まれるに決まってる。おれはあそこがどういう場所かよく知っている。刑務官なんて連中は、金を積まれればなんでもやる。自殺でも事故死でも病死でも、おれが死ぬ理由なんていくらでも作れる」

「だからって、いつまでもそこに籠もってはいられないだろう。ところで相棒はどうしたんだ」

「元気でいるよ」

「さっきの発砲はなんだったんだ」

「おれが殺したとでも思ってるのか」

「外からはなにも確認できないんでね。電話にも出なかったし」

窓から中井の姿が見えない話はしないでおいた。カーテンを開けているのはベランダ側からの強襲を警戒してのことだろう。離れたマンションから室内を監視していることを知られると、こんどは狙撃を警戒して、べつの場所に移動される惧れがある。

「長いこと使ってなかったんで、ちゃんと撃てるかどうか試したんだよ。女社長にも本物だと教えておかないと、なにかと示しがつかないんでね」

電話に出たがらなかった割には、増田は思いのほか饒舌だ。話の内容は、どこまでが真実でどこからが妄想なのかわからない。しかしなんらかの真相を知っているのは確かなようで、そうなるとなんとしてでも生かして身柄を押さえたい。フラッシュバックの症状が消えて理性を取り戻せば、その口から思いがけない事実が聞けるかもしれない。

「なあ。おまえを殺したりはしない。むしろ護るのが警察の仕事だ。おれたちはそんな怪しげな連中の手先になったりはしない」

樫村は穏やかに語りかけた。しかし増田は鼻で笑ってみせる。

「冗談を抜かせ。そんな嘘には騙されねえよ。もうとっくに、どこかからおれを狙ってるんだろう。やるんなら一発で決めろよ。仕留め損ねたら女社長の命はねえからな」

その言い草からすると、中井を当てにしている様子はない。元気だというのは嘘で、あれから内輪揉めでもあって射殺したのではと勘ぐりたくなる。そうだとすれば条件としてはこちらが有利だが、断定するのはやはり危険だ。樫村は慎重に探りを入れた。

「中井とはどういう付き合いなんだ。彼が谷本氏と幼なじみだったことはわかっているんだが」

「やっぱりな。谷本なんて知らないような口を利きやがって、ちゃんと調べ上げてるじゃねえか」

「おまえと中井、それから谷本氏との繋がりがわからない」

「わからなきゃ、そっちで調べりゃいいだろう。それも知ってて鎌をかけてるんじゃねえのか」

「中井は、おまえにとってたった一人の味方なんだろう」

「そんなことはもうどうでもいいんだよ。それより谷本を連れてきてくれ」

「谷本氏を？　なにをしようというんだ」

「おれが死ぬんなら、あいつも道連れだ。それなら女社長を解放してやってもいい」

増田は無理難題を言う。いくらなんでも村松の身代わりになって欲しいと谷本に頼むわけにはいかないだろう。しかしここまでの増田の話には、妄想による戯言（たわごと）だとは言い切れないリアリティがある。

「だったら彼と話をしてみたらどうだ。よければ向こうから電話するように頼んでみるが」

「電話なんてだめだ。舌先三寸でいくらでも嘘がつけるやつだ。かかってきたって出ねえ。

とにかく生身の谷本を引きずり出せよ」

「彼を殺すつもりなのか」

「まずいか。女社長の命が助かりゃ、おまえたちは文句ねえんだろう」

「おまえも含めて、だれ一人、死んで欲しくはないんだよ。自棄（やけ）になるな」

「騙されるわけにゃいかねえよ。まずは谷本を連れてくるんだな。あんなのが一人死んだって、警察は痛くも痒くもねえだろう」

「いや、大いに痛いな。おまえや谷本氏を操っているその怪物の正体を暴きたい。村松さんも、そいつらと関係があるのか」

「あるからこういうことになってるんだろうよ。しかし詳しいことはおれも知らねえ。ちょっと実入りのいい仕事だと思って足を踏み入れたら、そこはずぶずぶの泥沼だったってわけよ。おまえみたいな平警官は上の命令で動いているだけだろうが、気がついたときはもう遅いからな」

「その〈フロッグ〉が〈ストーンバンク〉を運営しているわけか」

「なんでも知ってるくせに、しらばくれて小出しにしやがって。そのうちおまえもそいつに首根っ子を摑まれて、おれと同じような羽目になるぞ」

「だったら、おれたちに協力しろよ。〈フロッグ〉を検挙すれば、おまえの身だって安全だろう」

「ふざけたことを言うなよ。警察だろうが、政府だろうが、企業だろうが、この世の中はすべてそいつに牛耳られている。世界中、どこも同じだ。おれの逃げ場は、もうどこにもねえんだよ」

増田は突然金切り声を上げる。もうやめたほうがいいというように、江島が腕を交差させる。

「わかったよ。またあとで連絡を入れる。落ち着いて話せばいい答えが出るかもしれない」

「早く谷本を引きずり出せよ。それがいちばんいい答えだ」

悲鳴のような声で言って、増田は通話を切った。

3

「妄想と現実が入り乱れて、どこまでまともに受けとっていいかわからんが、谷本を連れてこいという要求については、どうも本気のようだな。かといって谷本に、身代わりになって死んでくださいとはまさか言えないしな」

腕組みをして井村は唸る。江島はわずかに楽観した様子だ。

「とても受け入れられる話じゃないですが、それでも向こうからの要求があったのは一歩前進じゃないですか。時間を稼ぐとっかかりができましたから」

「そうだな。とりあえず、いますぐ狙撃という選択肢は除外すべきだろう。それでどうする。その要求については、谷本ＣＯＯに知らせるべきだと思うかね」

井村が問いかける。樫村は言った。

「応じるとは思えませんが、彼の反応を見る必要はあるでしょう。そういう話が増田から出たというのは、我々にとって大きな意味がありますので」

「我々が増田の存在を把握していることは、まだ谷本には言っていないんだろう」

「寝耳に水かもしれません。しかし増田の口から彼の名前が出てしまった以上、知らぬ存ぜぬでは済まされない。今回の事件への彼の関与もほのめかしているわけですから」

「思いがけないところから、谷本の正体に迫る糸口が出てきたじゃないですか」

興味津々といった顔で江島が言う。樫村は慎重に応じた。

「逆にこちらの攻め方にも幅が出てきた。この事件の背景に迫る上でも、せっかくのチャンスを無駄にしたくない。これから集会室に戻って、ほかのみなさんと相談する必要がありますす」

もっともだというように井村が応じる。

「しかしあんたが行ったり来たりじゃ効率が悪い。主だった連中にこっちへ来てもらったらどうだ。この車両ならそこそこスペースもあるし、防弾仕様になっているから身の危険はない。いまおれが電話を入れるよ」

携帯を手にして電話を入れた相手は須田のようで、かいつまんで状況を説明すると、三宅と宮原を含む何名かが来るという。江島はすかさずトランシーバーで迎えのパトカーを手配した。

五分も経たずにやってきたのは、須田、三宅、宮原と、それぞれの配下が何名か。須田には倉持と矢沢がついてきた。倉持の出番があるとは思えないが、矢沢はその突飛な発想が今回は必ずしも外れではなかったようで、そのあたりに須田は期待したのだろう。

全員が入ると車内は人いきれがするほどだが、参集しただれにも気合いが入っている。録音した樫村と増田のやりとりを再生すると、一同のあいだに驚きの声が上がった。

「そのあたりの構図は見えてはいたんだが、そいつの口から出たのは大きいよ。誘導したわけでもないからな」

満悦の体で三宅は言う。まるで自分の手柄のようだが、その糸口から先へ進めるのは現状が無事に落着してからだ。いま中井の生死は不明で、増田も村松も死なせてしまえば、谷本はすべてを否認する。〈ストーンバンク〉も〈フロッグ〉も、手の届かない闇の向こうに消えかねない。

「問題は谷本氏とどう接触させるかです」

樫村は問いかけた。考えるまでもないという口ぶりで三宅が応じる。

「身代わりとまでは言わないが、とりあえず現場に引っ張り出す必要はあるだろう。この場で増田と話をさせれば、裏の事情も自然に炙り出されると思うが」

「しかし、素直に出てくるとは思えないな。嫌だと言われても、我々には強制力がない。どう宥めすかせばいいかだよ」

須田が首を捻ると、矢沢が身を乗り出す。

「案外、素直に応じると思います。谷本は谷本で情報を得たいでしょう。ここで自分が引っ込んでいたら、欠席裁判で思わぬ罪をなすりつけられかねない。増田におかしなことを言わせないためにも、自分から話に加わりたいと望むかもしれませんよ」

「しかし、わざと怒らせて増田を暴れさせるという手もある。そうなれば我々も、増田を狙撃するという選択をせざるを得ない。そうなるといちばん惧れている事態もあり得る。例えば――」

須田はそこで言葉を濁すが、矢沢は遠慮もなしにその先を口にする。

「村松さんを殺害して、そのあと自殺しちゃうとか」

「中井は、さっき銃声がしたとき殺されちゃっているかもしれないね。その辺をはぐらかしているのは、それを知られると不利だという計算からだろう」

宮原が言う。その可能性はたしかに高いが、断定はできないから、それを前提に行動もできない。江島が身を乗り出す。

「やはり谷本を引っ張り出すしかないでしょう。あれだけ恨みを持っているなら、話をしているあいだに隙を見せるかもしれない。こういう交渉は長引くほどこっちが有利になりますから」

「だったら、この件も樫村君に任せるしかなさそうだな。ここまでの増田との交渉ぶりも堂に入っている」

井村は丸ごと下駄を預けてくる。全員がそれに頷く。いずれにせよ、先ほどの増田とのやりとりを谷本に繋ぐしかないわけで、それなら別の人間より自分が適任だろう。樫村は頷いた。

「やるしかないですね。この状況は谷本もニュースで見ているでしょうから、案外、向こうも気を揉んでいるかもしれない」

4

さっそく電話を入れると、挨拶もそこそこに谷本は訊いてきた。

「大変なことになっているようですね。CEOは無事なんでしょうね」

落ち着いた調子で樫村は言った。

「怪我をしている様子はありませんが、かなりショックを受けているようです。猟銃を所持して立て籠もっているのは増田功という男です。ご存じですね」

「いや、知らない。何者なんですか、その男は？」

「あなたが八王子に所有している家に居候していた男です。本当にご存じないんですか」

樫村は穏やかに言った。面と向かっていれば谷本の顔色の変化をじっくり楽しめたはずだが、電話なのが惜しいところだ。

「その男とは面識がないと申しあげたでしょう。どういう経緯で勝手に居候したのかは知りませんが、その話を聞いたあと、私自身が家のなかを点検しています。荒らされたり物を盗まれた形跡はなかったので、とくに被害届は出しませんでしたが」

谷本の身辺には捜査員が四六時中張り付いていて、その行動はすべて把握している。増田の居候の件を伝えてから、きょうまで彼は一度も八王子には出かけていない。

「しかし向こうは谷本さんの名前を出して、現場へ連れてくるように要求してるんです」

樫村はいかにも困惑しているふうを装った。谷本は慌てた様子で問い返す。

「私を？　いったいどうして？」

村松さんの身代わりにあなたをと言っています。彼とあなたはどういう関係なんですか」

「知りませんよ、そんな男。繋がりがあると言われるんなら、とんでもない言いがかりだ」

「増田がそう言っているとお伝えしてるんです。いまのところ突入や狙撃という強硬手段がとれない状況なものですから、我々としても村松さんの解放と本人の投降を呼びかけるしかない。ところで増田と一緒にいる中井謙一という人物は、あなたと同郷で幼なじみだということですが」

樫村は仕舞っていた手札を切った。開き直ったように谷本は応じる。

「だからどうだと言うんですか。同郷の幼なじみが犯罪に関わったら、彼を知る人間はすべてその関係者ということになるんですか」

「そこまでは言っていません。しかしその中井は、村松さんの自宅への放火の容疑があり、さらに今回の拉致事件にも関与している。そして谷本さんが、その村松さんが興した会社のCOOを務めておられるという点がなんとも不思議な偶然だと思いまして」

「それに加えて、その増田という男が私の八王子の家に居候していた。そんな偶然はあり得ないというわけだ」

谷本はあくまでしらを切ろうとするが、樫村たちもその繋がりの内実を把握しているわけではないから、この先は押し問答にしかならない。しかしこちらには八王子の家の玄関で彼が増田と話していたという絶対的な目撃証拠がある。いまは谷本を現場に来させることが喫緊の課題で、そのあたりの事情は、事態が解決すればいくらでも追及できる。樫村はいったん矛を収めた。

「我々も村松さんの身代わりになってくれと頼んでいるわけじゃないんです。ただ突破口を見いだすまで、交渉というかたちの時間稼ぎをしたい。いま増田は覚醒剤のせいで気が大きくなっていますが、人間の体力はそうは続かない。必ず隙が見えるはずで、そこを突けば村松さんは救出できるし、増田も検挙できます」

「私が行って、なにができるんですか」

「増田はあなたに話したいことがあるようです。命に関わる状況に立たせることは決してしません。あなたが一瞬でも顔を見せて話を聞く用意があることを示せば、多少なりとも状況打開の糸口が見えてくる。村松さんを無事に救出するためには、現状でもっとも有効な方法なんです」

「中井はどうなったんですか。ニュースでは、さっき室内で銃声が聞こえたそうですが」

谷本は不安げに訊いてくる。樫村は率直に応じた。

「殺害された可能性は否定できません。室内に姿が見えないのは事実です」

「彼は私も殺そうとしているんですか」

「それも否定できない。もちろん現場では、あなたに一切手出しはさせません」

「どうしてその増田という男を狙撃しないんですか。それがいちばん手っ取り早いでしょう」

突っかかるように谷本は言う。矢沢の見立てが当たっている可能性が高まった。中井がすでに殺害され、増田も警察の手で狙撃されれば、この事件に対する谷本の関与はすべて闇に消える。

背後の秘密を村松がどこまで知っているか、いまは皆目わからない。あるいは知っていても、企業機密に関わるものとして口をつぐむかもしれない。その場合、彼女はあくまで被害者で、強制的に供述はとれない。その意味で、増田を検挙し、クスリで頭がいかれていない状態で供述させることは重要だ。しかしそんな話をここではせずに、困惑を滲ませて樫村は言った。

「現状では、まだ狙撃という手段が許容される条件が満たされていない。ここで狙撃を行えば、特別公務員暴行陵虐致死傷罪に問われます。さらに技術的にも難度が高く、失敗したときには村松さんの命が保証されません」

「しかし増田と話すことはなにもない。そもそも銃を持って立て籠もっている行為自体がまともな精神状態ではないことを示しているでしょう。ニュースによれば、覚醒剤の影響で錯乱状態にあるそうじゃないですか。警視庁はそんな男の言うことを真に受けるんですか」

谷本に増田と話したくない理由があるのは間違いないようだ。彼の口から言い逃れのできない事実が語られるのは具合が悪いわけだろう。樫村は言った。

「すべて錯乱による言動だと判断できれば、こんなことはお願いしないんです。筋の通った話と突飛な話が混在していまして、予断で行動すると取り返しのつかないことになる。その錯乱にしても、偽装の可能性がありますし」

「あなたたちが、私と増田のあいだになにかあるという予断を持ってるんじゃないのか」

谷本はなおも抵抗する。樫村はさらに、押した。

「いまは村松さんを無事に救出することが、御社にとっても極めて重要だと思うんです。CEOのお立場として、ここはぜひお力をお貸し願いたい。増田の言うことが嘘か妄想だとしても、それを明らかにできるのはあなたしかいない。CEOを見殺しにしたということになれば、株主からのあなたへの評価にも大きな疵がつくんじゃないですか」

「それは恫喝のようにも聞こえるね。警察が被害者側の人間に脅しで言うことを聞かせたなどという話が表沙汰になれば、批判が殺到するのは間違いないでしょう」

「恫喝する気など毛頭ありませんが、こういう事案ではなにをやっても批判してくる人たちはいる。そこは覚悟しています。いまは村松さんの救出が焦眉の課題で、増田にこれ以上短気を起こさせないことが、そのための最低条件なんです」

「話をすればいいだけなら、番号を教えてくれれば私から電話をしますよ。それで増田の気持ちが落ち着けば、わざわざ私が現場に行かなくてもいいんじゃないですか」

谷本もそこは抜かりがない。というより、しらばくれてはいるが、彼が増田や中井の携帯番号を知らないはずがない。ここまでの状況を知った以上、勝手に増田に電話を入れて、さらに刺激するような話をしかねない。もっとも増田は電話では話をしないと言っていた。要求どおり谷本が顔を見せない限り、増田は態度を変えないだろうという確信はあった。

「増田はあくまで、あなたに来て欲しいと言っているんです。電話ではだめだと言っています。増田の口から初めて出た、要求らしい要求がそれなんです」

「そんなものを真に受けて、唯々諾々と従うのが警察のやり方なのかね」

「こういう場合、犯人との交渉こそが命綱なんです。なんらかの強硬手段に出るにしても、交渉を続けることでこちらに有利な状況をつくり、最後の最後に行動に移すのが我々に求められるやり方です」

思案を巡らすように谷本は沈黙する。ここでどう出るかが勝負の分かれ目だ。あくまで拒否だというのなら、こちらとしては打つ手がない。

「安全は保証してもらえますね」

谷本は未練がましく念押しをする。樫村は強い調子で請け合った。

「もちろんです。現場に来ていただくだけでけっこうです。こちらは防弾仕様の車両を用意していますから、猟銃程度じゃびくともしません。ぜひご足労お願いします」

「わかりましたよ。だったら行くことにします。CEOに万一のことがあれば、私の責任になりますから」

「ご協力に感謝します。すぐに愛宕署のパトカーを差し向けますので」

そう応じて通話を終えると、宮原に同行してきた田川が、阿吽の呼吸で愛宕署に電話を入れる。

「上手いこと追い込んだな、樫村君。谷本の胸中はずいぶん複雑だろう」

井村が満足げに言う。胸をなで下ろしながら樫村は応じた。

「冷や冷やものでしたよ。説得に失敗すれば、取り返しがつかないところでしたから」

「まだわからんぞ。我々が上手にコントロールしないと、増田を逆上させるような話をしかねないからな」

須田も樫村と同じことを考えていたようだ。三宅が滅茶苦茶なことを言う。

「そんなことをしたら、一人で外におっぽり出して、猟銃の的にしてやると脅せばいい」

気持ちはわからないでもないが、それでは殺人幇助になってしまう。

「連れてきちゃえばこっちのもんですよ。ぴったり側に張り付いて、好き勝手なことはやらせませんから」

倉持は顔のまえで拳をつくる。なにやら暴力団の事務所のような雰囲気になってきた。矢沢は読みが当たったと確信したように鼻高々だ。

「樫村さんとのやりとりで、谷本の腹の内はわかったじゃないですか。増田はなにか勘違いしてるようですけど、谷本こそ〈フロッグ〉ですよ。樫村さんの携帯に届いた脅迫メールも、西田秘書のメモパッドを盗み見ていた可能性が高いわけだし、西田秘書が村松さんに電話をかけたとき、部屋に人がいるような気配を感じたと言ったでしょう。それが谷本だと考えればやはり合点がいきます」

「しかし、増田は〈フロッグ〉は別にいるようなことを言ってるぞ」

須田が興味深げに問いかける。矢沢はよどみなく答えを返す。

「そこが怪しいんです。世界征服を狙っている化け物みたいなことを言ってますけど、それじゃ、『シオン賢者の議定書』みたいなとんでも話じゃないですか。でもそういうのを信じちゃう人は世の中に大勢います。増田もそのタイプで、谷本にとっては、それが自分の正体を隠すために都合のいいつくり話だったんですよ」

「今回の事件も、当初からの計画だったと思うのか」

その先の話がどう飛躍するかと思って樫村が訊くと、さすがにそこは矢沢もまっとうな解釈を示す。

「それはないと思います。最初は村松さんに退陣を迫るくらいのつもりだったんじゃないですか。でも彼女は応じなかった。だったら亡き者にするしかない。それには中井じゃ力不足だから、八王子にいた増田を呼び寄せたんだと思います」

自信たっぷりに筋読みをする矢沢に、三宅や井村も耳を傾ける。樫村はさらに訊いた。

「だったら増田は、どうして自宅を空けて八王子にいたんだ。村松氏拉致の実行犯が彼なら、そのまま監禁にも関わってよかったはずだが」

「そこがよくわからないんですが、彼にはただの薬物の郵送係じゃない、なにか重要な役割があったとか――」

その点は矢沢も口ごもる。黙って聞いていた三宅が訳知り顔で口を開く。

「そこまではおおむね当たっていると思うな。今回の出来事は連中にとっても予想に反したことの連続なんだろう。最後に自分に火の粉が飛んでこないように、増田に暴れるだけ暴れさせて、あわよくば村松氏も含めた全員を殺してしまおうと、谷本は最後に算段したわけだよ。そのお手伝いを警察にさせてな」

矢沢が身を乗り出して言う。

「しらばくれていますが、谷本は警察がマンションを包囲したことを知った時点から増田とは連絡をとり、あることないこと言って挑発していた可能性はありますね」

「谷本は増田が覚醒剤という爆弾を抱えていることをよく知ってたんだろう。怒らせるツボを心得ていて、そこをたっぷり刺激してやれば、勝手に自爆すると計算したとしたら、なかなか知恵が働くとみていいがね」

最初は洟も引っかけなかった矢沢に、三宅は気心のあった同志のような目を向けた。

5

谷本を乗せたパトカーは、二十分足らずで上石神井二丁目の現場に到着した。

防護楯をもった機動隊員に付き添われて、谷本は樫村たちがいる車両に移ってきた。全員がベンチから立ち上がって迎え、井村が神妙な顔で挨拶する。

「無理を言ってご足労頂きまして、有り難うございます」

谷本はあれから急遽対策を練ったのか、先ほどの電話のときとは打って変わって、薄気味悪いほど慇懃だ。

「いえいえ、村松がいない状況では私が会社の責任者で、いまは彼女を救出することが私の使命ですから。犯人たちの様子はいかがですか」

「向こうからは連絡もなく、こちらからも無用の刺激を避けるために、あえて連絡はとらないようにしています。そもそも電話をかけてもほとんど無視されて、気が向いたときだけ応答するという状態です」

樫村が答えると、谷本はいかにも深刻そうに頷いた。

「私に用があるという理由がよくわかりませんが、すべて言いがかりだと思います。いたずらに興奮させないように調子を合わせますので、そこは誤解しないでいただきたいんです」

谷本はさっそく予防線を張ってきた。増田の言うことはすべて出まかせで、それに対する自分の対応はすべて芝居に過ぎないことにする――。思っていた以上に悪知恵は働くようだ。

「承知しています。ただしこちらも状況を把握する必要があるので、増田との電話のやりとりは傍受させていただきます。まずい事態になったとき、迅速な対応ができませんので」

そのあたりの腹を見透かしたように井村が言うと、谷本は慌てて問い返す。

「録音もするんですか」

「もちろんです。増田の生死にかかわらず、事件解決後には送検という手続きがあり、その際に重要な証拠になりますから。今回のような立て籠もりはもちろん、誘拐事件や企業恐喝などの事件でも鉄則です。増田と我々のやりとりもすべて録音しています。なにか差し支えがおありで?」

谷本は慌てて左右に首を振る。

「もちろん問題はありません。秘密にしなければならないような話は、とくに出ないと思いますので」

録音されるとなにかとやりにくいはずだが、拒否すれば馬脚を露わすことになる。谷本としては辛いところだろう。

「では増田に電話を入れて、あなたが到着したことを伝えます。繋がったらこの携帯でお話しください。録音とモニターがそのままできるようになっていますので」

そう言って樫村は中井の携帯を呼び出した。今度は五回ほどの呼び出しで増田が電話口に出た。

「どうだった。谷本は引っ張り出せたのか」

「ああ、いま到着した。まずは話をしてみないか」

「そのまえに、顔を拝ませてくれよ。警察のやることは信用できねえからな」

「この電話に出てもらえば、間違いなくいるのはわかるだろう」

「声だけじゃだめだよ。いまあいつはどこにいるんだ」

「おまえの部屋の下にいるワンボックスの車両のなかだ。おれも一緒だよ」

「それなら外に出てもらおうか。話をしてやってもいいが、顔を確認してからだ」

「だったらこっちにも条件がある。おまえも銃を持たずにベランダに出てくれないか」

「冗談じゃねえよ。そんな話に乗せられて、手ぶらでベランダに出たところを狙撃されたんじゃ堪らねえ」

「中井がいるだろう。おまえが狙撃されたら彼が人質を射殺する。その心配があるから我々は狙撃という手段を選べない」

樫村はしらばくれて応じた。増田は否定しているが、ここまでの状況から判断して、中井がすでに死んでいる可能性は高い。あのあともマンションの屋上から室内の監視を続けているが、中井が見えたという報告はない。苦々しげに増田は応じる。

「こっちだって、谷本を撃ち殺したらその場で射殺されるくらいわかってるよ。まだ一仕事あるから、もうしばらくは生きていたいからな」

「まだ一仕事ってなんだ。そんな話は聞いていなかったぞ」

「あれからおれも考えた。どうせ死ぬなら、おれや谷本の背後にいる大悪党の正体を暴いてからにしようと思ってな。おまえたちだって、いまはなにも知らないんだろうが、けっきょくはそいつの意のままだ。アメリカもロシアも中国も、世界中の国が裏でそいつに牛耳られている」

増田はまたしても妄想としかいえないご託を並べるが、それが〈ストーンバンク〉の運営者であり、〈フロッグ〉を名乗る謎の人物、もしくは組織のようなものを意味するなら、そこに繋がる重要な手掛かりを握っている可能性がある。

「そういう話ならおれだって興味がある。どうやって暴くつもりか知らないが、ぜひお手並みを拝見したい。その意味でも、いまおまえに死なれちゃ困るんだ」

「気を遣ってくれて有り難うよ。だったら猟銃は部屋に置いてベランダに出る。中井にはよく言い聞かせておく。おかしなことをしたら、女社長の脳味噌が部屋じゅうに飛び散るからな」

「わかった。谷本氏に確認する。もちろんあくまで本人の意思で、警察が強制できる話じゃないけどな」

そう応じていったん通話を切った。傍らにいる谷本の顔が青ざめている。樫村は強い調子で問いかけた。

「お願いできますか。もちろん強制はいたしません。ただし増田の暴走を食い止めるには、現状でそれがいちばん有効です」

「身の安全は保証すると言ったじゃないか」

谷本は顔をしかめる。江島が発破をかけるように声を上げる。

「こっちもぎりぎりの駆け引きをやってます。もし増田がベランダからあなたを狙撃するような動きを見せたら、屋上にいる隊員が即刻射殺します。その場合は正当防衛が成立しますので」

「そこまで言うんならしようがない。ＣＥＯが命を脅かされているわけだから、ここで私が逃げるわけにはいかないからね」

谷本は不承不承領いた。樫村はさっそく増田を呼び出した。

「おまえが銃を持たずにベランダに現れたら、そのあと谷本氏が車の外に出る。顔を確認したら、彼はすぐに車内に戻る。そのあと電話で話して欲しい」

「ずいぶん細かく注文をつけるじゃねえか。まあ、いいよ。谷本もそろそろ年貢の納めどきだ。ちょっと待ってろ」

先ほどの電話のあとでなにか秘策を練ったのか、増田は自信満々の口ぶりだ。いくらか冷静になっているような気がするが、それがいい兆候なのかどうかはわからない。覚醒剤による錯乱はもちろん極めて危険な状態だが、増田がときおり覗かせる狡猾さもまた見くびれない。

それ以上に、増田と話をすれば、そんな人間は知らないと言っていた谷本の嘘がばれる。そこをどう切り抜けるつもりなのか、谷本も舌先三寸で言い逃れるのは得意技だ。いまはその対決をじっくり観戦するしかない。

江島が持っていたトランシーバーに外にいる捜査員から連絡が入った。

「増田がベランダに出てきました」

「銃は持っているか」

「いいえ。なにも持っていないことを示すように、両手を上げて振って見せています」

「了解。これから谷本氏が外に出る。警護の準備をよろしく頼む」

そう応じて、江島は谷本を促した。江島が先に立ち、谷本がそれに続いて、そのうしろに樫村が張り付いた。後部ドアから外に出ると、防護楯を携えた機動隊員が周囲を囲む。

三階のベランダでは、手すりに寄りかかるようにして増田が下を覗いている。勝ち誇ったような笑みを浮かべるその顔が、投光器に照射されて悪鬼のように浮かび上がる。

「よう、谷本。元気か。なんだか顔色が悪いぞ」

増田は冷やかすように声をかける。パトカーの赤色灯のせいで、谷本の顔色は青いのか赤いのか判然としないが、緊張に強ばっているのはよくわかる。樫村が電話を入れると、増田は携帯を耳に当てた。

「あんた、大したもんだよ。よく引っ張り出したな。なにごとにつけて人を利用して、自分は決して手を汚さないやつだ。今度も逃げるだろうと想像していたんだがね」

「これで気が済んだんなら、我々は車に戻る。話があるなら、そのあと電話でやってくれ」

樫村が応じると、余裕綽々な口ぶりで増田は言う。

「わかるよ。なかにはいろいろ機械があるから、なにを喋っているかみんなで耳をそばだてようというんだろう。だったら録音もちゃんとしとけよ。あいつは二枚舌がスーツを着て歩いているようなやつだから、そうでもしないと、あとで言った言わないで面倒になる。周りにテレビ局がいるんなら、全国に実況中継して欲しいくらいのもんだ」

相変わらず呂律は回っていないが、頭の回転は鈍っていない。というより覚醒剤のせいで、むしろ加速されているような気さえする。

「じゃあ、そうさせてもらう。また電話を入れる」

そう応じて谷本を促した。車に戻るのも気が進まないが、増田がいつでも狙える場所に身を置くことはそれ以上に嫌だろう。谷本は頷いて、むしろ先に立って車に向かう。

車内に戻るのを待ちかねていたように、増田のほうから電話を寄越した。ディスプレイでそれを確認し、例の装置のケーブルを接続し、樫村は応答した。

「ずいぶんせっかちだな。ちょっと待ってくれ。いま替わるから」

そう応じて携帯を手渡すと、谷本は意を決したようにそれを耳に当てた。

「もしもし、谷本だが」

「おう、なんだか声に元気がねえな。おれがまだくたばってないんで、さぞかしがっかりしてるんだろう。まあ、そう落ち込むなよ。これから面白いことが始まるから」

「私はあんたのことを知らない。どうして私を引っ張り出すんだ」

「おやおや、ずいぶん厚かましくしらばくれるもんだな。このあいだ、八王子で会ったばかりだろう」

「どういう人間だか知らないと言ってるんだ。人に頼まれて空き家を貸しただけだ。おまえはいったい何者なんだ」

谷本は怯えたような声音で問いかける。勝手に住み着かれたという嘘はもう通じないと諦めたらしい。真に迫ってはいるが、演技ではないとも言い切れない。脅すような調子で増田は応じる。

「かってにほざけ。もうじきおまえの悪運も尽きることになる」

「おまえに恨まれるようなことをした覚えはない」

「〈フロッグ〉の指令だと言って、おれを騙してこき使いやがって。お陰でこんなややこしい羽目に陥った」

「〈フロッグ〉って、だれだ？」

「しらばくれるなよ。おれよりおまえのほうがずっとよく知っているはずだ。あいつらと比べたら、おまえなんか悪党としては鼻くそ以下だ」

「私は悪党でもなんでもない。どこにでもいる平凡なビジネスマンだ」

「堅気に麻薬や覚醒剤を売りつけるのが、平凡なビジネスマンのやることか」

「なにを言い出す。とんでもない言いがかりだ」

「一人でやってるなんて言ってねえよ。それほどのタマじゃねえからな。あいつらとつるんでなにかと便宜を図ってやって、その勢いで会社を乗っ取るのがおまえの目的だ。あいつらのご機嫌をとるために、おれや中井に汚れ仕事を押しつけて、手柄は自分が独り占めして、挙げ句は二人とも警察に始末させようという魂胆だ。おれがそのくらい読めない馬鹿だと思ったのが運の尽きだな」

「自分が正気だと思っているのか。頭のねじが飛んでいるという自覚はないのか」

次第に腹が据わってきたかのように、谷本は強気に対抗する。増田の頭には、その件について警察に関与させる気はさらさらないようで、なにがどうだという具体的な部分が見えてこない。その点は谷本にとっても好都合だろう。しかし増田の話のなかには、こちらが推測していたことがあながち間違っていなかったことを示唆する言葉も散見される。

不安なのは、まさにそれが当たっていて、警察にとって射殺する名分が立つところまで増田を暴れさせようと、谷本が挑発しているように受けとれることだった。その危惧が的中したかのように、増田の声のトーンが上がる。

「なんだと？　言うにこと欠いて、おれが狂ってるだと？　女社長を拉致させた上に、自分の尻に火が点きそうになったもんだから、わざわざ八王子から呼び寄せて、おれに殺せと指図した。すべてあいつらの命令という話にしてな。だったら望みどおり女社長を殺してやるよ。そうなるとおまえも殺人教唆で、おれと同罪ということだ」

「出任せを言うなよ。証拠もなにもない。覚醒剤で頭をやられて、湧いてくる妄想をそのまま信じ込んでいるだけだろう」

谷本はさらに挑発する。江島の顔に緊張が走る。井村をはじめ、居合わせる一同が不安げに顔を見合わせる。高揚した調子で増田が続ける。

「女社長がおれに言ったんだよ。〈ストーンバンク〉だかなんだか知らないが、会社のシステムのなかにそいつらを引き込んで、クスリの密売で荒稼ぎさせているのもおまえだし、それがばれそうになって、今度は逆に社長を追い出そうと画策したのもおまえだ。拉致して脅して、辞表を書かせようとしたが、社長は絶対にうんと言わない。そのうち自分の周りに警察の手が伸びたことを知って、おれに殺せと指図した。それが〈フロッグ〉の意向だということにしてな」

「そういう与太話をだれが信じる。〈フロッグ〉なんてのも覚醒剤が生み出した幻想だ。私が八王子に空き家を持っていることを知っていた知人に頼まれて、しばらく貸すことにしたら、こういうとんでもない目に遭った。その知人を信じて、身元の確認をしなかったのが返す返すも悔やまれる」

谷本は吐き捨てるように言う。その点については上手い言い逃れを考えたものだが、その知人とやらから裏をとれば、嘘は簡単に証明できる。

江島が、もうやめろというように谷本の顔のまえで手を左右に振る。谷本は携帯を耳から離したが、通話は切っていないのでモニターからは声が流れ続ける。

「周りに警察がいるからといって、よくそこまで白々しい嘘がつけるな。いいよ。お望みどおりこれから女社長を殺してやる。そのあとおれも死ぬつもりだったが、こうなりゃ投降して洗いざらい喋ってやるよ。おれもおまえも刑務所にぶち込まれて、最後にあいつらの手で殺される。いい道連れができて、あの世への道中もさぞかし楽しいことだろうな」

そこで増田は通話を切った。井村が慌ててトランシーバーを手にとって、屋上にいる隊員に突入準備の指令を出す。

銃声が聞こえた。樫村は思わず目を閉じた。事態は最悪の結果に向かったらしい。何秒か置いてまた一発。井村はすかさず突入の指令を出した。

増田の猟銃の装弾数は二発。先ほどの一発のあと新たに補充したのだろうが、いまは弾倉が空のはずだ。増田の検挙は間違いないが、護るべきだった命はこれで失われた。慚愧の思いが湧き起こる。谷本に増田と対話させたのは、こちらの最大の失策だった。

パソコンの画面にウェブカメラの映像が映し出される。ラッペルで下降した隊員が大型のハンマーで窓ガラスを叩き割る。短銃を構えた隊員たちがそこからなかに突入する。しかしそのあと、なんの物音も聞こえない。

トランシーバーから、突入隊員の声が流れてきた。その声が嘔吐を堪えるように震えている。

「村松さんは無事です。増田は死亡しています。中井の姿は見えません。いま映像を送ります」

突入の際の状況を証拠として残すために、彼らは小型のカメラを装着していると聞いていた。

パソコンの画面が室内の映像に切り替わる。床に座り込んで、魂が蒸発でもしたように表情を失い、視線を宙に漂わせている村松の姿。衣服にはおびただしい量の血痕が付着している。その傍らには増田のものと思われる猟銃がある。カメラがぐるりと回り、別の一角を映し出す。

隊員が死亡と断定した理由がよくわかった。至近距離から撃たれたのだろう。横たわる増田の頭部は半分ほどが欠けている。部屋中に飛び散っているのは、さきほど彼が嘯（うそぶ）いていた村松のそれではなく、増田自身の脳味噌だった。

第十一章

1

立て籠もり事件から三日が経っていた。事件の思いがけない結末によって、樫村たちは態勢の立て直しを余儀なくされた。

増田は病院搬送後、正式に死亡が確認された。死因は重度の脳損傷によるもので、隊員が突入した時点ですでに即死状態だったのは明らかだった。

中井は浴室に倒れていた。こちらも病院で死亡が確認された。死因は猟銃で胸部を撃たれたことによる失血死で、増田に殺害されたものと考えられた。

いずれも使われたのは散弾ではなくスラッグ弾で、近・中距離での殺傷能力は散弾よりも高い。増田は銃砲所持許可証を持っておらず、銃および弾薬の入手経路は判明していない。

村松裕子も肉体的な衰弱と重度のＰＴＳＤの症状が見られたため、すぐに病院に搬送された。現在も面会謝絶が続き、いつ事情聴取できるか、見通しはいまも立っていない。身柄を確保した直後、増田を射殺したのは自分だと村松は認めたが、どういう状況でそれが起きたかについては頑なに語ることを拒んだ。拉致・監禁された経緯についても同様で、いずれもＰＴＳＤによるコミュニケーション障害だろうというのが担当する医師の診断だった。

当時の状況からみて、増田の殺害については正当防衛が認められる可能性が高いが、詳細な状況について当人の証言が得られるまでは判断を持ち越さざるを得ない。

成り行きとはいえ、なにより困ったのが事件の重要な証人となったはずの中井と増田が死亡したことだった。

谷本は〈フロッグ〉うんぬんは自分の与り知らぬことで、それが世界征服を狙っているなどというのは覚醒剤中毒の妄想だと言って、自身の事件への関与を一切否定した。

増田のマンションにあったのは、自分用に所持していたものと思われる覚醒剤が数グラムと静脈注射用の注射器やゴムバンドくらいで、販売用と考えられる大量の違法薬物はなかった。

さらに事件を受けて、八王子署が増田が居候していた家の家宅捜索に踏み切ったが、三宅の読みに反して、そこにも大量の薬物や郵送用の封筒といった、違法薬物の発送拠点であったことを示すものはなかった。

ただし鑑識作業の結果、微量の覚醒剤が室内のあちこちから検出された。そこを引き払うとき、増田は証拠となるものをすべて持ち出したが、室内にわずかに残った薬物までは処理しきれなかったのだろうというのが三宅たちの見立てだが、増田自身が覚醒剤の常用者だった以上、それを〈ストーンバンク〉の発送拠点だった証拠とは断定できない。

谷本は、その点についても自分はまったく与り知らず、単に知人に紹介されて空き家を貸しただけだと一貫して主張しているが、その知人の名前は、相手に迷惑をかけたくないと言って明かさない。現状では谷本の逮捕状がとれるほどの材料はなく、とくにいまは被害者サイドの人間という立ち位置のため、任意の事情聴取ではそれ以上の追及は難しい。

一方、上岡は、あのあとも〈ストーンバンク〉の動きをモニターしているが、いまのところ営業実態に変化はなく、今回の事件で慌てて商売をたたむ気配はないという。

そこにはプラスとマイナスの両面があるだろう。閉鎖でもされるようなら、今回の事件と〈ストーンバンク〉のビジネスが連動している重要な状況証拠になる。ただしこの時点で店をたたまれれば、〈ストーンバンク〉は闇の向こうに消えてしまう。しかしサイトが存続するということは、少なくともおとり作戦による捜査が継続できることを意味し、その点では必ずしも絶望的というわけではない。

村松がこれからどこまで真実を語ってくれるか——。その話の内容によっては再び谷本を直接ターゲットにできる。つまりおとり捜査とそちらの捜査の両面作戦で真相に迫れることになる。

しかしそれを期待すること自体が一種の気休めで、悲観的に考えれば、状況は振り出しに戻ったどころか、むしろ後退したとさえ言えるだろう。

医師の診断では、村松のPTSDはかなり重篤らしい。拉致・監禁されただけでもストレスが大きい上に、正当防衛とは言え、自らの手で増田を射殺した。その現場は踏み込んだ突入隊員もしばらく食事が喉を通らなくなるほど凄惨で、村松にとってはあまりにも堪えがたい記憶となったことは十分想像できる。

医師の許可が出て、さらに本人が承諾すれば村松からはすぐに事情聴取するつもりだが、真実をすべて語るかどうかはわからない。企業機密だと言われれば、村松自身になんらかの犯罪への関与が疑われない限り、捜査対象にすることは難しい。

籠城事件そのものは、望まざるかたちとはいえ落着した。しかし真相の完全解明とまではいかなくても、拉致・監禁と立て籠もりの件に関しては、被疑者死亡でも送検しないわけにはいかないため、江島たち第二特殊犯捜査係は、まだしばらく捜査を継続するという。

増田に射殺されたとみられる中井については、世田谷の村松邸放火の容疑もある。そちらは火災犯捜査係との連携になるが、どちらにせよ何者かからの教唆による犯行のはずで、可能な限り事実関係を解明しておかないと、背後の首謀者を検挙した際に教唆罪を適用しにくい。

そんな状況に業を煮やしたようで、三宅がマネロン室の刑事部屋を訪れてきた。

「どうなんだ、〈ストーンバンク〉のほうは。そろそろおとり捜査を再開しないのか」

「そのつもりでいたんですよ。相田さんは、前回の取引での入金に関してはトレースできていると言っていますから」

上岡が言う。苛ついた調子で三宅は身を乗り出す。

「だったら受け取った相手は突き止められるんだろう」

「それはまだ無理なんです。これまでも説明したように、ビットコインはブロックチェーン上での動きは詳細に把握できますが、現在の所有者がだれなのかは完全に秘匿される仕組みになっています。唯一わかるのは、そのチェーンをたどった先のどこかで、それがリアルマネーと交換されたときだけです」

「だったら交換せずに、ビットコインのまま持ち続ける手もあるだろう。それをやられたらお手上げじゃないのか」

「それじゃ旨みがないんです。ビットコインは株式や普通の通貨と比べて変動幅が極端に大きい。一ヵ月で数倍も跳ね上がることも、その逆も珍しくありません。つまり持っているだけではほとんど意味がない」

「つまり、どういうことなんだ」

「運用者は、利食いのために、必ずどこかでリアル通貨と交換します。そのときに所有者が特定できる。ただし取引所が法規制を遵守し、利用者の身元をしっかり把握していればですが」

上岡はそこに留保を付ける。三宅は猜疑を露わにした。

「もしそこがビットスポットだったら、その辺が怪しいもんだな」

その不安は樫村も払拭できない。谷本はいまのところ捜査対象にし難いところにいる。それに加えて村松の秘書の西田が言及した、ビットスポットのシステムに彼が裏口をつくったという話が本当なら、上岡の心配が当たることになる。

さらに新たに立ち上がってきたのが、村松裕子本人に対する疑惑だった。谷本とのあいだにどんな確執があったにせよ、それが事業に関わる問題なら、役員や株主と相談し、場合によっては法的な措置を講じて解決する道があったはずだ。それが今回のような成り行きに発展したということは、村松にとっても人に知られては困る、なんらかの秘密があったためだと勘ぐりたくなる。

　しかしその確執の内実について、村松自身はなにひとつ明かしていない。樫村が得たのは西田から聞いた情報だけで、それも彼女の憶測を交えた内容だから、今回の事件の真相に切り込む材料としてはかなり弱い。

　そもそもあのとき西田は、失踪した村松の身を案じてそういう情報を樫村に提供したが、彼女が無事に戻った以上、さらに踏み込んだ情報を提供してくれるかどうかは保証の限りではない。村松にとって表沙汰にしたくないことなら、CEOへの忠誠心の高い西田のことだから、口止めされればそれ以上の話はしない可能性が高い。

「いまのところ、先日入金した代金が、どこかで換金された事実はないんだな」

　須田が問いかけると、上岡は頷いた。

「まだ入金先の口座に入ったままで、移動した形跡はないようです。Torを使った秘密サイト間の資金移動でも、その経路だけは追跡できます。そこは逆にビットコインによる取引の弱点です。現金には使用者の名前が書いてありませんが、ビットコインにはすべてに識別符号がついています。というよりその符号そのものが通貨の実体ですから、それがどこかで表の世界に出たときが、摘発のチャンスでもあるわけです」

「だったらもっと買い物をして、目印のついたビットコインを流通させたほうがいいんじゃないのか」

須田は焦燥を滲ませる。上岡は頷いた。

「そのつもりです。ただ、一人の名義であまり頻繁に購入すると怪しまれる可能性があります。できればおとりの購入者の名義をもう何人分か用意してもらえるとありがたいんですが」

「うちのほうでなんとかするよ。受けとり場所のアパートを借りなきゃいけないから物入りだが、この際それはしようがない」

三宅は渋々請け合った。そのとき樫村の携帯が鳴った。ディスプレイに表示されているのは、西田の携帯の番号だった。

2

「村松さんの容体に変化でもありましたか」

樫村が問いかけると、声を落として西田は言った。

「先生のお話では、まだ絶対安静ということで、私も会えないんです。失踪した際、ホテルに置いたままだったスマホとか、身の回りの品や下着類は届けたんですが、まだ強いショッノ状態が続いているとのことで」

「それじゃ、いろいろご心配でしょう」

「というより怖いんです。なんだか恐ろしいことが起きているような気がして」

恐ろしいこと——。それならすでに起きてしまった。しかし言いたいのは、立て籠もり事件とは別の話らしい。

「いったいどういうことが？」

問いかけると、西田は他聞を憚るように、さらに声を落とした。

「あの事件以来、言うべきかどうか、ずっと悩んでいたんです」

「つまり、あの事件に関係のあることなんですね」

「ええ。村松が射殺した増田という人物のことです」

「ご存じなんですか」

「事件後の報道で写真が出てきて、思い出したんです。じつはあの人に会ったことがあります」

「いったいどこで？」

驚きを隠さず問いかけた。西田は意を決したように語り出す。

「会社が入っているビルの一階のティールームです。二ヵ月くらい前のことです。急いで決裁してもらいたい書類があって、村松からはそこで人と会っているからと言われていたものですから、それを届けに出向いたんです。そのとき一緒にいたのが、あの増田という人物でした」

「名前も聞いたんですか」

「いいえ。とくに紹介はされませんでした。仕事の関係なら、私には必ず紹介してくれるはずなんです。その後、いろいろ話を取り次ぐのは私の仕事になりますから」

「つまり仕事関係の相手ではないと考えたんですね」

「ええ。それから、こんなことを言うのは変ですが、服装にしても雰囲気からしても、村松が付き合うような人じゃないと感じたんです」

「あまり穏当な人間のようには見えなかったと？」

「ええ。ただ、とても親しそうに話していたのを覚えています」

「脅迫されているとか、そういう剣呑な気配はなかった？」

「そうなんです。だからそのときは私もあまり気にせず、だれか親戚の方でも訪ねてきたのかと思ったんです。プライベートなことなら秘書の立場として踏み込むべきじゃないと思って、そのあと、だれだったかも訊きませんでした」

「それが増田だったのは、間違いないんですね」

「ええ。特徴のある顔立ちでしたから、よく覚えています」

西田はきっぱりと言い切った。村松と増田が親しい関係だとしたら、村松はホテルから拉致されたのではなく、計画的に失踪した可能性がある。それだと、これまでの想定が大きく覆る。樫村はさらに訊いた。

「村松さんの個人的な交友関係や親戚関係で、親しい付き合いのある人がいるような話は聞いていましたか」

「プライベートなことは私にもほとんど話しません。聞いていたのは、生まれたのが新潟県長岡市で、十歳のときに家庭の事情で東京に出てきた話くらいです」

「生まれが新潟の長岡？」

樫村は覚えず声を上げた。増田の本籍地も新潟県長岡市で、地元の高校を卒業していることは犯歴データベースで確認している。三宅たちは増田の戸籍謄本も取得していたが、両親はどちらもすでに死亡しており、兄が一人いたが、そちらは婚姻によって分籍している。増田には結婚歴もなかったようで、現在も父親を筆頭者とする戸籍に入っているとのことだった。

両親の兄弟の戸籍も調べてみたが、谷本と繋がりそうな血縁も見いだせなかった。もしそのなかに村松と繋がるような血縁があったら三宅たちが気づいていていいはずだが、とくにそういう話も聞いていない。

どんな関係であれ、増田も谷本となんらかの繋がりのある人間だろうと信じ込んでいたが、むしろ村松と縁があったらしいことに、樫村は大きな衝撃を覚えた。

「それがなにか？」

西田が問い返す。樫村は慎重に言った。

「じつは増田も長岡市生まれなんです。こうなると、それが単なる偶然だとは思えませんので」

「そうなんですか。じゃあ、やっぱり――」

「やっぱり、なんでしょうか」

「いま、とても不安を感じているんです」

「なにか身の危険を？」

「私は騙されていたのかと――」

「どういうことでしょうか」

「きのう、村松のパソコンのメールをチェックしていたんです。村松に指示されている作業で、彼女が留守のときは、これまでもずっとそうしていました。もちろんチェックするのは会社の業務に関するメールだけです。ところがうっかり別のアイコンをクリックしてしまったんです」

「仕事とは関係のないものだったんですね」

「ええ。彼女は、業務に関わるものにもプライベートなものにもパスワードをセットしていますが、私が教えられているのは、閲覧を許されているものについてだけなんです。でもそれはすでにログインした状態だったんです。彼女がログアウトするのを忘れていたのかもしれません。開いたのはウェブメールのページでした。『Ｔｏｒ』というロゴマークがあって、真ん中の『ｏ』の文字がタマネギのイラストになっていました。そんなのを見たのは初めてでした」

樫村にとってはショッキングな話だった。そのロゴは〈ストーンバンク〉がサイトを開設している匿名ネットワーク――Ｔｏｒのもので、おとり捜査で上岡がアクセスしたときにいつも表示されているから、樫村もよく知っている。村松がＴｏｒを利用していた――。それはかすかに抱きつつあった彼女への疑念を強めるものだった。

「そこに、なにか不審なものがあったんですか」

樫村は問いかけた。怯えたような調子で西田が言う。

「〈フロッグ〉というアカウントが作成されていたんです」

「まさか――」

言葉に詰まった。それはあまりにも想像を超えていた。西田はさらに訴える。

「増田という人のことも、私の口から言うべきかどうか迷いました。CEOにはこれまでとてもよくしてもらって、恨むようなことは一度もありませんでした。でも知らないうちに、なにか恐ろしいことに巻き込まれそうな気がして——」

西田が続けて語った話は、村松に対する樫村の印象を一変させるものだった。力づけるように樫村は応じた。

「有り難うございます。我々にとってはじつに大きな情報です。あなたから聞いたということは、絶対に表に出しません。もし身辺に少しでも危険を感じることがあれば、必ずご一報ください——」

3

「間違いないですよ。〈フロッグ〉の名義でメールを送ってきていたのは村松さんだと思います」

西田からの話を報告すると、上岡は勢い込んだ。

「〈フロッグ〉のメールは、どれもＩＰアドレスからは送信者が特定できませんでした。しかしTorに実装されたメールシステムを使えば、ヘッダー情報は好きなように偽装できます。Tor上のサーバーの本来のIPアドレスは完全に秘匿できますから」

「そのアカウントを使って送受信したメールは一通も残っていなかったそうだ。おそらく削除したんだろう。だとしたら、彼女自身が〈ストーンバンク〉を運営していたということか」

歯ぎしりする思いで樫村は言った。上岡が大きく頷く。

「そうなると、ここまでのややこしい経緯の説明がつきますよ。すべてビットスポット社の内紛で、それは〈ストーンバンク〉内部での権力争いが反映したものじゃないんですか。谷本との争いで劣勢に立たされた村松さんが、彼を追い落とすために警察を利用しようとしたのかもしれない」

「でもそうだとしても、果たしてあそこまでの茶番劇を用意する必要があったかどうかですよ。もし彼女が〈フロッグ〉だとしたら、増田の話からすると、そこまでしなくても谷本を自由に操れたはずだし」

矢沢は首をかしげる。須田が確認する。

「そのアイコンは、以前からずっとそこにあったのか」

樫村は曖昧に首を横に振った。

「そこの記憶がはっきりしないようです。彼女のパソコンのデスクトップには非常に多くのアイコンが並んでいて、それがしばしば入れ替わっているそうなんです。もっとも自分が使いやすいようにデスクトップを整理するのはだれでもやることで、一概に怪しいとは言えませんが」

「でも、彼女がそれを発見した経緯が怪しくありません？　なんだかとってつけたようで」

矢沢は西田に猜疑を向ける。須田も頷く。

「ああ。どうも話ができすぎている。もし村松氏がそれほどの大芝居を打っていたとしたら、そういう危ないページをログインした状態で放置したというのは、いくらなんでも迂闊すぎる」

「だったらその西田という秘書が、増田の顔を見たという話だって怪しいな。村松氏に忠誠を尽くしているふりをして、じつは谷本の子飼いなんじゃないのか」

いかにも臭いと言いたげに三宅は鼻を蠢かす。たしかにその惧れはなきにしもあらずで、だとしたら警察はビットスポット内部の権力抗争に利用され、ただ翻弄されていたことになる。

「だから勇み足だと言ったんだよ。あんたがしょっぱなから村松氏に接触し、違法薬物販売ナイトの話をしたもんだから、逆にいいように利用されちまった。美人ＣＥＯの色香に惑わされたとは思いたくないがな」

この手の嫌みとなると三宅の独壇場だが、言われるまでもなく、樫村にも忸怩たる思いはある。須田が嘆くように言う。

「こうなると、舞台に登場している人物がすべて怪しくなるな。おれたちのこれまでの読みがすべてひっくり返ってしまう」

「ずっと信用してきたが、その西田という秘書が、じつはいちばんの食わせものじゃないのか」

三宅が言う。今回のことといい、前回会ったときの社内抗争の話といい、この事案に関する内部情報を、西田はじつにいいタイミングで入れてくる。それを考えれば、ある意味、西田によってこちらの捜査がコントロールされているという疑念が生じてもおかしくはない。しかしすでに面識のある樫村には、彼女がそれほどの黒幕だとは思えない。

「実際に会って、もう一度話を聞いてみますよ。もし彼女の証言に嘘があるなら、じっくり話せばあちこち矛盾が出てくるでしょう。いまのところは善意の協力者という立場ですから、力ずくで事情聴取というわけにはいかないし――。今夜、向こうの仕事が終わったところで、都合のいい場所と時間を決めることにしてあります」

「第二特殊犯捜査係にも知らせたほうがいいんじゃないですか」

矢沢が言う。それはもちろんだ。さっそく電話を入れ、西田からの情報を伝えると、五分もせずに江島は飛んできた。

「これまでの読みが百八十度逆転しそうな話じゃないですか」

開口いちばん、江島は言った。樫村は頷いた。

「ああ、捜査の対象を村松氏にまで広げる必要がある。かといって谷本への容疑が薄まったわけでもない。どうする、捜査態勢を再検討するか」

「それしかないでしょう。早急に合同の捜査会議を開く必要があると思います」

「増田の素性も、洗い直す必要があるな」

「いまのところ、谷本とも村松氏とも血縁的な繋がりはありません。ただ谷本と中井のようなこともありますから、現地に飛んで聞き込みをする必要がある。その前に村松氏の戸籍関係も調べないと。これまでそちらは捜査対象ではなかったので、手元に材料がほとんどありませんから」

「こうなると、村松氏が増田を殺した件も、正当防衛で片づけるわけにはいかなくなるだろう」

重い気分で樫村は言った。ここまでの付き合いで情が移ったと言われれば反論しにくいが、やはり得心できない部分はある。江島が頷いて言う。

「これは想像を絶する展開ですよ。しかし、考えようによっては悪い話でもない」

「どういうことだ」

「これまでの流れだと、村松氏はあくまで被害者で、事情聴取するにしても限界があった。しかし増田との繋がりが明らかになり、〈フロッグ〉名義のメールを送ったのも彼女だという話になれば、殺人容疑で逮捕することもできる。そうなれば勾留してじっくり訊問できます。社内事情に関わる話まで突っ込んで聞ける。案外そこから〈ストーンバンク〉の実態も明らかになるかもしれない」

「あの状況では、本当に正当防衛だったかもしれないだろう」

須田が心配げに言うが、江島は気にするふうもない。

「なにもむりやり訴追しようというわけじゃないんです。ただそういう事実が出てしまった以上、あの状況での増田の射殺が正当防衛だったことを立証するには、事件のバックグラウンドを相当詳しく解明する必要があります。当然〈ストーンバンク〉に絡む話も出てこざるを得ないわけで、皆さんの本来の捜査に関しては、大きな前進になるんじゃないですか」

三宅が興味深げに身を乗り出す。

「そりゃいいな。会社が絡んだ事件では、企業機密というのがいちばん大きな壁になる。しかしそこを明らかにしないと殺人の容疑が払拭できないとなれば、背に腹は代えられないだろう。無実だとしたらなおのこと、殺人の罪を被ってまで会社の秘密を守るということは考えにくい」

大きく頷いて、江島は続ける。

「検察とも相談したんですが、あの状況では、やはり正当防衛を認めて、逮捕も訴追もなしということで落ち着いていたんです。我々だって一時は狙撃やむなしの判断に傾いていたんですから。しかしその根拠がこれで変わったわけで、荒療治にはなりますが、絶対安静が解除されれば、逮捕状はすぐにとれると思います」

「そこまで焦ることもないだろう。いったん事情聴取をして、そのときの状況に応じて動いてもいいんじゃないのか」

入れ込む江島に、水を差すように樫村は言った。三宅がむきになって反論する。

「そんな悠長なことをやっていて、証拠を隠滅されたり国外逃亡されたら取り返しがつかないだろう。本人が思い詰めているとしたら、自殺ということもあり得る」

それを言われると、胸に応えるものがある。とはいえ西田の証言があった以上、江島の考えは決して無理筋ではないし、増田射殺の一件を担当するのは、いまは第二特殊犯捜査係で、その捜査手法に口を挟める立場でもない。

しかし自分が村松から事情聴取できれば、より真相に迫る話を聞き出せる自信がある。というより、村松がここまでいちばん頼ってきた相手は自分だという思いが強いのだ。

もしそれによって村松に自在に牛耳られていたのだとしたら、自分が間抜けだったと認めるしかないが、いま村松は本当に絶望的な場所にいて、樫村からの救いの手を求めている——。美人ＣＥＯの色香に惑わされたという三宅の嫌みがじつは当たっているのかもしれないが、そんな不思議な確信がある。

「西田秘書と会うときは、私もご一緒させてくださいよ」

江島が言う。もちろんそれは望むところだ。樫村は頷いた。

「時間と場所が決まったら知らせるよ。その代わり、これから村松氏を事情聴取したり取り調べするようなときは、おれも同席させてくれないか」

「それは私からもお願いしたいところです。これまで彼女といちばん接触が多かったのは樫村さんですから。気持ちが通うところもあると思いますので」

江島は躊躇することなく請け合った。

4

その日の午後七時に、樫村たちは池袋で西田と落ち合うことにした。場所は前回と同じ、西口のホテルのラウンジだった。

同行するのは江島と上岡だ。上岡には、Ｔｏｒ経由のウェブメールの件があるから付き合ってもらうことにした。矢沢はまたしてもしゃしゃり出ようとしたが、あまり大勢で出かければ相手を緊張させるからと、ここは樫村が言い含めた。

ただしこの状況では、西田の身の安全にも気配りする必要があるとの江島の機転で、第二特殊犯捜査係の捜査員が警護をかねて尾行をすることにした。そこは樫村も不安を感じていたところだったので、いい判断だと歓迎した。

あのあとさっそく合同捜査会議が開かれ、第二特殊犯捜査係の井村を含め各部署の係長クラスに、マネロン室長兼組対部総務課長の草加も加わった。

西田の証言をどう受けとるかという点に関しては慎重な意見が相次いだが、捜査の方向を大きく変えざるを得ないという点では意見が一致した。

江島が提案した、村松の逮捕という手荒な手段も考慮に値するというのが井村と三宅の考えだった。彼らがいちばん惧れているのは自殺で、ＰＴＳＤから完全に回復せずに退院したところへ安易に事情聴取を行えば、それが思い詰めた行動に走る引き金にもなる。

そもそも世田谷の自宅は不審火で全焼しており、しばらくはホテル住まいを余儀なくされる。自殺の心配は別にしても、増田による拉致・監禁が茶番ではないとしたら、〈フロッグ〉は村松ではないかもしれず、その場合はふたたび命を狙われる危険もなくはない。逮捕・勾留の場合は、本庁や所轄の留置場ではなく、東京拘置所に収容すればいい。拘置所医務部の病院は、設備も整っていて精神科もある。現状で考えると、本人の安全という面でもそれが最良の選択だという結論に、樫村も従わざるを得なかった。

ここまできた以上、絶対に事件を壊したくないというのが草加の強い希望で、その意味で、いまや村松は被疑者であると同時にもっとも重要な参考人でもある。

けっきょくそこから先へは議論は進まず、これから会う西田の話の感触によって、もう一度作戦を練り直すべきだというところに落ち着いた。

「ここは重大な局面ですよ。西田秘書の話の真偽をしっかり確認しないと、別の方向にミスリードされかねませんから」

西田がやってくるのを待ちながら、江島は真剣な口ぶりで言う。たしかにそのとおりで、いまの状況では西田の話の裏をとる手段がない。またその情報の出所が表沙汰になれば、彼女が危険な立場に置かれる惧れもある。

〈フロッグ〉が村松の創作物だという確証はまだ得られたわけではない。増田は〈フロッグ〉のことを、人間ではない化け物だと言っていたが、それが単なる妄想だとは片づけられず、〈ストーンバンク〉と密接な関係のある集団、あるいはその実体だとみることもできる。

「一見単純なようで、背後には相当複雑な事情がありそうだ。ひょっとすると上岡が指摘したように、〈ストーンバンク〉そのものが、内部的になんらかの抗争を起こしていて、村松氏も谷本もそのなかの一つの駒に過ぎないのかもしれないな」

穏やかならざるものを感じながら樫村は言った。江島も頷く。

「そう考えると、増田が言っていたことにも、多少の信憑性は出てきますね」

「ビットコインをはじめとする仮想通貨はたしかに便利なものかもしれないが、そこには国境の概念がなく、金融当局のコントロールも利かない。おれたちがいま乗り出している国際的なマネーロンダリングの規制も、その領域では絵に描いた餅になりかねない」

「〈ストーンバンク〉は最初のステップに過ぎず、そこで蓄えた資金力にものを言わせて、やがてビットコインの世界を自らのコントロール下に置こうという集団――。〈フロッグ〉というのは、そういう存在だというような気がしてきますよ」

江島も仮想通貨についてはいろいろ勉強したようだ。その危惧もあながち頷けない話ではない。

そのとき江島の携帯が鳴った。一言二言やりとりして、携帯を仕舞うと江島は言った。

「うちの捜査員からです。いま彼女がホテルに着いたところだそうです。途中、不審な人間が付きまとうようなことはなかったようです――」

言い終える間もなく、西田がラウンジにやってきた。

「わざわざお時間をとっていただいて、有り難うございます。日中に伺ったお話、もう少し詳しく聞かせていただけないかと思いまして」

穏やかな調子で樫村は言った。ウェイターに飲み物を注文し、硬い表情で西田は切り出した。

「あのあとも何度か、村松に電話を入れてみたんです。病院側で携帯電話の使用を禁止しているのか、本人の意思なのか、電源が切られているようでまったく通じません」

「それじゃ、会社のほうもなにかと困るでしょう」

「そうでもないんです。いまは谷本が事業全体をコントロールしていて、このままでは村松が戻ってきても、やる仕事はなくなりそうです。谷本は代表権を持っているので、取引銀行との重要な契約も彼一人の判断でできますから」

「だとしたら、このままでは実質的に谷本氏の会社になってしまう」

「それが彼の望んでいたことですから」

苦衷を覗かせる西田に、樫村は訊いた。

「〈フロッグ〉のメールの件や増田の件を考え合わせると、村松さんは自ら墓穴を掘ったと考えざるを得ないですね」

「そこが理解できないんです。あの事件そのものを仕組んだのが村松だとしても、なぜそこまでしなければいけなかったのか」

「村松さん自身が〈フロッグ〉もしくはその一員だったとお考えですか」

西田はその問いには直接答えず、身を乗り出して言う。

「あれから、あのウェブメールを使って自分のアドレスにメールを送ってみました。間違いなく〈フロッグ〉からのメールが届きました。でもそれに返信すると、宛先不明で戻ってきてしまうんです」

「やはりヘッダー情報が偽装されているんですね。そのパソコンには誰でも近づけるんですか」

上岡が問いかけると、西田は強く首を横に振る。

「村松が失踪してからは、私が席を外すときは必ず部屋に鍵をかけています」

「それ以前にパソコンに細工されていた可能性はありますか」

「私が気が付かなかっただけなのかもしれません。そのアイコンのタイムスタンプを確認したら、半年以上前のものでしたから」

肩を落とす西田に上岡が言う。

「コンピュータに詳しい人間なら、タイムスタンプは簡単に書き換えられます。仕込んだのがここ数日のうちということも十分あり得ます」

こちらに来る前に上岡からその話は聞いていた。いずれにせよタイムスタンプは当てにならない。しかし西田の態度もよくわからない。村松のことを心配しているようで、話の内容はすべて彼女に疑念が向くように仕向けられているとも受けとれる。樫村は訊いた。

「村松さんが連絡をとろうとしないのは、なにか特別な理由があってだとお考えですか」

「さあ、容体が優れないという以外に心当たりはないんですが」

どこか慌てたように西田は応じる。樫村はさらに訊いた。

「親族の方には連絡を？」

「親しく付き合っている親族はいないようなんです。きょうだいもおらず、両親は存命ですが、ほとんど付き合いがないようで、私も連絡先は聞いておりません」

その話が本当なら、どんな事情があるにせよ、家庭環境はあまり幸福なものではなかったようだ。しかしそうだとすると、いまの村松にとって、西田は唯一頼れる人間のはずなのに、なぜ接触を拒否しているのか。ＰＴＳＤの症状がいくら重篤でも、いやそれならなおのこと、信じられる人間にそばにいて欲しいと願うものではないのか。

「病院のほうはなんと言ってるんですか」

江島が訊く。もちろん彼らも病院に問い合わせはしていて、いまは精神的に不安定で、事情聴取に堪えられる状態ではないと聞かされているが、それは相手が警察だからで、秘書の西田まで面会謝絶扱いにするというのは信じがたい。しかし肩を落として西田は言う。

「本人の強い意志もあるようなんです。とにかく、いまは誰にも会いたくないと――」

「肉親と疎遠なら、あなたがいちばん頼れる存在じゃないかと思うんですが、なにか理由でもあるんですかね」

江島は余計な気遣いをせず、そこにずばりと切り込んでいく。西田が不快げな表情で問い返す。

「その原因が、私にあると仰るんですか」

「そうは言ってませんけど、どうも不自然な気がするもんですから」

「私だって悩んでいるんです。仰る通り、いま村松になにかしてやれるのは私だけです。谷本は病院へは出向きもしません。ビットコインにはいま買い注文が殺到していて、業績は順風満帆なんです。会社を飛躍させるまさに絶好のチャンスなのに、このままでは、その会社をつくった立役者が失脚してしまいます」

「そういう心配をしている社員や役員はほかにもいるんでしょう。そんな人たちの声は聞こえてこないんですか」

「社員のなかには心配して私に声を掛けてくれる者もいますが、私は取締役会に出席できる立場ではなく、直属の上司は村松で、ほかの役員と接触する機会もあまりないので、社内の風向きはよくわからないんです。ただこれまで私を通して村松に届いていた決裁の書類がすべて谷本ＣＯＯに回されているようで、事実上の権限移行が進んでいるのが、私には実感できます」

西田はいかにも不安だと言いたげだ。かといって村松が不在ではそれもやむを得ない措置のはずで、谷本が村松の追い落としを画策しているという前回会ったときの西田の話が本当なら、村松は自ら彼の思う壺に嵌まろうとしているかのようだ。

「彼女が失踪した日、あなたがホテルに電話したら、誰かが室内にいると感じたとのことですが、それが増田だったのかもしれませんね」

樫村が水を向けると、西田は困惑を隠さず頷いた。

「いまとなってはそんな気もします。だとしたら村松は、増田という人と示し合わせてホテルを抜け出したことになりますね」

「つまり彼女は自らの意思で行方をくらましたことになりますが、その理由として、なにか思い当たることはありませんか」

樫村が訊くと、西田は当惑したように首を横に振る。

「あの〈フロッグ〉からの脅迫メールが自作自演だったら、私にはまったく思い当たりません」

「自作自演ではない可能性もありますね」

「そう考えるのが自然だと思います」

「では、パソコンにあったウェブメールのアイコンは？」

「おっしゃるようにタイムスタンプの書き換えが簡単にできるのなら、彼女が〈フロッグ〉だと思わせるように誰かが仕組んだのかもしれません」

「だれかというと？」

「村松の不在で、いまいちばん得をしている人です」

西田はきっぱりと言い切った。その言葉には強い皮肉が込められている。ここまでは村松を追い詰める方向に話を運ぼうとしているように思えたが、そうも一概には言えなくなってきた。江島が首をかしげる。

「しかしそうだとしても、拉致・監禁と籠城事件に関しては、村松氏が仕組んだとしか考えられないんじゃないですか」

「彼女自身が、なにかとても巨大な敵と戦っていたんじゃないかという気がしています。谷本COOはたぶんその手先に過ぎない。その敵に対抗するために、村松はああいう手段をとらざるを得なかったのではないかと思うんです」

彼女の身辺には、当時、警察が警護の要員を張り付けていたんですが」

「それでは不十分なほど、相手が強大だったのかもしれません」

　話がどこか増田の荒唐無稽な話に似通ってきている。しかし西田が覚醒剤中毒の妄想癖に陥っているとも思えない。樫村は訊いた。

「そんなことを想像させるようなことが、これまでもあったんですか」

「ビットコインの世界は、いま引火点に近づいていると、村松はよく言っていました」

「引火点というと？」

「有害な勢力がそれを利用することによって、ビットコインが歪められた方向に発展するターニングポイントを、ＣＥＯはそう呼んでいたようです。ビットコイン自体はニュートラルなシステムですが、そのぶん犯罪の温床にもなりやすい。ビットコインがまだ社会の片隅で細々と機能していたときは、そんな心配もなかったんです」

「犯罪者集団が経済的なメリットを感じる規模ではなかったわけですね」

「そうだと思います。でもいまは発行総額がそのレベルに達しつつある。国際的な犯罪者集団やテロリスト集団にとって、規模のメリットが生まれてきた。そういう勢力がアングラマネーの蓄積手段としてビットコインを使うようになれば、世界全体にとっての脅威になる――。そんな話は村松からよく聞いていました。ビットコインという仮想通貨システムの仕組みの詳細については私もよくわかりませんが、イメージとしてそれがわからなくもないんです」

「ビットコインは発行額に上限があるでしょう。二千百万BTC（ビットコインの単位）に達すると、もう新規発行されなくなる。そういうふうにプログラムされているはずですが」

怪訝そうに上岡が言う。詳しい理屈はわからないが、その点は樫村も聞いていた。仕組み上、徐々に新規発行量が減っていき、その上限に達するのは二一四〇年ごろだと言われているらしい。

「でもそれまでには、まだまだ時間があります。それに新規発行量が減少すれば、希少価値も出てきます。ただ、現在の時価総額は円換算で二十兆円前後と、国家予算などと比べて小さいんです。しかしその点が、むしろそういう勢力にとってはコントロールしやすい要素になっている。ブラックマネーを大量に流入させれば、相場だって簡単に操作できます」

「まさに我々が惧れていることです。ビットコインであれ他の仮想通貨であれ、そういう勢力に席巻されたら、組織犯罪に対する規制手段を失うことになりかねない」

慄きを覚えながら樫村は言った。真剣な表情で西田は続ける。

「それを防ぎたいというのが村松の願いだったんです。今回起きた事件には、なにか大きな意味があるような気がします。ですから、ＣＥＯを護って頂きたいんです。彼女はいま、なにか想像もつかない罠に嵌まっているような気がするんです」

西田の訴えには切実なものがある。その話をどこまで信じるべきか、樫村には俄に判断できないが、その言葉が真実なら、これまで起きてきたことを、単なる企業の内紛だとはやはり片づけられない。樫村は確認した。

「〈ストーンバンク〉が、その敵だと理解していいですか」

「いいかもしれません。ただそれは村松が戦っていた相手のごく一部のような気がします。このまえお話しした敵対的TOBに関しても、じつは村松は、仕掛けた投資ファンドが、〈ストーンバンク〉と思しい当社の顧客と裏で繋がっているのではないかと疑っていたんです。どちらもタックスヘイブンのパナマに本拠があり、その投資ファンドは、海外の闇社会やテロ支援国家の資金を集めているという悪評が高かったようなんです」

「あの立て籠もり事件の際、増田は、彼の敵が世界制覇を目論む化け物だというようなことを言っていました。我々は覚醒剤中毒による妄想に過ぎないと受けとっていたんですが、あながち出まかせではなかったのかもしれませんね」

強い手応えを覚えながら樫村は言った。我が意を得たりというように西田は身を乗り出した。

「表現は大袈裟ですが、ある意味で的を射ていると思います。でもこのままでは、村松は会社から追放されてしまうでしょう。増田という人を射殺した件は、正当防衛が認められるんですか」

「本人がそこに至った経緯を正確に話してくれればいいんですがね。増田と知り合いだったという点をどう解釈するかで、そのあたりの判断が難しくなるんですよ」

江島が渋い顔で言う。きっぱりした口調で西田は応じた。

「最初は私も不安に感じたんです。そこにさらに村松のパソコンにあった〈フロッグ〉のメールアカウント――。村松がなにを考えているのか理解できなくて、怖くなって樫村さんにお電話したんです。でもそのあと、いろいろ考えたんです。村松が〈フロッグ〉自身だとかその手先だとか考えると、あまりにも矛盾だらけですから」

5

警視庁に戻ると、須田も三宅も井村も、マネロン室の会議室で待ちかねていた。橋本と矢沢と倉持もいる。

西田とのやりとりを詳細に報告すると、口火を切ったのは井村だった。

「その話、信じてやりたいところだが、裏付けがなにもないからな。敬愛する上司をなんとか庇ってやりたい思いでいろいろ言ってるんだろうが、どうも説得力には欠けるな」

「しかし、村松氏が増田と知り合いだったことや〈フロッグ〉のメールアカウントの件を隠そうとはしなかった。単に犯行事実を否定するつもりなら、それについては最初から黙っていればよかった。その点はむしろ信用できる気がするんだが」

須田は思案気な口ぶりだ。興味深げに三宅が言う。

「おれも信用したい気がするな。あのマンションに監禁されて拘束されていたのはこっちも確認してるんだから、村松氏が正当防衛を主張するんなら、すんなり認めてやればいい。増田なんてクズのことはどうでもいいよ。それより〈ストーンバンク〉の摘発に協力させるほうが、おれたちにとっては得策というもんだ」

「あんたはそれでよくても、こっちはそうはいかないんだよ。村松氏が増田と知り合いだったという事実が出てきちまった以上、拉致の容疑は成立しない。たしかに後ろ手に縛られている様子は目撃したが、それだってやらせの疑いが出てきた。じつはいちばんの黒幕が村松氏だという可能性だってあるだろう」

井村は納得できない口ぶりだ。三宅の言い方にも問題があるが、本音としては樫村も三宅に同調したいところだ。三宅はさらに言う。

「慌てて逮捕したからって、直接の容疑は増田を射殺した件だけだろう。その秘書が言うようなややこしい事情が背後にあるとしたら、取り調べの際にすべてを喋るとは限らない。もし増田と知り合いだったとしても、その手引きでホテルから失踪したこと自体は犯罪じゃない」

「おれたちが問題にしているのは増田の射殺の件だよ。真相を知っているのは村松氏しかいない」

「それはあくまで密室での出来事で、どのみち村松氏の言うことを信じるしかないわけだろう。増田のあの暴れ具合に加えて、その前に中井が射殺されていた。その状況からすれば急迫不正の侵害があったとみなすほうが常識的で、増田の件は正当防衛だったと言われれば反証のしようがない」

「その中井の件だってある」

「そっちは増田がやったとみて間違いない。その増田は死んだんだから、もう決着がついたようなもんだ。それよりおれたちが追っている事件をそんなことで壊すわけにはいかないんだよ」

だれでもとりあえず疑ってかかるのが信条のはずの三宅が、ここではやけに西田の肩を持つ。須田もその風向きに便乗する。

「おれも三宅さんの考えに賛成だ。とりあえず重要なのは、〈ストーンバンク〉の運営者を摘発することだ。そこで〈フロッグ〉の正体も明らかになる。ビットコインが犯罪組織の温床になる瀬戸際——いわば引火点に達しつつあるという村松氏の見方にはおれも同意する。しかしそれを阻止するのは彼女一人の手では不可能だ。その目的を達成するうえでは、警察と連携することが有効だということは、彼女も十分わかってくれるはずだ」

「そうだよ。とりあえず、増田の射殺の件は送検を見送って、その代わりに〈ストーンバンク〉の摘発に手を貸してもらう。その過程で、やっぱり正当防衛は成り立たない疑いがでてきたら、その時点でもう一度捜査に乗り出せばいい。いま訴追して無罪になれば一事不再理で二度と立件できないが、送検しないで隠し球にしておけば、いつでも蒸し返せるだろう」

三宅の人柄がとくに改善されたわけではなく、自分の都合しか考えていない主張だということがよくわかる。しかしそこまで言われると井村も反論しにくいようで、渋い表情で釘を刺す。

「しようがないな。だったら、立て籠もり事件に関わる話が出たら、包み隠さず教えてくれよ。変な取引をして見逃すようなことは絶対にするなよ」

「もちろんだよ。ものごとには順番というものがある。重大さという点じゃ、シャブ中のチンピラのことよりおれたちの事案が勝る。このまま放っといて、この世界が悪党どもの天国になっちゃ取り返しがつかないからね」

三宅は自信たっぷりだ。江島も頷く。

「そういう裏事情についてはまだ検察には言っていないので、このまま送検しても不起訴か起訴猶予になる確率が高い。マスコミも正当防衛が当然成立するとの論調一色ですから、そっちのほうはしばらく放っておいてもいいでしょう。もちろん事情聴取は一応したいと思いますが」

「増田と中井が死んじまった以上、村松氏がいまやなけなしの切り札だ。大事に扱わないと取り返しのつかないことになる。〈ストーンバンク〉の件について本人がそこまで危機意識を持っていたんなら、自殺やら国外逃亡の惧れはないだろうから、やはり逮捕は必要ないな」

須田も同じ考えのようだ。こういうときに一言口を挟むのが持病の矢沢も、ここでは納得したように頷いている。意を強くして樫村は言った。

「面会謝絶が解けたら、私がじっくり話をしてみます。〈ストーンバンク〉についての情報をここまで警察に秘匿し、自分一人で抱え込んできたのは、企業防衛の意識が原因だと思います。しかしすでに会社の実権は谷本に奪取されてしまった。だったら我々と手を組んででも、ここで一戦交えようという気になってくれるんじゃないですか」

「そう願いたいよ。こうなると、西田という秘書も重要だ。そのうち解雇される惧れもあるが、いまは村松氏にとってもおれたちにとっても、ビットスポットに残る貴重な橋頭堡（きょうとうほ）だからね」

　満足げな表情で三宅が言う。そのとき倉持が声を上げた。

「ちょっとこれ、ひょっとするとやばいかもしれませんよ」

　すぐ傍らにある警察無線の受信機から、車載通信系無線のやりとりが小音量で流れている。扱われるのは大半がマネロン室には縁のない事案だから、邪魔にならないＢＧＭ程度に音を絞っているが、たまたますぐ傍にいる倉持の耳にはなにか入ったらしい。倉持が受信機の音量を上げると、警視庁通信指令センターのオペレーターの声が流れてきた。

「――繰り返す。練馬署管内の全移動へ。桜台四丁目四十五の九、ハイツ城西の敷地内で意識不明で倒れている女性を発見との通報あり。マンション上階より落下した模様。警邏（けいら）中のパトカーは現場に急行せよ。繰り返す――」

　倉持は慌てて手帳をめくり、緊張した表情で顔を上げた。

「間違いないです。現場は西田秘書の自宅があるマンションです。前回会ったときに聞いていた住所です」

第十二章

1

倒れていた女性はやはり西田秘書だった。

西田は病院に救急搬送され、そこで死亡が確認された。死因は、自室のあるマンション五階の外廊下からフェンスを乗り越えて落下したことによる脳挫傷とみられた。

検証では現場に争いがあったような痕跡はなかった。マンションの防犯カメラに不審者が出入りする様子も記録されていなかった。ただし外廊下と外階段にはカメラがないから、落下時の西田の様子はわからない。練馬署からはすでに本庁にその結果が報告されているが、けっきょく自殺ということで落ち着きそうだという。

住民による警察への通報の十五分ほど前にエントランスからマンションに入る西田の姿が

映っており、そうだとすると西田は、樫村たちと別れたあとまっすぐ帰宅したものと考えられる。しかしあのときの西田との会話から考えて、樫村も江島も自殺という結論には頷けなかった。

先ほど会ったばかりの西田は、切迫した様子ではあっても、自殺を予期させるような気配は微塵もなく、むしろ村松を救うためにできる限りのことをしたいという強い意欲を感じさせた。面談のあとも自宅まで捜査員を張りつかせなかったことを江島は悔やんだが、もし殺人なら犯人はマンションのどこかに潜んで待ち伏せしていたと思われ、果たしてそれで救えたかどうかはわからない。

転落したのが西田だと確認されてすぐ、樫村は谷本に電話を入れた。事件の一報を入れるというよりアリバイを確認するためだったが、それより三時間ほど前に谷本は退社したとのことだった。そこで自宅に電話を入れてみると、妻が応答して、まだ帰宅していないと言う。やむなく連絡がとれたら電話をくれるように頼んでおいた。

携帯の番号は知っているが、こちらからそこへかけても当人の居場所はわからない。GPSの位置情報から調べることもできるが、それには令状が必要だ。

西田の死亡が確認されてから三時間が経ち、時刻が午前一時を過ぎても、谷本からは音沙汰がなかった。マネロン室の会議室には、三宅も井村も江島も、須田をはじめマネロン室のメンバー全員も居残っている。

「まさか谷本まで殺されたということはないだろうな。そうなったら迷宮入り確定だ」

三宅は不安を隠さない。樫村もさすがにそこまでは考えが及ばなかったが、すべて妄想だと思っていた増田の話にもしいくばくかの真実があるとしたら、一概に否定はできない。

「こちらからかけてみるしかないでしょうね。必要なら、谷本の居場所はあとからでも通話記録で確認できるはずですから」

樫村は谷本の携帯を呼び出した。呼び出し音が鳴らず、すぐに留守電サービスに繋がる。そこに連絡が欲しいというメッセージを入れた。

「応答しないのか」

須田が訊いてくる。落ち着かない気分で樫村は頷いた。

「GPSで居場所を察知されるのを嫌って、電源を切っているんでしょう。そもそもこんな時間まで帰宅していないとしたら、妻になんらかの連絡は入れているはずです。社外で人と会う予定だとは聞いていないそうですし、私が会社に電話したときも、ただ退社したというだけでしたから」

「どちらも嘘をついている可能性はあるが、もし谷本が西田秘書を殺害したとしたら、電話を寄越さなければむしろアリバイの点で不利になる。そこが腑に落ちないところだな」

須田は唸る。西田が死んでいちばんメリットが大きいのが谷本だというのは想像がつくが、いくらなんでもという思いは樫村も拭えない。

しかし、もし彼女が殺害された理由が樫村たちと接触していたことにあるとすれば、こちらになにか手落ちがあったのではという思いも湧いてくる。最初の接触以来、地元の所轄にパトロールは依頼してあったが、日に何回かパトカーが巡回するだけでは、しょせん気休めに過ぎなかったともいえる。

実行犯がだれであれ、ビットスポットに関わる疑惑のなかで三人が死んだ。増田と中井に関してはことさら同情の余地はないが、西田の死は樫村にとって痛切だ。そうさせないために、なにかできたのではないかという思いが頭にまつわりついて離れない。

そのとき樫村の携帯が鳴った。ディスプレイを覗くと谷本からの着信だった。慌てて耳に当てると、切迫した声が流れてきた。

「連絡が遅くなってすみません。重要な会議に出ていて携帯を切っていたもので。西田は自殺したんですね」

谷本は決めつけるように言う。妻に伝言を頼んだときも留守電に吹き込んだときも、樫村は状況を客観的に説明しただけで自殺だとは言っていない。会社に電話を入れたときは、ただ谷本がいるかいないかを確認しただけだ。

「状況からするとその可能性が高いというだけで、まだ結論は出ていません。所轄から会社に連絡があったと思いますが」

「会議中はだれとも連絡をとっていないんです。じつは社内にもまだ秘密にしておきたい用事だったものですから」

樫村の耳にはいかにも白々しい言い訳としか聞こえない。

「午後十時前後、どこにおられましたか」

ストレートに問いかけると、谷本は鋭く反応した。

「どういう意味ですか。私が殺したとでも言うんですか」

「こういう場合、関係者すべてのアリバイを確認するのが我々の仕事ですから」

「関係者と言われても、西田がうちの社員だというだけで、どうして私が疑われなきゃいけないんですか」

「じつは亡くなる直前に、我々は彼女から貴重な情報をもらっているんです」

「それが私と関係あるとでも言うんですか」

谷本は突っかかるような口振りだが、西田と樫村たちが接触していたと聞いて、ことさら不審に感じた気配がないところが逆に怪しい。樫村は遠慮なく押していった。

「当然そこには、村松さんが不在のあいだ、経営の実権を一手に掌握されたあなたに関する詐も含まれるわけでして」

「このあいだの騒動のときも、おたくは村松の失踪に私が関与しているとでも言いたげだった。今後もそういうことが続くようなら名誉毀損で訴えますよ」

「その時刻のアリバイが立証されないと、あなたにとって不利な疑惑が生まれる。それでもいいんですね」

樫村もここは強気に出た。西田はすでに死んで、村松は病院で面会謝絶の状態だ。谷本を多少刺激したところで、いまや恐れることはなにもない。

「いったい西田があなたになにを言ったんだ。西田は村松の忠実な部下だ。村松を擁護するためにあることないこと言ったに決まっている。警察はそういう信用のおけない情報を鵜呑みにするんですか」

「その時刻、あなたがどこにいたかも含めて、聞きたいことがいろいろあるんです。ビットスポットの内部でなにかが起きているのは間違いない。その真相を我々が把握しない限り、あなたの命を守ることもできない」

「私の命を守ってくれと頼んだ覚えはありませんよ」

「我々は切迫した事態だと感じています。あなたとは限らない。真実が明らかにならないと、また新しい犠牲者が出るかもしれない」

「勝手な理屈を——。西田がだれかに殺されたという証拠があるんですか」

「その可能性も含めて、これから捜査することになります」

「ついいましがた、警察から連絡を受けた社員に確認しましたよ。事件性は認められず、自殺もしくは事故として処理されるという話だったようですが」

「それはあくまで所轄の判断です。ビットスポットがらみで起きた一連の事件に関わってきた我々としては、そこで捜査をやめるわけにはいかないんです」

「真相を知っているのは村松でしょう。追及すべきは私ではなく彼女じゃないんですか」

「もちろん面会謝絶が解け次第、事情聴取しようと考えています」

「だったら勝手にやったらいいでしょう。たぶん、なにも喋らないとは思いますがね」

「どうしてわかるんですか」

「彼女にとって、ビットスポットは命に代えても守りたい大切なものなんです。それは私にとっても同様です。会社の信用に関わるような情報は、それが法に抵触する内容でない限り、決して表には出しません」

「増田の殺害は、場合によっては法に抵触します」

「正当防衛が認められるんでしょう」

「そこも本人から詳しく事情を聞かないとわかりません。目撃者がいないうえに、これまで表に出ていなかった新事実を我々は把握していますので」

「なんですか、それは？」

谷本の声に警戒の色が滲む。その反応を確認し、樫村は空とぼけた。

「捜査上の機密に属することで、いまは申し上げられません」

「だったら私だって話せることはなにもありませんよ。増田も中井も死んだ。増田があのとき喋った戯言を、おたくたちはまだ信じているんですか」

「一〇〇パーセント戯言だとも思えませんので」

「うちの会社が、〈ストーンバンク〉だとか〈フロッグ〉だとかいう怪しげな連中と関係があると、いまも疑っているんでしょう。それこそ下衆（げす）の勘ぐりというものだ」

谷本はあくまで強気だ。西田が死んだいま、彼に不利な証言をしそうな人間は村松だけだ。谷本が西田を殺害したとはまだ言い切れないが、村松の身についても俄に心配になってくる。

「なんとか、事情聴取に応じてもらえませんか。我々もあなたを犯人に仕立てようとして動いているわけじゃない。しかしあなたの会社で不審な事態が起きているのは間違いない。そもそも西田さんには、自殺するような兆候があったんですか」

「そんなこと、私にわかるわけがないでしょう。彼女は村松の秘書で、いわばその腹心です。

村松とは一心同体と言ってもいい。私のほうは、仕事の上で接触することはあっても、彼女の心の裡まで把握できる立場にはなかった」

「村松さんを窮地から救うために、彼女は必死のようでした。我々に接触してきたのも彼女のほうからです。その思いの強さからして、自殺を考えるようなことはあり得ないと感じるんです」

「その西田にあることないことを聞かされて、私に人殺しの濡れ衣を着せようとしているわけだ。おたくたちこそ、村松や西田の三百代言に操られているんじゃないのか。そもそも民事不介入とか言って、企業や家庭の内部事情への深入りを避けるのが君たち警察のやり方だと思うが」

「あいにく殺人は正真正銘の刑法犯で、民事の事案じゃないものですから」

「だったら、西田が誰かに殺されたという証拠を見せて欲しいね」

「その前に、彼女が殺害されたと推定される時刻、あなたがどこにいたかを聞きたいんです。それがはっきりすれば、あなたに対する容疑は解消します」

「重大な企業機密に属する話でね。警察に明らかにする義務はない。どうしてもというんなら逮捕して取り調べたらどうかね。それでも言えないものは言えないが、そもそも君たちの言いがかりに、逮捕状を請求できるだけの論拠があるのかね」

谷本は足下を見透かすように言う。樫村はその挑発を受けて立った。

「だったら、これからあなたの身辺を徹底的に探ることになります。それでよろしいんですね」

「勝手にしたらいい。いくら探ったって、なにも出てきやしないから」

負けじと捨て台詞を吐いて谷本は通話を切ったが、内心穏やかではないのか武者震いなのか、わずかに語尾が震えていた。

2

電話を受けてすぐにスピーカーフォンに切り替えていたので、やりとりは全員が聞いていた。

「どうもアリバイはなさそうですね」

江島が首を横に振ると、そうでもないと言いたげに上岡が口を開く。

「じつはいま、ビットコインの世界でちょっとした騒動が持ち上がっているんです。昨年、ブロックサイズ（取引履歴をまとめたデータの集まり）がシステム上の上限に達しつつあって、そのままだと処理速度の著しい遅延が生じる。それでサイズを調整するための二つの方法が提案されたんですが——」

そこで意見が分かれて、ビットコインが二つに分裂した。一時的に相場が下落したが、まもなく持ち直し、そのうえ分裂した新たな仮想通貨もそこそこの値がついた。そのとき大きな利益を上げた投資家がいたため、それに味を占め、その後もビットコインから派生した新仮想通貨の発行が相次いだ。

仮想通貨取扱業者にとって、新種の仮想通貨の乱立は、仮想通貨全体の信頼低下に結びつく惧れがあり必ずしも好ましくない。同時に分裂に伴う混乱から大量の仮想通貨の流出が起きるリスクもある。今回またビットコインからの大規模な分裂が計画されているため、国内の取引所は市場の混乱が予想される期間、協調して取引を停止することにしているらしい。

上岡は続ける。

「西田秘書の死亡時のアリバイに関して、谷本は重大な企業機密に属すると言っていましたが、そのことに関連した同業者との会議に出席していたとしたら、あながち嘘とも言えないんじゃないでしょうか」

「ブロックサイズがどうのこうのというややこしい事情はわからんが、そんな話をあんたはどこで聞いたんだ」

三宅がさっそく突っ込むと、上岡はあっさりとネタ元を明かす。

新聞に出ていたんです。小さな記事なので、みなさんは目にしなかったかもしれません」

「新聞に出たくらいなら、重大な機密でもなんでもないだろう」

三宅は鼻で笑うが、別の不安を覚えて樫村は訊いた。

「それはビットコイン自体の危機なのか？　もしそうなら、〈ストーンバンク〉はここで手仕舞いをして別の仮想通貨に乗り換えるかもしれない。そうなると我々の捜査も一から出直しだ」

「そんなことはないでしょう。今回の問題に決着がつけば、むしろビットコインにもプラスの波及効果があり、取引は活発化すると楽観する向きもあります」

上岡はアナリストのような口を利く。樫村は問いかけた。

「仮想通貨の取引所には、業界団体のようなものはあるのか」

「ありますよ。取引停止の発表をしたのはその団体です。そこに問い合わせれば、谷本が言った会合が本当にあったかどうかわかるかもしれません」

「社員にも言えないほどの機密だというのがなんとも不可解だな。要は新聞に発表していい程度の話なんだろう。それでアリバイが成立するんだから、自分から進んで言っちまえばいいのに」

不審げな口ぶりで井村が言うと、上岡は張り切って応じる。

「あすその団体に問い合わせてみます。午後十時ごろはすでに取引停止の発表があったあとなので、機密性の高い集まりというのはやはり信じがたいですからね」

「そんなものはなかったか、あるいはあっても出席していなかったかだろうな。どうにも往生際の悪い男だよ」

三宅が吐き捨てるように言う。しかし須田は慎重だ。

「増田の立て籠もり事件にもなんらかのかたちで谷本が関わっていたとしたら、今回も自ら手を下したとは限らない。さっきの電話で妙に強気だったのも気にかかる。なにか落とし穴があるのかもしれないぞ」

思案投げ首の体で江島が応じる。

「けっきょく増田と中井に対する教唆の事実も立証できなかった。逆に西田秘書の口から、村松氏が増田と面識があった事実が浮上した。病院にいた村松氏が西田秘書の死に関与したとは思えませんが、今回の事件にも、なにか相当込み入った事情があるのはたしかですよ」

なんにでもとりあえず口を挟む矢沢も、いまはこれといった知恵もない様子だ。樫村は言った。

「いずれにせよ、谷本の動きには要注意だと思います。最後の生き証人を失うようなことに

[illegible]ったら[illegible]取り返しがつきませんから」

「たしかにそこは心配だな。増田の殺害の件については、まだ正当防衛が認められたわけじゃないんだから、あんたたちのほうで張り込みをしたらどうだ」

三宅は井村に注文をつける。井村も頷いた。

「重度のPTSDで逃走の惧れはないからとくに監視は立てていなかったんだが、とりあえず警護の意味であすから病院に人を張りつけよう。しかしこうなったら、やはり早々に逮捕・勾留するのがいちばんの安全策かもしれないな。東京拘置所の病院に収容すれば、PTSDの治療も継続できるだろうから」

そう言われればこの状況では樫村も反論しにくい。先ほどは谷本に脅しを利かせはしたものの、向こうにも退く気配はなかった。谷本に見透かされたように、たしかにこちらには逮捕状を請求できるだけの疎明材料がない。

「ほかに手はなさそうですね。ただ症状を悪化させないように十分気を付けないと」

「その際は、拘置所病院の医師にも十分事情を説明しておくよ。なにしろ変わった人たちが多いところだから、精神科のスタッフも充実していると聞いている」

井村が保証する。当人に入院経験があるわけでもないだろうから当てにはならないが、そこにいれば、少なくとも生命が脅かされる心配はないと考えていい。

3

上岡は朝いちばんで仮想通貨取引所の業界団体に電話を入れた。

きのうの午後七時過ぎから深夜にかけて、たしかに加盟している会社のほとんどが参加した会合があり、業界大手のビットスポットもむろん参加したという。電話に出た職員によると、そんな遅い時間に設定されたのはメンバー各自が多忙なのと、欧米の取引所とも連携をとる必要があったためで、時差の関係でそうなったという説明だった。

ビットスポットから参加したのは谷本で間違いないとのことで、これからまもなく会議の内容を記者発表するという。やはり谷本が言っていたほど機密性の高い会議ではなさそうだ。だったらそのことをもっとはっきり主張すればよかったはずだが、なぜか隠すような態度をみせた。そのことにどういう意味があったのかわからない。

そこに疑心を抱かせることでこちらの捜査を迷走させる意図でもあったのかと想像するしかないが、アリバイが成立してしまった以上、西田の死と谷本を結ぶ線が極めて細くなったのは間違いない。

江島から予想もしない連絡が入ったのは午前中の早い時刻だった。

「うちの捜査員が、ついさっき身辺警護のために病院に出向いたところ、村松氏は、きのうの夜に退院していたそうです」

「退院していた──。予想以上に回復が早かったな」

「本人の強い意志だそうです。一昨日から急速にＰＴＳＤ特有の症状が治まって、病院側もそろそろ面会謝絶は解いてもいいと考えていたところで、本人とじっくり話し合い、医師もＯＫを出したそうなんです」

「それはとりあえず朗報じゃないのか。逮捕という強硬手段をとらなくても事情聴取ができる」

「ところが、退院後、連絡がとれないんです。病院側は自宅に戻ったものと思っていたようで、医師が様子を確認しようと電話をしたんですが通じない。むろん自宅は全焼していますから、そこに戻った可能性はない。携帯にかけても応答がない。会社にも戻った様子がないようです」

「退院は一人で？」

「親族か会社の人間に迎えに来てもらったらどうかと医師は勧めたらしいんですが、一人で大丈夫だと言い張って、タクシーを呼んで病院を出たそうです」

「自宅が焼失していることを、病院側は知っていたのか」

「本人からは聞いていなかったとのことです。てっきり世田谷の自宅に戻ったものと思っていたようで」

「殺人の容疑が完全に晴れたわけではないことを、病院側に伝えていなかったのか」

「事件のことはもちろん伝えましたよ。ただ医師のほうは正当防衛が成立したものと勝手に解釈していたようです。それにそもそも病院には患者を拘束する権限がありません。村松氏本人は、自分から警察に連絡して事情を説明すると言っていたようです」

そう言われれば樫村も突っ込めない。村松はあのときは明らかに拉致監禁の被害者で、正当防衛の可能性が極めて高いと認められたから、殺人容疑による現行犯逮捕は警察の手続きとして馴染まなかった。症状が回復したら本人から事情聴取をし、その結果で判断しようというのがあのときの了解だった。

「本当に彼女のほうから連絡を寄越すだろうか」

「どうでしょうか。ひょっとすると西田秘書の死を知って、自分の身も危険だと感じて行方をくらましたんじゃないんですか」

江島は不安げだ。慄くものを覚えて樫村も応じた。

「タイミングが合ってるな。あるいは身の危険を避けるというより――」

「西田秘書の話と考え合わせると、むしろ敵に一矢報いるために自ら動き始めた可能性もあるでしょう」

「どちらにせよ、なんとか行方を突き止めないと、まずいことが起きそうな気がするよ」

樫村は自身の携帯から村松の携帯を呼び出した。やはり電源を切っているようで繋がらない。留守電サービスが応答したので、至急連絡が欲しいと録音したが、たぶん返事は来ないだろう。江島が言う。

「彼女だけじゃなく、谷本の身辺に張り付く必要もありそうですね」

「ああ。アリバイがあったからって、西田秘書の死と無関係だとは考えにくい。とりあえずそっちも監視対象にしないと、西田秘書の二の舞になりかねない」

「しかし村松氏をどうやって捜すかですよ。まさかこれから逮捕状を請求して、全国に指名手配というわけにもいかない」

「世田谷の自宅は焼け落ちたままだし、側近の西田秘書は死んだ。彼女の話だと、村松氏は親族ともあまり親しい付き合いがないらしい。いま置かれている状況を考えると、そういう足のつきやすいところには近づかないんじゃないのか」

「私もそう思います。彼女はホテル住まいに慣れているようですから、都内か近郊のホテルに宿泊しているような気がします」

「片っ端から問い合わせるしかないか。しかしこの場合、偽名で泊まっている可能性がある」

「ラブホテルなら、そもそも宿泊者名簿に名前を書かせることすらしませんからね」

「東京都内だと、宿泊施設はどのくらいあるかわかるか」

「ホテルと旅館を合わせて二千軒近くだと聞いたことがあります。カプセルホテルのような簡易宿泊施設も合わせるとさらに増えるでしょう。村松氏が普段使うような高級ホテルなら数は絞れると思いますが、身を隠す意図があればそういうところは使わないかもしれません」

江島は心許ない答えを返す。樫村は苛立ちを禁じ得ない。江島にではなく村松に対してだ。前回の失踪事件であれだけ手間をとらせて、それに続く二度目の失踪――。いい加減にしろと言いたくなるが、こちらにも西田を死なせてしまった悔いがあるから放っておくわけにはいかない。にわかに湧いてきた厭戦気分に抗いながら樫村は言った。

「きょう一日待ってみて、それで連絡がなければ虱潰しに聞き込みすることになるな」

「大仕事ですね。三宅さんのところにも手伝ってもらって、総がかりでいくしかないでしょう」

「その一方で、谷本の張り込みもしなきゃいかんな」

―そっちは愛宕署の田川さんに頼みましょうか。前回の失踪事件の不手際をいまも悔やんでいるようですから、気合いを入れてやってくれると思います」

「だったらおれから頼んでみるよ。ビットスポットは愛宕署と目と鼻の先だから、その仕事には適任だ」

切迫した思いで樫村は言った。

4

夕刻になっても村松からは連絡がない。須田は捜査関係事項照会書の作成に取りかかった。警察手帳を見せるだけで情報を開示してくれるところもあるが、ホテル業界はもともと宿泊客のプライバシー管理に厳しい。宿泊していても、当人が伏せてくれと言えば外からの電話も繋がない。

偽名で泊まっているかもしれないので、直接出向いて写真を見せて確認することになるが、江島が言ったとおり、都内だけでホテルが七百ヵ所近く、旅館が千二百ヵ所余りあって、特捜本部体制ならともかく、いまの樫村たちの陣容でそのすべてに当たるのは不可能に近い。

両親をはじめ親族の連絡先はわからない。西田秘書なら知っていたかもしれないが、いまとなっては訊くこともできない。ピットスポットに問い合わせればこちらの動きを谷本に知らせることになる。それで先手を打たれれば藪蛇だ。

樫村は村松の戸籍関係を洗うことにした。村松の生まれは長岡市だが、十歳のときに東京に出てきたと西田からは聞いている。

そのとき両親が転籍していれば、現在の戸籍は東京のどこかの可能性があるが、住所が変わっても生まれ故郷に戸籍を残しているケースは珍しくない。現在の村松の戸籍所在地は住民票から調べられる。その戸籍謄本をとり、さらに従前戸籍まで遡れば、そちらの附票から現在の両親の居住地も判明する。そこからさらにおじやおばの関係までたどっていけば、思いも寄らない縁故関係が浮き上がるかもしれない。

そんな人の繋がりを追ういわゆる敷鑑捜査は、かつて捜査一課にいた橋本の得意分野で、江島たちも田川たちも村松の捜索や谷本の行動確認で忙しいから、その意味でも橋本が適任だ。彼をリーダーに倉持と矢沢でチームを組んで、日本全国どこへでもとんでいくと張り切っている。

西田の件について、井村は捜査一課長に事件性の有無を再捜査すべきだと強く進言したが、所轄の捜査ですでに自殺と答えが出ているからと、相手にもされなかったらしい。

「企業が絡む事件と政治家が絡む事件には警察は昔から及び腰だからな。どっちも地検特捜の独壇場で、それを悔しいとも思わない。上の役所（警察庁）は言ってみりゃ総理官邸の直轄機関だし、企業には偉いさんたちの定年後の天下り先として恩を売っておきたい。どっちもおれ程度の地位じゃ関係ない話だがね」

報告がてらマネロン室に顔を出した井村は苦々しい口ぶりで言う。三宅もあすからの聞き込みの打ち合わせにやってきた。

「おれたちにとってはここが正念場だよ。しかし村松という女経営者には翻弄されるな。ひょっとして谷本なんてのはほんの小者で、最大の黒幕は村松じゃないのか」

そんな三宅の疑念に、樫村もなかなか反論できない。唯一信じられる根拠は、西田から聞いた「引火点」という言葉だった。ビットコインの世界はいま引火点に近づいている──。村松はそんな強い危機感を抱いていたという。

それは自らも重要なプレイヤーの一人としてきょうまで育て上げたビットコインが、世界のブラックマネーの蓄積場所となり、犯罪やテロリズムの温床となることへの鋭い警告であり、それを阻止するために行動を起こす意思の表明だと樫村には受けとれた。

あの失踪と監禁事件についても、村松の意思がなんらかのかたちで働いていたにせよ、それが悪の側に加担するためだったとは考えられない。

それならなぜ、こちらが〈ストーンバンク〉の捜査に乗り出していることを知っていて、それに協力しないのか――。そこが解せない点であり、かつ憤りさえ感じる点だった。

いずれにせよ現在の村松は、樫村たちにとって最大の情報源であると同時に、もっとも強固な壁でもある。あるいは彼女は、自分一人の力で敵に立ち向かおうとしており、それを自分の義務のように考えているのかもしれない。

もしそうなら、今後なんらかのかたちで、村松のほうから谷本に接触する可能性がある。あるいは以前ビットスポットに敵対的なＴＯＢを仕掛けた、〈ストーンバンク〉との関係が疑われるオフショアの投資ファンドと自ら対決することも考えられる。

あのとき増田が口にした、世界支配を狙う強大な存在の話は、八、九割差し引いて考えたとしても、そのファンドのことを指しているとしたらあながち外れてはいない。グローバル化の進んだ現在の世界は、ある意味で彼らのような存在に牛耳られていて、その一挙手一投足で発展途上の国が破綻の危機に陥ることさえある。

そんなファンドが仮想通貨ならではの秘匿性の高さを悪用してビットコインの世界に触手を伸ばし、〈ストーンバンク〉のような闇の勢力と結託すれば、この世界に危険極まりない悪の帝国が出現する。現に〈ストーンバンク〉と同様のシステムで運営されている海外の闇サイトでは、違法薬物のみならず、サリンやＶＸなどの危険な化学物質や兵器まで取引されているという。

そういう勢力にビットコインの世界が支配される。そんな状況に至るターニングポイントを村松は引火点と呼んだのだろう。

5

合同チームは翌日から村松の行方を探る捜査に乗り出した。

三宅の率いる組対部五課薬物捜査第三係と井村の率いる刑事部捜査一課第二特殊犯捜査係は、ほぼ総がかりで都内の宿泊施設の聞き込みに取りかかったが、それでも万一に備えて待機要員は残さざるを得ないから、動員できるのは総勢二十名足らず。それで二千ヵ所近い施設を聞き込んで回るのは気が遠くなる仕事だ。

愛宕署の田川は、さっそくビットスポットのある虎ノ門のオフィスビルに人を張りつけた。谷本は午前十時過ぎに出社し、昼を過ぎたいまも外出はしていないらしい。

「できることはすべてやっています。もうじき答えが出ると思いますよ。村松氏だって、そういつまでも雲隠れはしていられない。それじゃみすみす手塩にかけたビットスポットを、谷本とその背後にいる怪しげな連中にくれてやることになりますから」

庁内の食堂で昼飯を食いながら江島が言う。三宅の言う村松黒幕説に肩入れするふうでもない。

「村松氏の戸籍謄本は取得できたんですか」

江島が問いかける。それについては、ついさきほど橋本から連絡があった。

「現在の戸籍は大田区にあるんだが、やはり分籍して新たにつくった戸籍のようで、従前戸籍は長岡にある。いまうちの橋本たちがそちらに飛んでるよ。担当者が融通が利かなくて、身上調査照会書の原本を持参しなきゃ謄本を開示できないと言うもんだから」

「とりあえず両親が存命なら、そちらにも人手を割くことになりそうですね」

「きょうだいはおらず、両親とは疎遠だったという話だが、状況が状況だから、身内なら村松が来ていてもいないと答えるかもしれない。それを想定してしばらく張り込む必要がありそうだ」

この先の苦しい人のやりくりを思いながら樫村は言った。それでも当初から寄り合い所帯で動いていたおかげでなんとか現在の陣容が保てている。マネロン室単独だったら、間違いなくここでギブアップのはずだった。

そのとき樫村の携帯が鳴りだした。橋本からだった。耳に当ててしばらくやりとりするうちに、次第に気分が重くなる。通話を終えて樫村は言った。

「喬本からだよ。どうも、増田と村松氏にはただならぬ縁があったようだ」

「いったいどういう？」

江島は慌てて問い返す。苦い口調で樫村は言った。

「村松氏には婚姻歴があった。従前戸籍にそのことが記載されていたんだよ。夫と死別していったん実家の戸籍に戻ったあと、分籍していた。分籍すると、新しい戸籍にはそれ以前の婚姻歴は記載されない」

「いつごろの話ですか」

「十六年前だ。彼女が二十四歳のときだよ。実家の戸籍の記載によると、結婚したのはその二年前だ」

「大学を出たあと、アメリカの大学院に留学したとホームページには書いてありましたが」

「詳しいことはわからないが、留学中に結婚したのかもしれないし、大学卒業後、すぐに留学したのではないのかもしれない」

「その結婚相手が問題なんですね」

「ああ。増田邦明という人物だ」

「ひょっとしてあの増田となにか関係が？」

江島が慌てて問い返す。身を乗り出して樫村は続けた。

「その人物の除籍も長岡にあって、その従前戸籍をたどったところ、現在の増田の戸籍に行き着いた」

「増田には、たしか結婚して分籍した兄がいましたね」

「邦明がその兄だったんだよ」

「村松氏と増田が面識があった理由は、それでほぼ説明できますね。つまり彼女は亡き夫の弟を殺したわけだ」

「ああ。増田邦明という人がどういう人物で、なぜ死亡したのかという点が気になるが」

「しかし戸籍からは知りようがない。いまとなっては、彼女の両親か本人に訊く以外にないでしょう。両親の現在の居所は?」

「長岡市内だ。十年ほど前に東京からUターンしたようだ」

「両親の家を監視するだけじゃなく、そのあたりについても質問する必要がありそうですね」

「いずれにしても無視はできない糸口だよ。これから両親の家に橋本たちが出向いてみるそうだ。村松氏がそこにいるようなら、こちらでの捜査は必要なくなるんだが」

「その可能性は低いような気がします」

「そうだな。西田秘書の話から考えても、わざわざ分籍した点を考えても」

「なんにせよ、東京での捜査で身柄が押さえられないようなら、出向いてじかに事情を聞く必要があるでしょう。私と樫村さんで──」

江島は執念を燃やす。〈ストーンバンク〉にせよ〈フロッグ〉にせよ、江島たちの本業とはすでに関係がない。繫がりがあるとすればせいぜい村松による増田射殺の件くらいだが、本人はそこをとっかかりに、とことんこの事案に首を突っ込みたい様子だ。最初に話を持ちかけたときのやる気のなさとは裏腹に、いまや病膏肓に入るの心境のようだ。

6

午後十時を過ぎても、めぼしい報告は入ってこない。ホテルでの聞き込みはすべて空振りで、足を棒にさせられた捜査員たちの怨嗟が階を隔てた捜査一課や組対部五課のフロアから聞こえてきそうだった。

長岡に飛んだ橋本たちは、実家を訪れて、村松が戻っていないか訊いてみたが、父親は彼女のことに触れられること自体が不快だとでもいうように、ここ十数年、自分たちのところには寄り付きもしないと素っ気なく答えたらしい。増田の兄と村松の結婚についても、その事実は認めたものの、詳しい経緯については何一つ語ろうとしなかった。

村松と示し合わせた芝居かもしれないと橋本たちはいまも自宅を張っているが、立ち寄っている気配はやはりなく、父親の態度から見ても、親子の関係は疎遠というより険悪といった印象だったという。

同じ庁内でも部屋が離れていてはとっさの連携ができないと、江島はきょうは一日、マネロン室に入り浸っている。パソコンを眺めていた上岡が唐突に声を上げた。

「〈ストーンバンク〉のサイトが閉鎖されています。つい一時間前にはちゃんと動いていたんですが」

「なにか理由があるのか」

怪訝な思いで問い返すと、上岡もしきりに首をひねる。

「いくら闇サイトでも、ビジネスとしてやっている以上、突然、勝手に閉鎖することはないと思います。サーバーのメンテナンスなら事前に告知はするでしょう。システムがダウンした可能性もあります」

「例のビットコインの内輪揉めが関係してるんじゃないのか」

「たしかに国内だけじゃなく、世界の主要な取引所は業務を停止しています。しかしそれは新規発行の仮想通貨とリアル通貨の交換業務に限った話で、ビットコイン自体の取引にはなんの支障もないんです。停止期間もほんの数日ですから、〈ストーンバンク〉の営業に支障が出るというわけでもない」

「一時的なものならいいけど、このまま消えてなくなられたら、尻尾の掴みようがなくなるじゃないですか」

江島も深刻な口ぶりだ。須田も駆け寄って、上岡のパソコンを覗き込んで重苦しく呻く。

「困ったことになりそうだな。おれたちがいい方向から攻めた結果なのかもしれないが、それでとんずらを決め込まれたら、逆の目が出たことになる」

なにか気になることでもあるように、上岡は別のウェブサイトに移動して、またしても上擦った声を上げた。

「大変なことになってますよ。ビットコインが大暴落しています」

「例の分裂騒動の影響なのか」

「そんなことはないでしょう。いまはほとんどの取引所で取引が停止しているわけで、そのあいだは理論上、価格の変動は起きないはずなのに――」

「しかし、あらゆる取引所が協調して取引を停止しているわけでもないんだろう」

「ええ。協定を無視した取引所を通じて、だれかが大量のビットコインを売り抜いたのかもしれません。それにしても、きょうの昼過ぎまでは高止まりしていたんです。これから数日間、取引が停止するわけで、とくに売り急ぐ理由はなかったでしょう」

「なにか異常なことが起きているのか」

「異常も異常です。昼過ぎには一BTC（ビットコインの通貨単位）が円換算レートで三十万円弱だったのに、いまはぎりぎり十万円です」

「ビットコインというのはそんなに乱高下するものなのか」

「一ヵ月で倍になったり半分になったりと、為替や株と比べてもともと極端な値動きをするんですが、半日も経たないうちに三分の一まで下落するなんて、いくらなんでもおかしい。ビットコインの世界でなにか起きているとしか考えられません」

「考えられる原因は？」

「ハッキングによるビットコインの大量消失です。例のマウントゴックスの事件の際にも大暴落が起きて、当時十万円台だったのが、わずか数ヵ月で二万円弱まで下落しています。ほかにも香港の取引所がハッキング被害に遭って大量のビットコインが消失し、そのときも半値近くまで下落しています。しかし今回の暴落はそれどころじゃありません」

上岡は立て板に水だ。この捜査でビットコインについては相当勉強したようだ。その話からも、これが異常な事態だということは樫村にも十分想像できる。

とはいえ、こちらはべつにビットコインに投資しているわけではない。おとり捜査用に上岡が買った分はかなりの含み損を抱え込んだことになるが、もともとそれで一儲けを企んだわけではないから、暴落自体は対岸の火事でしかない。しかしそれがきっかけで〈ストーンバンク〉自体も消失してしまえば、捜査は振り出しどころか、まさに迷宮入りだ。江島が言う。

「ビットスポットは、いまえらい騒ぎなんじゃないですか。谷本は外出しないんじゃなくて、できない状態なのかもしれない」

たしかに十分考えられるが、こちらにとってそれが有利なのか不利なのか、俄に判断がつかない。樫村は頷いた。

「西田秘書の死と村松氏の二度目の失踪で谷本のほうに新たな動きが出ることも期待していたんだが、そっちの騒動で手いっぱいじゃ、しばらく動きはないかもしれないな。とにかくいまは、村松氏の身柄を押さえることに全力を尽くすしかないだろう」

「でも、これは本当に直感なんですが――」

上岡がおずおずと口を開く。

「なんだか今回の騒動、村松さんの行動とリンクしているような気がするんです」

「彼女がハッキングしたというのか。しかしそれほどのコンピュータ知識があるという話は聞いていないが」

「そういう才能のある人間は世界中にいます。村松さんならアメリカにもいろいろコネクションがあるでしょう。そういう連中と手を組めば、案外簡単じゃないかと思うんです。ビットスポットのような会社のＣＥＯなら、コンピュータの専門家じゃなくても、自社のシステムの特徴や弱点をある程度は把握していると思います。そういう情報とハッカーたちの技量がマッチすれば、そのくらいはわけないと思うんです」

「しかしそんなことをしたら、あのマウントゴックスの事件と同じになる。あの社長はけっきょく詐欺罪で逮捕されたうえに、一生かかっても払いきれない負債を背負ったわけだろう。もちろん彼女が手塩にかけたビットスポットも破綻する。それじゃ自殺行為以外の何物でもない」

「自殺じゃなく、自爆と考えたらどうでしょうか」

「自爆――」

「西田秘書が村松さんから聞いたというあの言葉ですよ」

「引火点か」

「手塩にかけて育てた会社が、自らが夢見た理想の世界を悪の手に引き渡す道具に使われる――。それは彼女にとって堪えがたいことのような気がします。それを封じるために、彼女は会社を犠牲にしてもかまわないと決断した。僕が頭のなかで勝手につくったストーリーかもしれませんが」

上岡にも矢沢の病気がうつったような気がしないでもないが、妙に腑に落ちるところがある増田の話がすべて戯言ではないとしたら、谷本と村松のあいだで起きていることを、単なる社内での主導権争いだとは言い切れない。

そのうえ村松自身が、どんな事情があったにせよ、亡き夫の弟である増田を射殺し、腹心であり心の友でもあった西田を失った。西田の死が谷本の手によるものなら、村松の思いを考えれば、上岡の突飛な想像が必ずしも外れてはいない気がしてくる。冷静に考えれば妄想に近いと言えなくもないが、それが意外に妥当な解釈のように思えてならない。

「そうだとしたら、彼女はなおさら我々と組むべきなんだがな。自社もろとも〈ストーンバンク〉という害虫を駆除したとしても、それで根絶やしにできるわけじゃない。またどこかで、彼らはさらに強力なかたちで蘇生する。その大元を断ち切るには警察力が必要だ。それもFBIをはじめとする世界の司法機関の捜査協力が」

忸怩たる思いを込めて樫村は言った。マネー・ロンダリング対策室と大袈裟な名を冠してもらっても、その戦いで一民間人としての村松の、あるいは西田の犠牲に頼るしかなかったとしたら、なんのための警察なのかわからない。

「その推理、当たりかどうかはわからないけど、なんだか信じたい気がしてきましたね。ただし彼女が一線を越えてしまう前に、なんとか我々が身柄を押さえないと」

高揚した調子で江島が言う。

「もうすでに、一線を踏み越えているかもしれませんよ」

不安げに応じる上岡に、強い決意を込めて樫村は言った。

「そうだとしても、もしおまえの想像どおりなら、詐欺やコンピュータ犯罪の容疑で彼女を訴追するようなことをおれはしたくない。彼女と協力して敵を追い詰められるのなら、多少の不法行為は見逃すべきだろう。この戦いの最大の功労者を獄に繋ぐようなことになったら、おれにとっては死ぬまで拭いきれない恥辱（ちじょく）だよ」

7

上岡の推理は当たっていたのかもしれない。翌日の主要各紙の一面には、トップというほどの扱いではないが、「ビットスポット」の名が大きく躍っていた。

午前中のテレビのニュースでは、記者会見をする谷本の姿が映し出された。会見の内容は、ビットスポット内部からの大量のビットコインの消失に関するものだった。

消失したのは約百万ＢＴＣで、消失時点での時価総額は、なんと三千億円に達するという。マウントゴックスの消失事件の当時は一ＢＴＣが十万円ほどだったが、今回の大量消失の直前こま、分裂騒動の影響もあって若干下落してはいたものの、それでも三十万円弱の水準を維持していた。それが、けさの時点では一ＢＴＣ六万円近くにまで下落していて、それは現在も進行中だという。

谷本はおそらくハッカーの仕業によるもので、内部の人間の関与は一切ないと釈明したが、会見に集まった記者たちからは、村松の不在の理由や、あの立て籠もり事件との関係について厳しい質問が飛んだようだった。

村松は現在ＰＴＳＤの療養中で、会社の業務は代表権を持つ自分が担っているとして、谷本はあの事件と今回のビットコイン消失の関係については強く否定した。その件に関しては、現在、内部調査を進めており、外部からのハッキングの形跡が認められれば警視庁に告訴すると言う。

一方、ビットスポットもあくまで被害者であって、消失したビットコインの返還に応じる立場にはないと主張し、マウントゴックスの事件の際に東京地裁が出した判決を引き合いに、ビットコインは有体物ではないから、そこに民法上の所有権は発生しないとの一点張りだった。

警視庁に告訴するといっても、実行犯はまず特定できないし、民法上の所有権が存在しないという理屈でいけば窃盗罪も成り立たない。立件できたとしてもせいぜい不正アクセス禁止法違反だ。けっきょく知らぬ存ぜぬで押し通せば、いずれほとぼりが冷めると高をくっているようでもある。

「そうは言っても、ビットスポットの破綻は免れませんよ。ビットコインそのものの返還はあり得なくても、それによって生じた損失額相当をリアル通貨で請求する訴訟は可能です。現在の相場で算定するにせよ下落前の相場で算定するにせよ、ビットスポットの資産総額をはるかに上回るのは間違いありませんから」

確信ありげに上岡は言う。そのとおりなら村松にとっても深刻な事態だ。行方がわからないといっても、現在もCEOであることに変わりはない。上岡の想像が的中したのかどうかはともかく、今後の推移によっては、これまで順風満帆だった経営者としての人生に大きな汚点を残すことになる。あるいはそれどころか、二度と人生を立て直せないほどの深手を負うかもしれない。

ホテル回りを担当する捜査員たちは、きょうも都内でローラー作戦を展開している。橋本、倉持、矢沢の三人は、交代で長岡の実家を一晩張り込んだが、けっきょく村松はいないという結論に達したようだった。

〈ストーンバンク〉のサイトはきょうになっても閉ざされたままで、午前十時過ぎにはURLそのものがなくなっていた。今回のビットコイン消失とそのことが無関係だとは考えにくいが、かといってそこを解明する手立てもない。このままサイトが消えてしまえば、おとり捜査もできなくなる。

　ビットスポットでのビットコイン消失については、ネットの世界でも玉石混淆の情報が駆け巡り、質はともかくその量はマスコミの報道を圧倒している。そんななかに興味を引く情報があるのを上岡が見つけた。

　匿名だが業界関係者によるブログのようで、記事の内容は三日前の夜の話だった。谷本は、やはりビットスポットＣＯＯとしてその晩にあった業界団体の会議に出席していた。しかし重要な会議であるにもかかわらず、午後九時過ぎに所用ができたといって席を外し、戻ってきたのが十時半くらいだったという。そのブログの主によれば、ビットコインが不審な値動きをし始めたのがその時刻だった。

　ビットコインの消失はその時点ですでに始まっていたのではないかと彼は疑義を呈し、その根拠として、谷本が席を外す直前に、システムの脆弱性に関する海外のプログラマーグループからの報告が内々に伝えられたことを指摘した。

　ビットコインを管理する主体は存在しないが、そのソフトウェア自体はオープンソースであり、世界中のプログラマーが連携して利便性やセキュリティ向上のための改良を行っており、そうした脆弱性についての情報は関係者のあいだで共有される。それはその時点ではまだ対応がなされていない脆弱性についての情報で、つまりビットコインの消失は、そこを突いてのビットスポットによる自作自演ではないかと、その人物は考えているわけだった。

そのあたりのことは、そもそも仕掛けたのは村松ではないかと疑っていたくらいで、樫村たちには判断がつかない。むしろ重要なのは、谷本の一時的な退席が事実なら、西田の死についての彼のアリバイが崩れることだ。

「業者の団体にもう一度確認してみます。きのうは谷本が出席したかどうか問い合わせただけで、中座した話は聞いていませんでしたから」

上岡は受話器をとった。江島が舌打ちする。

「やっぱりね。その時間、携帯を切っていたという点がそもそも怪しい。所轄が自殺でけりをつけるんなら、我々が動くしかないでしょう」

強い手応えを覚えながら、樫村は言った。

「ああ。マネロン室なら、ビットコインの消失をマネーロンダリング事案の括りで立件できる。それで事情聴取をすれば、谷本は中座した時間になにをしていたか説明するしかない。それができなきゃ、殺人か、ビットコインの消失の自作自演で詐欺罪か、どちらかを認めざるを得なくなる。あとのほうなら殺しより罪は軽いが、数千億円に上る被害者への賠償責任を一身に背負うことになりかねない。まさに悪魔の選択で、どっちを選ぶか見物だな」

そのとき、樫村の携帯が鳴り出した。ディスプレイを見て慌てて応答すると、村松の声が

「ご心配をおかけして申し訳ありません。じつは樫村さんに、折り入ってお願いがありまして」

声の調子は落ち着いている。

「いま、どこにいるんですか」

切迫した思いで問い返すと、村松は言葉を濁した。

「外国にいます。どこかは申し上げられません。私の身に危険が迫るかもしれませんので」

ただならぬ様子に、覚えず携帯を握り直した。

「私に頼みたいこととは？」

村松は深刻な口調で訴える。

「あるいは警視庁の仕事の範疇を超えることになるかもしれません。でもいま頼れるのは樫村さんだけなんです。手を貸してください。私のためにではなく、この世界を彼らの毒牙から守るために――」

第十三章

1

ＦＢＩと接触して欲しい、相手はクリス・カーニー国家保安部次長——。

それが電話での村松の要請だった。カーニーとは旧知の間柄で、自分の名前を出せばすぐにわかるはずだ。ここまでの樫村たちの捜査の経緯とビットスポットでいま起きていることを説明すれば、彼は必ず興味を示すと村松は言った。

ただ外国にいると言うだけで、この状況で行方をくらましている理由については何も彼女は語らなかったが、やはり何者かに命を狙われているのかもしれないし、あるいはなんらかの理由で逮捕・訴追されることを惧れているのかもしれない。

警視庁はもちろんのこと、ＦＢＩにしても村松を重要な証人として扱い、その身に危険が及はないように万全の態勢をとるはずだと樫村は説得したが、背後にいるのは一筋縄ではいかない連中で、合衆国政府にも日本政府にも、いや世界中のほとんどの国の政府に対して影響力がある。だから警視庁にもＦＢＩにも、現状で身柄を預けるのは避けたいというのがその言い分で、籠城事件の際に増田が口走った言葉と共通するところがある。

だとしたらその話にどれほどの信憑性があるのか大いに疑問だったが、村松から聞いたアドレスに半信半疑でメールを送ると、一時間もしないうちにカーニー氏本人から返信が届いた。ぜひその件について情報を交換したいという。

須田の話だと、ＦＢＩには警察や軍隊のような階級はなく、全員が特別捜査官だというが、国家保安部の次長といえばかなり高位の役職だろう。村松との個人的な交友はあったにせよ、この事案にそこまでの大物が関与してくるとは思ってもいなかった。

日本のメディアを賑わせたビットスポットのビットコイン消失事件と、それに先立つ増田の籠城事件はもちろん耳に入っていたようだ。カーニーも連絡がとれなくて心配していたという。

しかし彼はメールではそれ以上踏み込んだことは語らず、東京の大使館にいるケビン・ハタナカというＦＢＩ駐在官を紹介し、詳細は彼と直接会って話して欲しいとのことだった。電話やメールの場合の盗聴や傍受を警戒しているのだとしたら、大袈裟に思えた村松の警戒心にも納得できる。

三日後、樫村と須田は赤坂にあるアメリカ大使館に赴いた。応対したハタナカは三十代半ばくらいの日系人で、少年時代に、軍属だった父親の仕事の関係で日本で暮らしたことがあるとのことで、日本語はすこぶる達者だ。

FBIの国家保安部はアメリカ国内でのテロ対策やカウンターインテリジェンスを担当し、日本の警察で言えば公安に近い部署らしい。〈ストーンバンク〉によるビットコインを悪用した違法薬物密売や今回のビットコインの大量消失が、米国内で彼らが追っているターゲットとも結びつき、ひいては米国の国益にも関わる事案だと見ているようだった。

「わざわざお越しいただいて恐縮です。こちらに赴任して半年で、日本語もまださびついたままかもしれませんが」

そう言うハタナカの言葉はネイティブの日本人レベルだ。身長は一九〇センチ弱はある。筋肉質で骨太な体格はアメリカンフットボールの選手を思わせる。慇懃な口振りで須田が応じる。

「お陰で言葉の面での心配が要らず助かります。迅速な対応には感謝しています」

「感謝するのはこちらです。カーニーから話は聞きました。どうも我々が追っている〈ブラックキャラバン〉という違法サイトとそちらが追っている〈ストーンバンク〉は、名前は違っても同一のグループに属しているようです」

「ということは、彼らは日本国内だけをターゲットにしているわけじゃないんですね」

「世界を股にかけた組織でしょう。捜査の目をくらますために名前を使い分けているんだと思います。ヨーロッパを中心に活動している一派もあるようです」

そのあたりはこちらも想像はしていた。樫村は問いかけた。

「〈ストーンバンク〉はいま店をたたんでいますが、そちらのほうはどうなんですか」

「営業は続けています。ビットコインの消失自体は、まだ決定的なダメージではなかったんでしょう。〈ストーンバンク〉が営業をやめたのは、むしろ日本の警察が捜査を進めているのを嫌ってのことだと思います。ビットスポットにつくったバックドアを手掛かりに、自分たちの牙城に捜査の手が伸びるのを惧れたせいでしょう」

「〈ブラックキャラバン〉というのは規模の大きな組織なんですか」

「かつて我々が摘発した〈シルクロード〉や〈シルクロード２・０〉よりも大きく、隠蔽技術も高度です。ビットコインを決済手段にしている点は共通していますが、前回、我々が利用したＴｏｒの脆弱性を突く攻撃を、いまは独自の技術で回避しているようです」

「だとしたら、〈ストーンバンク〉も同じように防御が固いんじゃないんですか」

半ば落胆して樫村は応じた。ＦＢＩなら上手い方法があるのではと期待していたが、そこは当てが外れたようだ。

「インターネット上のあらゆる犯罪と同様、そのあたりはイタチごっこです。ただしこのケースでは、我々がハッカーで彼らが標的ということになりますがね」

ハタナカはさらりと言ってのける。そういう捜査手法を駆使するとしたら、一般市民のPCやスマホにも国家機関によるハッキングが行われている可能性がある。良きにつけ悪しきにつけ、アメリカはそういう意味でやはり先進国のようだ。

「彼らの背後には、さらに大きな勢力がいることも想定できますね」

須田の問いかけに、ハタナカは大きく頷いた。

「問題はそこなんです。カーニーはその点に興味を示しています。彼は〈シルクロード〉をはじめいくつものダークウェブの捜査で総指揮官として腕を振るってきました」

「それほどの人が乗り出しているとなると、我々が扱っている事案は、想像以上の広がりを持つんじゃないですか」

「ええ。日本で起きていることと、こちらの捜査対象になっているサイトの関連性は極めて高いと見ています。重要なのは、何者かがビットスポットをグローバルな資金の出入り口にしていることです」

惧れていたことはやはり現実のようだった。日本を代表する取引所の一つであるビットス

[illegible]世界を股にかけたダークウェブに便利な資金の出入り口を提供している――。日本でのマネーロンダリング摘発の最前線を自負するマネロン室にとって、それはショッキングな事実だ。言葉を失う樫村たちを尻目にハタナカは続ける。

「その出入り口を塞げれば、彼らが全世界で展開しているダークウェブに打撃を与えられる。さらにバックドアを仕掛けた人物を摘発すれば首謀者も特定できて、その背後の本当の黒幕にも捜査の手が伸ばせる。我々はそこに期待をしているんです」

「本当の黒幕というと？」

樫村は問いかけた。〈ストーンバンク〉もしくは〈フロッグ〉の背後に怪しげな投資ファンドが絡んでいるのではないかという疑念は村松も抱いていた。ハタナカは一瞬沈黙してから、苦い表情で言った。

「私の口からは言えません。国家レベルの機密に属するものですから」

「例えばそれは、アメリカに対して敵対的な国家の関与が疑われるという意味ですか」

「それなら問題はむしろ簡単です。いわゆるカウンターインテリジェンスの分野で、我々には打つ手がいろいろある。しかし我々も国家組織の一員でしてね。連邦政府内部の勢力が相手となると、捜査の手を伸ばすには数々の障害があるんです」

連邦政府内部の勢力――。想像を絶する話が飛び出した。樫村は思わずため息を吐いた。

「そうだとしたら、日本の警察にできることは限られますね」

「そんなことはない。むしろ我々が頼りにしているのは日本の司法機関です。この件に関しては、我々の捜査の手枷（てかせ）になっているようなバリアーがそちらにはありませんから」

「どういうことでしょうか？」

「日本でも同様でしょう。政治家や高級官僚の悪事を追及するのは簡単じゃない。彼らには権力という障壁があって、それを突破するには、警察力より政治力に多大なエネルギーを費やさざるを得ない。場合によってはトップが進退を賭けるような状況にもなる」

「最近、大統領の疑惑追及でFBI長官が罷免されましたね。まさかこの事案にもホワイトハウスが関与しているわけでは？」

ただならぬ思いで問いかけると、ハタナカは真顔で首を左右に振った。

「幸いにして、現政権もそこまでは腐敗していません。しかしある意味で、我々が立ち向かおうとしている事案はそれよりも根深い。相手はFBIが長年手を焼いてきた宿敵でもあります」

「それがどういう組織なのかは、お聞かせいただけないんですね」

「想像するのはかまいません。彼らは世界中に強力なネットワークを張り巡らしています。ここは合衆国のみならず、世界の多くの国々の法制度において非合法とされる活動も含まれます。それができる連邦政府機関はそうはありません」

そこまでヒントを与えられれば、思い当たる役所は一つしかない。しかし日本国内で活動する違法薬物の密売サイトの背後でそんな組織が暗躍しているとは考えもしなかった。突然のしかかってきた重圧に慄く思いで樫村は言った。

「では勝手に想像します。ＣＩＡですね」

「その想像はほぼ当たりです。ただし私の口からは言わなかったことにしてください。あくまで国家機密なもので――」

ハタナカはわざとらしく念を押す。そうだとしたら、増田が言っていた「世界支配を狙う化け物」という話も、あながち妄想だとは言えなくなる。樫村はため息を吐いた。

「だとしたら、やはり我々にできることは限られる。世界最強の情報機関が相手では、そもそも捜査の内容さえ筒抜けになりませんか」

「我々が追及の対象にしているのは、その組織自体じゃないんです。その秘匿性の高い体質と世界に張り巡らされた非合法のネットワークを特権として利用できる人々です。問題なのは、国益を口実とする彼らの政治力なんです」

「そういう人々が連邦政府の中枢と繋がっていると？」

驚きを隠さず須田が問い返す。ハタナカは頷く。

「それだけではなく、彼らは我々ＦＢＩ内部にも浸透している。警視庁にしても似たようなものかもしれません」

聞き捨てならない話だった。増田が口走ったのと同じことをＦＢＩが惧れている。

「しかし、連邦政府の一機関に、どうしてそこまでの影響力があるんですか」

「かつて彼らはアフガニスタンや中東の紛争地域のゲリラに、非合法ルートで武器を供与した。意図に反してそれがタリバーンやアルカーイダを育て、そこからＩＳが生まれている」

「それが本当なら、結果的に国益を大いに損ねたことになりますね」

呆れたように須田が言う。

「いまとなってはそう言うしかありません。しかし当時はホワイトハウスも承認していた。政府部内にも批判する者はいなかった。ＦＢＩにしてもね。それにそもそも国民には一切知らされなかったことなので――」

そこまで言っていいのかと心配になるようなことをハタナカは口にした。

「そういう場合の資金の流れを確保するために、彼らはオフショアに多数の会社を設立しています。もちろん外部からは正体はわからない。その点からみれば、彼らは巨大な多国籍企業で、公表されている連邦予算とは桁違いの資産を運用している。カンパニーというニックネームは彼ら自身が好んで用いるもので、それだけの資金力や影響力があることを暗に誇示ていると言ってもいいでしょう。そのうえ退職後、そういう会社のオーナーに居座って私腹を肥やす連中もいる。そのあたりは旧ソ連のＫＧＢの体質と似たり寄ったりです」

2

樫村たちは、ハタナカにここまでの捜査の経緯を語った。彼が興味を示したのはやはり谷本の不審な行動で、その経歴、とくにアメリカ滞在中のことに関してはＦＢＩのほうで洗ってみるという。

村松がかつて婚姻関係にあった増田邦明については、ハタナカがカーニーからあらましを聞いていた。

村松は日本の大学を卒業した年に邦明と結婚していた。邦明と村松は故郷の長岡で同じ小学校に通った幼なじみで、邦明は村松より二歳上。村松が東京に出てからは付き合いが途絶えていたが、たまたま二人は同じ大学に進学し、それが縁で交際が始まったらしい。

邦明は大学を卒業してすぐに渡米し、ニューヨークの大学のロースクール（法科大学院）に留学した。行く行くはアメリカの弁護士資格を取り、永住権を取得するのが希望だった。

村松も大学を卒業した年、あとを追うように渡米して、邦明と同じ大学のビジネススクールに入学。二人はアメリカで結婚した。

カーニーも同じ時期に邦明と同じロースクールに在籍し、二人は気が合った。ロースクールを修了すると、邦明はニューヨーク州の弁護士資格取得を目指し、カーニーはＦＢＩに職を得た。

しかし邦明はその年、一時帰国中に轢き逃げ事故で死亡した。犯人は見つからなかった。相思相愛の夫を失った村松の悲嘆は大きかった。村松は遺骨を分骨し、夫が終の住処にしたいと言っていたニューヨークに墓地を購入してそこに葬った。日本に帰国してからも、夫の命日には必ず渡米して墓参していたという。

結婚してわずか二年で夫を失った村松は、それでも挫折することなくビジネススクールを修了し、世界有数の投資銀行に就職、トレーダー業務に従事した。そのころカーニーもすでに結婚していたが、妻も村松を親友のように思い、亡き夫の夢を引き継ぐかのように気丈に頑張る村松を愛し、夫婦ともども親しい付き合いを続けてきたという。

村松が日本に帰ってビットスポットを設立したときはカーニー夫妻も大いに喜んだ。その村松があの籠城事件で人質になったというニュースに接して驚いたが、犯人の名が増田功だと聞いて不審な思いを抱いていたらしい。増田邦明に功という弟がいるとは聞いていたが、彼はそれについて多くを語ろうとしなかった。それが村松によって射殺された籠城犯だと聞

いて カーニーは言いしれぬショックを受けたという。

かつて義理の弟だった増田功をなぜ射殺するに至ったのか、そもそも彼女の拉致そのものが偽装の可能性がある点について、カーニーも明快な答えは持ち合わせなかった。

谷本も大手都市銀行に就職したのち、アメリカのビジネススクールに留学したと聞いている。社内にはそんな経歴が胡散臭いとの見方もあるようだが、もしその時期に村松と知り合ったとすれば、そこになんらかの秘密があるはずで、〈ストーンバンク〉のような組織とのコネクションもその時期に生まれたのかもしれないというのがカーニーの考えだった――。

本庁へ帰って捜査会議を開き、そんな話を聞かせると、三宅は唸った。

「とんでもないのを敵に回しちまったな。こうなると、すべてFBIに丸投げのほうが話が早いんじゃないのか」

「ところがそうでもなくて、向こうは我々の捜査に期待しています――」

FBIも日本国内での〈ストーンバンク〉の活動はチェックしており、〈ブラックキャラバン〉に入金されたビットコインがビットスポットに開設された不審な口座を経て現金化されているのも確認しているという。おそらく内部の人間が仕掛けた巧妙なバックドアを通って侵入し、彼らのグループの世界規模の資金移動をそこを通じて行っているとカーニーたちは判断していたらしい。

だからといってＦＢＩには日本国内での捜査権がないし、それだけでは日本の法律で取り締まれる犯罪にも該当しないから、共同捜査の案件としても馴染まない。そんなところへ飛び出した話だから、カーニーにすれば渡りに船でもあったようだ。

「しかし、背負わされたのが重すぎる荷物なのは間違いない。おれたちとすりゃ〈ストーンバンク〉を潰し、その頭目を挙げりゃ御の字だったのに、ＣＩＡを敵に回すなんてことになれば、増田が惧れていた話がまんざら冗談でもなくなってくるぞ」

三宅は急に腰が退けたようだ。しかしそれではここまで積み上げてきた捜査が無意味になってしまう。

「彼らにはこれまでも多くのダークウェブを摘発してきた実績があります。そのノウハウが得られるなら、先行きは暗くないはずですよ」

樫村は言った。相田も身を乗り出す。

「もしＦＢＩが睨んでいるとおりなら、我々にとってもいい勉強になりますよ。サイバー犯罪に関しては向こうが遥かに進んでいるのは間違いない。それも裏でＣＩＡが絡んでいるとしたら、これ以上考えられない強敵ですから」

「そういう話の流れだと、うちの役所も怪しいな。例のビットコイン流出の件はどうなってるんだ。捜査二課が即刻乗り出すべき事案じゃないのか」

三宅が首を傾げると、不審げな口振りで須田も言う。

「物を奪ったわけじゃないから詐欺罪や窃盗罪は成立しない。不正アクセス禁止法違反にしたって、ビットスポット自身がハッキングされたと主張しているだけで、その根拠を提示するわけでもないし被害届も出していない。要は動きようがないという言い分のようだがね」

「しかし額がでかいだろう。盗まれた被害者から告訴の動きがあってもいいんじゃないのか」

三宅は得心がいかない口振りだ。上岡が身を乗り出す。

「それが妙なことに、被害者側からの動きがまだ一つもないんだそうです。どうも一般の顧客は、現金での払い戻しもビットコインによる決済も正常にできているらしい。つまり盗まれたのは彼らの口座のビットコインじゃないようなんです」

「要するにどういうことなんだ」

「消えたのは、特定の顧客の口座にあったビットコインじゃないかと思うんです。表には名前を出せないような顧客の口座です」

「つまりハッカーは〈ストーンバンク〉の口座を狙い撃ちしたというんだな」

「あくまで想像ですが、そうでも考えないと説明がつかない。急落したビットコインの相場も急速に持ち直していて、マウントゴックスのときのような騒動にはなっていません」

「だとしたら、やっぱり仕掛けたのは村松氏と考えざるを得ないな」

三宅が唸る。その村松の行方はいまもわからない。樫村に寄越した電話の発信地はシンガポールだった。そのあと入管にも問い合わせたところ、退院した翌日の夕方、羽田発の便でシンガポールに出国していることが確認されたが、こちらからいくら呼び出しても電話は通じない。カーニーも何度も電話を入れているが、まったく応答しないらしい。全米の空港にも問い合わせたが、アメリカ国内に入ったという情報はないという。

「そんなことをやったとなると、相手が相手だから命を狙われる惧れだってあるからな」

井村がため息を吐く。樫村は頷いた。

「日本の警察はもちろん、ＦＢＩも信じられないとしたら、そこにはよほどの理由があるに違いないと、カーニー氏も心配しているようです。ＣＩＡは自らは手を汚しませんが、ヤクザやマフィアのような連中を暗殺に使うのは常套手段だそうですから」

「怖い国だな、アメリカってところは」

三宅が怖気をふるう。背中を押すように樫村は言った。

「けっきょく我々が動くしかないでしょう。当面のターゲットはやはり谷本だと思います」

「あいつにはどす黒い裏事情がいろいろありそうですよ。ＦＢＩがこれから経歴を洗ってくれるんでしょう。増田にしても中井にしても、谷本との繋がりで動いていたのは間違いない」

江島も大いに乗り気な様子だが、井村は歯切れが悪い。

「しかしＦＢＩまで乗り出したとなるとな。おれたちはどのみち増田の籠城事件の解明までが仕事で、〈ブラックキャラバン〉がどうのＣＩＡがどうのは営業外だ。あとはそっちに任せるしかないと思うんだが」

「うちにしてもそうだよ。国内の薬物密売事案が我々の本業で、その標的の〈ストーンバンク〉が消えてなくなったんだから、あとはＦＢＩに任せときゃいいと思うんだが」

三宅もなにやら煮え切らない。須田が慌てて口を挟む。

「いま根っこを断たなきゃまた似たようなサイトが立ち上がる。このチャンスを逃せば永久にモグラ叩きを続けることになるぞ」

「そう言われてもなあ。ＦＢＩという強い味方が出てきたんだから、あとはマネロン室だけでやれるんじゃないのか」

「ＣＩＡが絡もうがなんだろうが、やっていることは犯罪だ。それが日本で起きているのなら、当事者のおれたちが摘発しなきゃ、日本の警察が世界に恥をさらすことになるぞ」

須田は血相を変えてテーブルを叩くが、三宅はなおも厭戦気分を滲ませる。

「肝心の村松がとんずらしちまったんじゃ、このまま真相は闇のなかだろう。おれたちにさんざん迷惑をかけておいて、盗んだビットコインであとは左団扇を決め込まれたんじゃ堪らないよ」

「そのつもりなら、黙って行方をくらませば済むだろう。なんでＦＢＩを噛ませたんだ」

「そりゃ自分に疑惑をもたれないようにするための小細工に決まってる。ひょっとしたら谷本はむしろ被害者で、村松に嵌められただけかもしれないぞ。カーニーというＦＢＩの次長も村松とグルで、いまは適当に口裏を合わせておいて、盗んだビットコインをあとで山分けしようという算段じゃないのか。ＣＩＡにそこまでたちの悪いのがいるとしたら、ＦＢＩがまともだとどうして言い切れる」

三宅の猜疑は止まるところを知らないが、たしかに理屈としてはそれはあり得て、なかなか明快には否定できない。

3

「谷本は、いま成田空港の第二ターミナルでタクシーを降りたところです」

電話の向こうで橋本が言う。強い手応えを覚えて樫村は応じた。

「売みは当たったようだな」

「ええ。ＦＢＩからの情報提供がなかったら、入管でもチェックできなかったでしょう」

橋本はため息を吐く。田川から、谷本が動いたという一報が入ったのは一時間前だった。霞が関から首都高に入ったと聞いて、橋本と倉持は警視庁を飛び出して、田川配下の捜査員の車両と合流し、谷本が乗ったタクシーの追尾に入った。京葉道路から東関東自動車道に入ったとの連絡があったのがその三十分後で、行き先が成田だということはその時点で想像がついた。

ＦＢＩは谷本の身辺を洗ってくれた。その結果、意外な事実が明らかになった。谷本は十五年前に米国籍を取得していた。たぶんアメリカに留学していた時期だろう。

しかしその際に、おそらく日本国籍は放棄しておらず、アメリカは重国籍を容認しているから、現在は二重国籍になっているはずだという。現に樫村たちは谷本の戸籍を確認しており、日本国籍を保持しているのは間違いなかった。

しかしどうして米国の市民権を取得できたのかが謎で、その条件となる永住権取得後五年間の滞米実績がなく、そもそもグリーンカードすら取得していない。それでも市民権が得られたとしたら、連邦政府からなんらかの特例待遇を受けているはずで、そこでいちばん考えられるのが、ケースオフィサーとしてＣＩＡに職を得た可能性だった。

いわゆるエージェントは、金やその他の利益供与と引き替えにＣＩＡに情報を提供する普通の意味でのスパイだが、ケースオフィサーはエージェントをスカウトし運用する立場の純然たるCIA職員だ。

表向きは在外公館の職員や大学教授、ジャーナリストなどの身分で外国に駐在し、エージェントの獲得や管理を含む諜報工作に従事する。その身分は家族に対しても秘匿されるほどで、退職したあとも自分が担当した任務について語ることは禁じられているという。

そのためCIAは優秀な学生に目を付けて秘密裏にリクルートする。もちろんそこには留学生も含まれる。赴任地の国籍を有していれば、身分が発覚する惧れがないからで、少なからぬ数の留学生が対象になる。その場合、外国人は連邦政府職員として採用できないため、例外的に市民権が与えられることがあるらしい。

谷本の米国籍での氏名はロバート・タニモト。所持している米国のパスポートもその名前だから、それを使って出国した場合、日本名で入管に問い合わせても該当者はいないという答えが返ったはずだった。

しかしそこまではあくまでFBI側の推測で、CIAはケースオフィサーの名前は公開しない。ところがカーニーたちのチームが監視対象にしていた元CIAの大物に、きのう見慣れない発信元からのメールが届いたという。IPアドレスを確認すると、米国内のプロバイダーから取得したもので、契約者はロバート・タニモトだった。

相手の人物はフィル・バーネット。かつてシリアやイラクへの武器密輸疑惑でＦＢＩの捜査対象になっていたが、決定的な証拠は掴めなかった。現在はマイアミに広壮な邸宅をもち、優雅な隠退生活を送っているとみられていたが、例のパナマ文書で現在も世界を舞台としたブラックビジネスに深く関わっている疑惑が浮上し、再度、監視対象に加え、メールの傍受を行っていたらしい。

さらにもう一つ、重要な事実が明らかになった。バーネットは、以前、ビットスポットに敵対的ＴＯＢを仕掛けた投資ファンドの出資者の一人でもあるという。

ハタナカが提案したのは、ここでいったん谷本を泳がせることだった。樫村たちにしても手詰まりを感じていたところで、ＦＢＩがもたらしたその情報は、状況を打開する決め手になるものと思われた。

谷本には、場合によっては事情聴取に応じてもらうことがあるかもしれないので、なるべく遠出はしないように、どうしても遠出が必要な場合は連絡が欲しいとわざとらしく釘を刺しておいた。谷本はそのとき承知したと応じたが、さっそく裏切って、自ら尻尾を出してくれたわけだった。

「谷本はアメリカン航空のカウンターに向かいました。いま十八時少し前で、次の出発便は十八時三十分のダラス行き。それがきょうの最終便です」

「ダラスか。だとしたら、目的地はマイアミの可能性が高いな」

「ええ。日本からの直行便はありませんから、そこで乗り継ぐつもりでしょう。どうしますか。保安検査場を通過する前に職質をかけますか」

「やめたほうがいいな。いま警戒させる必要はない。到着後の行動確認はFBIにやってもらえばいい。ダラスまで十数時間はかかる。準備する時間は十分ある」

「そうですか。旅支度を見た感じでは、そう長居する気はなさそうです。荷物は小型のソフトスーツケース一つで、ほとんど国内旅行の雰囲気です」

「わかった。搭乗手続きを済ませたのを確認したら戻ってきていいよ。くれぐれも感づかれないようにな」

そう指示をして、須田に報告してから電話を入れると、ハタナカは声を弾ませた。

「こちらの予想どおり動いてくれているようですね。急いでどこかで会いませんか」

相手がCIAということで、電話の傍受を警戒しているらしい。樫村たちがアメリカ大使館に頻繁に出向くのも不審に思われる。それならと虎ノ門のティールームで落ち合うことにし、須田も同行するというので、一緒に警視庁を出た。

指定したティールームで落ち合うと、ハタナカは勢い込んで言った。

「カーニーに報告しました。ダラスの支局と連携して、到着後の動きは確実に把握できます」

「しかし電話もインターネットもある時代に、なぜわざわざマイアミに出向くんでしょうね」

樫村が首を傾げると、ハタナカは笑って言った。

「自縄自縛に陥ってるんですよ。CIAはNSAが運用するエシュロンという世界規模の通信傍受システムを使って、電子メールから電話まであらゆる通信を傍受しています。自分たちの通信にしても、それで傍受されるのを惧れているんでしょう」

そんな話は聞いたことがある。投網を打つようにあらゆる通信を収集し、巨大なコンピュータに蓄積しておいて、必要な情報があればキーワード検索する。NSAもCIAも米国内での通信傍受は法で禁じられているが、谷本は日本におり、彼からの通信は傍受の対象になるのだろう。ハタナカは小声で言う。

「我々も重要な事案ではこっそりやっているんですがね。彼らはその道のプロなだけに神経質なんだと思います。さすがにバーネットの邸内にまでは我々も盗聴器は仕掛けられない。会って話すのがいちばん安全だと彼らは心得ているんですよ」

「じゃあ、バーネット氏との接触が確認できても、話の内容にまでは踏み込めませんね」

半ば落胆して樫村は応じた。楽観的な口振りでハタナカは言う。

「我々としてはそれで十分です。バーネットに関しては、数多くの疑惑がすでに浮上しています。しかし決め手になる糸口が見つからなかった。今回のタニモトとの接触がそれになると我々は期待しています」

「しかし彼については、我々はまだ決定的なところは摑んでいない」

「バーネットたちは、CIAのOBと現役が久しぶりに会って四方山話(よもやまばなし)をしただけだとでも言い逃れるでしょうね。それは当然、計算に入っています」

「なにか打つ手が？」

「彼が留守のあいだに、ビットスポットをハッキングします」

「FBIが？」

「ええ。ビットスポットに開けられたバックドアの存在を立証します」

予想もしない提案だった。樫村は問いかけた。

「FBIは国外でもそういう活動が可能なんですか」

「テロ事案のような国境を越えた捜査が必要なケースでは許容されます。問題なのは、それが日本の法律に抵触することです。極力秘密裏に行うので、発覚する心配はまずありませんが、もし警視庁が気付いたとしても、見て見ぬふりをしていただきたい」

大胆な提案に驚いた。彼らにすれば珍しくもないことだとしても、樫村たちにすれば法を犯すことになりかねない。しかし須田は悩む様子もなく頷いている。

「この事案は日本国内の問題を超えて、世界の危機に通じるものです。むしろ事前に教えてくれたのは有り難い。それは私の責任で約束します」

そう応じる職務上の権限は須田にはない。それは自らを楯にしてでも約束を護るという腹の括りかたの表明だと樫村は受けとった。

4

翌日の朝十時、ハタナカから連絡があった。谷本はつい先ほど、ダラス経由でマイアミ国際空港に到着し、直接マイアミビーチ市内にあるバーネットの私邸に向かったという。

谷本は人目につきにくい裏門から入り、それをバーネットが出迎えて、そそくさと屋内に入ったのが確認された。尾行した捜査官はそのまま監視を続けているが、その後、とくに変わった動きはなく、それでもＦＢＩは、帰国するまで身辺に張り付く予定のようだ。

そこでどういう会話が交わされるのかは知るよしもないが、ハタナカたちにすれば、重要なのは谷本がバーネットと接触したことだ。

あとは谷本の犯罪事実を立証すれば、バーネットを中心に世界に広がるダークウェブのネットワークを一挙に摘発できるとみて、いまワシントンの本部でビットスポットに対するハッキングの準備を進めているという。

そのことについては、須田はあのあと草加に相談し、草加はサイバー攻撃対策センターと組対部五課薬物班、第二特殊犯捜査係とのあいだで話をつけた。

いまも上岡がやっているおとり作戦の追跡捜査を行っているサイバー攻撃対策センターが、たまたまハッキングの事実を認知して捜査に乗り出されては困る。

しかし相田にしても三宅や井村にしても、ここでFBIと渡り合おうという気はさらさらなく、より大きな脅威に対する防御のためなら黙認するのが大義にかなうという認識だった。草加は、須田が我が身を楯にするまでもなく、そういう対応に関してもし批判が起きるようなことがあれば、その責任はすべて自分がとると請け合ったらしい。

村松からはあれから連絡はなく、電話やメールにも応答しない。カーニーに対しても同様で、彼は村松の安否に不安を覚えているようだった。

ビットコインの消失に関してもFBIは調べを入れるとのことで、もし村松が関与しているとしたら、そこで見つかる侵入の痕跡から、彼女に繋がるハッカーグループを特定できるかもしれないと言うが、それ自体は必ずしもFBIの捜査目的には含まれない。果たしてそこからどれだけの情報が得られるかはわからない。

驚くべき情報が入ったのはその一時間後だった。村松が、ニューヨークのジョン・F・ケネディ国際空港から入国したことが確認されたという。まさかニューヨークに乗り込むとは想像もしなかったので、FBIも捜査官を張り込ませていたわけではなく、入国後の行方はわからない。

FBIはニューヨーク州と近隣のニュージャージー、コネチカット両州のホテルにユウコ・ムラマツの名前で宿泊予約が入っていないか問い合わせているが、いまのところ確認はできていないらしい。

「いったい狙いはなんなんだ。我が身の危険を避けるために国外へ出たと思っていたのに、それじゃ命を狙われに行くようなもんじゃないか」

須田は首を傾げるが、いずれにしても村松の足取りがわかったのは真相解明への大きな一歩だ。意を強くして樫村は言った。

「我々が動くしかないでしょう。アメリカでの捜査権はありませんが、FBIの協力が得られれば居場所を突き止められるかもしれない。彼女はFBIよりも我々にとって重要な証人です」

「ああ。FBIに丸投げして、指をくわえて待っていればいい話じゃない。万一のことがあってはまずい。まずはおまえが現地に飛んでくれないか。それも急いでだ」

5

須田は井村とも話し合い、樫村と江島が急遽、ニューヨークに飛ぶことになった。事情を説明するとハタナカも同行するという。急なことで、航空チケットの入手に手間どるかと思ったら、米国大使館が顔を利かせて、この日の十八時三十分羽田発の便を押さえてくれた。

樫村たちがニューヨークのジョン・F・ケネディ国際空港に到着したのは、現地時間の十月二十七日十八時三十分だった。

カーニーもワシントンDCからやってきて空港で待ち受けていた。ホテルにチェックインし、レストランで夕食をともにしながら現地の状況の説明を受けた。

FBIの次長といえばさぞかし強面かと思っていたが、カーニーは四十代前半の穏やかな物腰の人物だった。ハタナカの通訳を介しての会話だが、その言葉の端々には鋭い知性が滲み、若くしてその地位にまで駆け上がった本物の実力を感じさせた。

村松の所在はいまもわからないが、各航空会社に問い合わせたところ、ニューヨークから[illegible]への便に乗り継いだ記録はないという。

タスにはきのうも一日バーネットの私邸におり、二人とも外出していないらしい。世界的な観光地のマイアミビーチにわざわざ日本からやってきて、空港からそこに直行し、そのまま居候を決め込んでいる。つまり二人はよほど親密な関係であり、かつ今回の用件がよほど重要なものなのだと、カーニーたちは手応えを感じているようだった。

「バーネットについては、こちらもいくつか新情報を得ています。彼はタニモトが米国の市民権を取得した十五年前にはCIA行政本部の人事部に所属していました。採用を担当する部署にいたようです」

「つまり谷本を採用したのがバーネット氏だと？」

樫村は問い返した。カーニーは頷く。

「その可能性は高い。だとしたら互いに人間的な繋がりは強いでしょう。CIAのケースオフィサーは、職員名簿にも記載されず、身分としてCIAの名を使うことも禁じられている。きわめて孤独な職業なんです。だから、採用時に生まれたバーネットとの関係は、タニモトにとって親子の縁にも似たものだと想像できます」

「バーネット氏のその後の職歴は？」

「まもなく作戦本部に異動しています。いわゆるヒューミント（人的情報収集）を担当するCIAの看板部門で、彼は中近東・南アジアを担当する部署に配属されました。その後、アフリカ・中南米担当、東アジア担当を歴任し、対テロセンターの副部長を経て、四年前に退職しています」

「そのあとは？」

「プエルトリコに本社のあるフリーダム・ロジスティクスという会社の取締役に就任し、そのあとわずか二年で会長の椅子に座っています。表向きは輸送会社となっていますが、内実はいわゆるＰＭＣ（民間軍事会社）で、兵站（へいたん）分野を得意とし、大型の貨物機やコンテナ船を複数保有して、米軍の軍需物資の輸送下請業務に携わっています」

「それもＣＩＡ関連の会社ですか」

「一九七〇年代に、アフガニスタンの反政府派を支援するためにＣＩＡが設立した民間会社です。アメリカが関与している事実を隠すため、普通の運送会社を装い、東欧諸国から密輸した武器を反政府側に供与するのが仕事でした。それがビジネスとしても成功し、その後の湾岸戦争では戦場での物資輸送を担当するようになり、ＰＭＣとしての業態を確立したんです。現在は日本も含む世界各地の米軍基地への物資輸送を請け負っています」

「だとしたら、日本の当局のチェックを受けずに、違法薬物を搬入できそうですね」

江島が身を乗り出す。カーニーは頷いた。

「[illegible]ば、米軍が駐留する国とのあいだにはいわゆる地位協定が存在し、その規定にって米軍が使用する物資には関税がかからない。当然、税関によるチェックもない。米軍の兵站関係者が見逃せば、事実上のフリーパスと言っていいでしょう」

驚きを隠さず樫村は問いかけた。

「それが日本で活動していた〈ストーンバンク〉の密輸ルートだとみていいんですね」

「そう思います。EU域内にも米軍は駐留しているし、彼らは米国内の基地間の輸送業務も請け負っています。そういう物流ルートと、ビットコインとTｏｒを隠れ蓑にした決済方法を用いているとしたら、放置すれば、世界は闇の経済に乗っ取られてしまう。そこに連邦政府の一機関が関与しているとしたら、合衆国の司法機関として恥ずかしい限りです」

カーニーは苦い思いを滲ませる。樫村は言った。

「我々にしても同様です。日本の一企業がそうした不正資金の出入り口を提供していたわけで、それを摘発する決め手を欠いていることには忸怩たるものがあります」

「そのためのバックドアがユウコの設立した会社にあった。私は彼女をよく知っている。トレーダーだったときも、投資対象を選別する上でいちばん重要なのがコンプライアンス（法令遵守）だと言っていた。それを無視する企業行動は、必ず将来の破綻に結びつくというのが投資家としての信念でした」

「彼女が〈ストーンバンク〉のような勢力を、企業利益のために招き入れるようなことはないんですね」

「絶対にあり得ない。そのうえ彼女は非常に責任感が強い。だからあなたたちが想定している自爆という選択肢も十分考えられます。そのまえにどうして私に相談してくれなかったのか」

カーニーはいかにも無念そうに言う。そこは樫村も同様だった。彼女が真相を明かしてくれれば、樫村たちにも打つ手はあったのだ。

おそらくそこには、経営者としての企業防衛本能と正義感のせめぎ合いがあったのだろう。そんな事実が世間に明らかになれば、ビットスポットの信用は失墜する。それで会社が破綻すれば、社員や投資家たちに多大な迷惑をかける。そこに増田の射殺や西田の死が重なった。それも彼女を追い詰めたはずだった。

カーニーは一枚の写真をとりだした。そこには村松とカーニー、その妻らしい女性が写っている。摩天楼がそびえ立つマンハッタンの印象とは違う、木々に囲まれた公園のような場所だ。カーニーは顔を曇らせた。

「去年のいまごろ、彼女がニューヨークに来たときに撮ったんです。当時の彼女は自信に満ちていて、会社の将来について非常に明るい見通しを語っていた。わずか一年でこんな事態になるとは――」

そのときカーニーの手元にあるスマホの着信音が鳴った。それを耳に当て、二言三言話をするうちに、その顔が青ざめた。通話を終えてカーニーは言った。

「バーネットの自宅でなにかが爆発して、いま炎上しているそうです。消防車が駆けつけて消火作業に入っているようです」

「バーネット氏と谷本は？」

「妻と使用人は救出されたようですが、二人の安否は確認されていません」

「誰かが爆発物を仕掛けたんですか」

「わかりません。目撃していた捜査官の話では、現場には火薬ではなくガス臭が漂っており、爆風もそれほどではなかった。家庭用のガスが爆発したような印象だそうです」

「というと、単なる事故ですか」

「そう結論づけるのはまだ早いでしょう。しかし困ったことになった。これで〈ブラックキャラバン〉も〈ストーンバンク〉も闇の向こうに消えてしまいかねない」

「もし何者かがすべてを隠蔽するために仕掛けたものなら、村松氏も――」

樫村は不穏な思いで問いかけた。カーニーは苦しげに頷いた。

「彼女も安全とは言えなくなりました。ニューヨーク市警にも協力を仰いで、早急に行方を突き止めないと。真相を知るのはいまや彼女一人になってしまったかもしれない」

6

火災現場からは、バーネットと谷本の焼死体が見つかった。火元はダイニングに隣接したキッチンだった。張り込んでいたFBI捜査官が見立てたように、原因はガス漏れによる引火だという。遺体に火傷以外の外傷はなく、消防も地元警察も死因に不審な点はないとの結論だった。火災原因もガス管の劣化によるもので、邸宅は築年数が古く、その点からもとくに事件性はないとみているらしい。

もちろん納得のいく話ではないが、殺人の疑いがあるといっても、そちらはカーニーが所属する国家保安部の管轄ではない。地元の支局が再捜査に乗り出すように刑事部門に働きかけてはみると言うが、CIAが絡んだ犯行だとしたら、彼らが自ら手を下すはずがない。カットアウトと呼ばれる仲介者を実行犯とのあいだに挟み、そこで追及の道を断つのが彼らの常套手段だという。

指令を出したのがCIAそのものなのか、あるいはバーネットのようなCIAの利権を食い物にしている連中なのかは別として、いずれにしても二人の死がそうした勢力による口封[illegible]は考え、堅村たちもそれに異論はなかった。

村松の所在はいまもわからない。樫村は焦燥を覚えた。もう手遅れなのではないか。増田と中井はすでに死に、さらにバーネットと谷本が死んで、事件の真相を知るのはいまや村松一人だ。

カーニーは自らニューヨーク支局に出向いて、村松の捜索に全力で取り組むように発破をかけてから、ワシントンDCへ帰っていった。これから本部のサイバー対策チームによるビットスポットのシステムへのハッキングを陣頭指揮するという。

当地での捜査権限がない樫村と江島はとりあえずやることがない。ホテルのレストランで朝食をとりながら江島が毒づく。

「村松氏も大人しく雲隠れしていればよかったものを。まったくなにを考えているんだか――」

それがわかれば苦労はないが、もし谷本とバーネットの殺害にCIAのような国際的な組織が関与しているとしたら、どこにいても危険は避けられない。むしろFBIの力が借りられるニューヨークに現れてくれたことは歓迎すべきだろう。江島は不安げに続ける。

「上岡君が言った自爆という言葉が単なる比喩で済めばいいんですがね。総仕上げはまさに言葉どおりの意味になるかもしれないでしょう」

まさかニューヨークで自爆テロを敢行しようとやってきたとは思わないが、自殺という意味なら考えられないでもない。しかし、そのためにわざわざニューヨークへ来たというのが解せない」

樫村は首を傾げた。シンガポールを経由したのは、敵の目を攪乱（かくらん）するためだと解釈できるが、その敵のホームグラウンドというべき場所にこんなに早く現れるのならあまり意味がない。ＦＢＩが入国者のチェックをしていたくらいだから、村松の行動に神経質になっていたであろうＣＩＡの目にとまらない保証はない。

「黒幕のバーネットも谷本も死んで、〈ストーンバンク〉は店仕舞いした。〈ブラックキャラバン〉はまだ営業中のようですが、ＦＢＩのハッキング作戦が成功すれば、ビットスポットのバックドアも完全に塞げるでしょうから、そっちだって早晩息の根が止まる。結果的に自爆攻撃は大成功だったんだから、これ以上やることはないでしょうに」

「彼女にすればそういう問題でもないんだろう。巨額のビットコインの消失にしても、彼女が仕掛けたハッキングによるものなら犯罪なのは間違いない。かつての義理の弟の増田を射殺した件や、盟友とも言うべき西田秘書の死もある」

「たしかに重い現実ではありますがね。それを背負って残りの人生を送れと言われたら、私だって尻込みしたくなりますよ」

江島はため息を吐く　そのとき樫村の頭のなかで閃くものがあった。

7

「来ましたよ。樫村さんの山勘、大当たりだったじゃないですか」

江島が耳元で囁く。広々とした公園のような敷地に、いくつもの墓石が点在している。樫村たちが身を隠している木立のすぐ向こうには、ごくシンプルなデザインの大理石の墓石がある。

その正面に刻まれている文字は「KUNIAKI　MASUDA」。漢字で「増田邦明」の名も併記されている。

墓石のあいだを縫う通路に一人の女性の姿が見える。地味なダークグレーのスーツにつば広の帽子を目深に被り、ときおり周囲に視線を巡らしながらこちらに向かってくる。その手には鮮やかな彩りの花束――。間違いない。村松その人だ。

きょうは十月二十八日。増田邦明の命日だった。毎年、村松は墓参のためにその日にニューヨークを訪れていて、カーニー夫妻も時間が合えば同行し、そのあと食事をともにしているという話はハタナカの口から聞いていた。

きのうカーニーが見せた写真はそんなときのものだった。しかしハタナカは、それがきょうだとまでは知らず、カーニーも一連の出来事に取り紛れてそのことを失念していた。江島との会話のなかで、三人の背後に写っていたモニュメントのようなものが墓石ではないかと樫村は思い当たった。さっそくカーニーに問い合わせ、それが増田邦明が眠る公共墓地で撮影したものだったことを確認した。

場所はニューヨーク近郊のヨンカーズ。村松と邦明が結婚して新居を構えた土地だという。それが毎年のことなら、もし彼女が自殺を決意するようなことがあっても、そのまえに亡き夫の墓前に必ず立つはずだ――。

そんな考えを伝えるとカーニーもハタナカも色めき立ったが、ＦＢＩが大挙して姿を現せば警戒される。カーニーはハッキングの陣頭指揮で動けない。ここは面識のある樫村とサポート役の江島だけで接触するのがいい。ハタナカたちＦＢＩのメンバーには墓地のゲートや周辺の警戒に当たって欲しいと要請すると、カーニーもハタナカも了承した。

村松は墓標の前に立ち、持参した花束を供え、帽子をとり、頭（こうべ）を垂れて黙禱する。その表情にはどこか突き抜けたような清々しさがある。すべてをなし終えたような、そしてその責任のすべてを自ら引き受けようとするかのような潔さが感じられる。

高ぶる気持ちを抑えて声をかけた。村松は驚いたように顔を上げた。

「樫村さん――」

8

「きょう、ここで、すべてを終わりにしようと思ったんです――」

墓地近くのレストランのテラス席で、穏やかな表情で村松は語り出した。周囲の木立は美しく色づき、頭上には澄み切った秋の空が広がって、ラガーディア空港を離着陸するジェット機が頻繁に行き来する。樫村は問いかけた。

「すべてを終わりに？」

「ビットコインの世界に魔物を引き入れてしまった時点で、私の夢は潰え去ったんです。なんとかしようとあがいてもあとの祭り。もう私の手に負える存在ではなかった」

「〈ストーンバンク〉、あるいは〈フロッグ〉を名乗る勢力のことですね。どうして一人で戦おうとしたんですか」

「人に言っても、理解してもらえるとは思えなかったんです」

「しかし我々は、あなたの戦いの意味を理解しましたよ。クリス・カーニー氏も」

「彼と連絡をとってくださったんですね」

「ええ。それでここにいます。あなたがニューヨークに姿を見せたという情報をもらって、急遽飛んできたんです」

「彼は動いてくれているんですか」

村松は不安げに問い返す。樫村は頷いた。

「非常に積極的に――。あなたが直接彼に協力を求めていれば、問題はもっと早く決着していたはずです」

「迷惑をかけたくなかった。敵はあまりに大きな存在で、ＦＢＩでの彼の立場どころか、命まで危険にさらすと思ったんです」

「しかし、あなたは私に彼との接触を要請しました」

「最後の賭けでした。西田まで殺されるなんて思ってもみなかったんです」

村松は唇を噛みしめた。樫村は確認した。

「西田さんは殺害されたと思っているんですね」

「間違いありません。事情を知れば私のために動こうとする。それを惧れて連絡を絶っていたんです。ビットスポットの悪性腫瘍はすでに手のつけられないステージに達していました」

「その敵がＣＩＡだと、いつ気づいたんですか」

さして当惑もせずに村松は答えた。

「ご存じだったんですね。ビットスポットがＴＯＢを仕掛けられたとき、その投資ファンドに、ある人物が参加していることを知ったんです」

「フィル・バーネット氏ですね」

「ええ。彼はかつてＣＩＡのリクルーターとして、留学中の夫に接触したことがあるんです」

思いがけない話が飛び出した。彼が誘いをかけたのは谷本だけではなかった——。ただならぬ思いで樫村は問いかけた。

「ご主人は応じられたんですか」

「断りました。でもおそらく、それが災いの種になったんです」

「その後まもなく、ご主人は轢き逃げ事故で亡くなったんでしたね」

「ついに犯人は捕まらず、迷宮入りのまま時効を迎えたんです。でもそれは轢き逃げというより、暗殺だったと思っています——」

村松の表情にかすかな怒りが滲む。

「暗殺？」

樫村は驚きを隠さず問いかけた。村松は頷いて続けた。

「夫は彼との接触のあと、日本のメディアにその経験を投稿して警鐘を鳴らしたんです。日本からの留学生がCIAのスパイとして採用される。いくらアメリカが同盟国でも、それは安全保障や貿易交渉の上で問題があると。当時のマスコミは大きく取り上げました。それがCIAにとってはよほど都合が悪かったんでしょう。断った際に、夫にはそのことを決して口外しないようにと強く圧力をかけていたそうですから」

「しかし、死亡したのは日本国内ですね」

「彼らにとって国境は意味がありません。ただ証拠はまったくないし、もしその推測が当たっていたとしたら、それを口にすれば今度は私が狙われる。だから親しい友達のカーニーにも言わなかった。言えば彼を巻き添えにするかもしれないと思ったんです」

村松は唇を嚙みしめる。樫村は問いかけた。

「バーネット氏と谷本氏の関係についてはご存じですか」

「TOB騒動の際、谷本が裏に回っていろいろ画策していることには気付いていました。やはり繫がりが？」

「彼はCIAのケースオフィサーでした。リクルートしたのはバーネット氏です」

村松は驚きを露わにした。

知りませんでした。ただビットスポットのシステムにバックドアを付けたのが谷本だということは確信していました。その背後でＣＩＡが暗躍していることも――。自分が追い詰められていると感じて、やむなくあんな手段に打って出たんです」

「ビットコインの奪取のことでしょうか」

「それもあります。でもその前にやったことで、結果的に樫村さんたちに多大な迷惑をかけてしまいました」

村松は慚愧の念を滲ませる。樫村は訊いた。

「拉致・監禁事件ですね。あれは村松さんが仕掛けたんですか」

「それが我が身を守り、準備していたあの計画を実行に移すための唯一の手段だと思ったんです」

「増田功と示し合わせたんですね」

村松は頷いた。樫村は問いかけた。

「増田とは、ご主人が亡くなったあとも付き合いがあったんですか」

「ずっと音信不通でした。そもそも夫の生前もほとんど付き合いはなかった。夫は彼を嫌っていましたから。それが二ヵ月前に、相談があると言って突然連絡してきたんです」

「相談というのは？」

「お金の無心でした。彼の素行に問題があることは知っていました。違法薬物の売買で刑務所に入ったことも――。そろそろそういう暮らしから足を洗って、なにかまともな商売を始めたい。そのための資金を貸して欲しいと言うんです」

「応じたんですか」

「私は両親との関係が上手くいかなかったんです。相性の悪い親子というのはあるもので、小さいころから喧嘩が絶えなかった。それが寂しくなかったと言えば嘘になる。だから亡き夫の弟からそんな依頼を受けて、つい情にほだされてしまったんです。ところが最近になって、またお金が足りないから貸してくれと言ってきたんです」

「どう応じられたんですか」

「そのときはすでに、脅迫メールどころか自宅に放火までされていた。〈フロッグ〉の手が確実に迫ってきているのはわかっていました」

「オフィスのあなたのパソコンに〈フロッグ〉名義のTｏｒのメールアカウントが作成されていましたが？」

村松は当惑したようにかぶりを振った。

「身に覚えがありません。捜査を攪乱させるために谷本がやったんじゃないでしょうか」

「だとしたら高度な作戦です。我々もそれを知ったときには、真の黒幕はあなたじゃないかと疑いました」

「谷本は巧妙です。ＣＩＡがその背後にいるとしたら、日本の警察も信用できないと疑心暗鬼に陥っていた。それでふと思いついたんです。功は素行の面では信用できないけれど、別の意味で利用価値があると――」

「拉致を装ってホテルを抜け出した。その手引きを増田に依頼したわけですね」

「ええ。事情を話してなにか方法がないかと訊いたら、あると言うんです。自分はそのホテルの出入り業者に知り合いがいるからなんとかすると。そのとき私は知らなかったんです。功がじつは谷本の差し金で私に接触していたことを」

「谷本と増田は繋がっていたんですね」

「それどころか、功は薬物の扱いに慣れていて、〈ストーンバンク〉の配送部門の責任者ともいうべき立場だったようです」

「それを知ったのは？」

「功のマンションに行ってからです。そこで私は監禁されて、すぐに谷本から電話が入って、私に計画を中止し、ＣＥＯを退任するように要求した。私への圧力になると考えてか、訊きもしないのに自分と功の関係も口にしました」

そのあとの状況を村松は語った。最初は銃で脅されていたものの、拘束されてはいなかった。たまたまテーブルの上に置いてあった中井の携帯を、二人の目を盗んでポケットに入れ、トイレに行くといって、そこから樫村に電話をかけた。万一のときのためにと、樫村の携帯番号は頭に入れてあった。村松は生まれつき記憶力がよく、電話番号を覚えるのが特技らしい。しかし電話をかけているのがみつかって、もちろん携帯は取り上げられ、その後はダイニングの椅子に拘束されてしまったという。樫村は訊いた。

「どういう縁で彼らは知り合ったんですか」

「中井という男を介して結びついたようです。谷本の幼なじみで、不良仲間のようでした。功は中井と、少年院に入所していたときに知り合ったそうです」

「世田谷のご自宅に放火したのは、その中井だと我々はみています」

「谷本にはいい友達が大勢いるようですね。彼は要求に応じなければ命がないというようなことをほのめかしました。要するに嵌めたつもりでいた私が嵌められたんです。やむなく隙を見て樫村さんに電話を入れた。そのあとはご存じの通りです」

「増田と谷本はどうして仲間割れを？」

「功は谷本の正体を知りませんでした。そこで説得したんです。彼の背後にはとてつもなく恐ろしい組織がいる。彼らはあなたを利用だけして切り捨てる。目を覚まして早く手を切らないと取り返しがつかないことになると。ＣＩＡと言ってもピンとこなかったようなので、

[illegible]るようにかなり大袈裟に脚色したんです」

「彼が我々に演説した話は、必ずしも覚醒剤による荒唐無稽な妄想じゃなかったわけですね」

大きく頷いて、村松は続けた。

「そんな話を聞かされたところへ、警察がマンションを包囲した。谷本に連絡しようとしても向こうは電話に出ない。ライフルをもった特殊隊員の姿も見えた。功はそこで想像を逞しくしたんです。谷本が警察の力を借りて自分を殺害しようとしていると」

「彼が所持していた猟銃は？」

「谷本が提供したようです。彼がどこから手に入れたのかはわかりません」

「だとしたら、増田の疑念は必ずしも外れではなかったのかもしれない。あの猟銃を見て、我々も増田と中井の射殺を検討しましたから」

「私もそう思います。そのあと功は覚醒剤で錯乱に陥り、投降しようとする中井を射殺したんです。私はそのとき椅子に拘束されていましたが、縛られていたロープが徐々に緩んできていた。気どられないように隙を窺っていたら、功がテーブルに銃を置いて覚醒剤を打ち始めた。そのときとっさに銃をとって――」

「引き金を引いたんですね」

「ええ。無我夢中でした」

「殺意はなかった？」

「ありました」

村松は迷う様子もなく言い切った。樫村は当惑を隠せない。

「どういうことでしょうか」

「夫を殺害したのが彼だったからです」

「どうしてそれがわかったんですか」

「功は覚醒剤を打ち始めてから饒舌になって、訊きもしないことをしゃべり始めたんです――」

増田は唐突にその話を持ち出した。会うたびに説教されるうえに、周囲から絶えず比較される兄が目の上のこぶだったところへ、当時付き合っていた暴力団の幹部に殺害を依頼された。それでお金になるならと、二つ返事で引き受けたという話だった――。

「真偽のほどはわかりません。でもそれを聞いたとき、疑う気持ちはまったくありませんでした」

村松はきっぱりと言う。暗殺にマフィアや暴力団のような連中を使うのがＣＩＡの常套手[illegible]言っていた。先ほど口にした災いの種うんぬんという村松の疑念は当たっていたかもしれない。

しかしそれでは、急迫不正の侵害が認められず、正当防衛が成立しない。そのことを村松が知らないはずがない。

頭上を大型ジェット機が通り過ぎた。

その爆音が消える頃合いを見計らって、樫村は江島に問いかけた。

「いまの話、聞こえたか」

委細承知という表情で江島は首を横に振る。

「聞こえませんでしたね。飛行機の音がうるさくて」

そのやりとりの意味を理解したように小さくため息を吐いて、問わず語りに村松は続けた。

「ビットコインは私の夢でした。それによって国家が恣意的に管理してきた金融システムが変わる。経済が変わる。インターネットが世界の情報分野を一つにしたように、世界の富が一人一人の市民のものになる。そんな理想の社会を私は夢見たんです。でもその夢は打ち砕かれました。人々の善意と希望によって成り立つはずのそんな世界を、悪徳の道具として利用しようとする勢力が現れてしまった。私がやったことは、彼らに対するささやかな抵抗に過ぎなかった。そんなことは考えず、大人しく彼らの軍門に降っていれば、西田を死なせることもなかったんです。最後に打ったあの一手も、内心ではあとの祭りだと思っていました」

切ない思いを嚙みしめるように村松は天を仰いだ。思いを込めて樫村は言った。

「あなたがやったことは決して小さなことじゃない。ビットスポットに巣くっていた邪悪な勢力に痛打を浴びせたばかりか、仮想通貨という新しいテクノロジーの危険性にも警鐘を鳴らした。おそらくFBIにも我々にもできなかったことをやってのけた。我々はあなたを訴追しない。FBIも——。だから死のうなんて考えるべきじゃない。我々にとっても、いまが仮想通貨の引火点を回避するための正念場なんです。あなたのような人の力がこれから必要になるんです」

その思いが通じたのか、あるいはすでに答えは決まっていたのか、晴れ晴れとした表情で村松は頷いた。

「ご心配なく。私は生きることに決めました。私を信じてくれた樫村さんたちやカーニーのためにも——」

9

村松の身柄はカーニーに託して、樫村と江島は東京へ戻った。FBIは犯罪の被疑者としてではなく、あくまで参考人という名目で彼女を引き受け、安全な居場所――おそらくカーニーの自宅――を提供するという。バーネットと谷本を殺害した勢力がいまもおり、次に狙うのが彼女だとカーニーたちはみているようだ。

マイアミで起きた火災のニュースがニューヨークで報道されるはずもなく、谷本とバーネットが死亡したことを村松は知らなかった。

それを教えると、二人の死によって、ビットスポットのバックドアを利用した国際的な違法ビジネスの実態が解明できなくなる。ビットコインを悪用する犯罪がこのまま摘発されずに終わり、世界のどこかで、また新たなダークウェブが立ち上がる。引火点に達したビットコインの危機は、いま始まったばかりだと村松は嘆いた。

しかしビットコインが消失してまもなく〈ストーンバンク〉は閉鎖された。現在、〈ブラックキャラバン〉をはじめとするほかの海外サイトでも欠品が増えたり発送に遅延が生じたりして苦情が殺到するなど、村松の作戦は大当たりで、そちらも営業停止に追い込まれるのは時間の問題だとカーニーたちはみている。世界を股に掛けた違法サイトの金庫がビットスポットに存在していたのはやはり間違いない。

海外のハッカーの手助けを受け、自ら仕掛けたハッキングによって〈ストーンバンク〉の口座にあった資金を奪取したことを村松は認めた。しかしその資金が現在どこにあるかについては口を閉ざした。それによって自分が訴追されるならやむを得ないが、それを本来の持ち主に返還することになれば、壊滅すべき敵を生きながらえさせることにしかならないというのがその言い分だった。

その考えは樫村にはまっとうに思えた。それを伝えると、カーニーは、もし警視庁が黙認するなら、FBIはその件に関与しないだろうと明言した。アメリカ国内で起きた犯罪ではないから、現状では捜査を行う理由がないという考えだ。

被害者が合衆国の国籍を有する個人もしくは企業で、そちらから告訴がなされればFBIは捜査に乗り出さざるを得ないが、その場合はむしろ飛んで火に入る夏の虫で、〈ストーンバンク〉や〈ブラックキャラバン〉が自ら正体をさらしてくれることになる。

FBIはビットスポットのシステムへのハッキングに成功した模様で、正規のリストには存在しないその顧客が、バハマに登録されているペーパーカンパニーらしいところまでは突き止めた。しかしその会社とCIAの繋がりについてはまだ判明しない。

FBIの本来の目的は、谷本が手引きして作成したとみられるバックドアだった。その手口を解析したところ、CIAが他国の政府機関や企業のシステムに侵入するときに多用するものだったという。とくに高度なハッキング技術は必要なく、内部に協力者がいればほぼ痕跡を残さず裏口を作成できる。しかしそこはさすがにFBIで、システム内部の削除されたログファイルを苦もなく復活させたらしい。

そこで不審な侵入者のIPアドレスが見つかった。バックドアの作成はその侵入者によって行われていたが、おそらく外部の複数のPCやサーバーを踏み台にしているため、実行犯を特定するにはもうしばらく時間がかかるようだ。バックドアそのものはFBIの手でロックされ、以後、その利用者がアクセスすることは不可能だという。

村松はすでに役員退任の意思をビットスポットに伝えていた。取締役会はそれを受理し、ビットコイン消失騒動の責任を村松と谷本に背負わせ、外部から招聘した新たなCEOのもとで再出発するとメディアに発表する腹づもりらしい。

「一件落着という結末じゃなかったが、とりあえず村松氏が惧れていた引火自体は回避できたようだな」

そんな報告を受けて須田は言った。しかし樫村は無念な思いを拭えない。

「増田と中井に関してはやむを得ないとはいえ、西田秘書まで殺されてしまった。その点は悔いが残ります。敵についての認識が甘かったのは否定できません」

「その西田秘書のことだが、殺害されたのは間違いないな。ついさっき練馬署から連絡があった。あの日の午後十時頃、マンションの住民が外廊下の階段で、不審な男二人を見かけたらしい。喋っていたのが中国語のようだったそうだ」

「中国マフィアなら、いかにもＣＩＡが使いそうじゃないですか。どうしていまごろになって？」

「その人は長期出張に出かけるところで男たちを目撃し、帰ってきたのがきのうらしい。マンションで自殺事件があったと聞いて、不審に思い、通報してきたんだそうだ」

「だったら、犯人はすでに国外に出ている可能性が高いですね」

「これから再捜査に入るというが、あまり期待はできないな。しかし自殺じゃないとしたら、ここまでに出てきた答えの整合性がより高まったことになる」

「なんらかのかたちで、そこに谷本が関わったのは間違いないでしょう。会議で中座したのも恐らくこの件が理由だと思います」

「ああ。そのあと、自分が同じ運命になるとは思いもよらずにな」

須田は深々と嘆息した。

10

驚くべきニュースが飛び込んだのは帰国して二週間後だった。ＣＩＡ長官が突如辞任し、後任にはかつてＦＢＩ副長官を務めたこともある与党の大物上院議員が指名された。

副長官や本部長クラスの更迭も噂され、ＣＩＡのみならず、政界全体にも激震が走っているという。カーニーからもハタナカからもあれから連絡がなく、捜査の進展に不安を覚えていたところだった。

さっそくハタナカに電話を入れると、こんども外で会いたいと言ってきた。須田とともに前回会った虎ノ門のティールームに赴くと、申し訳なさそうにハタナカは言う。

「捜査が非常にリスキーなところに踏み込んでいたため、状況をお知らせできなかったんです」

「ＣＩＡ長官の辞任と関係がありますか」

「大いにあります。というより、それ自体が今回の捜査の成果です。その内容については国家安全保障上の機密に属するために申し上げられません。ただ〈ブラックキャラバン〉や〈ストーンバンク〉をはじめとする世界の違法サイトはすべて壊滅させました」

「闘いはほぼ収束したと考えていいんですね」

「ＦＢＩが関われる司法捜査の分野においては。しかし政治の世界での戦いはこれからです」

ハタナカは思わせぶりに言う。樫村は問いかけた。

「長官もグループに加わっていたんですか」

「あれは引責辞任です。しかし彼らの勢力はＣＩＡ内部にも政界にもいます。今後、新長官の手で大規模な摘発が進むでしょう」

「彼らを一掃したとしても、同じような闇の勢力はこれからも出てくるでしょうね」

「もちろんそうでしょう。同じような手口で狙われる可能性の高いのが日本です。中国が取引を規制し始めた結果、日本は世界のビットコイン取引量で世界一位に躍り出ており、そのシェアが五割を超えています。今回の勢力がビットスポットを利用したことにはそういう理由もあるでしょう」

「巨額の資金が動く日本なら不審な動きが発覚しにくいからですか」

「それもあるし、概して日本の企業はセキュリティが甘い。我々もノウハウを提供しますが、今後は日本の司法機関が果たす役割が極めて大きくなるでしょう」

ハタナカは身を乗り出して言う。期待をかけられるというより、大きな宿題を与えられたような気分だ。そこは草加を通して、サイバー攻撃対策センターやサイバーフォースとの連携を強化していくしかないだろう。

気になるのは村松のその後のことだった。訊くとハタナカは、曖昧な調子で言った。

「メンタルな意味では、とても落ち着いているとカーニーは言っています。ビットスポットの経営からは完全に身を退き、新しい目標を見いだそうとしているようです」

いちばん訊きたかったのは彼女が奪取したビットコインのことだ。消失したビットコインは百万ＢＴＣに上る。その後の相場回復で、現在は一ＢＴＣが三千ドル前後で推移しており、その総額は三十億ドルにもなるという。樫村は確認した。

「消えたビットコインについてのＦＢＩの考えは？」

「この前も申し上げたとおり、ＦＢＩはその件に関心がありません。我々としては、ビットコインというシステムの脆弱性に起因する事故だという見解です」

「事故？」

「被害の届け出もないし、その後のビットコインの相場高騰で、むしろ利益を得た投資家も多い。それに――、あとは言わなくてもおわかりでしょう」

含みのある口振りでハタナカは言った。それによって世界でダークウェブを運営していた闇の勢力を壊滅に追い込めたのだとすれば、その行為を法で裁くことが公共の利益にかなうのか――。ハタナカはそんなことを言外に語ろうとしているようだった。

そんな結末を受けて、三宅の率いる五課薬物捜査第三係は捜査終結を宣言した。犯人逮捕には至らなかったが、〈ストーンバンク〉の壊滅こそが本来の目的で、それは間違いなく達成された。増田も谷本もバーネットも死亡し、ＦＢＩはこれからその背後のさらに大きな黒幕の摘発を進めるという。すでに日本の司法機関の手に余る領域に捜査の主体は移行しており、とりあえず自分たちがやるべき仕事はなくなったというのがその言い分で、樫村たちも異論はなかった。

増田の射殺の件については、江島がどう井村と話をつけたのか、第二特殊犯捜査係は、籠城事件の際の急迫不正の侵害による正当防衛を認め、送検せずに捜査を終了した。

それから一ヵ月あまり経ったある日、全国紙の二面に載ったやや大きな記事が目にとまった。村松裕子に関するもので、はつらつとした彼女の近影も添えられている。

村松がシンガポールに銀行を設立し、そのCEOに就任するという内容だった。銀行といっても特殊な性格のもので、主業務はマイクロファイナンスだ。

その記事によると、マイクロファイナンスとは、貧困者の経済的自立を支援するためのマイクロクレジット（少額融資）を主体とする金融システム。バングラデシュの経済学者で、ノーベル平和賞受賞者のムハマド・ユヌスが創設したグラミン銀行がその代表的な存在だ。

だからといって単なる慈善事業ではなく、金融システムとしての持続可能性も同時に追求する。それまで貧困者が頼らざるを得なかった高利貸しよりも金利ははるかに低いが、それでも一般の金融機関と比べればやや高めで、かつ返済率が極めて高い。そのため近年は「儲かる」ビジネスとして機関投資家やヘッジファンドも注目しており、商業銀行の形態をとるものからNGOとして活動するものまで、いまや世界に九十以上の組織が存在しているという。

村松は融資総額で一気に世界のトップファイブを目指すと豪語し、近年、高金利化が進み、本来の趣旨に反して高利貸しまがいの商法がまかりとおるマイクロファイナンスの現状を批判し、それを本来あるべきビジネスモデルに戻すのが自分の役目だと訴えていた。

彼女が宣言した融資総額が、ほぼ消失したビットコインの現在の相場に相当するのは明らかだった。

ビットコインに託した夢は潰え去ったが、彼女はこんどはリアル通貨の世界で、自らの人生を賭ける新たな夢を見つけたらしい。邪悪な勢力が手にした不当な富を、世界の貧困者の自立のために役立てられるなら、その選択は樫村にとってもこの上なく喜ばしいものだった。

解説

タカザワケンジ

現代は高度に情報化が発達し、ますます複雑になっている。手元のスマホで検索すればすぐに答えがわかるが、細切れの知識ばかりが増え、世界の輪郭は曖昧になるばかりだ。

小説は切れ目なく続く日常から離れ、客観的に一つの世界を見渡す機会を与えてくれる。てのひらに載る本の中に、私たちとよく似た人びとが泣き笑いしながら生きている。彼・彼女たちを通して、私たちは知らない世界を垣間見ることができるのだ。

『引火点　組織犯罪対策部マネロン室』に描かれているのは、仮想通貨という新しいお金がきっかけになって起こる犯罪である。

ニュースで知る仮想通貨の世界はだいたい以下のようなものであろう。物理的なお札や硬貨を必要としない電子的なお金であること。国境を越えて流通していること。価値が乱高下し、大儲けした人もいれば、大損をした人もいること。そして、二〇一四年に仮想通貨の取引所マウントゴックスで起きたハッキング事件をはじめとして、たびたび仮想通貨の流出騒動が起きていること。そして、動くお金が驚くような巨額であることだ。しかし、結局のところ、仮想通貨が私たちの生活にどのような影響を与えるかを解説されたところでピンと来ないというのが本音だろう。『引火点』の魅力の一つは、とらえどころのないヴァーチャルな通貨がもたらす事態を、実感できる点にある。

主人公は警視庁組織犯罪対策部総務課マネー・ロンダリング対策室、略称マネロン室に所属する、三十代の樫村恭祐警部補。組織犯罪対策部とは暴力団や外国人犯罪集団などによる組織的な犯罪を横断的に取り締まるために創設された部署。同じタイミングで新設されたマネロン室は、麻薬や銃器売買などで得た「汚いカネ」の洗浄を専門に捜査する部隊である。シリーズ第一作でもある前作の『突破口』は、都内の有力信用金庫の為替担当課長の死をきっかけに、政財官に顔が利くフィクサーを追い詰めていく物語だった。為替担当課長にかけられた疑惑は、信用金庫のシステムを使い、違法薬物ブローカーの海外送金を手助けすることで報酬を得ていたのではないかというものだ。オンラインで世界がつながった現代では、マネーロンダリングの方法も高度化している。『引火点』ではその「進化」を象徴するかのように、仮想通貨という手強いシステムが登場する。

樫村たちが捜査の対象にするのは、日本国内の大手仮想通貨取引所、ビットスポット。きっかけはインターネット上の違法薬物販売サイトが仮想通貨で薬物を販売し、ビットスポットで現金化しているのではないかという疑惑である。ビットスポットが違法に取得した仮想通貨だと知って現金化していたとしたら、犯罪収益移転防止法違反に問われることになる。だが、仮想通貨はきわめて匿名性が高く、保有状況は追跡できても誰が保有しているかの個人情報は明かされない。取引所は身元確認を行うが、捜査機関への情報提供にはそう簡単に応じない。

樫村はビットスポットの創業者でCEO（経営最高責任者）の村松裕子に直あたりし話を聞くが、木で鼻をくくったような対応をされただけだった。しかし、面会からほどなくして村松から樫村に電話が入る。「助けてください。命を狙われているような気がするんです」。村松にはしばらく前から〈フロッグ〉と名乗る人物から、CEOを辞めろと要求する脅迫メールが届いていた。

脅迫者は誰なのか。ビットスポットは違法行為に手を染めているのか。村松のまわりで不審な出来事が次々に起こり、ついには彼女自身が失踪を遂げる。事件がどこに向かうかわからないまま、読者は樫村たちの捜査に「同行」することになる。

仮想通貨を題材にした小説としては、二〇一五年に出た藤井太洋の『アンダーグラウンド・マーケット』が早かった。近未来の格差社会で、持たざる者たちが仮想通貨「N円」による経済圏をつくるという物語で、舞台は二〇一八年に設定されている。面白いことに二〇一八年は『引火点』の初版が刊行された年でもあり、あたかも仮想通貨という題材をバトンタッチしたかのようだ。また、翌年の二〇一九年には上田岳弘が仮想通貨の「採掘」を会社から任された会社員を主人公にした『ニムロッド』で芥川賞を受賞しているから、二〇一〇年代半ばに仮想通貨がホットな話題として作家たちの関心を集めていたことがわかる。三作はそれぞれ近未来SF、ミステリ、純文学とジャンルが異なり、作品としての肌触りも大きく違うのだが、いずれも仮想通貨という「新しいお金」が持つインパクトが作家の想像力を刺激したという共通点があるのが面白い。

中でも『引火点』はもっとも現実的にこの新しい通貨が社会に与えるインパクトを書いている。樫村は仮想通貨について、こんなふうに独白する。

「国家権力を付与された警察がそれを行使するのは、もっぱら市民の生命と財産を守り、社会の治安を維持するためだと考えて、きょうまで警察官としての職務を遂行してきた。／しかし社会が望んでいるのが、国家や既存の金融機関の管理を離れた通貨システムで、それがたとえ不法な資金移動の温床になろうとも意に介さないという方向に物事が進んでいけば、犯罪者は裏と表のマネーの世界を大手を振って往来するようになる」

村松は仮想通貨に未来を感じ、米国の大手投資銀行のVP（ヴァイスプレジデント）の椅子を捨ててビットスポットを起業した人物だ。彼女が見ていたのが仮想通貨の光だとすれば、樫村たちマネロン室の刑事たちは闇の部分に目を向けている。やがて村松自身も、光に包まれていたはずのビットスポットに闇が忍び寄っていることに気づくのだが。

『引火点』には警察小説としての面白さ、すなわち警察の組織捜査が存分に書かれていることも忘れてはならない。二作目ならではの趣向としては、新しい人物の登場を挙げておこう。

矢沢美弥子はマネロン室に配属されて一年足らずの若手刑事。大学で心理学を専攻し、プロファイリングに興味があって警察を志望したという変わり種だ。男社会の現場にあって、いい意味で空気を読まずに推理を披露し、存在感を示しつつある。

もう一人は江島宏警部補。本籍は捜査一課第二特殊犯捜査係。捜査能力に定評はあるが口調が横柄で上司にたてつき、場の空気を乱すために冷や飯を食わされて腐りかけている。しかし、マネロン室に援軍として加わると、心強い味方になった。

作者の笹本稜平は本シリーズのほか「越境捜査」「素行調査官」「所轄魂」などの警察小説シリーズですでに定評を得ている。第六回大藪春彦賞を受賞した『太平洋の薔薇』をはじめ冒険小説、『還るべき場所』や『春を背負って』などの山岳小説でもおなじみで、そ

[illegible]クロスオーバーしスケールの大きな物語を読者に提供してきた。

ここでは『引火点』ととくに関わりの深い作品だと私が考える『ビッグブラザーを撃て！』を紹介しておきたい。デビュー作『時の渚』よりも前に、別のペンネームで書かれた長篇小説『暗号 BACK‐DOOR』（二〇〇〇年）を改題した作品であり、世界規模の危機を描いたポリティカルサスペンスである。

主人公はプログラマーの石黒悠太。目の前で変死を遂げた親友から託された強力な暗号ソフトを完成させ、オンライン社会をより安全な世界にしようと意気込む。しかし、そのソフトにバックドア、つまり、抜け穴をつくるよう正体不明の組織から脅迫され、周囲に次々に不可解な出来事が起こる——という物語である。ゾッとするような不気味な展開になるのだが、初版当時よりもいまのほうがリアルに恐ろしさを感じるのではないか。インターネットが世界中に広まったいま、私たちはあらゆることをオンラインで行い始めた。仮想通貨はその究極のかたちでもあるだろう。そして、私たちは世界とつながることと引き換えに、監視社会の一部となっているかもしれないのだ。

『ビッグブラザーを撃て！』では主人公は事件に巻き込まれ、危機にさらされる側だった。一方、『引火点』は事件の真相を探り、その背後にいる組織を摘発しようとする側が主人公である。樫村たちマネロン室はあくまで現実的に犯罪を摘発することに集中する。たとえばそれはこんな考え方だ。樫村は言う。

「いくらサイバー犯罪と言っても、人間がやっている以上、必ずリアルな世界との接点がある」

その言葉通り『引火点』は、ビットスポット内部の内紛、放火、誘拐監禁事件など、リアルな事件が起こることで事件の全容が少しずつ明らかになっていく。仮想通貨の背後にいるのは人間であり、犯罪を起こすのは人間の欲望だ。刑事たちのアナログな捜査が有効なのは相手が人間だからなのだ。そこには、感情のもつれや価値観のぶつかり合いがつきものであり、予想外のドラマを生むことになる。

笹本稜平の小説の醍醐味は、世界を見る視野の広さと、人間たちを緻密に描く筆力にある。『引火点』はその両面がガッチリと組み合わさったエンターテインメントである。

――書評家

この作品は二〇一八年七月小社より刊行されたものです。

引火点(いんかてん)

組織犯罪対策部マネロン室(そしきはんざいたいさくぶマネロンしつ)

笹本稜平(ささもとりょうへい)

令和2年10月10日　初版発行

発行人――石原正康
編集人――高部真人
発行所――株式会社幻冬舎
〒151-0051東京都渋谷区千駄ヶ谷4-9-7
電話　03(5411)6222(営業)
　　　03(5411)6211(編集)
振替00120-8-767643
印刷・製本―中央精版印刷株式会社
装丁者――高橋雅之

幻冬舎文庫

ISBN978-4-344-43026-6　C0193　さ-31-3

幻冬舎ホームページアドレス　https://www.gentosha.co.jp/
この本に関するご意見・ご感想をメールでお寄せいただく場合は、
comment@gentosha.co.jpまで。